KOHLENWÄSCHE

Thomas Salzmann wurde 1960 in Pirmasens, Rheinland-Pfalz, geboren und studierte in Köln Betriebswirtschaftslehre. Nach mehreren Stationen in der Industrie widmet er sich seit fünf Jahren dem Schreiben. Er ist verheiratet und lebt mit seiner Frau in Mettmann.

THOMAS SALZMANN

KOHLENWÄSCHE

Kriminalroman

emons:

Lust auf mehr? Laden Sie sich die »LChoice«-App runter, scannen Sie den QR-Code und bestellen Sie weitere Bücher direkt in Ihrer Buchhandlung.

Bibliografische Information der Deutschen Nationalbibliothek
Die Deutsche Nationalbibliothek verzeichnet diese Publikation in der Deutschen Nationalbibliografie; detaillierte bibliografische Daten sind im Internet über http://dnb.d-nb.de abrufbar.

© Emons Verlag GmbH
Alle Rechte vorbehalten
Umschlagmotiv: giaco – stock.adobe.com
Umschlaggestaltung: Nina Schäfer, nach einem Konzept von Leonardo Magrelli und Nina Schäfer
Gestaltung Innenteil: César Satz & Grafik GmbH, Köln
Lektorat: Lothar Strüh
Druck und Bindung: CPI – Clausen & Bosse, Leck
Printed in Germany 2019
ISBN 978-3-7408-0675-0
Originalausgabe

Unser Newsletter informiert Sie
regelmäßig über Neues von emons:
Kostenlos bestellen unter
www.emons-verlag.de

Für Charlotte,
ohne die Frederike nicht möglich gewesen wäre.

Für meine Eltern – dito.

1

Frederike zog die Decke bis zur Nase. Augenblicklich biss die Kälte in ihre Füße. Sie rollte sich zusammen. In der Dunkelheit erkannte sie die Uhrzeit auf ihrem Wecker nicht. Hätte er geklingelt, hätte sie gewusst, dass es sechs Uhr war. So konnte sie nur raten oder das Licht anknipsen. Sie stützte den Rücken gegen das Kopfteil und ärgerte sich.

Sie ärgerte sich so sehr, dass das Adrenalin sie aus dem Bett trieb, sie vergaß, den Bademantel überzustreifen und in die Pantoffeln zu schlüpfen, dass sie, ohne einen Tee gekocht zu haben, duschte und selbst dort noch das verbrannte Gummi roch und das Quietschen von sich verbiegendem Blech hörte. Sie wurde es nicht los. Sie wurde ihn nicht los. Das Bild und der Traum verfolgten sie wie ein Fluch den Verfluchten. Selbst die Seife half nicht, diese Bilder abzuspülen. Sie sah dem Schaum nach, wie er durch die Löcher im Abfluss verschwand, und wünschte, er nähme den Traum mit.

Frederike trocknete sich ab und kletterte über den Badewannenrand.

Der Traum davon quälte sie regelmäßig. Er durchnässte ihr Nachthemd und kratzte den Schorf von der vernarbten Wunde, dass sie wieder offen und blutend dalag.

Sie sah in den Spiegel und blickte in sein Gesicht. Der fassungslose Ausdruck darin, die entsetzten Augen, sein geliebtes Grübchen, das Muttermal an der Nase. Er löste sich auf. Verschwamm und wich einem anderen Bild. Einem Bild, das seither als Synonym für diesen Alptraum stand: Munchs »Schrei«. Sie sah sich immer selbst darin, mit den aufgerissenen Augen, dem zum Schreien geöffneten Mund, die Hände entsetzt an den Kopf gedrückt.

Immer der gleiche Ablauf, immer das gleiche Entsetzen, immer die gleiche Wut. Warum schob niemand einen Riegel zwischen die Synapsen in ihrem Gehirn, damit sie solche Träume nicht mehr träumen konnte? Damit diese Erinnerungen endlich vergraben blieben.

Sie setzte sich auf den Badewannenrand. Das Badezimmer flimmerte, und die Wände schienen sich zu bewegen. Nur eine Minute. Gleich. Der Druck löste sich, und sie atmete wieder regelmäßig.

Frederike zog sich am Waschtisch hoch. Ihr Herz wollte ihrem Tempo nicht mehr folgen, deshalb brauchte sie gelegentlich eine kleine Auszeit. Nachher hatte sie einen Termin beim Kardiologen, dort würde es eine Erklärung und Pillen geben. Auf keinen Fall würde sie Sport treiben oder auf ungesundes Essen verzichten. Mehr arbeiten käme in Frage.

Auf einen Kaffee und eine Zigarette verzichtete sie heute. Hätte sie im Bad einen Tee getrunken, wäre beides in Ordnung, aber nicht auf nüchternen Magen. Im Präsidium würde sie sich gleich ein Croissant und einen Kaffee holen.

Sie zog sich an und verließ die Wohnung. Es war gerade einmal halb sieben. Aus den Wohnungen unter ihrer drangen vereinzelt Satzfetzen, hörte sie Duschwasser oder das Quäken der kleinen Svetlana, dem kleinen Wurm der Krasimows, auf den sie manchmal aufpasste. Beim Lachen der Kleinen vergaß sie die Welt um sich herum. Wenn sie zusammen auf dem Boden saßen und mit Bauklötzen spielten, spürte sie einen Frieden wie an keinem anderen Ort. Mit ihrem zornigen Schreien entlud sich die Energie und Lebenskraft in ihr und deutete auf den Wildfang hin, der sie einmal sein würde. Ein Engel. Heute wäre das allerdings zu viel Energie für sie.

Sie stieg die ausgetretenen Stufen nach unten, eine Hand immer am Geländer. Drei Stockwerke, ihr notgedrungenes Fitnessprogramm.

Die Haustür fiel krachend hinter Frederike ins Schloss. Sie rang nach Luft, denn die drei Stockwerke raubten ihr allmorgendlich den Atem. In diesem Moment hielt der 160er-Bus auf der anderen Straßenseite. Hektisch winkend überquerte sie die Straße. Dem Fahrer raunte sie ein »Danke« entgegen, der es mit einem gut gelaunten »Guten Morgen, Frau Stier« grinsend erwiderte. Mit einem strafenden Blick wies sie ihn in die Schranken, und er schloss die Türen. Nachdem sie in der dritten Reihe Platz genommen hatte, rumpelte der Bus los. Auf der Kaulbachstraße fuhren nur vereinzelt Autos. »Windmühlenstraße« las sie an der Digitalanzeige, kaum jemand stieg um diese Zeit ein.

Frederike drehte den Kopf zur Scheibe. Ein faltiges, eingefallenes Gesicht sah sie an. Musste so eine Frau von einundsechzig Jahren aussehen? Mundwinkel wie die der Bundeskanzlerin, Augen wie ein Basset und eine Frisur wie vom Winde verweht. Wer war die Frau? Wieder fiel ihr dieses schreckliche Gemälde von Munch ein. Diesen Drang zu schreien verspürte sie in letzter Zeit, in den letzten Jahren immer öfter. Nicht Angst oder Entsetzen drängten sie. Es war ihre Wut. Diese unbändige Wut, die sie seit damals in sich trug und die täglich anwuchs. Anfangs waren es die ungerechte Welt, die Ignoranz der Menschen, deren Gleichgültigkeit, Verantwortungslosigkeit. Dann kamen die Kleinigkeiten dazu, die Kassiererin im Supermarkt, die den Preis nicht wusste, der Idiot in der Schlange, der die PIN seiner Karte vergessen hatte, das quengelnde Kind. Und heute konnte sie aus der Haut fahren, wenn eine Besprechung auf die Sekunde genau anfing oder zu spät, weil ein Kollege noch aufs Klo musste und ein anderer mit den Fingern trommelte, bis er wieder zurück war.

Ein paar Jahre musste sie noch. Gott sei Dank.

Der anstehende Tag ging ihr durch den Kopf. Ein Termin bei ihrem Chef stand an. »Wir müssen dringend reden, Frederike. Morgen nach der Einsatzbesprechung.« Wenn Julian ihr mit einer Grabesstimme diese Botschaft mit auf den Heimweg gab, verhieß das Unheil. Wobei sie sich denken konnte, worum es ging. Aber niemals, niemals würde sie … Danach musste sie zu ihrem Kardiologen. Ihre Kurzatmigkeit und dieser Druck auf der Brust belasteten sie zunehmend.

»Landgericht.« Der Bus stoppte abrupt an der Haltestelle vor dem Polizeipräsidium, ihre Gedanken taten es ihm nach. Sie stieg aus.

Der Regen prasselte heftig aus einem schwarzen Februarhimmel. Vor ihrem Gesicht bildete sich Dampf beim Atmen. Ein vorbeirasendes Auto bretterte durch die Pfütze. »Fahr langsam, du Depp!«, rief sie ihm nach. Nasse Hose, nasse Haare, ein begossener Pudel war nichts gegen sie. Ihre schlechte Stimmung wuchs sekündlich.

Mit kurzen Schritten und gesenktem Kopf überquerte sie die Straße und stand am Eingang des Polizeipräsidiums. Sie stieg die Stufen zum Eingang hinauf, stemmte die Eichentür auf und betrat den Vorraum.

»Guten Morgen, Frederike«, begrüßte sie Ludwig, der neben der Glastür an der Wand lehnte. »Heute unterscheidet dich aber auch gar nichts von einer schlecht gelaunten Frau.«

»Du mich auch, Ludwig. Du mich auch.«

Ludwig lachte und zog die Tür für sie auf. Frederike stieg die nächsten Stufen hinauf und knuffte Ludwig in den Bauch. Er war ein Guter und einer der wenigen, der zu ihr stand, der sie so akzeptierte, wie sie war – oder geworden war. Früher waren sie sogar manchmal einen Wein trinken gegangen.

Früher.

Sie hob zum Dank für das Türaufhalten die Hand und stand in der Halle mit den steinernen Säulen und dem nächsten Gebirge aus Treppen.

Ihr Weg führte sie zum Glück nach links. In der Kaffeeküche holte sie sich einen Kaffee, wenigstens stand frisch gekochter dort. Danach mit einem leichten Kopfnicken vorbei an den Kollegen, die vereinzelt auf dem Flur standen und auf ihr Schichtende warteten, und schon stand sie vor der Bürotür. Sie atmete durch und ging hinein.

»Guten Morgen, Frau Stier. Das ist ja schön, dass Sie schon da sind. Haben Sie gut geschlafen?«

Kowalczyk. Ihr Wonneproppen, der im Kreis grinsen würde, wenn er keine Ohren hätte, war aufgesprungen, als sie eintrat. Er half ihr aus der Jacke. »Ich habe hervorragend geschlafen. Meine Frau auch. Gott sei Dank. Wenn man bedenkt, dass es jeden Moment so weit sein kann. Die Hebamme meinte, wir sollten besser eine gepackte Tasche an der Haustür deponieren.«

»Kowalczyk! Ich komme gerade ins Büro, habe beschissen geschlafen und will einfach meine Ruhe. Ich setze mich jetzt auf meinen Stuhl, und du bist still. Kein Mucks. Verstanden?«

»Entschuldigen Sie, Frau Stier.« Er rieb sich das Ohrläppchen.

»Hol mir lieber ein Croissant aus der Kantine.«

»Nicht besser ein Vollkornbrötchen und einen Apfel?«

»Und eine Packung meiner Zigaretten.« Frederike winkte ihn davon und ging zum Fenster. Da der Himmel immer noch schwarz und wolkenverhangen war, sah sie nur sich selbst. Wenigstens zum Friseur könnte sie wieder einmal gehen. Dann fiel sie in den Stuhl mit dem aufgescheuerten Stoff und den quietschenden Federn, sah zur Decke und genoss die kurzzeitige Ruhe. Dabei fragte sie sich, was diese Ruhe gleich beenden würde.

2

Der Ordner mit dem Fall »Überfall Museum Folkwang« lag aufgeschlagen vor Frederike auf dem Tisch. Auf Kowalczyks Brötchen wölbte sich der Käse an den Rändern, der Apfel lag unberührt daneben. Dafür verteilten sich die Krümel des Croissants auf ihrem Pullover, und der Rauch ihrer Zigarette zog durch das geöffnete Fenster. Kowalczyk saß in seiner Jacke auf seinem Stuhl gegenüber und sah sie bibbernd an.

»Nur noch zwei Züge.«

Sie ging die Protokolle der laufenden Ermittlung durch. Wie gerne würde sie Julian gleich damit schockieren, dass sie den entscheidenden Hinweis gefunden hatte. Aber es fand sich kein Zipfel, an den sie weitere Ermittlungen anknüpfen konnte. Alle Spuren verliefen im Sand, kein Ansatz, der sie der Aufklärung näher brachte. Die Einsatzbesprechung gleich war komplett sinnlos.

Der Überfall auf das Museum Folkwang war eine tote Kuh, die ihr Chef Julian Potthoff nicht müde wurde, melken zu wollen. »Es ist nicht akzeptabel, dass dieser Kunstraub ungelöst in den Archiven verschwindet. Ich lasse mir nicht vorwerfen, den großen Kunstraub nicht aufklären zu können.«

Oh, den Herrn Inspektionsleiter, diesen selbstverliebten Blender, interessierten nur sein Ruf und sein Ansehen.

Sie sollte sich nicht darüber beschweren, denn weil er so auf seinen Ruf bedacht war, hatte sie ihn an den Eiern. Jedenfalls hing sein Ruf auch von ihr ab, was ihr eine gewisse Sicherheit vermittelte.

Das war allerdings nicht der Grund, warum er nachher mit ihr reden wollte. Ein Vier-Augen-Gespräch mit ihm hatte sie in den letzten Jahren vielleicht fünfmal gehabt. Das war okay, weil sie keinen Wert darauf legte. Denn Julian und sie waren nicht füreinander geschaffen. Das war ihnen beiden bereits beim ersten Händeschütteln klar gewesen. Mit der Zeit hatten sie sich miteinander arrangiert, dennoch gingen sie sich möglichst aus dem Weg. Auch wenn sie sich den Grund für das heutige Gespräch denken konnte, spürte sie eine gewisse Anspannung. Frederike sah auf die Uhr, die gerade auf acht sprang. Die Besprechung fing sowieso nie pünktlich an. Außerdem verpasste sie gerne die Machowitze der Kollegen oder die Berichte über die Heldentaten der letzten Nacht, die bei den Besprechungen zuerst ausgetauscht wurden. Sie nahm den Ordner, holte sich unterwegs noch einen Kaffee und erreichte um vier Minuten nach acht den Besprechungsraum.

Die Korinthenkacker, dachte Frederike, als sie die geschlossene Tür sah. Müssen ausgerechnet heute pünktlich auf die Sekunde anfangen. Sie drückte die Tür auf und sah konzentriert nach vorne gerichtete Köpfe.

»Auch dir einen schönen guten Morgen, Frederike.« Julian Potthoff stand vor der Mannschaft. »Wir haben uns gefragt, ob du verschlafen hast.« Die Kollegen lachten laut los.

Frederike spürte augenblicklich die Hitze in ihren Kopf steigen. »Willst du sehen, wie ausgeschlafen ich bin?«

Julian hob beschwichtigend die Hand und sah zur Seite. »Besser so«, murmelte sie.

Im Besprechungsraum standen sich die Tische gegenüber, optisch durch Bildschirme getrennt, die heute alle schwarz waren. Tastaturen lagen unter den Bildschirmen, Blöcke und Unterlagen der Kollegen davor. Sie hatte beim Eintreten schon gesehen, dass nur noch der Stuhl direkt vor Julian frei war. Sie drückte sich zwischen Wand und den Kollegen durch und knallte ihren Ordner am leeren Platz auf den Tisch.

Julian ließ sie nicht aus den Augen, bis sie endlich saß, die Unterlagen sortiert, den Stuhl in der passenden Entfernung zum Tisch positioniert und den Kaffeebecher an der geeigneten Stelle platziert hatte. »Jetzt, wo du da bist, können wir ja anfangen«, sagte er dann schmallippig und schob lässig eine Hand in die Hosentasche. »Ihr fragt euch wahrscheinlich, warum Gunther die Ermittlungskommission heute nicht leitet.«

Das hatte sich Frederike in der Tat gefragt. »Du sagst es uns bestimmt gleich«, raunte sie.

Die EK Folkwang bearbeitete seit über einem Jahr den Überfall auf das Museum. In der Silvesternacht waren vier Gemälde in einer spektakulären Aktion aus der Ausstellung »Japan inspiriert« gestohlen worden. Um Punkt Mitternacht, als alle Welt mit Böllern und Donnerschlägen das neue Jahr begrüßt hatte, war eine Bande mit einem gestohlenen Radlader durch die Wand des Museums gebrochen, hatte einen Wachmann erschossen und einen weiteren schwer verletzt. Dann hatten sie vier Bilder gestohlen, einen Monet, einen Gauguin und zwei japanische Werke. Die Fahndung lief seither weltweit und auf allen Kanälen. Sämtliche polizeibekannten Diebe und Hehler wurden befragt, observiert, durchleuchtet. Sammler, Vermittler, Auktionshäuser unter die Lupe genommen. Kein Hinweis, keine noch so kleine Spur. Es hatte sich auch kein Anwalt mit einer Lösegeldforderung gemeldet, wie es häufig bei solchen Kunstraube der Fall war. Die Bilder waren verschwunden und die Hintermänner bis heute nicht zu ermitteln.

Die Ermittlungen plätscherten mehr oder weniger vor sich hin, denn neue Spuren gab es nicht, und die alten waren kalt. Auch aus der Szene kamen keine Hinweise.

»Wir sind nicht viel weiter als vor einem Jahr. Ich will euch nicht kritisieren, Kollegen, aber ich hatte gehofft, dass der Fall längst bei den Akten liegen würde.«

Frederike drehte den Kopf und sah nur verlegene Gesichter. Wenn sich keiner traute, dann musste sie eben. Denn ihre vieljährige gepflegte Antipathie musste gelegentlich zum Ausdruck gebracht werden. »Hätten wir mehr Mittel und mehr Männer und Frauen, könntest du mit unserem Erfolg wieder Lorbeeren einheimsen, Julian. Aber so ...«

Hinzu kam, dass sie es leid war, immer nur die Schläge abzubekommen. Wenn ständig Mittel gekürzt und keine neuen Kollegen eingestellt wurden, durfte man sich nicht wundern, dass die Aufklärungsquoten in den Keller gingen.

»Frederike, wo du hier von geringen Mitteln und Aufklärungsquoten sprichst. Wann hast du deinen letzten größeren Fall gelöst? Deshalb denk an unseren Termin gleich. Es ist wichtig.«

Augenblicklich erhob sich Getuschel.

Die Lage war offenbar ernst. Frederike sah es an Julians Augen, starr auf sie gerichtet, ohne zu blinzeln. Und das vor versammelter Mannschaft.

Weil die Kollegen eine Erwiderung von ihr erwarteten, konterte sie. »Julian, wie könnte ich ein Date mit dir vergessen?« Der neuerliche Hinweis auf ihren Termin verlieh ihrer Stimme ein Vibrato, das hoffentlich nur sie hörte.

Wahrscheinlich musste sie Julian dann auf das Ereignis beim Observieren eines Essener Drogenkönigs hinweisen. Damals, als er das Kommissariat gerade erst übernommen hatte. Nachdem er sich zu ihr in den Wagen gesetzt hatte, passierte ihm ein Missgeschick, das sie zusammenkettete. Und sie sorgte dafür, dass die Kette nicht riss. Seither arrangierten sie sich wie die zwei Esel, die aneinandergebunden nicht zu ihrem jeweiligen Heuhaufen kamen, wenn sie in entgegengesetzte Richtungen zogen. Erst als sie sich zusammenrauften und gemeinsam in die eine, dann in die andere Richtung gingen, funktionierte es einigermaßen. Gut, dass es nur wenige Anlässe gab, bei denen sie gezwungen war, Julian an diese Kette zu erinnern und ihn in ihre Richtung mitzuziehen.

Julians Ausführungen rauschten im Hintergrund an ihr vorbei, bis sie die Worte »Ermittlungskommission« und »auflösen« wahrnahm. Ihr Kopf schnellte hoch.

»Wir werden mit einer kleinen Gruppe weiterarbeiten.« Julian nannte die Namen der beteiligten Kollegen.

»Bin ich dir nicht mehr gut genug, oder warum hast du mich vergessen?«, bellte Frederike ihn an. Sie tat das mehr aus Gewohnheit denn aus Interesse an dem Fall. Julian sagte etwas, und sie widersprach, weil sie Julian immer widersprach – ein Reflex.

»Nachher, Frederike, nachher«, ließ Julian sie abblitzen und erläuterte die neue Ermittlungsstrategie.

Dass sie jetzt mit diesen Kunstheinis nichts mehr am Hut hatte, war kein Verlust. Die Empörung und Mitgefühl über den Tod des Wachmannes heuchelten. In Wahrheit trauerten sie wegen der »unwiederbringlichen Verluste für die Kunstwelt«, die mit dem Raub der Gemälde – für Frederike waren es beschmierte Leinwände – einherging.

Trotzdem war es ein Unterschied, ob sie das Team freiwillig verließ oder von Julian rausgeschmissen wurde. »Das müssen wir tatsächlich gleich klären«, platzte sie erneut in seine Ausführungen.

Julian ignorierte sie. Sie war nahe daran, mit der Hand auf den Tisch zu schlagen, um seine Aufmerksamkeit zu bekommen, konnte sich aber gerade noch zurückhalten.

In ihrer Jackentasche spürte sie ein kurzes Vibrieren. Eine SMS. Sie las: »Mord. Einsatz«, dahinter ein Smiley.

Das kam doch wie gerufen.

Frederike sprang auf und rief Julian zu: »Muss los.« Erklärend hielt sie das Smartphone hoch. »Du brauchst mich ja sowieso nicht mehr«, ergänzte sie und ging zur Tür.

»Was ist passiert?«

»Nachher, Julian, nachher.« Damit verschwand sie aus dem Raum.

»Denk an unseren Termin!«, hörte sie ihn noch, bevor die Tür zuknallte.

Sie atmete tief durch. Die Anspannung hing ihr in den Knochen. Sie ahnte, was in diesen Gewitterwolken verborgen war. Deshalb war Weglaufen vielleicht im Moment eine sehr gute Strategie, auf Dauer würde sie nicht funktionieren. Doch es winkte eine Ermittlung, und die sollte ihr etwas Luft verschaffen.

Auf dem Weg zu ihrem Büro schob sich der nächtliche Traum wieder in ihr Bewusstsein. Moritz hatte sich zurück in ihr Leben geschlichen. Richtig weg gewesen war er nie, nur nicht mehr so allgegenwärtig. Sie überlegte – ja, mit der Soko Folkwang war er aus dem Schatten getreten, in den sie ihn gestellt hatte. Dieses Bild. Munchs »Der Schrei«. Im Rahmen der

Ermittlungen war es zur Sprache gekommen, und die Narben, der Schorf wurden weggekratzt, und ihr blutete von Neuem das Herz. Nicht lebensgefährlich, aber schmerzhaft.

In ihrem Büro wartete Kowalczyk auf sie. Er war ihr an die Seite gestellt, um zu lernen und sie zu unterstützen. Sie mochte diesen Endzwanziger nicht, und jetzt sah er sie auch noch so aufgeregt an. Sein Vater arbeitete in der Einsatzzentrale, und den konnte sie gut leiden. Der alte Kowalczyk sagte einem unverblümt seine Meinung und trat einem vors Schienbein, wenn man Mist gebaut hatte. Das war ehrlich, und damit kam sie klar. Also bemühte sie sich, nett zu seinem Jungen zu sein.

Mit dem Einsatzkoffer in der Hand folgte er ihr zu ihrem Schreibtisch.

»Was gibt's?«, fauchte Frederike, und ein Strahlen legte sich über Kowalczyks Gesicht.

»Wir müssen los, Frau Stier. Tötungsdelikt.«

»Was hast du jetzt wieder nicht verstanden? Das ›Was‹ oder das ›gibt's‹?«

»Ein Toter auf Zollverein. Fremdeinwirkung. Mit einer Drahtschlinge wahrscheinlich. Die Kollegen erwarten uns.«

»Und?«

»Spurensicherung ist bereits vor Ort. Eine Hundertschaft ist angefordert und kommt hin, um uns zu unterstützen.«

»Und?«

»Ein Aktionskünstler. Und Maler. Sollte morgen auf Zollverein seine Ausstellung eröffnen. Steht heute in allen Zeitungen.«

Womit hatte sie das verdient? Noch vor fünf Minuten war sie froh gewesen, nichts mehr mit diesen optischen Umweltverschmutzern zu tun haben zu müssen, und schon standen sie erneut auf der Matte.

»Hast du ein Auto?«

Kowalczyk wedelte mit dem Schlüssel.

Frederike ging zum Schreibtisch und wühlte in den Papieren. Endlich fand sie ihr Notizbuch und steckte es in ihren

Rucksack. Sie kontrollierte, ob Dienstmarke, Taschentücher, Portemonnaie drin waren, und richtete sich auf. Kowalczyk verschwamm vor ihren Augen. Ihre Knie drohten nachzugeben. Sie suchte Halt an der Schreibtischkante. »Alles in Ordnung, Frau Stier?« Kowalczyk machte einen Schritt auf sie zu und griff nach ihrem Arm.

»Was glaubst du?« Mitleid konnte er Schwachen schenken, aber nicht ihr. Trotzdem sah er sie besorgt an, als ahnte er etwas.

»Ja, dann«, meinte er und grinste schon wieder. Fehlte nur noch, dass er mit dem Schwanz wedelte.

Gemeinsam gingen sie in den Innenhof, wo die unterschiedlichsten Einsatzfahrzeuge standen. Kowalczyk erzählte von der Ausstellung und was er darüber in der Zeitung gelesen hatte. Unglaublich, womit er sich belastete.

Er öffnete den Wagen.

»Warte.« Frederike holte die Packung Zigaretten aus der Jackentasche und steckte sich eine an. Gierig zog sie daran und lehnte sich dabei an das Auto. »Nur drei Züge.« Sie blies den Rauch durch die Nase, zog noch einmal, bis ihre Wangen sich fast berührten, trat die Zigarette aus und stieg ein. Die beruhigende Wirkung kam sofort.

Kowalczyk fuhr los und setzte mit seiner Erzählung fort, wo er gerade aufgehört hatte.

»Wer hat dich informiert?« Frederike musste sich ablenken und sich auf den Fall einstellen.

»Die Einsatzzentrale.« Kowalczyk baute eine Pause ein, und Frederike war klar, dass der alte Kowalczyk seinem Sohn den Einsatz zugeschoben hatte. »Ein gewisser von Turin hat einen Toten auf der Zeche gefunden.«

»Der Notarzt?«

»Wurde gleich nach den Streifenkollegen gerufen. Er ist vor Ort und hat den Tod festgestellt. Es erscheint unzweifelhaft, dass Fremdeinwirkung vorliegt.«

Kowalczyk trat hart auf die Bremse, weil die Ampel vor der Alfredstraße auf Rot sprang. Frederike wurde nach vorne in den Gurt geschleudert. »Pass doch auf.« Sie holte das Blaulicht aus dem Handschuhfach, heftete es auf das Dach und schaltete es ein. »Gib Gas.«

Kowalczyk drängelte sich an den zur Seite ausweichenden Autos vorbei. Mehrmals krampften sich Frederikes Hände um den Griff an der Tür. Doch sie schwieg und starb ihre tausend Tode auf dem Beifahrersitz. Sie sah stur geradeaus, ohne ein weiteres Wort zu verlieren.

Sie rumpelten dicht an den am Straßenrand parkenden Autos über den geflickten Asphalt und die Straßenbahnschienen, während sie sich hupend ihrem Ziel näherten. Das Sankt Vincenz Krankenhaus erinnerte Frederike an ihren Termin beim Kardiologen. Um elf Uhr wollte er das Ergebnis des Langzeit-EKGs besprechen. Danach bekäme sie Pillen, und alles würde gut.

Endlich tauchte das Zechengelände vor ihnen auf. Fast unmerklich schälte sich der markante Doppelbock aus dem Dunst des regnerischen Morgens.

Sie sahen schon von Weitem die zuckenden Blaulichter auf den Einsatzfahrzeugen, was auf Hochbetrieb hindeutete. Kowalczyk wusste offenbar, wo er hinmusste, denn er bog links von der Gelsenkirchener Straße ab. Er schaltete das Blaulicht aus und stand fast augenblicklich vor einem Beamten der Bereitschaftskommission, der das Tor sicherte. Er zeigte Kowalczyk, wo er parken sollte, dann fuhren sie durch das geöffnete Gittertor auf das ehemalige Zechengelände und hielten direkt vor dem rot-weißen Absperrband. Die Kollegen vom ersten Angriff hatten den Tatort sehr weiträumig abgesichert.

Nachdem Kowalczyk den Schlüssel abgezogen hatte, sah er Frederike an, als wäre er ein Kind, das endlich sein Geschenk auspacken durfte. Auf ihr Nicken hin riss er augenblicklich die Tür auf und stieg aus.

Sie zogen ihre Jacken an, Kowalczyk stülpte sich eine Strickmütze über den Kopf und klatschte danach in die Hände. Vor ihnen befand sich ein großes, rechteckiges Backsteingebäude, darüber der stählerne Doppelbock, das Wahrzeichen Essens, des Ruhrgebiets, einer vergangenen Zeit. Unterhalb der vier

Seilscheiben hob sich in weißer Frakturschrift der Schriftzug »Zollverein« ab.

Wie aufgeräumt und ordentlich alles wirkte. Nichts ließ erahnen, dass noch vor wenigen Jahren hier Kohle gefördert worden war. Heute bildete das Zechengelände die Kulisse für die Geschichte des wirtschaftlichen Aufstiegs und Falls einer ganzen Region. Auch wenn die Zeche Vergnügungen und Kultur bot, war dies doch ein Tanz auf Gräbern.

»Wollen wir?«, fragte Kowalczyk, immer noch aufgeregt wie ein Kind vor Weihnachten. Als hätten sie eine Wahl.

Kowalczyk hob das Band hoch. Sie gingen den Weg links an der Halle 2 entlang und passierten die Streben des Doppelbocks. Einsatzwagen parkten am Rand des Platzes und warfen ihr hektisches Blaulicht über die düstere Kulisse. Es wimmelte von Polizisten in Schutzanzügen, Kamerablitze zuckten, und auf dem Boden standen Zahlenschildchen, wo die Kollegen der Spurensicherung eine mögliche Spur vermuteten.

Einer von ihnen löste sich aus der Gruppe und kam auf sie zu. »Guten Morgen. Wir sind noch nicht durch. Ihr müsst noch warten.«

Frederike sah ihn amüsiert an. »Bring uns einen Schutzanzug. Wir warten solange.«

Der Spurensicherer sah sie verständnislos an.

»Ich gehe notfalls auch ohne, aber wir müssen doch mal losermitteln.« Sie hob die Schultern, wissend, dass sie dem armen Kerl einen Rüffel bescherte und sich ebenfalls.

Kurz danach gingen sie, verschnürt wie Michelin-Männchen, zum Tatort. Wenigstens hielt die Kapuze einigermaßen den Regen ab. Unterwegs grüßten sie andere Michelin-Männchen, aber mit ihrer Frage, ob es schon erste Spuren gab, erntete Frederike nur Kopfschütteln und stummes Auf-den-Boden-Starren.

»Sie bezeichnen das als ›Forum‹. Hier sind früher die Züge beladen worden. Mit Kohle. Die unterschiedlichen Platten sollen die ehemalige Gleisführung darstellen«, referierte Kowalczyk und zeigte mit dem ausgestreckten Arm auf die Umgebung.

»Wen interessiert das?«

»Wussten Sie, dass das alles im Bauhausstil gebaut wurde?«

»Kowalczyk, im Guten: Wir sind hier, weil wir einen Mord aufklären müssen. Wenn du Touristenführer spielen willst, dann bewirb dich hier in der Zeche. Ab jetzt konzentrierst du dich auf deinen Job. Hast du mich verstanden?«

Er nickte betroffen.

Frederike sah sich um. Ein relativ offener Platz, der von drei Seiten von Gebäuden eingerahmt wurde. Die nächsten Wohnhäuser befanden sich mehrere hundert Meter entfernt. Da hat niemand etwas gesehen oder gehört, dachte sie. Trotzdem würden die Kollegen jeden Klingelknopf drücken und jedem Anwohner die gleichen Fragen stellen.

Sie gingen weiter und betraten den Platz. Der Bereich um die orangefarbene Rolltreppe war separat abgesperrt. Die Spurensicherer tummelten sich dahinter. Es wurde geknipst und gefilmt, einige knieten auf dem Boden, andere stapften mit gesenkten Köpfen und mit auf den Boden konzentrierten Blicken umher. Vereinzelt stellten sie weitere Kärtchen mit Nummern auf oder packten Gegenstände in Beweismittelbeutel. Ob ein Zigarettenstummel von einem Touristen oder dem Täter stammte, würden sie erst nach einer Festnahme wissen. Es sei denn, der Abgleich mit der Datenbank zeigte einen Treffer an. Aber auch dann wussten sie nur, dass sich jemand hier herumgetrieben hatte, der schon einmal erkennungsdienstlich behandelt worden war.

Frederike sah rechts neben der Rolltreppe die Plakatwand. Darauf stand:»Claude Freistein – Was ist und was sein wird. Die Welt – der Mensch – Schweine. Ausstellung vom 17.02. bis 03.04.«. Auf dem Plakat waren skelettierte Fische, ein Totenschädel, abgestorbene Bäume und tote Kühe in der Wüste mit heraushängender Zunge abgebildet, dazu ein Schwein, das im Dreck wühlte.

»Soll das Kunst sein?«

»Ich habe gelesen, dass –«

»Das war eine rhetorische Frage, Mann!«

Kowalczyk zog den Kopf ein und murmelte etwas, das Frederike als Entschuldigung interpretierte.

Sie gingen weiter zu dem Absperrband, wo ein Kollege gerade ein Kaugummi in ein Tütchen steckte. »Wo ist der Einsatzleiter?«, fragte Frederike.

Der Mann sah zu ihr herunter und musterte sie, bevor er sich umdrehte und seinen Blick wie einen Suchscheinwerfer über das Gelände schwenkte. Schließlich zeigte er zum Eingang des Gebäudes rechts von ihnen, circa fünfzig Meter entfernt. Dort standen Dieter vom Dauerdienst, mit dem sie schon einige Einsätze gefahren war, und der Notarzt.

»Danke und noch einen ruhigen Tag«, hörte sie den Notarzt sagen.

»Den wird es wohl nicht geben. Dir aber auch.« Dieter drückte ihm die Hand und sah dann zu ihr hin. Den Blick konnte sie nicht deuten. Er konnte Freude, Enttäuschung oder Widerwillen ausdrücken.

»Guten Morgen, Herr Einsatzleiter. Hast du die Lage im Griff?«

Dieter grinste. Frederike atmete erleichtert aus.

»Hätte ich gewusst, dass *du* kommst, hätte ich dir mehr Arbeit hinterlassen.«

Sie gaben sich die Hand und stellten sich unter den Zugang zur Passage, der rechts und links von einem Metallzaun abgegrenzt wurde. Auf der einen Seite hinter dem Zaun erkannte sie große Holzrollen, auf denen wohl Kabel oder Rohre aufgewickelt gewesen waren, links stand eine Winde mit einem dicken Stahlseil, das unter die Decke führte.

»Was muss ich wissen?«, fragte sie direkt und legte ihm die Hand auf die Schulter. Dieter war ein nüchterner Mittvierziger, bei dem man immer auf der Hut sein musste, ob seine Ausführungen ernst gemeint waren.

»Der Tote heißt Claude Freistein. Aktionskünstler. Aufstrebend, wenn ich den Herrn dort richtig verstanden habe.« Dieter deutete mit dem Kinn zu einem hochgewachsenen Mann, der halb versteckt neben dem Eingang zu der Passage stand.

Pausenlos sah er auf seine Uhr oder drückte an seinem Handy herum. »Freistein wurde mit einer Drahtschlinge erdrosselt. Sie hing ihm noch um den Hals.«

»Wann?«

»Kann nicht lange her sein. Laut Notarzt jedenfalls.«

»Sonst noch was?«

»Vielleicht sprichst du direkt mit dem Nervenbündel dort.« Wieder deutete Dieter zu dem Mann, der sich über seine kleinen Locken strich und ununterbrochen den Kopf schüttelte. »Ein Herr von Turin, ist der Chef hier. Er muss weg, die Ausstellung absagen. Eine ganze Armada Prominenz soll hier morgen anrücken, die müssen alle informiert werden. Die Presse und die anderen Medien. Wenn ich es richtig verstanden habe, sollte Essen morgen der Nabel der Kunstwelt sein.«

Frederike schmunzelte und erkannte erst jetzt den Zusammenhang zu dem Plakat. Das war der Künstler, der morgen hier seine Ausstellung eröffnen sollte und von dem Kowalczyk erzählt hatte.

»Gleich kommt noch eine Hundertschaft, und dann fangen wir mit den Hausbefragungen an. Patrick geht mit seinen Leuten über das Gelände und dreht jeden Stein um. Ich fürchte, dass die Welle groß sein wird, die das hier verursacht. Heute Abend wissen wir mehr.«

Frederike bedankte sich und war froh, Patrick, dem Leiter der Kriminaltechnik, nicht direkt in die Arme gelaufen zu sein. Sie ging zu dem geschniegelten Mann und sagte: »Ich komme gleich zu Ihnen.«

Er wollte etwas erwidern, doch Frederike sagte nur »Gleich« und ging mit Dieter zum Leichenfundort. Sie kniete sich neben den Toten, der unter einer Plane lag. Sie nahm das Ende der Plane, um sie hochzuziehen, doch sofort wurde sie ihr aus der Hand geschlagen.

»Du wartest, bis wir fertig sind, Frederike.« Patrick baute sich vor ihr auf und sah sie wütend an.

»Träumst du schon wieder so früh am Morgen?«, fuhr Frederike ihn an.

Im Gegensatz zu ihr und dem Leiter der Spurensicherung waren Hund und Katze dickste Freunde. Die Köpfe der Umstehenden schnellten entsprechend hoch, weil sie nie einem Gefecht aus dem Weg ging und die Gefechte mit Patrick häufig unterhalb der Gürtellinie stattfanden. Sie richtete sich auf. »Was habt ihr?«

»Hunger und Durst. Und du?«

Die Kollegen lachten.

»Keine Geduld. Erste Hinweise? Spuren? Etwas, womit sich ein Mord aufklären lässt?«

»Frederike in ihrem Element. Bellt hier rum wie ein wild gewordener Pinscher. Lässt dich Julian mal wieder von der Leine?« Dieser Dreckwühler sah zu seiner Mannschaft, wahrscheinlich um sicherzugehen, dass auch alle das Wortgefecht mitbekamen.

Sie musste den Kopf in den Nacken legen, um ihm in die Augen sehen zu können. Sein schwarzer Dreitagebart, die schwarzen, wirren Locken und die Pockennarben auf seiner Wange vermittelten eher das Bild eines Kleinganoven als das eines Kriminalpolizisten. Hinzu kam, dass ihr zum Thema kompetente Ermittler zuerst fünf andere Namen einfielen.

Unter der Kapuze des Schutzanzugs zeichnete sich seine Baskenmütze ab, seine rechte Schnurrbartecke schimmerte gelb vom Nikotin der filterlosen Zigaretten, die er ständig dort kleben hatte, wenn er nicht im Einsatz war.

»Für deinen Blödsinn hab ich heute keine Zeit und keine Nerven, Patrick. Wir brauchen Hinweise auf den Mörder. Oder soll ich der Presse sagen, dass die Spusi nach dem Frühstück anfangen will, den Tatort zu untersuchen?«

»Frederike, das Kameradenschwein wie eh und je. Wenn es dir damit gut geht, halte ich dich nicht ab. Aber hier sage ich, was angefasst wird und was nicht.« Patrick sah seine Leute an, die betreten zu Boden blickten.

»Willst du eine Frau schlagen, wenn sie sich nicht daran hält? Oder schreibst du eine Beschwerde, weil du sonst nichts zu tun hast?« Frederike bückte sich und klappte die Plane zurück. Sie sah dem toten Künstler ins Gesicht. Jetzt hatte sie ein Bild von ihm und wusste, wessen Mörder sie jagen würde.

Die Panik stand ihm jetzt noch in den aufgerissenen Augen, die er starr in den grauen Himmel richtete. Er lag auf dem Rücken, die Arme unnatürlich unter dem Körper. Der rote Strich um seinen Hals lag beinahe versteckt in einer Hautfalte. Der Draht, mit dem er vermutlich erdrosselt worden war, hing locker unterhalb des roten Strichs. Zwei kleine Holzgriffe baumelten rechts und links unter seinen Ohren.

Frederike forderte Kowalczyk auf, mit seinem Smartphone Fotos von Freistein zu machen.

»War das jetzt so schwer?«, meinte sie zu Patrick. Sie legte die Plane wieder über das Gesicht und sah ihn an. »Ich komme gleich noch einmal zu euch. Es könnte ja sein, dass ihr bis dahin schon etwas gefunden habt.« Damit drehte sie sich um und wollte zu dem Herrn an der Passage gehen.

Doch Patrick ließ nicht locker. »Bist du heute einmal ausgeschlafen, oder warum bist du so scharf drauf?« Patrick sah seine Kollegen an. »Hat vielleicht einer von euch einen Wecker dabei? Falls Frederike ein Nickerchen machen will, während sie auf uns wartet.«

Alle lachten auf.

Frederike war es leid. Dass Patrick es nicht lassen konnte. Er war der Schlimmste von allen. Keine Gelegenheit ließ er aus, ihr die Vergangenheit unter die Nase zu reiben und es sie spüren zu lassen, wie unwürdig er ihr damaliges Verhalten fand.

Frederike ignorierte es und nickte Kowalczyk zu. »Hoffentlich wirst du nie so.« Zu Patrick sagte sie: »Wir sind gleich wieder da«, dann marschierte sie gemeinsam mit Kowalczyk zu diesem Herrn von Turin.

Schon von Weitem wirkte er wie ein Mobile im Wind, wie er an seiner Nase zupfte, über seinen Mantel strich, eine Locke aus der Stirn wischte. Jetzt begutachtete er seine Schuhe, checkte sein Smartphone. Dann alles in umgekehrter Reihenfolge.

Sie erreichten ihn, stellten sich vor, und Frederike erkannte sofort den gepflegten Mann: akkurater Dreitagebart, maniküre

Finger und der Teint eines Kleinkindes. So nah bei ihm, roch sie ein dezentes, angenehmes Aftershave.

»Von Turin. Guten Morgen, Frau Stier. Ist das nicht schrecklich? Ich kann das noch gar nicht fassen. Wissen Sie, was das bedeutet? Für den Kunstmarkt, für die Kunstwelt, für mich. Bei uns auf –«

»Das ist bestimmt ein großer Verlust für die, die ihn, Frei...?«

»...stein. Claude Freistein.«

»Also für die, die ihn zu schätzen wissen. Wann haben Sie ihn gefunden?«

»Claude Freistein war ein begnadeter Künstler. Dieser Esprit, diese Wucht der Farben, dieser Zynismus seiner Installationen.«

»Wann?«

Von Turin sah sie irritiert an. »Ach ja. Das muss gegen acht Uhr gewesen sein. Wir hatten einen Termin. Morgen ist die Vernissage seiner Ausstellung. Wissen Sie, die ganze Kunstwelt kommt. Und die Offiziellen der Stadt, der Medien. Alle kommen sie, und jetzt –«

»Wer könnte so etwas tun?«

Von Turin sah Frederike mit aufgerissenen Augen an. »Ich ... Woher soll ich das wissen?«

»Hatte er Feinde? Eine enttäuschte Liebe? Wurde etwas gestohlen? Gibt es Neider?«

Von Turin schien von der Direktheit ihrer Fragen überrascht. Er wirkte noch nicht richtig sortiert, das wollte Frederike ausnutzen, um ihn zu überrumpeln.

»Frau Stier, da sagen Sie etwas. Wir müssen sofort zur Halle. Wenn dort etwas gestohlen wurde! Diese Werte!«

»Wo?«

»In Halle 5. Kommen Sie.«

Von Turin betrat die Passage. Nun hatte er sie überrumpelt. Sie folgten ihm, ohne genau zu wissen, wohin er jetzt ging.

Die Passage war etwa dreißig Meter lang. Im Augenwinkel sah Frederike rechts und links Geschäfte, Kunsthandwerk, eine Galerie, am Ende ein Café, und als sie von Turin nach draußen treten sah, hatte sie erst die Hälfte der Passage durchquert. Sie sah ihn rechts um die Ecke biegen. Hätte ihre Lunge ausreichend Luft enthalten, hätte sie ihn zum Langsamgehen aufgefordert. So konnte sie nur hinterherhecheln, Kowalczyk an ihrer Seite.

Sie mochte diesen affektierten Kunsttypen schon jetzt nicht. Gelackt, gestylt, alles Ton in Ton und selbst bei diesem Wetter saßen die Haare, die Schuhe glänzten, dazu dieses Lächeln aus der Werbung. Am schlimmsten war, dass er eine Frau hinter sich herrennen ließ. Das alles wurde nur noch davon übertroffen, dass sie sich in ihrem weißen Schutzanzug neben ihm besonders bescheuert fühlte.

»Hier.« Von Turin wartete gleich neben der Tür, was sie nicht gesehen hatte, und hielt ihr einen kleinen Regenschirm hin. »Sie werden ja ganz nass.«

Perplex griff sie danach und vergaß vollkommen, sich dafür zu bedanken. Zum Glück zerrte der Wind so heftig daran, dass sie dieses nutzlose Teil direkt zurückgeben konnte.

Sie gingen einige Meter weiter und standen dann vor der besagten Halle 5, wie Frederike auf einem Schild an der Wand lesen konnte.

»Hier. Schauen Sie.« Von Turin stand aufgeregt vor der verriegelten Metalltür und drehte den runden Knopf unter der Klinke. »Abgeschlossen. Gott sei Dank.«

»Können Sie die Tür öffnen, Herr von Turin?«

Er sah sie an.

»Haben Sie einen Öffner?« Es war erkennbar, dass diese Tür nicht mit einem Schlüssel aufzuschließen war.

»Selbstverständlich.«

Frederike stand kurz vor der Explosion. »Würden Sie dann bitte.« Sie deutete mit der Hand auf die verschlossene Tür. »Dann können wir gleich nachsehen, ob etwas gestohlen wurde oder verwüstet oder was immer man mit Kunst so machen kann.«

»Sollten wir nicht warten, bis die Spurensicherung den Raum freigegeben hat?«, raunte Kowalczyk ihr ins Ohr.

»Dann hol den Ober-Spusi oder einen seiner Leute.« Sie sagte das mehr in der Hoffnung, man würde sie in Ruhe den Raum inspizieren lassen. Denn sie war sicher, Patrick würde sich niemals von ihr herumkommandieren lassen.

Kowalczyk trottete davon.

»Aber beeil dich, sonst habe ich den Fall alleine gelöst, bis du wieder da bist«, rief sie ihm hinterher, und zu von Turin gewandt schnauzte sie: »Machen Sie doch schon auf.«

Von Turin holte einen Schlüsselbund aus der Hosentasche. Er warf den Kopf in den Nacken und schlug die Hand an die Stirn. »Der Transponder liegt in meinem Schreibtisch. Ich dachte, ich brauche ihn nicht.«

»Frederike! Kommst du kurz?« Dieter stand an der Ecke der Halle und winkte ihr zu.

»Herr von Turin, Sie warten, bis ich zurück bin.« Frederike ging zu Dieter, dabei lief ihr der Regen über das Gesicht.

»Wir haben Freisteins Smartphone. Er wurde um sechs Uhr achtundvierzig von einem Meinhard Westerburg angerufen. Der hat eine Nachricht auf der Mailbox hinterlassen.« Pause.

Frederike verkniff sich die Frage, warum Dieter das Telefon in der Hand hielt und nicht Patrick oder sonst einer der Spurensicherung. Als Dieter nicht weiterredete, fragte sie: »Du willst jetzt nicht, dass ich rate, was auf der Mailbox ist?«

»Dieser Westerburg hat nur Bescheid gegeben, dass er in einer halben Stunde hier wäre. Sonst nichts.«

»Hat er gesagt, worum es geht? Wie hat er geklungen? Ist euch etwas aufgefallen? Geräusche? Andere Personen?«

Dieter kratzte sich am Kopf. »Er klang gehetzt. Ich vermute, dass er aus einem Auto angerufen hat. Zumindest kann man Fahrgeräusche hören. Aber gesagt hat er nur, er wär gleich da.«

»Dass der Anrufer Westerburg hieß, wurde angezeigt, oder hat er seinen Namen genannt?«

»Frederike.«

»Wurde es nur angezeigt, oder hat sich der Anrufer mit Namen gemeldet?«, hakte Frederike genervt nach.

28

»Er hat seinen Namen genannt, und der Name steht in der Anrufliste. Die Nummer ist gespeichert.«

Also kannten sie sich, dachte sie. »Ich brauche die Nachricht und die Mobilnummer. Wir müssen wissen, was so wichtig war, dass er um diese Uhrzeit angerufen hat. Und ob er auch tatsächlich hier war.« Frederike stützte eine Hand auf die Hüfte und legte den Zeigefinger der anderen über den Mund. »Habt ihr versucht, diesen Wester...dingens zu erreichen?«

»Nein.«

»Diktier mir die Nummer.« Frederike holte ihr Smartphone aus der Jackentasche und entsperrte es. Sie tippte die Nummer ein und hörte augenblicklich die Ansage der Mailbox. Sie hinterließ die Aufforderung, er solle sich umgehend bei ihr melden, und beendete das Gespräch.

Sie bedankte sich bei Dieter und blieb nachdenklich stehen. Sie fühlte sich mittlerweile wie ein nasser Sack, und ihre Zähne schlugen aufeinander.

Trotzdem: Für nichts in der Welt würde sie diese Arbeit gegen einen Innendienstjob – oder Schlimmeres – eintauschen. Am Tatort spielte die Musik, bei den Toten erwachte sie zum Leben.

Auch wenn Julian über den Ruhestand mit ihr reden wollte, nichts anderes konnte der Grund für ihr Gespräch sein, würde sie den Dienst nicht quittieren. Das kam für sie nicht in Frage. Niemals. Rente? Das fand bei ihr noch nicht statt. Noch nie hatte sie einen Gedanken an die Zeit *danach* verschwendet. Das war ein schwarzer Strudel, in dem sie versinken würde. Deshalb gab es nur: Arbeiten bis zum Umfallen.

Mit einer zügigen Mordaufklärung entginge sie dieser Diskussion, und sie dürfte noch ein Jahr oder zwei dranhängen. Denn die Aussicht auf Rente war so verlockend wie die Vorstellung, in kochendem Öl zu baden. Oder mit Patrick in einem Team zu arbeiten.

Sie rief im KK 24 an. »Jens? Ich geb dir eine Nummer. Ich brauche umgehend den Standort und das Bewegungsprofil. Danach die Verbindungsdaten.« Sie diktierte ihm Westerburgs Nummer und beendete mit einem »Melde dich« das Gespräch.

Sie zitterte mittlerweile am ganzen Körper vor Kälte und Nässe. *Ein Kaffee wäre jetzt gut und eine Zigarette.* Frederike ging zurück zu von Turin. »Kennen Sie einen Herrn Westerburg?«

»Den Namen habe ich schon einmal gehört. Warum?« Von Turin lächelte sie an.

»Was kann er morgens um sieben von Ihrem Künstler gewollt haben?«

Sie ließ von Turin nicht aus den Augen. Der verdrehte die Augen, als würde ihm die Antwort körperlichen Schmerz bereiten. »Ich habe keine Ahnung. Herr Westerburg verkauft Kunst und berät Anleger, Investoren in Fragen von rentablen Kunstobjekten, wenn Sie verstehen. Vielleicht hatte er einen Interessenten.« Er sah auf seine Uhr. »Ich habe gleich eine Telefonkonferenz mit dem Vorsitzenden des Kulturvereins und den Herren von der Stadt. Wir müssen abstimmen, wie wir die Absage der Ausstellung begründen und was wir an die Presse geben. Sie haben keine Vorstellung, was auf mich zukommt. Ich muss …« Jetzt klang er wie ein aufgelöster Junge, der mit der Situation überfordert war.

»Sie schaffen das. Ich bin sicher. Und der Presse sagen Sie gar nichts, nur, dass die Veranstaltung ausfällt. Die Staatsanwaltschaft wird zeitnah die Presse über den Vorfall informieren. Sonst informiert niemand. Ist das klar?« Sie wartete die Bestätigung ab. »Wenn von Ihnen etwas an die Presse gegeben wird, sind Sie dran«, sagte Frederike und blickte von Turin in die Augen.

Er nickte erneut.

»Verschieben Sie die Ausstellung und laden Sie die Herrschaften für einen späteren Zeitpunkt ein. Es dauert nur ein paar Tage, bis wir hier fertig sind. Dann können Sie tun und lassen, was Sie wollen. Bis dahin sind die Preise für die Kunst von diesem Freistein bestimmt schon gestiegen.«

Von Turin riss den Mund auf und wollte etwas erwidern, doch Frederike ließ es nicht zu. »Haben Sie die Kontaktdaten von Herrn Westerburg? Telefon, Adresse?«

»Nicht hier. Ich muss sie suchen.« Von Turin stand stocksteif vor dem Hallentor, kopfschüttelnd, seine Schuhe inspizierend. Frederike fragte:»Wer kann alles in die Halle?« Sie brauchte einen Anhaltspunkt, Informationen, bevor der Dackel zu seiner Konferenz abzischte. »Fragen Sie bitte meine Sekretärin. Ich habe keinen Überblick, wer mit seinem Transponder für die Schlösser freigeschaltet ist. Die Putzkolonne, das Veranstaltungsmanagement. Fragen Sie dort.« »Wie wird die Ausstellung bewacht?« Von Turin sah Frederike mit großen Augen an. »Haben Sie eine Vorstellung, wie groß dieses Gelände ist? Unser Budget ist begrenzt.« »Also keine Bewachung? Auch keine Kameras? Auch nicht für die Halle?« Frederike wollte auf Nummer sicher gehen. Ihr Gegenüber verneinte.»Die Bewachung organisieren wir nie.« Als würde eine plötzliche Erkenntnis seinen Körper wachrütteln, drückte er seinen Rücken gerade. »Ich muss jetzt ins Büro. Und klären Sie den Fall. Die Kunstwelt will Antworten.«

Jetzt musste sie sich schon von so einem Anweisungen geben lassen. »Wer hätte ein Motiv? Was wissen Sie über Herrn Freistein, das zu seiner Ermordung geführt haben könnte?« »Das ist doch Ihr Job, das herauszufinden. Ich muss jetzt los.« Von Turin stürmte davon.

Kowalczyk bog um die Ecke. Bevor er etwas sagen konnte, wies Frederike ihn an:»Geh ihm nach und krieg raus, wer Zugang hat, wie das kontrolliert wird, wer heute Morgen schon auf dem Gelände war. Und ich will die Liste aller Angestellten. Ich will wissen, wer wann mit diesem Freistein Kontakt hatte. Wir brauchen die Daten von Westerburg. Sag diesem Pinkel, dass ich am Nachmittag noch einmal mit ihm sprechen will.« Frederike überlegte.»Frag ihn noch einmal nach Feinden. Vielleicht ist dieser Künstler jemandem auf die Füße getreten. Oder in seinem privaten Umfeld hat es Spannungen gegeben. Vielleicht hat von Turin etwas mitbekommen. Frag auch seine Sekretärin und wen du sonst noch in den Büros triffst.«

»Wird erledigt, Frau Stier.« Kowalczyk setzte bereits zum Spurt an.

»Und beeil dich mit diesem Transponder.«

Er nickte, und weg war er.

Frederike wehte eine weitere Böe Regen ins Gesicht. Dieses nasskalte Wetter war nichts für sie. Sie griff sich an die Brust, weil jemand gerade eine Nadel in ihr Herz stach. Nur raus aus dem Regen und diesem Wind. Beim Blick auf ihre Uhr beschlich sie das Gefühl, dass ihr die Zeit knapp werden könnte.

3

Der Overall war doch kein Schutz. Die Jacke war durchweicht, die Hose klebte an den Beinen, und in den Schuhen sammelte sich Wasser. Ihre Zehen spürte sie schon lange nicht mehr. Frederike war kaum in der Lage, die Zigarette aus der Packung zu holen und sie anzuzünden. Sie sehnte sich nach einem warmen Platz und einem Kaffee. Gerade war sie doch an einem Café vorbeigekommen. Das musste in dieser Passage gewesen sein, durch die sie vorhin gerannt war. Also zurück und hoffen, dass es schon geöffnet hatte. Sie ließ ihren Blick über das Areal schweifen. Gegenüber der Halle 5 sah sie das Red Dot Design Museum. Und jede Menge roter Backsteingebäude. Und überall diese rostroten Stahlkonstruktionen. Alles war miteinander verbunden. Schächte, Bänder, Rohre führten aus einem Gebäude heraus und in ein anderes hinein. Ein Organismus, bei dem früher alles ineinandergegriffen und funktioniert hatte.

Sie überlegte, wie es früher wohl gewesen war. Wie die Kohle abgebaut und hochgeholt worden war, aus heutiger Sicht unter unmenschlichen Bedingungen. Danach in diesen Gebäuden gewaschen und aufbereitet, für den Transport vorbereitet, um dann in Deutschland und der ganzen Welt verkauft zu werden. Sollten die Menschen froh sein, dass diese Zeiten, in denen der Kumpel seine Gesundheit und sogar sein Leben riskiert hatte, vorbei waren? Mit dem Geleucht am Helm war letztlich auch das Licht für die ganze Region ausgegangen. Und mit den Fingern, die gestern noch Kohle aus dem Stollen gebrochen hatten, morgen eine Computertastatur zu bedienen war nicht realistisch.

Was würde sie anstelle von Mörderjagen machen? Das Nachdenken erübrigte sich: Mörder jagen.

Nach fünfzig Metern erreichte sie die Passage. Sie wischte

sich durch die Haare, dass das Wasser spritzte, und stellte sich vor die Tür. Sie las, dass sich der Eingang draußen befand. In diesem Moment öffnete sich die Tür eines anderen Geschäfts. Dankbar dafür ging Frederike zu dem Mann, der ein Klappschild in den Gang stellte. »Guten Morgen, Frederike Stier, Kripo Essen.«

Der Mann sah sie an. »Engelhardt, guten Morgen.«

Frederike sah auf den Klappständer und meinte: »Das ist schön.« Der Doppelbock von Schacht XII. Nüchtern, blasser Himmel, roter Backstein, rostrote Stahlstreben. So wie er eben war – und die Region, ohne Schnörkel, ohne Heiligenschein, Industriekultur.

»Danke«, sagte er freundlich. »Drinnen habe ich mehr davon.«

»Später.« Sie registrierte den interessierten Blick des Mannes. »Kennen Sie Herrn Freistein?«

»Natürlich kenne ich Herrn Freistein. Wer kennt ihn hier nicht?«

»Was ist das für einer?«

»Ist ihm etwas passiert? Ich meine, die Polizei, das Blaulicht. Die ganzen Absperrungen.«

»Gibt es einen Grund, dass ihm etwas passiert sein könnte?«

»Warum passiert Menschen etwas? Einen Grund wird es bestimmt geben.«

»Hätten Sie einen?«

»Gott bewahre. Wir haben uns gegrüßt, mehr aber auch nicht. Herr Freistein und ich hatten keinen Kontakt. Er war immer sehr beschäftigt.«

»Seit wann arbeitete er hier auf der Zeche?«

Herr Engelhardt kratzte sich seinen breiten Scheitel. »Das könnten schon acht Wochen oder mehr sein. Genau kann es Ihnen bestimmt Herr von Turin sagen.«

»Was halten Sie von seiner Kunst?«

»Seine Werke hängen in den Museen und namhaften Galerien. Für den Preis eines seiner Bilder können Sie hier fast das halbe Atelier kaufen. Er muss gut sein. Aber was ist denn passiert? Bei dem Aufgebot draußen muss es schlimm sein. Und Sie: von der Kripo.«

»Ja. Wo waren Sie heute Morgen gegen sieben Uhr?«

»Am Frühstückstisch«, kam die spontane Antwort. »Ich habe wahrscheinlich gerade den Artikel über die Ausstellungseröffnung morgen gelesen.«

»Zeugen?«

»Meine Katze.« Er lachte.

Frederike drückte Herrn Engelhardt ihre Karte in die Hand. »Falls Ihnen noch etwas einfällt.« Sie sah kurz in das Atelier. »Wirklich sehr schöne Sachen, die Sie machen.«

»Und erschwinglich«, ergänzte er. Dann trat er demonstrativ zur Seite, damit sie hineingehen konnte.

Doch Frederike verabschiedete sich und versprach, später noch einmal zu kommen. Schräg gegenüber von Engelhardts Atelier leuchtete ein steriler Raum. »Galerie Marschall«, war daneben zu lesen. Weiße Wände, weißer Boden, zwei weiße Sessel und grellbunte Farbschmierereien, an Fäden von der Decke und vor den Wänden hängend. Unförmige Metallklumpen standen auf Podesten. Dazu das Schild: »Freistein at his best«. Der Werbeslogan eines Kindergartengemüts.

Im Fenster hing ein rotes Bild. Bei genauerem Hinsehen erkannte Frederike in den roten Schlieren die Kontur eines Schweins. Auf den zweiten Blick bemerkte sie erst das kleine Schwänzchen rechts am Rahmen und links oben ein Ohr. Auf dem Zettel darunter stand: »Claude Freistein. Titel: Was übrig bleibt. Original Schweineblut auf Schweineschwarte«. Angewidert drehte sie sich weg. Wer hängt sich so etwas auf?

Sie ging zurück zum Eingang, wo sich das Bistro Butterzeit noch verlassen und geschlossen befand. »Butterzeit«, eigentlich das schnelle Mittagessen des Bergmanns, versprach einen Sitzplatz, einen heißen Kaffee und eine Zigarette. Erwartungsfroh drückte Frederike die Klinke nach unten und musste feststellen, dass es noch nicht geöffnet hatte. Sie hielt die Handflächen neben die Augen und spähte durch die Glasscheibe. Hinter dem Tresen hantierte eine Frau. Frederike klopfte an die Scheibe.

Die Frau sah zu ihr hin, deutete auf ihr Handgelenk und winkte ab. »Geschlossen«, formte sie mit den Lippen.

Frederike klopfte noch einmal und signalisierte der Frau, sie solle bitte zur Tür kommen. Widerwillig setzte die sich in Bewegung und öffnete. »Frederike Stier, Kripo Essen. Ich muss Sie zu Herrn Freistein befragen.« Sie schob sich an der Frau vorbei. Endlich raus aus dem Regen und in einen warmen Raum. »Gibt es schon Kaffee?« Den brauchte sie jetzt dringend, und dafür war ihr jedes Mittel recht. »Ich hab mich gar nicht getraut zu fragen, was da los ist. Bei dem Blaulicht und all den Leuten. Was ist denn passiert?« Die Frau ging zurück hinter den Tresen und füllte einen Siebträger des Kaffeeautomaten mit Pulver. Sie stellte eine Tasse unter den Auslass und drückte auf einen Knopf. Augenblicklich dröhnte das Ungetüm los.

»Kannten Sie Herrn Freistein?«

»Ein ganz Arroganter, so 'n Stenz. Kam hier rein, hat sich umgesehen, die Nase gerümpft und ist verschwunden. Der hätte sich wahrscheinlich nur gesetzt, wenn ich den Stuhl vorher desinfiziert hätte. Noch nicht einmal einen Kaffee hat er hier bestellt.«

»Sahen das alle hier so? Gegenüber in der Galerie werden ja seine Bilder verkauft.«

»Oh ja, die Frau Marschall. Bei der war er regelmäßig und hat sich ein Piccolöchen getrunken.« Die Frau stützte sich auf den Tresen und flüsterte Frederike zu: »Und manchmal hat sie das ›Geschlossen‹-Schild ins Fenster gehängt, wenn er da war. Mitten am Tag.«

Was sollte sie von solchem Klatsch halten? Frederike beschloss, ihn interessiert aufzunehmen. »Und? Lief da was?«, fragte sie genauso konspirativ.

»Ich will dazu nichts sagen. Von der Zeit her – beeilt haben sie sich nicht, wenn Sie wissen, was ich meine.«

»Hatte sonst noch jemand Kontakt zu Freistein? Herr Engelhardt zum Beispiel?«

»Den haben Sie doch gerade selbst gefragt. Außerdem kann ich nicht ständig gucken, was draußen los ist.« Die Frau drehte sich zur Kaffeemaschine um und holte den durchgelaufenen Kaffee.

»Hatte Herr Freistein mit irgendwem Ärger? Seine Kunst soll ja sehr provokant sein, gefällt also vielleicht nicht jedem.«

»Warum fragen Sie mich das alles?« Die Frau stellte die Tasse vor Frederike, dass es klapperte.

»Beantworten Sie einfach meine Frage. Und Zucker bitte.«

Frederike atmete tief ein und aus. Zu viel musste jetzt gleichzeitig getan werden, dass sie keine Zeit für Geplänkel hatte. Ihr Nervenkostüm war ein prall gefüllter Luftballon, bei dem schon eine spitze Bemerkung reichte oder eine Bemerkung, die sie für spitz hielt, um ihn – oder sie – zum Platzen zu bringen.

»Sie haben ja mitgekriegt, was draußen los ist. Haben Sie vorher etwas gesehen oder gehört, was uns helfen könnte?«

Sie rührte in ihrem Kaffee.

»Nein, habe ich nicht. Ich kam von der anderen Seite. Ich habe nur einige Polizisten mit Hunden vorbeilaufen sehen. Aber sonst habe ich nichts mitgekriegt.« Die Frau wischte mit einem feuchten Tuch über den Tresen und spülte es danach aus.

»Was ist passiert?«

»Was können Sie mir über Herrn Freistein sagen?«

»Ich tratsch hier nicht rum und bring unschuldige Menschen in Schwierigkeiten.«

Frederike bemühte sich, ruhig zu bleiben. »Meine Fragen zu beantworten ist kein Tratschen. Und der Polizei sachdienliche Hinweise zu verschweigen kann Ärger geben.«

Die Frau drehte sich um und machte sich an der Kaffeemaschine zu schaffen. »Ich kann Ihnen da nicht helfen. Fragen Sie Frau Marschall. Die weiß bestimmt mehr.«

»Wann waren Sie eigentlich heute Morgen hier?«

Die Frau sah sie feindselig an. »Wie jeden Morgen. Kurz vor acht.«

Frederike überlegte. »Ihnen ist nichts aufgefallen? Da liegt ein Toter keine fünfzig Meter von hier, und Sie putzen seelenruhig Ihren Laden? Was machen Sie so früh hier?«

Die Frau riss den Mund auf. »Wer? Dieser Freistein? Tot?«

»Was haben Sie gesehen?«

»Hören Sie mal zu. Erstens war es dunkel. Zweitens komme ich von der anderen Seite in mein Bistro. Und drittens kümmere ich mich um meinen Kram. Haben Sie eine Ahnung, wie viel zu tun ist, um alles hier vorzubereiten?« Dabei deutete die Frau auf die Auslage mit den belegten Brötchen, dem Kuchen und einigen kleinen Gerichten.

Frederike nippte am Kaffee, der zu heiß war, um ihn schnell zu trinken. »Haben Sie einen Becher? Dann nehme ich den Kaffee mit.«

»Warum sagen Sie das nicht gleich?«

»Ich wusste nicht, dass es hier so frostig ist.«

Die Frau füllte den Kaffee in einen Pappbecher, drückte einen Deckel drauf und stellte ihn vor Frederike. »Drei Euro fünfzig.«

Frederike kramte fünf Euro aus ihrem Rucksack. »Hier. Ich lege Ihnen meine Karte dazu. Kommen Sie morgen früh um acht Uhr ins Polizeipräsidium, damit ich Ihre Aussage aufnehmen kann.«

»Ich würde an Ihrer Stelle nicht darauf warten«, sagte die Frau schnippisch und verschwand in dem Raum rechts neben der Kaffeemaschine.

Frederike schüttelte den Kopf und verließ mit einem »Seien Sie pünktlich!« den Laden.

Mit dem Kaffeebecher in der Hand ging Frederike zum Besucherzentrum, wo Freistein immer noch unter einer Plane lag. Der Aufgang zur Kohlenwäsche leuchtete orange. Sie zog den Kopf ein. Doch das war ein untauglicher Versuch, sich vor dem Regen zu schützen.

Die kalte Luft und die nasse Kleidung setzten ihr gewaltig zu. Sie verschränkte die Arme vor der Brust und blies in ihre gefalteten Hände, trotzdem wollte keine Wärme in ihren Körper fließen.

Ihr Blick blieb an dem Veranstaltungsplakat hängen. Das von Verwesung und Verfall überladene Plakat und der davor liegende Freistein bildeten eine makabre Komposition. Was übrig bleibt, dachte sie, und das Bild aus der Galerie kam ihr in den Sinn.

»Ausgeschlafen?« Als hätte Patrick nur auf sie gewartet, um sie mit dieser Bemerkung zu ärgern.

»Habt ihr endlich etwas Verwertbares gefunden? Oder macht ihr immer noch die Arbeit der Putzkolonne?«

Er baute sich empört vor ihr auf. Sein Brustkorb hob sich, und er streckte sein Kinn nach vorne. »Wenn du schlechte Laune hast, dann lass das nicht an uns aus. Wenn wir fertig sind, alles ausgewertet haben, kriegst du unseren Bericht. Bis dahin lass uns unsere Arbeit machen.« Ein breites Grinsen zog seine Mundwinkel nach oben, und seine Kippe drohte herauszufallen.

Bevor er eine Boshaftigkeit hinterherschieben konnte, hob Frederike die Hand. »Stopp. Bis wann?«

Patrick stutzte. »Was hast du vor?«, fragte er, und sie sah die Skepsis in seinen Augen.

»Ich bin die Diskussion mit dir leid. Mach deinen Job und melde dich, solltet ihr etwas finden. Den Staatsanwalt und Julian vertröste ich bis dahin.« Sie wandte sich zum Gehen. »Ich hör von dir«, merkte sie noch an.

Dass Patrick stumm blieb, registrierte sie mit Genugtuung. Warum musste er das dunkelste Kapitel ihres Lebens immer wieder aufs Tapet bringen? Es ärgerte sie mehr, als sie sich eingestehen wollte. Wie das HB-Männchen ging sie hoch, wenn jemand eine Andeutung in diese Richtung machte. Was heute in sie gefahren war, dass sie diese Routine durchbrochen hatte, musste ihr gleich der Kardiologe erklären.

Es lag einige Jahre zurück. Fünfundzwanzig, fiel ihr ein. Ein Schicksalsschlag? Selbst heute noch fand sie nicht den passenden Namen dafür. Schicksalsschlag klang, als wollte man den hauchzarten Schlag eines Schmetterlingsflügels mit einem Orkan gleichsetzen. Dieser Orkan hatte jedenfalls ihr Leben auf den Kopf gestellt. Seither führte sie das Leben einer anderen, reduzierte soziale Kontakte auf ein Minimum, es interessierte sie kaum etwas, am liebsten war sie allein in ihrer Wohnung.

Der Polizeidienst gab ihrem Leben eine Struktur und eine gelegentliche Befriedigung, wenn sie einen Mörder überführt, ihn mit seinen eigenen Waffen geschlagen und für immer hinter Schloss und Riegel gebracht hatte. Dann lächelte sie in ihrem Fernsehsessel und hörte Leonard Cohen.

Harald, ihr Chef, der Direktionsleiter, hatte sie bei einer Feier in den Arm genommen, um sie zu trösten. Blauäugig und verletzt wie sie war, hatte sie sich beachtet gefühlt. Er hatte ihr zugehört, sich mitfühlend gezeigt, richtig sympathisch. Und sie dachte: Er nimmt mich ernst und versteht mich. Dann schüttete sie ihm ihr Herz aus und weinte dicke Tränen.

Erst als seine Hand unter ihrem Rock verschwand, erwachte sie und merkte, was hinter seinem Mitgefühl steckte. Harald hörte mit dem Trösten nicht auf, auch nicht, als sie Nein sagte. Im Gegenteil.

Diese Situation stand noch so greifbar vor ihren Augen, als wäre es vor fünf Minuten passiert. Wie sie zuerst dachte, es sei ein Versehen, dass seine Hand auf ihrem Knie landete und dann hochwanderte. Sie war zuerst konsterniert, unfähig zu denken oder zu reagieren. Er war ihr Chef, und sie war sich so sicher, er wollte sie nur trösten, in den Arm nehmen, an seine Brust drücken. Aber er wollte ihre Brust drücken. Und dann wurde es schwarz.

Ihre Erinnerung setzte wieder ein, als man ihr die Dienstwaffe aus der Hand nahm und sie in Sicherheit brachte. Ludwig hatte sie dann nach Hause gefahren und ihr geraten, den Rausch auszuschlafen. Sie legte sich ins Bett und wusste, dass sie nüchtern wie selten war, weil sie ausschließlich Mineralwasser getrunken hatte.

In der Nacht hatte sie kein Auge zugemacht. In ihren Gedanken malte sie sich aus, ihm die Pistole an den Kopf zu halten, ihn anzuzeigen oder alles nacheinander oder noch viel Grausameres – oder es auf sich beruhen zu lassen und es als »Ausrutscher« abzutun.

Bitte senden Sie mir das aktuelle Verlagsprogramm zu

Ich möchte den Newsletter von emons: per E-Mail erhalten

Ich habe Interesse an Krimis aus folgender Region:

f Besuchen Sie uns auch auf www.facebook.com/EmonsVerlag

Name

Straße

PLZ/Ort

E-Mail

emons: verlag
Cäcilienstraße 48

50667 Köln

DER TOD HAT EINEN GRÜNEN DAUMEN

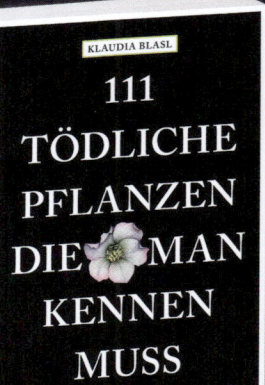

Am nächsten Morgen meldete sie sich krank. Sie versuchte, allein mit der Situation klarzukommen, zog die Vorhänge vor und verkroch sich im Bad. Noch nie war sie von jemandem so gedemütigt, erniedrigt, beleidigt worden, und sie versank immer tiefer. Nach einer Woche kroch sie aus ihrer Höhle und ging zum Dienst. Dort vertraute sie sich einer Kollegin an, die es der Internen steckte. So war der Stein ins Rollen gekommen. Eine Kommission untersuchte den Vorfall, Harald ließ sich versetzen, und sie schob einige Monate Innendienst.

Danach grenzten die Kollegen sie aus, behandelten sie wie eine Aussätzige, weil der beste Chef von allen ihretwegen versetzt worden war.

Ein halbes Jahr später übernahm Julian Potthoff die Kriminalinspektion 1. Eine Mordserie im Rockermilieu beschäftigte damals das Ruhrgebiet. Natürlich lag sein Hauptinteresse darin, den Täter schnellstens zu fassen. Was konnte ein besserer Einstand sein als ein schnell gelöster Fall?

Frederike oblag die Leitung des Falls, eine Art »Wiedereingliederungshilfe«. Die Kollegen spielten wohl oder übel mit, Julian behielt sie im Auge, und sie wollte es allen beweisen.

Es war ein brütend heißer Sommertag gewesen, sie hatte ihr Mineralwasser zu Hause vergessen und saß nachts in ihrem überhitzten Auto, ausgetrocknet und nach vierundzwanzig Stunden Dienst ausgepowert. Sie observierten den Kopf der Bande vor seinem Haus. Kurz vor Mitternacht war Julian zu ihr ins Auto gekommen. Sie hatte die Lage geschildert, anschließend hatten sie sich auf den Hauseingang konzentriert.

Es kam, wie es kommen musste. Frederike fielen die Augen zu. Sie wurde von einem Geräusch geweckt und sah den friedlich schlafenden Chef neben sich. Sie wusste bis heute nicht, was sie damals geritten hatte, jedenfalls zückte sie die bereitliegende Videokamera, die eigentlich für den Verdächtigen gedacht war, und filmte ihn, Julian Potthoff. Ob es ihr Instinkt war oder die Erfahrung mit Harald, jedenfalls fand sie es gut, so etwas in der Hinterhand zu haben.

Der Drogenboss verließ das Haus. Bis sie die Kamera versteckt, die Kollegen alarmiert und die Verfolgung aufgenommen hatte, war er um die nächste Ecke verschwunden. Als klar war, dass der Drogenboss trotz Überwachung entkommen war, räumte Frederike ein, eingenickt zu sein. Dass Julian neben ihr im Auto gesessen hatte, verschwieg sie. Schließlich war er neu und musste sich beweisen. Außerdem war sie sicher, zumindest hoffte sie es, er würde dieses »Opfer« zukünftig honorieren. Das Video stellte den Strick dar, der sie fortan miteinander verband. Wie die zwei Esel mit den Heuhaufen.

Für die Truppe, die die wahre Geschichte nicht kannte, war die Sache natürlich ein gefundenes Fressen, und sie rieben es ihr zu jeder passenden und unpassenden Gelegenheit unter die Nase. Vor allem diejenigen, die ihr die Geschichte mit Julians Vorgänger Harald nachtrugen, wie Patrick. Und die Kollegen wurden auch nicht müde, die Neuen über Frederikes Glanztat zu informieren. Frederike lief seither mit den beiden Stempeln »Kameradenschwein« und »Nachtwächter« und diversen Abwandlungen davon herum.

Weil sie kein Kameradenschwein mehr hatte sein wollen und Julian seit seinem Missgeschick schützte, war sie nun die unfähige Kollegin, die schlief, wenn es darum ging, Verdächtige zu observieren. Ein weiterer Makel und Beleg dafür, dass sie nicht ins Team passte.

Julian hatte sie in dieser ersten Zeit verteidigt, sie oftmals aus der Schusslinie genommen und versucht, sie in die Truppe zu integrieren, damit sie wieder »normalen« Dienst versehen konnte. Aber sie gehörte nie mehr wirklich dazu. Mit zunehmender Dauer legte sie weniger Wert auf seine fürsorgende Hand. Die alte Geschichte verblasste, doch das Video lieferte immer noch den Beweis, den sie hütete wie einen Schatz.

Manchmal fragte sie sich, ob es überhaupt noch jemanden interessierte, was damals passiert war? Vielleicht lachte man nur noch darüber und tat es als »Jugendsünde« ab. Sie baute noch auf die Kraft des Videos und war bereit, seine Wirkung zu testen.

Die letzten Jahre hatten sie bissig, aggressiv und zynisch gemacht. Irgendwie musste sie sich wehren, und so begann sich die Spirale zu drehen und drehte sich seither weiter und tiefer. Anfangs hatte sie gehofft, dass sich ein Panzer bildete, damit die dummen Bemerkungen und Sticheleien wirkungslos an ihr abprallten. Leider war das Gegenteil der Fall. Es blieb eine offene Stelle, die empfindlicher wurde und nicht verheilte. »Frederike träumt schon mit offenen Augen. Wecken wir sie nicht auf.« Patrick klatschte in die Hände, begeistert von seinem eigenen Spruch, und sie zuckte zusammen.

Frederike holte tief Luft, seufzte und sagte dann so ruhig wie möglich: »Mach einfach deinen Job. Wir sehen uns vor der Halle 5. Dort geh ich nämlich gleich rein.« Nach diesen Worten drehte sie sich um und ging davon.

Sie legte die Hände an die Schläfen und riss den Mund auf. Schreien wollte sie, tat es aber nicht.

Mittlerweile regnete es nicht mehr. Die nasskalte Luft und die klammen Klamotten kühlten ihren Körper aus, auch wenn diesen eine Schicht isolierenden Fetts umhüllte, die sie laut dem Kardiologen besser abbauen sollte. Ein Schauer lief durch ihren Körper.

Immerhin erinnerte sie dieser Schauer an ihren Herzdoktor, weshalb sie nach einem Blick auf die Uhr in der Praxis anrief und den Termin um dreißig Minuten verschob.

»Aber Sie kommen. Der Doktor muss dringend mit Ihnen sprechen.« Heute waren offenbar alle Termine wichtig, und der Ton der Sprechstundenhilfe klang beinahe noch drängender als Julians.

Zuerst musste sie noch ein bisschen ermitteln, und dann würde sie weitersehen. Sie brauchte Hinweise. Jemand, der auf diese Art ermordet, fast hingerichtet wurde, musste Dreck am Stecken haben. Das war kein Mord im Affekt gewesen, kein Unfall oder Totschlag. Hier war ein Mensch gezielt getötet worden. Patrick hatte ihr die Erde an Freisteins Hose gezeigt. »Er hat gekniet, als er erdrosselt wurde.«

Sie erreichte den Eingang von Halle 5, Freisteins Wirkungsstätte hier auf Zollverein. Im Hintergrund sah sie Schaulustige am Absperrband. Klar, die ersten Besucher wollten ins Museum und durften nicht.

Dann nahm sie Blitzlichter wahr. Rufe drangen zu ihr durch. Natürlich hatte die Presse auch schon mitbekommen, dass hier etwas passiert war. Doch Frederike ignorierte sie.

Sollte sie Julian anrufen, damit er eine erste Pressemitteilung vorbereitete, die er mit dem Staatsanwalt rausgeben konnte? Nein, es gab genug anderes zu tun und noch kein Ergebnis. Also ließ sie es.

Wo blieb Kowalczyk?

Hoffentlich fand sie in der Halle etwas, das sie voranbrachte. Außerdem musste sie ein Gefühl für das Opfer kriegen, Freistein kennenlernen, sein Umfeld unter die Lupe nehmen, herausfinden, wer seine Freunde und Feinde waren. Sie musste wissen, was den Mörder zu seiner Tat veranlasst hatte, was das Geheimnis des Opfers war.

Auch für Julian und den Staatsanwalt musste ein Ergebnis her. Der müsste doch bald hier auftauchen. Sie wählte seine Nummer und erkundigte sich. Dann schilderte sie in wenigen Worten, was sie vorgefunden und bisher erfahren hatte. Sie erläuterte die nächsten Schritte und versicherte, alles im Griff zu haben.

»Kommen Sie nachher gleich zu mir, Frau Stier. Im Moment komme ich hier nicht weg, um mir selbst ein Bild zu machen. Aber ich versuche, den nächsten Termin zu verschieben. Ich sage Ihnen Bescheid.«

Sollte er ruhig schieben. Sie brauchte ihn hier nicht, und auf seine aufmunternden Worte konnte sie gut verzichten. »Ich melde mich, wenn es neue Erkenntnisse gibt.« Damit beendete sie das Gespräch.

Frederike drehte sich um. Keiner von der Spurensicherung war ihr gefolgt. Im Grunde war es ihr auch egal. Sie würde in die Halle gehen, ob einer von denen dabei war oder nicht.

Sie wählte Kowalczyks Nummer. »Wenn du den Türöffner hast, komm her. Wir müssen fertig werden.«

In der Zeit, bis er hier war, konnte sie noch eine Zigarette rauchen. Gierig zog sie den Rauch ein und atmete ihn langsam wieder aus. Ein Moment der Entspannung, bevor das Chaos weiterging.

Endlich tauchte Kowalczyk auf. Im Laufschritt, wie es sich für einen beflissenen Kollegen gehörte. Kaum stand er neben ihr, hielt er schon den Transponder vor den Knopf unter der Türklinke, und die Tür öffnete sich.

»Das tust du nicht, Frederike.« Patrick stand plötzlich hinter ihr und drückte die halb offene Tür wieder zu. Sie hatte ihn gar nicht kommen gehört.

»Wir gehen rein«, raunte Frederike Kowalczyk zu. An Patrick gewandt sagte sie: »Wenn du schon mal hier bist, komm einfach mit.« Sie holte ihre Einweghandschuhe aus der Tasche und streifte sie über.

»Das hat Konsequenzen, das weißt du«, sagte Patrick und blieb vor der Tür stehen.

»Jetzt machst du mir aber Angst.«

Kowalczyk öffnete erneut die Tür, und Frederike ging hinein. Sie tastete die Wand nach einem Lichtschalter ab. Auf der Schalttafel neben dem Feuerlöscher fand sie mehrere Schalter und drückte einfach drauf. An der Decke zuckten Leuchtstoffröhren und tauchten die Halle in ein kaltes Licht.

Frederike stand mit offenem Mund vor einem Berg Kunst. Von Turin ging jedenfalls davon aus, dass sich solche in der Halle verbarg. Stahlgestelle, Müll, beschmierte Leinwände. Und an der Decke – Frederike konnte es nicht glauben: Aus sieben Metern Höhe lachten sie Schweineköpfe an.

Kunst!

Was hatte dieser Typ nur immer mit seinen Schweinen? Musste man zuerst das Leben eines Künstlers studieren, damit man den Sinn der Werke verstehen konnte? Oder die tiefschürfenden Ergüsse selbst ernannter Experten lesen, um diesen Müll auch ja richtig zu interpretieren?

»Frederike, letzte Mahnung. Überlass das uns. Wenn ich fertig bin, kannst du hier machen, was du willst.«

»Bis du mit deinen Leuten durch bist, ist es dunkel, und mir fehlt ein ganzer Tag. Gib mir fünf Minuten, dann kannst du in Ruhe deine Spuren sichern.«

Frederike sah Patrick hinterher, wie er mit geballten Fäusten verschwand.

Sie ging zurück zum Eingang und aktivierte die Kamerafunktion ihres Smartphones. Dann begann sie, die gesamte Halle zu filmen. Zuerst in der Totalen, danach zoomte sie einzelne Objekte heran. Nach dem ersten Überblick wanderte sie durch den weitläufigen Raum.

»Ist das wirklich Kunst?«, fragte sie Kowalczyk, der mit einem ratlosen Gesicht vor einer Schweinehälfte stand. Ob dieses Chaos Kunst darstellte oder das Ergebnis einer Verwüstung war, konnte und wollte sie nicht beurteilen.

»Hol diesen von Turin hierher. Er muss uns sagen, ob etwas zerstört wurde oder ob das normal so ist. Lass dich nicht abwimmeln. Es sollte auch in seinem Interesse sein, dass wir den Mord aufklären. Jedenfalls, wenn er nichts damit zu tun hat.«

Frederike sah auf ihre Uhr. In einer halben Stunde wartete der Kardiologe auf sie. Es blieb wenig Zeit, um die wichtigen Dinge abzuklären. In diesem Chaos würde das schwierig.

»Hier, Frau Stier, hätte ich beinahe vergessen. Sie brauchen diesen Transponder, um alle Türen hier drin zu öffnen.« Kowalczyk drückte ihr einen kleinen ovalen Knopf in die Hand und rannte davon.

Frederike sah sich die Halle genauer an. Sie war bestimmt dreißig Meter lang und fünfzehn Meter breit. Kalt war es hier drin, wie in einem Kühlschrank. Ob er diese Arbeiten auch im Sommer machte? Der Gestank wäre unerträglich.

An der Decke sah sie Stahlträger, Kabelkanäle und eine Lüftung. Direkt über dem Eingang erkannte sie eine Stahlkonstruktion, eine Art Kran, der auf Schienen unter der Decke entlanglief. Wahrscheinlich, um schwere Teile in der Halle zu transportieren.

Am Ende der Halle erstreckte sich eine Art Kasten fast über die gesamte Breite des Raums. Rechts und links davon gab es einen deckenhohen Durchgang von vielleicht zwei Metern Breite. Sie ging davon aus, dass sich in diesem Kasten weitere Räume befanden.

Sie ging auf eine Kugel aus Eisendrähten und verrosteten Stahlplatten zu. Beim zweiten Hinsehen identifizierte sie das Gebilde als Weltkugel mit den Stahlplatten in den Formen der Kontinente. Vor der Kugel lag ein grüner Teppich oder Kunstrasen, auf dem Figuren, Bäume und Tiere lagen. Kinderkram, dachte Frederike.

Sie ging nach rechts und bog um die Ecke des Kastens. Jetzt erkannte sie, dass er frei im Raum stand. Dahinter gab es einen etwa fünf Meter breiten Gang.

»Frederike!« Stille. »Frederike, bist du da drin?«

»Hier hinten.«

Rechts in der Ecke befand sich ein kleiner Raum, auf dessen Tür ein Schild mit dem Aufdruck »WC« klebte. Sie drückte auf den Transponder. Eine Toilette mit Waschbecken, die Freistein als Badezimmer nutzte. Auf der Ablage stand ein Zahnputzbecher mit Zahnbürste, daneben eine Creme, eine Bürste, Handtücher, Rasierzeug. Frederike schloss die Tür.

Sie drehte sich nach links. Nun stand sie an der rechten Stirnseite des Kastens. Sie öffnete wieder die Tür vor sich und trat ein. Der Geruch von Terpentin und Ölfarbe schlug ihr entgegen. Freisteins Büro und Arbeitszimmer.

Links an der Wand befand sich ein Tisch, darauf stand ein aufgeklappter Laptop. Als sie wahllos auf eine Taste drückte, erwachte der Rechner aus dem Ruhemodus. Ein Feld forderte sie auf, das Passwort einzugeben. Neben dem Laptop lagen ein aufgeschlagener Aktenordner, verschiedene Papiere und Stifte. Es wirkte, als wäre Freistein bei der Arbeit unterbrochen worden.

Die Wände dekorierten Papierbahnen, teilweise mit Skizzen und Entwürfen bemalt. In der hinteren linken Ecke stand ein Kleiderständer, an dem eine mit Farbe bekleckerte Bomberjacke und ein weißer Overall hingen. Auf einem weiteren Tisch an der Stirnseite lagen Farbtuben, eine Palette, Spachtel. In unzähligen Gläsern verteilten sich Pinsel. Blutkonserven lagen in Beuteln herum.

Der Raum wirkte überraschend sauber und aufgeräumt. Ganz im Gegensatz zu dem Chaos in der Halle. Abfall steckte in einem vorgesehenen Behälter, die Papierbahnen waren akkurat abgeschnitten, selbst die Pinsel waren nach einem System geordnet, von klein nach groß, runde und flache getrennt. Der Boden schien frisch gefegt zu sein.

»Frederike, warte doch wenigstens, bis einer von uns dabei ist.« Die genervte Stimme des Leiters der Spurensicherung.

»Dann beeil dich eben. Ich hab meine Zeit nicht gestohlen.« Sie drängte sich an Patrick vorbei, der hinter ihr in der Tür stand. »Lass den Computer untersuchen. Der ist mit einem Passwort gesichert.«

»Konntest du es wieder nicht lassen und hast alles angefasst.« Jetzt klang er resigniert.

Frederike wedelte mit den behandschuhten Händen und verließ das Büro. Sie folgte dem Gang auf der Rückseite und erreichte die gegenüberliegende Stirnseite. Auch hier gab es eine Tür, die sie mit dem Transponder öffnete. Gleich rechts an der Wand drückte sie auf den Lichtschalter. Im Schein einer einfachen Deckenleuchte erkannte sie einen Schlafraum: ein Bett, ein Gestell, an dem Kleider hingen, Schuhe, ordentlich aufgereiht, in einem aufgeklappten Koffer auf dem Boden befanden sich Unterwäsche und Pullover.

Auch hier alles aufgeräumt, das Bett gemacht, sogar die Hemden nach Farben sortiert.

Patrick zeigte auf das Bett, und Frederike sagte: »Lass es!«

Dann filmte sie auch diesen Raum und blieb noch einen Moment stehen. War das die Unterkunft von Freistein oder nur ein Rückzugsort, wenn es spät geworden war? Wohnte so ein Künstler, ein Stern am Kunstmarkt? Eher nicht. Sie musste prüfen lassen, ob und gegebenenfalls wo Freistein in Essen abgestiegen war.

Sie ging zurück in die Halle, Schritte hinter ihr. »Wir brauchen schnellstens die Auswertung seines Handys und des Laptops. Bis wann kriegst du das hin?« Davon versprach sie sich am meisten.

Patrick sah sie kopfschüttelnd an, sagte aber nichts.

»Melde dich, wenn du wieder reden kannst. Ich sage dem Staatsanwalt, dass ihr dran seid und im Laufe des Nachmittags erste Ergebnisse habt.«

Dann verließ sie die Halle. Der Regen hatte wieder eingesetzt. Zum Glück kam Kowalczyk gerade zurück.

4

Frederike saß im Wartezimmer ihres Kardiologen Dr. Werthmann. Ihr Körper war ein einziger Eisklumpen, der partout nicht warm werden wollte. Sie hielt einen Becher Tee mit beiden Händen umklammert. Sie kribbelten, als würden Ameisen durch die Adern wandern. Vorsichtig nippte sie und verbrannte sich selbstverständlich die Zunge. Sie zitterte nicht mehr ganz so schlimm wie beim Betreten der Praxis, aber immer noch sichtbar.

Nachdem sie wieder ein Gefühl in den Fingerspitzen spürte, holte sie ihr Smartphone aus dem Rucksack und wählte Jens' Nummer.

»Kein Telefon in der Praxis.« Eine Sprechstundenhilfe stand vor ihr, kaum dass Frederike auf die Taste gedrückt hatte. Dabei deutete sie auf das Schild mit dem durchgestrichenen Handysymbol. Frederike stand auf und ging ins Treppenhaus vor der Praxis. »Jens, was hast du herausgefunden?«

»Noch nichts. Ich habe der Telefongesellschaft Druck gemacht. Die wollen mir die Daten innerhalb der nächsten Stunde schicken. Sobald ich sie habe, rufe ich dich an, Frederike. Versprochen.«

Wenn sie für jedes nicht gehaltene Versprechen einen Euro bekommen hätte, wäre sie eine reiche Frau. Sie rang sich trotzdem ein »Danke« ab, und mit einem »Bis gleich« beendete sie das Gespräch.

Danach rief sie Kowalczyk an. »Was gibt's?«

»Ich habe die Liste der Leute mit Transponder für die Tür. Ich spreche mit jedem Einzelnen. Laut von Turin scheint nichts von Freisteins Kunst gestohlen worden zu sein. Das Durcheinander wäre Teil der Inszenierung, meinte er. Soll den Niedergang der Welt darstellen und das ›ihr innewohnende Chaos‹. Der Mensch als ein Schwein, das auf Kosten anderer und vor allem der Umwelt sein Unwesen treibt. Deshalb dreht sich alles

um Schweine und Schweinereien und so was.« Kowalczyk ließ eine Pause.
»Frau Stier?« Der Doktor ist so weit.« Eine Sprechstundenhilfe hielt ihr die Tür auf und wartete.
»Ich muss Schluss machen. Bleib an der Sache dran. Ich melde mich.« Frederike packte das Telefon weg und rieb sich danach die Handfläche an der Hose trocken. Ihre Beine fühlten sich wie Pudding an, ihr Puls raste. Die Sprechstundenhilfe führte sie mit einem beerdigungstauglichen Gesicht ins Behandlungszimmer.

Wusste die Frau, was Frederike erwartete? Ihr wurde schwindelig. Kein Frühstück, der Stress, die Kälte – es gab genügend Gründe, warum sie sich am liebsten hinlegen würde.

»Frau Stier, setzen Sie … Was ist los mit Ihnen? Ist Ihnen nicht gut?« Dr. Werthmann sprang auf und umfasste Frederikes Arm. Behutsam führte er sie zum Stuhl vor dem riesigen Schreibtisch. »Bringen Sie Frau Stier ein Glas Wasser«, wies er die Sprechstundenhilfe an.

»Alles ist gut. Nur das Übliche. Ich komme gerade von einem Tatort. Können wir es kurz machen? Der Mörder wartet nicht auf mich.« Frederike versuchte, mit einem kurzen Lachen ihre Anspannung zu vertreiben.

»Kurz machen.« Werthmann setzte sich auf die Ecke seines Schreibtischs und legte die Stirn in Falten. Dann beugte er sich nach vorne und stützte sich auf die Knie. »Frau Stier, hier geht es um Ihre Gesundheit. Dafür müssen Sie sich jetzt ein bisschen Zeit nehmen. Und in Zukunft sehr viel davon. Sonst …« Er ließ den Satz unbeendet und setzte sich auf seinen Stuhl.

Frederike packte die Armlehne und wollte diesem Halbgott in Weiß klarmachen, was gerade im Polizeipräsidium los war. Stattdessen sagte sie: »Ja, das sollte ich. Was ich nicht alles sollte. Aber wissen Sie, mein Chef kümmert sich bereits um meine Dienstzeit und meine Freizeitgestaltung. Sie kümmern sich um meine Gesundheit. Unser Kantinenkoch um meine Ernährung. Was bleibt da noch für mich übrig?«

»Deshalb wollen Sie jetzt gehen?«

»Am liebsten.« Frederike versank in ihrem Stuhl, weil ihr klar war, dass gleich ein dickes Ende kam.

»Ändern Sie Ihr Leben, Frau Stier. Es ist ernst. Sonst wird es kürzer, als Ihnen lieb ist. Sie sind verantwortlich für Ihr Leben. Sonst niemand. Sie ganz allein. Übernehmen Sie die Verantwortung und überlassen Sie nicht mehr anderen die Kontrolle über Ihr Leben.« Er räusperte sich und sah Frederike scharf an. »Ich mache keinen Spaß und dramatisiere nicht. Ihr Herz ist in einem erbärmlichen Zustand, Frau Stier. Um es klar zu sagen: Sie leiden unter einer akuten Herzinsuffizienz. Ihre Blutwerte sind beängstigend. Es ist eher zwei als fünf vor zwölf.« Werthmann sah in ihre Akte und betrachtete noch einmal die Ergebnisse des Langzeit-EKGs.

In Frederike verkrampfte sich alles. Dennoch weigerte sie sich, das Ergebnis zu akzeptieren. Im gewohnten Reflex fragte sie: »Welche Pillen helfen am besten?«

»Das ist mit Medikamenten allein nicht getan. Sie müssen –«

»Aber es gibt Medikamente«, griff sie das Stichwort sofort auf. »Schreiben Sie sie auf. Wenn ich den Fall gelöst habe, sehen wir weiter.« Frederike drückte sich im Stuhl hoch.

»Setzen Sie sich bitte, Frau Stier. Sie verkennen die Situation. Sie ist bedrohlich. Lebensbedrohlich. Das Langzeit-EKG zeigt Aussetzer, die Sie nicht ignorieren dürfen. Unregelmäßigkeiten, die wir behandeln müssen.«

»Schreiben Sie das Rezept aus. Ich komme so schnell wie möglich wieder.«

»Das ist unverantwortlich. Ändern Sie Ihre Lebensweise. Sofort. Keinen Stress und keinen Alkohol. Reduzieren Sie Fett und Zucker. Mehr Obst und Gemüse. Bewegen Sie sich mehr. Und hören Sie um Gottes willen auf zu rauchen.«

Frederike starrte den Kardiologen an. Schüttelte den Kopf. Sah wieder zu ihm. Fixierte kurz ihre verdreckten Schuhspitzen und sagte: »Der war gut.«

Ihr war bewusst, dass das Zittern ihrer Stimme verriet, wie klar ihr die Bedeutung dieser Worte und die sich daraus ergebenden Konsequenzen waren. Deshalb ergänzte sie schnell: »Aber jetzt muss ich wirklich los.« Wieder lachte sie kurz auf.

»Frau Stier, ich warne Sie eindringlich. Nehmen Sie das nicht auf die leichte Schulter. Es geht um Ihr Leben.« Werthmann schwieg, was die Wucht seiner Worte in Frederikes Kopf potenzierte. »Sie müssen ins Krankenhaus, wo man Sie auf den Kopf stellt und die notwendigen Maßnahmen einleitet. Ihr Herz muss dringend untersucht und eine Therapie eingeleitet werden.«

»Das geht jetzt nicht«, antwortete Frederike knapp.

»Lassen Sie mich noch Ihren Blutdruck messen, Frau Stier.«

»Ich habe die Tabletten heute noch nicht genommen. Außerdem nicht gefrühstückt und nicht geschlafen. Das Ergebnis wäre wertlos.«

Werthmann warf die Hände in die Luft. »Es ist wirklich erschreckend, wie Sie mit Ihrer Gesundheit umgehen, Frau Stier. Ist Ihnen Ihr Leben denn gar nichts mehr wert?«

Spielte er jetzt den Moralapostel? Sie sah zur Seite und schwieg.

Werthmann wartete noch einen Moment. Dann hob er die Hände. »Ihre Verantwortung, Frau Stier.« Er tippte eine Notiz in seinen Computer. »Ich verschreibe Ihnen Medikamente, die Ihnen helfen werden, Sie aber nicht heilen. Gehen Sie vorsichtig damit um. Sie müssen ins Krankenhaus. Umgehend.« Er sah sie an und hob den Zeigefinger. »Beachten Sie auf jeden Fall die Einnahmehinweise. Und bei der kleinsten Veränderung, wenn Ihnen schwindelig wird, wenn Sie sich nicht wohlfühlen, Sie schlecht schlafen, Druck auf der Brust, Sie wissen, was ich meine, wenn irgendetwas ist, kommen Sie sofort zu mir.«

»Sie sind wirklich gut drauf heute.« Wenn sie bei all diesen Symptomen vorbeikommen sollte, konnte sie gleich hier einziehen.

»Frau Stier, das ist kein Spaß.« Werthmann gab ihr zum Abschied die Hand. »Das Rezept bekommen Sie am Empfang.« Er zögerte kurz. »Auf Wiedersehen.« Dabei legte er den Kopf schräg.

»Ich komme wieder. Versprochen.« Frederike überlegte kurz. »Schließlich möchte ich nicht auf Ihre Späße verzichten.«

Sie reichten sich die Hand. »Auf Ihre Verantwortung und gegen meinen ausdrücklichen Rat«, sagte Werthmann ernst.

»Auf meine Verantwortung«, bestätigte Frederike und ging zum Empfang.

Sie musste hier raus. Nur mit Mühe schaffte sie es, das Rezept in ihren Rucksack zu stecken, so sehr zitterten ihre Hände. Draußen stützte sie sich am Geländer ab und atmete tief durch. Jetzt kam aber auch alles zusammen.

Mit aufgerissenem Mund schreien. Die Hände an den Kopf und das ganze Elend herausbrüllen. Das wäre wenigstens befreiend und täte ganz sicher auch ihrem Herzen gut.

Kaum hatte sie den Fuß auf die oberste Stufe gesetzt, gab ihr Knie nach. Verdammt! Hoffentlich halfen die Tabletten. Sonst ... Draußen hörte sie die Sirene eines Krankenwagens. Augenblicklich schoss ihr das Bild in den Kopf, wie sie auf einer Trage lag, Schläuche in den Armen, ein Piepen neben ihrem Kopf, während der Notarzt ihren Brustkorb malträtierte.

Das kann es nicht gewesen sein, sagte sie sich und stapfte die Treppe hinunter. Sie war zwar nicht mehr taufrisch, aber noch lange nicht alt.

Es war nur ein Stockwerk ins Erdgeschoss. Trotzdem war sie froh, als sie endlich unten war. Auf der Straße griff sie in die Jackentasche und holte das Päckchen Zigaretten heraus. Auf den Schock, denn das war es, auch wenn sie es dem Arzt gegenüber nicht zeigen konnte und wollte, musste sie sich eine anstecken. Sie war kaum in der Lage, eine aus der Packung zu holen.

Der erste Zug holte sie herunter. Der zweite machte klar, dass es so schlimm nicht sein konnte. Der dritte sagte: Das schaffst du. Der macht nur viel Wind.

Im Nachbarhaus befand sich eine Apotheke. Sie warf die Zigarette auf den Boden und trat sie aus. Dann drückte sie die Tür auf, und ein Glöckchen rief die Apothekerin. Frederike reichte ihr das Rezept. Sie las es und sah Frederike besorgt an. Dann ging sie nach hinten.

Frederike hörte, wie Schubladen aufgezogen und zugeworfen wurden. Nach einer halben Ewigkeit stand die Frau wieder vor Frederike, mit etlichen Medikamenten in der Hand. »Sie wissen, wie Sie sie einnehmen müssen?« Frederikes Gesicht schien Antwort genug zu sein. Die Apothekerin erklärte ausführlich, wann und wie viele Pillen sie nehmen musste, auf welche Nebenwirkungen sie sich einstellen sollte und bei welchen Symptomen sie sofort einen Arzt aufsuchen musste. »Das sind sehr starke Medikamente.«

»Welches ist das wichtigste? Was hilft, wenn es ganz schlimm ist?«

Die Apothekerin hielt ihr eine kleine Packung hin. »Nur im Notfall und nur eine am Tag. Aber am wichtigsten: Sie müssen –«

»Ich weiß, auf alles verzichten, was Spaß macht und das Leben lebenswert.«

»Nein, auf alles verzichten, was Sie umbringt.«

Frederike schluckte trocken und bezahlte. Grußlos verließ sie die Apotheke.

Als Erstes, zum Zeichen ihres Protestes, holte sie die Zigarettenpackung aus der Manteltasche und sah sie an. »Rauchen kann tödlich sein« stand darauf. Das Leben auch, dachte Frederike.

War Moritz deshalb heute Nacht nach langer Zeit zu ihr gekommen? Wollte er sie warnen oder auf ein baldiges Treffen vorbereiten? Der Gedanke erschreckte sie, und sie warf die Packung in einen Abfalleimer an einer Laterne.

5

Frederike winkte ein Taxi heran, das sie zum Polizeipräsidium brachte. Ihre Gedanken hingen immer noch am Vortrag ihres Arztes und den Bemerkungen der Apothekerin. Wenn es wirklich so schlimm um sie stand, hätte Werthmann sie nicht gehen lassen.»Ihre Verantwortung«, hatte er gesagt. Sie konnte die Folgen doch gar nicht absehen, um sie tragen zu können. Den Weg ins Präsidium und zu ihrem Schreibtisch nahm sie wie aus einer Kapsel wahr. Sie schloss die Bürotür und blieb vor ihrem Schreibtisch stehen. Er würde mich mit einem ernsthaften Risiko nicht gehen lassen, oder? Sie stand noch immer dort und dachte über das »oder?« nach, als Julian ins Zimmer stürmte.

»Wo bleibst du? Ich warte seit einer Stunde auf dich.«

Frederike ging um ihren Schreibtisch und setzte sich.»Ich komme gleich. Lass mich noch ein paar Dinge klären, dann bin ich bei dir.« Julian blieb stehen. Genervt erklärte sie:»In zehn Minuten komm ich. Und jetzt lass mich arbeiten, sonst dauert es noch länger.«

Nachdem sie wieder allein war, holte sie ihre Arznei aus dem Rucksack. Eine Tüte voller Schachteln in unterschiedlichen Größen. Sie nahm die kleinste, die die Apothekerin als »SOS-Pillen« bezeichnet hatte, und holte den Blister heraus. Die Umverpackung samt Beipackzettel warf sie direkt in den Müll. Die anderen Packungen verstaute sie im Rucksack.

Okay, dann schauen wir, wie die Dinger wirken. Sie drückte eine Pille in ihre Handfläche, steckte sie in den Mund, spülte sie mit einem Schluck Wasser hinunter und wartete, dass ein Schub durch ihren Körper ging. Nichts. Bis die Wirkung einsetzte und sie gestärkt zu Julian gehen konnte, wollte sie die Zeit nutzen, also drückte sie bei den Kontakten auf ihrem Smartphone auf »Kowalczyk«.

Kowalczyk befand sich noch auf Zollverein und berichtete,

dass er mit zwei Kollegen die Geschäftsleute in der Passage befragt hatten, aber ohne Ergebnis.»Freistein scheint ein wirklich arroganter Kerl gewesen zu sein. Bis auf diese Galeristin hatte niemand Kontakt zu ihm. Aber das wissen Sie ja schon.«

»Und vor Ort? Habt ihr die Häuser abgeklappert? Haben die Anwohner etwas gesehen? Was ist mit den Angestellten vom Kulturverein? Lass dir nicht alles aus der Nase ziehen.«

»Wir sind noch nicht durch, Frau Stier. Gerade die Anwohner müssen wir heute Abend nochmals aufsuchen. Viele scheinen bei der Arbeit oder einkaufen oder sonst was zu sein. Aber wir sind dran.«

»Hast du mit diesem von Turin gesprochen? Der weiß mehr, als er zugibt.«

»Herr von Turin hat seine Tür geschlossen und war nicht mehr zu sprechen. Ich habe mit seiner Sekretärin vereinbart, dass wir gegen fünfzehn Uhr wiederkommen.«

Das Festnetztelefon klingelte. Frederike warf einen Blick auf das Display und las »Julian«. Sie ließ es klingeln.

»Stell schon einmal eine Ermittlungskommission zusammen. Hast du die Nummer von diesem Westerburg? Ruf ihn an und vereinbare einen Termin. Und sag den Kollegen von den Massenmedien, dass wir alles über Freistein, Westerburg und von Turin brauchen. Telefonverbindungen, Internet, Bankdaten. Alles. Muss ich sagen, dass wir das bis gestern haben müssen?« Frederike überlegte. »Ich bin jetzt bei Julian, danach komme ich wieder zur Zeche. Wir treffen uns am Verwaltungsgebäude.« Sie beendete das Gespräch.

Kurz nach zwei. Wenn sie um drei bei von Turin sein wollte, musste sie gleich los.

Sie rief Jens an.»Hast du die Daten von Westerburg?« Natürlich noch nicht.»Verdammt. Mach Druck. Und schicke sie mir per E-Mail zu, sobald sie da sind.« Jens bemühte sich wenigstens und unterstützte sie.»Danke.«

Sie musste diesen Westerburg finden. Er war der Schlüssel. Warum wollte er sich so früh mit Freistein treffen? Warum war er jetzt nicht zu erreichen?

Sie holte ihr Smartphone aus der Tasche und drückte die Wahlwiederholung von Westerburgs Nummer. Wieder nur die Mailbox. Der war untergetaucht. Warum sonst war so ein Mann den ganzen Tag über nicht zu erreichen? Die Pillen schienen zu wirken. Sie regte sich auf, und ihr Herz schlug gleichmäßig. Es fühlte sich stabiler an, sie atmete freier. Der Weg zu Julian bereitete ihr keine Probleme. Das Gefühl, sich übergeben zu müssen, vermisste sie gar nicht. Sie stand vor Julians Büro, rief aber vorher noch einmal Kowalczyk an. »Hast du die Adresse von Westerburgs Frau?«

»Hab ich.«

»Gut. Hast du sie angerufen?«

»Was soll ich noch alles tun?«

»Mach das direkt. Frag sie, wo ihr Mann ist. Wann er sich zuletzt gemeldet hat. Wo er sich aufhalten könnte. Ich bin kurz bei Julian.«

Der kam in diesem Moment aus der Tür und wollte zu einer Bemerkung ansetzen, doch Frederike hob die Hand. Zu Kowalczyk: »Wenn du keine Informationen zu Westerburg kriegst, lass nach ihm fahnden. Da stimmt etwas nicht. Ich bin um drei bei dir.«

Frederike steckte das Handy in die Tasche und grinste Julian an. »Jetzt hab ich kurz Zeit für dich.«

Julian ließ sie wie einen Delinquenten vor seinem Schreibtisch sitzen. Er selbst stellte sich hinter seinen Stuhl und sah auf Frederike herab. Nach einem Schluck aus der Kaffeetasse begann er mit hinter dem Rücken gefalteten Händen zu referieren. Er schwadronierte über die Kostensituation und die prekäre Lage des Präsidiums, über die Notwendigkeit, jede Stelle effizient und produktiv zu besetzen, und über die unmenschliche Entscheidung, bestimmen zu müssen, wo war Erfahrung wichtig und wo der Elan des Berufsstarters. Julian ging hinter dem Schreibtisch auf und ab, den Blick stur auf den Boden gerichtet.

»Ich verstehe«, fiel ihm Frederike schließlich ins Wort. »Deshalb lass uns die Sache abkürzen, Julian. Du wirst mich nicht los.«

Pause.

Julian riss die Augen auf.

»Ich habe einen Fall, und den schließe ich ab. Du kannst nicht auf mich verzichten, und das weißt du. Meine Erfahrung reicht für drei Nachwuchsleute. Überleg dir das. Außerdem habe ich im Moment keine Zeit, um dir die Gespräche mit den Kollegen abzunehmen. Kowalczyk wartet auf der Zeche auf mich. Für dich lösen wir den Fall schneller, und dann reden wir weiter.« Frederike stand auf.

Julian starrte sie ungläubig an. »Du bleibst sitzen. Wir diskutieren das zu Ende. Ich lass mir doch von dir nicht auf der Nase herumtanzen.«

»Julian, dein Stress in allen Ehren. Aber hier geht es um Mord. Der namhafteste Künstler der Gegenwart ist auf Zollverein ermordet worden, und du willst mit mir über die Kosten im Präsidium reden? Muss dir eine erfahrene Kriminalbeamtin das Wort ›Prioritäten‹ erklären?«

Julian nahm den Hörer.

»Und wage dich, den Fall an einen Kollegen zu übergeben.«

»Du drohst mir?«

»Julian, du weißt, dass ich das nicht muss.« Frederike sah Julian unverwandt an. »Außer du zwingst mich.«

Julians linkes Auge flatterte. Bei Stress zuckte es. Er legte langsam den Hörer zurück.

»Ein Alleingang von dir, ein Dienstvergehen, irgendetwas gegen die Vorschriften, dann bist du beurlaubt. Danach kommt das Disziplinarverfahren, und dann kannst du froh sein, wenn man dir noch Rente zahlt. Die Kollegen passen auf dich auf.«

»Du bremst sie. Ich verlasse mich auf dich. Den Rest klären wir später. Ich muss jetzt wirklich los.« Frederike ging zur Tür.

Julian stand mit rotem Kopf hinter seinem Schreibtisch. »Ich will bis Ende der Woche Ergebnisse. Und dein Versetzungsgesuch. Frederike, du gehst in Rente.«

Frederike sah, dass er noch ein »Sonst« hinzufügen wollte, es aber unterließ. »Verschwinde jetzt.«

»Komm runter!«, sagte Frederike, schloss die Tür und lehnte

sich im Flur an die Wand. Sie fühlte sich leer. Auch wenn ihr vorher bereits klar war, worum es bei dem Gespräch gehen würde, war die Situation jetzt, wo es ausgesprochen war, eine andere. Julian hatte einen Pflock eingerammt. Ab sofort ging es nur um das Wie und nicht mehr um das Ob. Für einen einzigen Morgen waren das ziemlich viele Hiobsbotschaften. Geeignet, sich zurückzuziehen, Wunden zu lecken und sich mit einer Flasche Rotwein in die Badewanne zu legen. Warum glaubte gerade jeder, ihr den Boden unter den Füßen wegziehen zu müssen? Auf einen freien Fall war sie nicht vorbereitet.

Vorhin hatte sie noch an die Geschichte von damals, das Video mit Julian, gedacht. *Wie schnell es manchmal geht.* Sie hatte gehofft, es nicht einsetzen zu müssen. Auch wenn es ihr scheinbar leicht über die Lippen gekommen war, war ihr dieses Vorgehen zuwider. Aber es ging um ihre Zukunft, ihren Job, alles.

Frederike schlug sich mit der Faust in die Hand und sah zur Decke.

»Übrigens: Der Staatsanwalt hat schon mehrmals angerufen und nach dem Stand gefragt. Die Presse klingelt Sturm bei ihm.«

Frederike fuhr zusammen. »Julian!« Er hatte von ihr unbemerkt die Tür geöffnet, als hätte er gewusst, dass sie noch dort stand.

»Geht es dir nicht gut?« Das klang besorgt, beinahe fürsorglich.

»Alles gut. Bestens. Ich muss nur etwas essen.« Frederike überlegte. »Ruf Schmitti an und schick ihn zur Pforte. Ich fahre nach Zollverein, um mich mit diesem Vorstand zu treffen. Auf der Fahrt erzähle ich ihm alles, was er für eine Presseerklärung braucht.«

Auf dem Weg zur Kantine fühlte sie sich wie ausgespuckt. Dass sie sich auf dieses Niveau begeben musste, um ihre Haut zu retten, war – würdelos. Ihren Chef zu erpressen war ein schmutziges, hinterhältiges Spiel, das sie verabscheute. Offen und aufrecht Konflikte ausfechten, das ja. Aber nicht mit solchen Mitteln ein Ergebnis erzwingen.

Trotzdem würde sie sich nicht vor sich selbst ekeln. Denn Julian spielte auch mit fiesen Tricks, und sein Repertoire an hinterhältigen Ideen war unerschöpflich. Sie hatte das über die Dienstjahre hinweg mitbekommen. Bevor sie weiter über ihre Zukunft und vor allem über den Fall nachdenken konnte, musste sie sich stärken. Auf einen leeren Magen ließen sich keine Pläne schmieden – und schon gar keine langfristigen. Für Frederike war ein Plan dann gut, wenn er bis zum nächsten Tag reichte. In Zeiträumen zu denken, die darüber hinausgingen, war utopisch für sie. Also holte sie sich ein Brötchen und ein Croissant, einen Kaffee für sich und einen für Schmitti.

Das Mädchen hinter dem Tresen begann zu arbeiten, und Frederike griff in die Jackentasche, um ihre Zigaretten herauszuholen. Wo waren sie? Sie tippte sich an die Stirn, als sie sich erinnerte, was sie damit gemacht hatte. Sie rollte die Augen und holte noch eine Tüte Bonbons.

Dieser Tag forderte sie. Zum Glück hatte sie vorhin die Pille eingeworfen. Andererseits hatte ihr Herz bis heute durchgehalten, also würde es auch noch ein paar weitere Jahre im Takt schlagen. Wenn sie Werthmann, den Kardiologen, richtig verstanden hatte, schlug es manchmal auch außerhalb des Taktes. Nun gut. Es schlug, egal wie.

Schmitti wartete am Ausgang auf sie. Er chauffierte sie durch den nachmittäglichen Verkehr nach Zollverein. Dabei informierte sie ihn über den Stand der Ermittlung.

»Du hast also noch nichts. Vermutest, dass dieser Westerburg mit drinsteckt, konntest aber noch nicht mit ihm sprechen. Andere Hinweise auf ein Motiv gibt es nicht, außer dass du überall Schweineblut siehst.«

»Vielleicht kannst du aus dieser Schlinge, die wir neben der Leiche gefunden haben, die Tat einer geheimen Organisation kreieren. Das würde dann auch erklären, dass wir Zeit brauchen, um die Hintermänner zu finden. Und es klingt gleich viel dramatischer.«

»Frau Stier deckt Syndikat auf. Organisiertes Verbrechen

auf Zollverein. Freistein Opfer eines internationalen Rings. Frederike Stier lässt alle auffliegen.«

»Das klingt schon sehr griffig.« Frederike schlug Schmitti auf die Schulter. »Ich liebe deinen Zynismus, Schmitti. Du bist auf dem richtigen Weg. Der Staatsanwalt wird begeistert sein.« Dann überlegte sie noch einmal. »Lass die Schlinge weg. Das könnte Täterwissen sein. Sag besser: Tod durch äußeres Ersticken.«

Schmitti bog in die Straße Bullmannaue ab und ließ Frederike vor der Hausnummer 11 gegenüber den gelben Kanarienvögeln aussteigen. »Ist Kunst nicht etwas Herrliches«, meinte sie und zeigte auf die mindestens drei Meter hohen und fünf Meter langen Plastikvögel, die unter den Platanen aufgestellt waren.

»Besser als Schweineblut.«

»Stimmt.« Frederike schlug mit der flachen Hand auf das Autodach. »Ich melde mich, wenn es Neuigkeiten gibt.« Sie warf die Autotür zu und überquerte die Straße.

Wo war Kowalczyk jetzt wieder? Es war zehn nach drei, und sie hatten einen Termin. Ihr Telefon klingelte.

»Wo bleiben Sie, Frau Stier? Herr von Turin muss weg.«

»Kannst du nicht auf mich warten?«, polterte sie los und stürmte zum Eingang.

»Erster Stock, gleich rechts. Ich komme Ihnen entgegen.«

Frederike drückte die Eingangspforte auf und sah sich einer Flut von Treppen gegenüber. *Treppen in Altbauten werden mein Verderben sein.* Sie sah sich nach einem Fahrstuhl um, stieg dann aber mit Todesverachtung eine Stufe nach der anderen hoch in den ersten Stock.

Kowalczyk erwartete sie an der letzten Stufe. Gemeinsam gingen sie durch den Flur zu von Turins Büro. Die Sekretärin deutete auf die offen stehende Tür. Sie betraten einen Raum von bestimmt fünfzig oder sechzig Quadratmetern. Hinten rechts stand ein monströser Schreibtisch mit einer Glasplatte, dahinter eine zimmerhohe Palme mit dünnen Blättern. Auf dem Tisch stand ein Computerbildschirm, davor lagen eine

Schreibunterlage und, exakt parallel dazu ausgerichtet, eine graue Kladde. In einem Halter steckte ein edler Füller. An den Wänden hing Kunst. Frederike wollte sich disziplinieren und nicht ständig »Schmierereien« oder »Gekleckse« denken. Schließlich gaben viele Leute viel Geld für so etwas aus.

»Hängt hier auch ein Freistein?«, fragte Frederike.

»Den kann ich mir nicht leisten. Ab heute sowieso nicht mehr.«

Was von Turin am Vormittag noch als »zynische Bemerkung« abgetan hatte, war nun auch in seinem Kopf angekommen. Sie sah ihn fragend an.

»Das Angebot an Kunst von Herrn Freistein wird sehr begrenzt bleiben. Das treibt die Preise nach oben«, erklärte von Turin mit einer Selbstverständlichkeit, die Frederike schon am Morgen klar war. Kapitalismus, alles eine Frage von Angebot und Nachfrage.

»Und das?« Frederike deutete auf ein teuer aussehendes Ölgemälde mit aufwendigem Goldrahmen.

»Das ist eine Kopie. So etwas können Sie für relativ kleines Geld im Internet bestellen. Und um Ihre Frage direkt zu beantworten: Ja, vollkommen legal. Weil ich dieses Bild liebe, habe ich es in mein Büro gehängt.«

»Von wem ist das?«, fragte sie mehr aus Höflichkeit.

»Paul Cézanne. ›Haus auf bewaldeter Anhöhe mit Taubenschlag‹. Es hängt auch im Museum Folkwang.«

»Was lieben Sie an diesem Bild?«, fragte Kowalczyk.

»Es erinnert mich … Was genau wollen Sie von mir?«, beendete von Turin das Geplänkel und sah Frederike an.

»Ich darf unser Gespräch aufnehmen, Herr von Turin?«, fragte die daraufhin, und er nickte.

Frederike sah Kowalczyk kurz an, damit er die Aufnahmefunktion seines Smartphones aktivierte.

»Dann lassen Sie uns gleich zur Sache kommen. Wem gehört jetzt die Kunst, die sich in der Halle befindet?«

Von Turin sah zu ihr hin.

»Wer erbt Freisteins Sachen, sein Vermögen?«

»Das weiß ich nicht. Er hat mir nicht sein Testament gezeigt. Sollte er eins haben.« Sein Tonfall klang gereizt. »Was hat das mit dem Mord zu tun?«

»Habgier ist kein seltenes Motiv. Ein klammer Bruder, eine verarmte Schwester, was weiß ich, wie seine Familienverhältnisse sind. Wie gut kannten Sie Herrn Freistein?«

»Wie gut kennt man einen Menschen, Frau Stier? Wir sehen unserem Gegenüber doch immer nur vor die Stirn.« Von Turin füllte die Kaffeetassen, die seine Sekretärin hereingebracht hatte. Er wirkte jetzt gefasster. »Sind Sie verheiratet, Frau Stier? Wissen Sie immer, was im Kopf Ihres Mannes vorgeht?«

Als wäre es interessant, was im Kopf eines Mannes vor sich ging. Aber interessant, dass er nicht auf die Familienverhältnisse eingegangen war, sondern auf die Psyche.

»Kannten Sie Herrn Freistein schon lange?«

»Lassen Sie mich überlegen. Das sind vielleicht … Ja, ich schätze drei oder vier Jahre.« Von Turin lehnte sich in seinem Stuhl zurück. »Möglich, dass es auch etwas länger ist.« Er strich sich eine Locke aus der Stirn. »Aber genau kann ich es Ihnen nicht sagen.«

»Können Sie mir etwas zu ihm als Person sagen? Wie hat er gearbeitet? Hatte er Freunde? Kollegen? Lebte er in einer Beziehung?« Frederike kritzelte etwas auf ihren Block.

»Das fragen Sie ihn besser … Entschuldigen Sie. Ich habe das noch gar nicht verarbeitet.«

Dieses Getue. Frederike trank einen Schluck Kaffee, damit sie keine unflätige Bemerkung machte.

Von Turin stand auf und ging zum Fenster. Sie ließ ihn nicht aus den Augen. Wie er kopfschüttelnd auf die Allee sah, der tiefe Seufzer, dann rieb er sich die Stirn und wischte sich über die Augen. War das Schauspiel, oder berührte ihn das Verbrechen wirklich? Dann drehte er sich wieder zu ihnen um.

»Entschuldigen Sie. Aber die ganze Aufregung um die Ausstellung, die Organisation von allem und jetzt …« Von Turin ließ das Ende offen. »Meine Gedanken sind nicht bei der Sache.

Es tut mir außerordentlich leid, Frau Stier, dass ich so unkooperativ erscheine. Aber die Aufregung, dieses Durcheinander. Ich hab es bereits erwähnt. Mir gehen so viele Dinge durch den Kopf. Üben Sie ein bisschen Nachsicht mit mir.«

»Sie können sich nicht vorstellen, wie sehr ich übe, Herr von Turin.« Frederike legte ihre Finger um die Armlehnen des Stuhls und drückte Dellen in den ledernen Schutz. Von Turin wirkte noch unkonzentrierter als am Morgen, schaute ständig auf seine Uhr oder überprüfte sein Smartphone.

Er setzte sich wieder zu ihnen. »Soviel ich weiß, lebte Herr Freistein allein. Er war ein Einzelgänger. Wütend. Aggressiv.« Von Turin ballte zur Bekräftigung die Hände zu Fäusten. »Seine Kunst war sein Ventil.«

»Gab es noch ein anderes Ventil?«

»Wie meinen Sie das?«

»Hat er seine Wut noch woanders ausgelassen? An Mitmenschen oder im Fitnessstudio oder beim Fußball? Hat er getrunken oder gespielt? Was weiß ich, was ein Künstler treibt, um sich abzureagieren. Hat er Frauen gequält?«

»Nein!« Von Turin sprang mit entsetztem Gesicht auf. »Ich weiß es nicht. Ich kannte ihn nicht gut. Er entlud seine Wut auf die Welt über seine Bilder, seine Installationen, seine Kunst.«

»Was fällt Ihnen spontan ein, wenn Sie an eine Drahtschlinge als Mordwaffe denken, Herr von Turin.« Frederike sah von Turin in die Augen. Sie weiteten sich, er schreckte förmlich zurück.

»Ich weiß nicht«, sagte er zögernd. »Gibt es jemanden, für den das typisch ist?«

»Was meinen Sie?« In seinen Augen sah Frederike, dass es in seinem Gehirn ratterte.

»Das kann ich mir nicht vorstellen, Frau Stier. Herr Freistein hat doch nichts mit dem organisierten Verbrechen zu tun.«

»Sie ordnen eine Drahtschlinge also dem organisierten Verbrechen zu?«

»Liest man das nicht?«

Frederike ließ es dabei bewenden.

»Was können Sie uns zu Herrn Westerburg sagen?«

»Nicht viel mehr als das, was ich schon gesagt habe. Ein guter Mann mit unglaublichen Verbindungen in der Kunstszene. Der kennt wirklich Gott und die Welt und kann Kontakte knüpfen, wie ich es noch nie gesehen habe.«

»Sie kennen sich gut.«

Von Turin ging zu seinem Schreibtisch und öffnete ein Programm auf dem Computer, Frederike konnte es nicht genau erkennen. Er sah zur Uhr, danach strich er sich durch die Haare.

»Wie gut kennen Sie Herrn Westerburg?«

»Wie?« Er stützte sich auf der Schreibtischplatte ab. »Entschuldigung. Ich habe einen Termin vergessen. Können wir es kurz machen?«

»Westerburg.«

»Wir haben verschiedentlich zusammengearbeitet. Er half uns bei der Organisation einer Ausstellung. Hat uns Künstler vermittelt. Auch Kontakte zu Sponsoren hergestellt. Wenn Sie wissen wollen, was morgen in der Kunstwelt los ist, fragen Sie Herrn Westerburg. Vielleicht sagt er Ihnen auch, was übermorgen passiert.«

»Das klingt sehr euphorisch.«

»Westerburg ist ein guter Mann.«

»Kowalczyk, wie war noch mal die Formulierung heute Morgen auf die Frage nach Herrn Westerburg?«

Kowalczyk antwortete wie aus der Pistole geschossen: »›Den Namen habe ich schon einmal gehört.‹«

»Was wollen Sie damit andeuten? Glauben Sie, ich will nicht, dass der Mörder von Claude gefunden wird? Dass der Verantwortliche bestraft wird? Sie können sich gar nicht vorstellen ...« Er winkte ab.

Frederike sah Kowalczyk an und hob eine Augenbraue.

»Wie eng ist Ihre Beziehung zu Herrn Freistein?«, fragte Kowalczyk.

»Was wollen Sie mir jetzt wieder unterstellen? Ich bin nicht homosexuell. Und Herr Freistein ist es auch nicht.«

»Das wissen Sie genau?«, hakte Kowalczyk nach.

»Sie sind impertinent. Glauben Sie, ich würde Ihnen bewusst die Unwahrheit sagen?« Von Turin erhob seine Stimme und richtete sich auf. »Ich habe mich mit Herrn Freistein sehr gut verstanden. Wir haben die Ausstellung äußerst professionell, konstruktiv, wie soll ich sagen, mit sehr viel Liebe geplant und vorbereitet. Dabei haben wir uns beinahe angefreundet.« Von Turin ging wieder zu seinem Schreibtisch. Er blieb kurz stehen, rückte die Schreibunterlage gerade und drehte sich wieder zum Besprechungstisch um. »Das Ganze geht mir nahe. Sehr nahe.«

»Entschuldigen Sie, wenn wir Ihnen dennoch mit unseren Fragen noch näher rücken.« Frederike stieg bei diesem Theater die Galle hoch. »Warum leugnen Sie erst, die beiden Herren näher gekannt zu haben, wenn Sie es jetzt eingestehen? Was verbergen Sie?«

»Was unterstellen Sie mir?«

»Dass Sie mehr wissen, als Sie zugeben. Dass Sie uns etwas verschweigen, was uns weiterhelfen würde. Dass Sie lügen.«

Von Turin kam zurück, blieb aber hinter seinem Stuhl stehen und stützte sich auf die Lehne. »Sie sind taktlos, Frau Stier. Ich kämpfe hier mit dem Chaos, habe einen Menschen aus meinem Umfeld verloren, und Sie unterstellen mir solche Ungeheuerlichkeiten.«

»Jetzt gehört er schon zu Ihrem Umfeld. Wem trauen Sie den Mord an Herrn Freistein zu?«

»Er war ein sehr feiner Mensch. Ich habe keine Ahnung, wer ein solches Verbrechen begehen könnte.«

Von Turin drehte sich um und verbarg das Gesicht in seinen Händen. Dann sagte er abschließend: »Wenn Sie mich jetzt bitte entschuldigen. Frau Stier. Herr Kowalczyk. Ich muss los. Sie verstehen das.«

Er holte ein Taschentuch aus der Innentasche seines Jacketts und schnäuzte sich. Mit schnellen Schritten ging er zur Tür und legte eine Hand auf den Griff. »In meiner momentanen Verfassung bin ich keine große Hilfe für Sie. Entschuldigen Sie bitte. Aber wenn Sie keine Fragen mehr haben.« Er drückte den Griff nach unten.

Frederike verharrte ungerührt auf ihrem Stuhl. »Doch, eine Frage habe ich noch. Sagen Sie uns bitte, wo Sie zur Tatzeit, also heute Morgen zwischen fünf und sieben Uhr dreißig, waren. Und wer das bestätigen kann.« Frederike fixierte von Turin, der kurz die Augen schloss.

»Ich war zu Hause. Im Bett. Um sieben bin ich von Hubbelrath losgefahren, um rechtzeitig zum Termin mit Freistein in Essen zu sein.« Von Turin kam zum Besprechungstisch zurück und beugte sich zu Frederike herunter. »Und falls Sie auch das noch wissen wollen: Nein, ich war nicht allein.«

»Dann sagen Sie mir jetzt bitte noch, wer die Glückliche war. Wir sind danach sofort weg.« Frederike sah, wie sich von Turin beinahe herumwarf, als hätte sie ihn körperlich getroffen. Schauspieler, dachte sie und räumte ihre Sachen in die Tasche.

»Nein«, antwortete er über die Schulter hinweg. Sein Mund bildete eine bleistiftdünne Linie. Mit drei Schritten stand er wieder an der Tür. »Wenn ich Sie jetzt bitten dürfte. Ich habe einen wichtigen Termin.« Er zeigte mit ausgestrecktem Arm hinaus.

»Herr von Turin, wer kann Ihr Alibi bestätigen?« Frederike war nicht bereit, nachzugeben.

»Claudia, meine Assistentin, begleitet Sie zum Ausgang.« Von Turin stürmte davon und ließ Frederike und Kowalczyk staunend zurück.

»Da haben wir einen wunden Punkt berührt«, stellte Frederike fest. »Krieg raus, mit wem von Turin zusammen ist. Wir brauchen sein Alibi, sonst steht er ganz oben auf der Liste der Verdächtigen.«

6

»Jens, hast du endlich die Daten?« Frederike saß neben Kowalczyk im Auto. Sie standen vor einer roten Ampel an der Kreuzung Essener Straße und Herzogstraße.

Jens erklärte, dass Westerburgs Mobiltelefon zuletzt rund um das Breitscheider Kreuz eingeloggt war. Danach wurde es ausgeschaltet und nicht mehr aktiviert. »Die Verbindungsdaten der letzten zwei Wochen liegen auf deinem Schreibtisch.«

»Danke. Hast du auch die Teilnehmer der angewählten Nummern?«

»Für dich habe ich das gerne gemacht.«

»Wenigstens einer, der mir hilft. Mach Feierabend.«

Jens lachte schallend, und Frederike beendete das Gespräch. »Hast du mit Westerburgs Frau gesprochen?«, wandte sie sich an Kowalczyk.

Der schnaufte. »Das war ein ganz merkwürdiges Telefonat. Sie dachte, ich rufe an, weil sie ihren Mann am Morgen als vermisst gemeldet hat und die Polizei endlich aktiv werden würde. Sie wirkte verwirrt.«

»Hat sie gesagt, wo Westerburg gestern war?«

»Sie wollte mir am Telefon nichts sagen. Keine Frage hat sie beantwortet. Merkwürdig. Ich dachte, ich fahre gleich zu ihr, wenn ich Sie abgesetzt habe.«

»Seit wann machen wir diese Befragungen denn alleine? Wohin?«

Kowalczyk nannte die Adresse, die Frederike direkt ins Navigationsgerät eingab. Dann versank sie im Sitz und starrte auf das Armaturenbrett. Ihre Gedanken drängten zum Gespräch mit Julian, doch dafür hatte sie jetzt keine Zeit. Dass die letzte Etappe ihres Lebenswegs vor ihr liegen sollte, war jetzt nicht das Thema.

Wenigstens saß Kowalczyk neben ihr. Sie spürte, dass sie ihn brauchte, um den Fall zu lösen. Viele Fälle hatte sie ohne die Hilfe der Kollegen gelöst. Bevor sie lange erklärte und informierte, dabei die Befindlichkeiten berücksichtigte, die jeweiligen Eigenarten und Umstände, erledigte sie die Arbeiten lieber selbst. Manchmal funktionierte das, diesmal waren es allerdings zu viele Dinge, die erledigt werden mussten, zu hoher Zeitdruck, zu viel Gegenwind.

»Was meinst du, sollen wir Westerburg zur Fahndung ausschreiben?«

Kowalczyk sah ungerührt nach vorne, als hätte er die Frage überhört. »Schwer zu sagen«, antwortete er endlich. Die Antwort eines notorischen Weicheis. Nur nicht festlegen. »Er ist verschwunden, meldet sich nicht, hatte einen Termin zur Tatzeit mit dem Opfer. Andererseits muss das nichts heißen. Es kann auch etwas dazwischengekommen sein. Vielleicht hat er den Mord beobachtet und befindet sich selbst in Gefahr oder musste untertauchen. Oder er hatte einen Unfall und liegt irgendwo im Krankenhaus.«

»Hast du das abgeklärt oder abklären lassen?«

Er schüttelte den Kopf.

»Dafür haben wir die Ermittlungsgruppe. Die sollen die Spuren verfolgen. Die sollen überhaupt mal den Hintern hochkriegen.« Sie schnaufte. »Also: Fahndung?« Frederike wollte ihn nicht vom Haken lassen.

»Also. Warten wir das Gespräch mit Frau Westerburg – hab ich gesagt, dass sie Valentina heißt? – ab und entscheiden dann. Auf die halbe Stunde kommt es hoffentlich nicht an. Aber ich denke, dass uns das zusätzliche Klarheit bringt.«

Frederike nickte zufrieden. »Machen wir so.« Wer sich wohl hinter Valentina verbarg?

Kowalczyk strahlte.

Kurz vor fünf klingelten sie an Westerburgs Haustür.

Eine pummelige Frau mit roter Löwenmähne riss die Tür auf. Frederike schätzte sie auf maximal eins fünfundsechzig, also kleiner als sie selbst. Von ihr ging eine Energie aus, die sie augenblicklich erfasste.

»Endlich kümmern Sie sich um meinen Mann. Es wird auch

Zeit. Meinhard macht das nicht, dass er, ohne sich zu melden, nicht nach Hause kommt.«

»Dürfen wir eintreten?« Frederike machte einen Schritt auf die Frau zu.

»Können Sie sich ausweisen?«, fragte diese zurück und versperrte mit ihrer Fülle den Weg.

Frederike kramte ihren Dienstausweis aus dem Rucksack, Kowalczyk holte seinen aus der Gesäßtasche seiner Jeans. Diese Valentina begutachtete die Ausweise und ließ sie eintreten. Sie ging durch einen mit weißem Marmor gefliesten Flur vor. Frederike und Kowalczyk folgten.

An den Wänden hingen Bilder in unterschiedlichen Stilen, Größen und Rahmen. Mal mehr, mal weniger bunt. Auf einem antiken Tischchen mit geschwungenen Beinen standen eine Vase mit Lilien und ein Telefon. An der Decke funkelte ein Kronleuchter.

Sie gingen an geschlossenen Türen vorbei und betraten durch eine doppelflügelige Glastür einen Ballsaal. Das Wohnzimmer maß mindestens die doppelte Größe von Frederikes Apartment. Auch hier waren die Wände übersät mit Bildern. Eins hing neben, unter, über dem anderen. An jedem freien Fleck stand zudem eine Figur aus Marmor oder Metall oder sonst etwas.

»Sind das alles Originale?«, fragte Frederike ungläubig.

Valentina Westerburg schenkte ihr nur einen abfälligen Blick und ging zu einer ausladenden Sitzgruppe aus weißem Leder. Ein Couchtisch stand davor. Auf der Glasplatte quollen rote Rosen aus einer riesigen Glasvase.

Hier war alles überdimensioniert. Furchtbar … Frederike fiel kein passendes Wort ein.

Die hintere Wand bestand komplett aus Glas. Das Panoramafenster eröffnete einen weiten Blick auf einen regelrechten Park: alte Bäume, ein beleuchteter Pool, Sträucher, dazu eine Rasenfläche so groß wie drei Fußballfelder.

In der linken Ecke vor dem Fenster stand eine Staffelei mit einer halb bemalten Leinwand. In der Wand dahinter erkannte Frederike eine beinahe unsichtbare Tür.

»Sie sind auch Künstlerin?« Frederike bemühte sich um einen neutralen Ton.

»Ich male, um mich abzulenken. Um meine Gefühle in den Griff zu kriegen und mich nicht immer so aufzuregen.«

Frederike wollte schon fragen, worüber sich eine Frau in einem solchen Umfeld aufregen könnte, verkniff es sich aber.

»Wissen Sie, wo Ihr Mann gestern war?«

»Er war bei Kunden. Er muss mir nicht Rechenschaft ablegen, wann er wo ist. Er geht seinen Geschäften nach und ich meinen.«

»Welchen Geschäften gehen Sie nach, wenn ich fragen darf?«, mischte sich Kowalczyk ein.

»Dürfen Sie.« Damit griff Frau Westerburg zu einem Etui mit Zigaretten und zündete sich eine an.

»Und, geben Sie uns auch eine Antwort?«

»Würde Ihnen das weiterhelfen, meinen Mann zu finden?«

»Das sage ich Ihnen hinterher.«

Schweigen.

»Wer könnte uns sagen, wo sich Ihr Mann gestern aufgehalten hat?«

Frau Westerburg paffte kurz an der Zigarette und hielt sie dann mit abgewinkelter Hand auf Kopfhöhe. Frederike inhalierte den ausgeatmeten Qualm. »Sie suchen besser meinen Mann, als mir hier sinnlose Fragen zu stellen.«

Frederike wusste nicht, ob sie lachen oder aus der Haut fahren sollte. Diese Frau sorgte sich um ihren Mann, hatte aber offensichtlich keine Idee, wo er sich aufhalten könnte oder sich gestern aufgehalten hatte.

»Hat Ihr Mann externe Büroräume?«

»Er arbeitet von zu Hause aus. Was er braucht, hat er hier.«

»Wie haben Sie festgestellt, dass ihr Mann nicht zu Hause war?«

»Die Zeitung.«

»Wie?«

»Jeden Morgen, wenn ich in die Küche komme, liegt die Zeitung auf dem Tisch. Heute Morgen lag sie nicht dort.«

»Und dann?«

»Habe ich im Briefkasten nachgesehen. Sie steckte noch drin.«

Frederike sah Kowalczyk an, der breit grinste.

»Dann habe ich ihn gerufen, aber er hat nicht geantwortet. Also rief ich die Polizei an.«

»Sie haben also noch nicht in seinem Zimmer nachgesehen?« Frederike glaubte nicht, was sie gerade hörte.

»Wenn er dort gewesen wäre, hätte er doch geantwortet.« Frederike ließ sich erklären, wo sich Westerburgs Schlafzimmer befand, und ging hin. Das Bett stand unberührt in einem sicherlich fünf mal fünf Meter großen Zimmer. Linker Hand führte eine Tür ins Badezimmer, die daneben in ein Ankleidezimmer. Auf einer Kommode zwischen den Türen stand eine Orchidee, daneben lag ein Chronograf. Auf dem Nachttisch sah Frederike eine Zeitschrift. Irgendetwas mit Kunst.

Sie ging zu dem Nachttisch und zog die Schublade auf. Zwei dicke Uhren steckten in ihren Kästchen, Manschettenknöpfe in einer aufgeklappten Box, ein Päckchen Papiertaschentücher und ein Blister mit Tabletten. Frederike nahm ihn und drehte ihn um. Schlaftabletten.

Sie kehrten ins Wohnzimmer zurück, wo Frau Westerburg gerade ihre Zigarette ausdrückte. Frederike trat einen Schritt näher und atmete den verbliebenen Rauch ein.

»Und, haben Sie ihn gefunden?«, fragte Frau Westerburg spitz.

»Können wir das Büro Ihres Mannes sehen?«

»Haben Sie einen Durchsuchungsbefehl?«

»Beschluss.« Frederike seufzte. »Nein, haben wir nicht. Aber wir suchen den Mann, den Sie als vermisst gemeldet haben. Daher gehen wir davon aus ...« Was redete sie da? »Wollen Sie, dass wir Ihren Mann finden, oder nicht?« Frederike schob das Kinn nach vorne.

»Den finden Sie nicht in seinem Büro«, erwiderte Frau Westerburg pampig.

»Haben Sie dort auch nicht nachgesehen, oder woher wissen Sie das?« Frederike fehlte die Geduld.

Aus Valentinas Augen sprühten Funken. »Jetzt muss ich allein sein. Sagen Sie mir, wenn Sie ihn gefunden haben.« Sie drehte sich um und wollte das Wohnzimmer durch die Tür in der Wand verlassen.

»Rufen Sie mich an, wenn sich Ihr Mann meldet oder Ihnen sonst etwas einfällt. Wir müssen dringend in einer anderen Sache mit ihm sprechen. Hier, meine Visitenkarte.« Sie drückte Frau Westerburg das Kärtchen in die Hand.

»Mordkommission? Kümmert sich jetzt schon die Mordkommission um vermisste Ehemänner?«

»Frau Westerburg, lassen Sie uns in das Büro Ihres Mannes.«

Doch diese drehte sich um und verschwand wortlos durch die Tür neben der Staffelei.

»Ruf im Präsidium an und besorge uns einen Durchsuchungsbeschluss. Wir müssen in dieses Büro.«

Sie gingen durch den Flur nach draußen. Mittlerweile war es dunkel geworden, doch die Ergebnisse blieben dürftig. Auf ihrem Smartphone sah Frederike, dass der Staatsanwalt fünfmal angerufen hatte. Sie stiegen in den Wagen.

»Fahr mich heim, ich muss nachdenken.«

Kowalczyks Kopf schoss zu ihr hin.

»Das war ein Spaß. Zu Hause denke ich nicht an meine Fälle.«

7

Eine erste Einsatzbesprechung stand natürlich noch an. Der Staatsanwalt und Julian würden dabei sein, um das Ergebnis des ersten Tages zu erfahren. Wie brisant der Fall war, durfte mittlerweile jedem klar sein. Daher ging Frederike davon aus, dass entsprechender Druck aufgebaut werden würde. Vielleicht stellten Kollegen auch sie als Leiterin der EK in Frage. Sie rief bei Dicki an. Dicki, der Kugelblitz von der Sitte, bereicherte durch seine ausgleichende Art jede Ermittlungskommission. Sie war froh, dass er dabei war. »Wir sind auf dem Weg. Ich denke, in dreißig Minuten sind wir da. Sag den anderen Bescheid.«

Danach meldete sie sich bei der Kriminaltechnik. »Was habt ihr?«

Statt zu antworten, nervte Patrick mit einem Spruch aus seiner Mottenkiste.

»Es wird langweilig, Patrick. Was gibt es?«

»Das sag ich gleich in der Besprechung.«

»Also nichts.«

»Gleich.«

»Hätte mich auch gewundert.«

Entweder hatte er tatsächlich noch nichts, oder er wollte einen glänzenden Auftritt bei der Besprechung hinlegen. Wenn Publikum dabei war, das ihn bewunderte.

Kowalczyk sah wortlos zu ihr herüber. Also informierte Frederike ihn. »Sie haben noch nichts Verwertbares.« Dann sah sie nach vorne.

In ihrem Kopf ratterten die Gedanken pausenlos. Der erste Tag neigte sich dem Ende zu, und sie hatten nichts Konkretes. Von der Einsatzbesprechung erwartete sie keinen Durchbruch.

Sie überlegte, wie sie ihre leeren Hände dem Staatsanwalt und Julian verkaufen konnte. Ihr war sehr bewusst, dass der Mord an einem renommierten Künstler Aufmerksamkeit erregte und von allen Medien nachgefragt wurde. Bei dem Gedanken kribbelte es überall, und sie rutschte unruhig auf dem Sitz hin und her.

Kurzzeitig fragte sie sich, ob es den beiden auch in die Karten spielen würde, wenn sie den Fall in den Sand setzte. Sie kam jedoch schnell zu dem Ergebnis, dass er zu bedeutend war, als dass man eine Panne zulassen würde. Auch wenn das dann ein letzter Grund wäre, sie in den Ruhestand abzuschieben. Der Makel, der an Julian haften bleiben würde, wäre zu groß. Dann müsste er rechtfertigen, warum sie, Frederike, den Fall hatte leiten dürfen. Der Presse und allen Beteiligten müsste er erklären, dass die Kripo Essen nicht in der Lage war, den Mörder von Claude Freistein zu finden. Ein weiterer Fleck auf seiner weißen Weste nach dem Flop beim Überfall auf das Museum Folkwang. Deshalb würden die beiden den Druck erhöhen. Davon war sie überzeugt. Damit sie den Fall entweder freiwillig abgab oder zusammenbrach. Zusammenbrechen kam aber nicht in Frage und den Fall abgeben schon gar nicht. Also brauchte sie Ergebnisse.

Sie setzte sich kerzengerade in den Sitz und holte ihr Smartphone aus der Tasche. Der Tag war noch nicht zu Ende.

»Jens, hast du Westerburgs Bewegungsprofil?«

»Liegt auf deinem Schreibtisch.«

»Etwas Auffälliges?«

»Für mich nicht zu erkennen. Er war gestern in Düsseldorf unterwegs. Irgendwo in der Innenstadt. Ist kreuz und quer durch die Stadt gelaufen. Sein Telefon war mehrere Male ausgeschaltet. Das letzte Mal um …«

»Wann siehst du dir Freisteins Laptop an?«, hakte sie dazwischen.

»Jetzt gerade.«

»Super. Du bist gleich in der Besprechung dabei. Dann kannst du berichten.«

Frederike wiederholte für Kowalczyk auch das Gespräch mit Jens und versank danach schweigend im Beifahrersitz.

Der Verkehr ließ nach. Sie kämpfte mit der Müdigkeit. Jede

Bewegung, jeder Gedanke, alles kostete sie mehr Kraft als normal. Wenn sie sich vorstellte, dass sie gleich den Kollegen gegenüberstehen würde, fragte sie sich, wie sie das schaffen sollte. »Lass nach Westerburg fahnden. Wir warten nicht, bis wir sein Büro durchsucht haben.«

»Können Sie sich auch vorstellen, dass sein Verschwinden gar nichts mit dem Fall zu tun hat? Ich meine ...«

Offenbar wusste er nicht, wie er es am besten ausdrücken sollte, weshalb dieser Mann vielleicht vor seiner Frau geflüchtet war. »Du meinst, er braucht eine Auszeit von der Ehe?«

»Oder nur überhaupt eine Auszeit.«

Frederike lachte. »Letztlich spielt es keine Rolle. Jedenfalls für uns. Er wollte Freistein am Morgen treffen, der ist jetzt tot und Westerburg nicht zu finden. Wir müssen ihn dazu befragen. Hast du ein Bild von ihm? Was für ein Auto fährt er?«

Frederike stellte fest, dass sie diesen vermissten Kunstvermittler auf keinem Foto gesehen hatte.

»Sein Bild habe ich von seiner Homepage heruntergeladen und ausgedruckt. Auf seinen Namen ist ein alter Jaguar, ein MK 2, zugelassen. Ein auffälliges Auto.«

Frederike sah ihren Kollegen an. »Nicht schlecht, Kowalczyk. Wie viel PS und welche Farbe?«

»Ein dunkles Blau, und er hat die Zwei-Komma-vier-Liter-Maschine. Die wurde mit circa hundertzwanzig PS hergestellt.«

»Klugscheißer«, raunte sie und schloss die Augen.

Kowalczyk fuhr zehn Minuten später auf den Parkplatz im Innenhof des Polizeipräsidiums. Ohne Umweg gingen sie zu ihren Schreibtischen. Dort ließ sich Frederike in den Stuhl fallen und starrte die gegenüberliegende Wand an. Über dem offenen Aktenschrank hing ein Polizeikalender »Dein Freund und Helfer«. Sie sollte das Blatt auf Februar wechseln. Zwei Kakteen und eine Batterie Kaffeebecher standen auf dem Schrank. Die dazugehörige Kaffeemaschine befand sich auf einem kleinen Tisch unter dem Fenster. Daneben ein Wasserkocher für Tee oder eine schnelle Suppe. Im Aschenbecher lagen noch die Stummel von heute Morgen. Kowalczyk saß ihr gegenüber und klickte schon wieder mit seiner Maus herum. In seinem Alter war sie auch noch mit minimalem Schlaf ausgekommen. Trotzdem war früher nicht alles besser.

Frederike fühlte sich müde, ausgelaugt. Sie atmete, als läge eine Zentnerlast auf ihrer Brust. Noch eine Pille einzuwerfen widerspräche dem Rat der Apothekerin. Sie tat es trotzdem, schließlich musste sie mit dem Fall weiterkommen. Die Übelkeit quälte sie nicht so sehr wie in den letzten Tagen. Das machte ihr Hoffnung.

Sie holte sich eine Flasche Wasser aus der Teeküche und setzte sich hinter den Schreibtisch. Mittlerweile war ihr Computer hochgefahren. Sie öffnete das E-Mail-Programm und rief Jens' E-Mail mit Westerburgs Verbindungsdaten auf.

Kowalczyk stand auf. »Die Kollegen warten bestimmt schon. Wir sollten gehen.«

Ungern. Sie druckte noch schnell den Mailanhang aus und ging zu Kowalczyk. Irgendwie war sie dankbar, dass er so treu und unaufdringlich mit ihr zusammenarbeitete. Dass er sich nicht von der allgemeinen Stimmung gegen sie anstecken ließ. Ein bisschen weniger reden würde ihm guttun. Na ja, niemand war vollkommen.

Im Besprechungsraum redeten alle durcheinander. Das Palaver verstummte nicht einmal, als sie am Tischende stand und die Arme vor der Brust verschränkte. Am lautesten schrie natürlich Patrick, der ihr demonstrativ den Rücken zukehrte und offenbar Witze erzählte. Jedenfalls lachten die Kollegen schallend.

Dann erst sah sie den Staatsanwalt und Julian hinten in der Ecke. Sie tuschelten etwas und schüttelten dann die Köpfe. Das Blut schoss Frederike ins Gesicht, und sie musste sich am Tisch festhalten. Kurz überlegte sie, ob sie noch zu den Herren gehen sollte. Vielleicht wollte zumindest der Staatsanwalt einige Worte sagen.

Er soll sich melden, wenn er etwas beitragen will, dachte sie und klatschte in die Hände.

»Lasst uns anfangen, damit wir Feierabend machen können.« Frederike fühlte sich einfach nur müde und sehnte sich nach ihrer Badewanne und einem Glas Rotwein. Der Gedanke, dass sie jetzt noch für den Staatsanwalt und Julian Männchen machen sollte, verursachte ihr Übelkeit.

Sie ging zum Whiteboard, nahm einen Stift und schrieb »Freistein« in die Mitte. Daneben klebte sie sein Konterfei, das Kowalczyk ausgedruckt hatte.

Sie redete einfach weiter, auch wenn die anderen sie immer noch ignorierten. Daneben schrieb sie die Namen »Westerburg«, »von Turin«, »Marschall« und »Engelhardt«. Die Kollegen zur Ordnung rufen war eine Möglichkeit. Sich hinsetzen und warten eine andere.

Sie drehte sich um. »Julian oder Sie, Herr Staatsanwalt, will einer von Ihnen ein paar einleitende Worte sagen?« Sie sah zu den beiden Herren am Ende des Raums, die am Fenster gelehnt miteinander redeten.

Offenbar standen die Antennen der Kollegen doch auf Empfang, denn augenblicklich kehrte Ruhe ein. »Bitte?«, fragte der Staatsanwalt.

Das wertete Frederike als ein Nein, weshalb sie begann, die Ergebnisse des ersten Tages zusammenzufassen. Sie schilderte, was sie über den Künstler wusste. Die Gespräche vor Ort mit von Turin, Herrn Engelhardt, der Dame aus dem Café. Kowalczyk ergänzte hie und da, sie schrieb Stichworte auf das Whiteboard, wies darauf hin, wo Spuren geprüft werden mussten, und erzählte abschließend vom Treffen mit Frau Westerburg.

Als sie nichts mehr hatte, fragte sie Jens von der Spurensicherung: »Was hast du aus Freisteins Smartphone und Laptop gelesen?«

Jens sah auf seinen Block. »Ich bin gerade fertig geworden mit einem ersten Scan von Freisteins Laptop. Ich habe nichts gefunden, was auf den ersten Blick auffällig wäre. Keine Ahnung, was ein Künstler normalerweise abspeichert, aber mir erschien das alles normal. Keine versteckten Dateien, keine pornografischen Bilder oder Filme. Auch seine Favoriten erscheinen mir unverdächtig: Museen, Lieferanten, Links aus der Kunstbranche, Websites verschiedener Künstler. Beim Überfliegen der E-Mails und Dokumente habe ich nichts Auffälliges gelesen.«

»Gibt es Adressen, die er regelmäßig angeschrieben hat? Kontaktbörsen? Anderweitige Häufigkeiten?«

»Mit von Turin und Westerburg hatte er regelmäßig Mailkontakt. Im Wesentlichen ging es um die Ausstellung und die Vorbereitung. Oder bei Westerburg um Verkäufe, neue Kontakte, so was. Das einzig Auffällige ist aus meiner Sicht, dass sein Postfach nur wenige E-Mails enthält und er offenbar nichts abgelegt hat. Auch sein Papierkorb ist leer.«

»Bis morgen hast du seine Festplatte fertig bearbeitet?«, hakte Frederike nach.

»Wird gleich morgen früh erledigt.«

»Und sein Smartphone?«

»Ich suche dir im Moment noch die Teilnehmer zu den Nummern, die ich dir geschickt habe. Alle konnte ich noch nicht zuordnen. Ein Großteil befindet sich in seinem Adressbuch, was die Zuordnung einfach macht. Die anderen Nummern bearbeite ich ebenfalls morgen.«

»Seine Kontakte müssen wir morgen befragen. Jens, du gibst die Daten an die Kollegen, damit sie die Leute abtelefonieren. Wir müssen alles über Freistein wissen. Freunde, Feinde, was beschäftigte ihn, gab es Auffälligkeiten in letzter Zeit, hat er sich verändert? Was ist mit Familie?«

Die Kollegen nickten.

»Ich habe keinen Hinweis gefunden. Den Rest prüfe ich morgen.«

»Hinweise aus der Telefonliste?«

»Außer Gesprächen mit von Turin und Westerburg habe ich kaum etwas gefunden. Mit einer Galerie hat er telefoniert und mit einem Lieferanten von Farben. Außerdem mit einer Metzgerei in Essen.«

»Zu Westerburg haben wir noch nicht so viel. Seine Frau hat uns ja den Zugang zu seinem Büro verwehrt. Den Durchsuchungsbeschluss haben wir beantragt.«

»Ist vom Richter bereits genehmigt«, rief der Staatsanwalt aus dem Hintergrund.

»Patrick, das kannst du morgen früh gleich übernehmen.« Der setzte zu einer Bemerkung an, doch Frederike hob die Hand, sagte: »Gleich!«, und redete dann einfach weiter. »Westerburg haben wir zur Fahndung ausgeschrieben, da wir keinen Anhaltspunkt haben, wo er stecken könnte.«

Jens fasste noch zusammen, was er über Westerburg in Erfahrung gebracht hatte, was nicht sehr ergiebig war. Zumindest hatten sie sein Bewegungsprofil vom Vortag und wussten, dass er sich vom Autobahnkreuz Breitscheid aus bei Freistein gemeldet hatte.

Frederike übernahm wieder. »Anhand des Profils und seiner Kundenliste müssen wir herausfinden, bei wem er gestern Termine hatte. Außerdem brauchen wir die Bankdaten von allen Beteiligten: Freistein, Westerburg und von Turin. Vielleicht bringt uns das weitere Erkenntnisse. Herr Staatsanwalt?«

»Morgen früh haben Sie den Beschluss auf dem Tisch.«

Wenigstens gab sich der Staatsanwalt in diesem Punkt kooperativ.

»Patrick, was habt ihr gefunden?«

»Spuren von etlichen Schuhen, ohne Besonderheiten. In der Halle werden die Spuren noch gesichtet. Auf den Holzgriffen der Drahtschlinge konnten wir Fingerabdrücke sicherstellen. Bisher keinen Treffer in der Datenbank.« Patrick ratterte den Kurzbericht herunter, dann holte er Luft und versicherte sich, dass alle an seinen Lippen klebten, bevor er fortfuhr. »Freistein kniete, als er erdrosselt wurde. Am Körper haben wir keine weiteren Spuren von Gewalteinwirkung gefunden. Es gibt Hinweise, dass seine Hände fixiert waren. Keine Abwehrspuren. Wir untersuchen gerade die Erde an seiner Hose und vergleichen sie mit der Erde vor der Rolltreppe, um sicher zu sein, dass der Fundort auch der Tatort ist.«

Frederike fragte:»Habt ihr etwas Verwertbares? Eine Spur, die mir, uns kurzfristig hilft?«

Patrick polterte sofort los:»Verdammt, ich bin kein –« Doch Frederike fuhr dazwischen:»Mir reicht ein einfaches Ja oder Nein. Ich weiß, dass du kein Zauberer bist, auch wenn es sich manchmal so anhört.«

Patrick schien sich tatsächlich zurückzunehmen, denn sie sah genau, welche Bemerkung ihm auf der Zunge lag.»Wir arbeiten rund um die Uhr, und morgen früh sollten wir etwas wissen.«

Frederike nickte.»Was haben die Hausbefragungen ergeben?«

Adrian sah zu ihr hin und sagte:»Nichts.«

»Geht es auch etwas genauer?« Der junge Kollege schien schon von Patrick infiziert zu sein.

»Die, die wir erreicht haben, haben nichts gesehen oder gehört. Die, die wir nicht erreicht haben, suchen die Kollegen gerade auf, und alle anderen –«

Gelächter.

»Dann macht euch auf den Weg und sucht sie. Es muss einen geben, der etwas gesehen hat. So versteckt ist das Gelände auch wieder nicht. Ein Jogger, Hundeausführer, Obdachloser, irgendeiner wird auf dem Gelände gewesen sein. Sei kreativ und such weiter. Du kennst die ungefähre Tatzeit. Geh morgen früh zur selben Zeit mit deinen Leuten dorthin, und wenn du Glück hast, ist dein Zeuge auch wieder da.«

Adrians Hand zuckte. Frederike glaubte, den ausgestreckten Mittelfinger zu sehen, doch Patrick wies mit einer kleinen Kopfbewegung Richtung Staatsanwalt, und Adrian ließ es gut sein.

Frederike seufzte.»Was das Motiv betrifft, haben wir noch keinen Anhaltspunkt. Wir haben weder Zeugen noch sonst eine verwertbare Spur oder auch nur einen Hinweis. Hat von euch jemand eine Idee?«

Schweigen.

»Freistein wurde hingerichtet. Das heißt, es war eine geplante Tat, kein Mord im Affekt und schon gar kein Unfall. Folglich gibt es eine Vorgeschichte. Wenn man die Brutalität der Tat sieht, frage ich mich, wer zu so etwas fähig ist. Einen Menschen auf den Boden knien zu lassen und ihn dann mit einer Drahtschlinge zu erdrosseln. Das ist skrupellos. Was hatte derjenige in der Hand, dass Freistein sich hingekniet hat? Das macht man doch nicht freiwillig, wenn man befürchtet, dass man im nächsten Moment ermordet wird. Auch wenn die Hände fixiert sind, man wehrt sich doch. Warum haben wir trotzdem keine Abwehrspuren gefunden?«

»Gibt es schon ein Ergebnis von der Rechtsmedizin? Wurden Beruhigungsmittel gefunden? War die Schlinge tatsächlich die Todesursache? Sonst etwas, was uns weiterbringt?«

»Ich habe doch gesagt, dass wir keine anderen Hinweise gefunden haben«, blaffte Patrick sie an. »Also ist die Wahrscheinlichkeit sehr groß, dass er durch die Schlinge gestorben ist.«

»Kowalczyk, ruf dort sofort an. Wer ist übrigens dabei?«

Kowalczyk gab die Nummer ein. Nachdem er sich verabschiedet hatte, verkündete er: »Freistein liegt gerade auf dem Tisch. Sie hoffen, morgen früh erste Ergebnisse zu haben. Im Moment bestätigen sie, dass er mit der Drahtschlinge erdrosselt wurde. Aber abschließend wollen sie sich noch nicht äußern.«

Ihre Frage, wer der Obduktion beiwohnte, blieb unbeantwortet.

Morgen früh, morgen früh, alle vertrösteten sie auf morgen früh. Doch der Staatsanwalt saß jetzt in der Ecke und sah erwartungsvoll zu ihr hin. Jetzt sollte sie liefern. Sie blickte auf ihre leeren Hände, zuckte resigniert die Schultern und sagte: »Dann also morgen früh.«

Anschließend deutete sie auf das Whiteboard mit den Namen und Notizen. Es war dürftig. Miene und Mimik von Staatsanwalt und Julian verrieten, dass die beiden diese Einschätzung teilten. Daran konnte sie im Moment nichts ändern, also fragte sie: »Gibt es noch etwas, was uns weiterbringt? Kreative Ideen? Etwas, was wir übersehen haben könnten?«

Sie sah einen nach dem anderen an, alle wendeten sich stumm ab.

»Dann bis morgen früh. Schönen Abend und danke.«

Stühle schrappten über den Boden. Die Kollegen verließen stumm das Zimmer. Frederike setzte sich neben Kowalczyk und sah auf das Whiteboard.

»Das ist nicht viel, Frau Stier.« Der Staatsanwalt musste seinen Senf natürlich auch noch dazugeben.

»Für den Moment haben wir die Grundlagen. Wenn die Auswertungen der sichergestellten Spuren da sind, sehen wir klarer. Bis Ende der Woche sind wir ein großes Stück weiter.«

»Ich hoffe, deutlich eher. Morgen früh haben Sie hoffentlich schon mehr.«

Das hoffte sie auch, heuchelte dann mit einem »Ich gehe davon aus« einen Optimismus, den sie selbst nicht verspürte.

Nachdem auch die beiden hohen Herren das Zimmer verlassen hatten, wagte Frederike einen Blick auf die Uhr. Bereits nach neun.

»Frederike, ich hab vorhin etwas vergessen, zu erzählen. Genau genommen dachte ich, dass Patrick etwas dazu sagt.«

Jens war zurückgekommen und setzte sich jetzt neben sie.

»Heute Abend hat eine Werkstatt auf Freisteins Smartphone angerufen, um ihm mitzuteilen, dass sein Auto fertig ist und abgeholt werden kann. Ich habe dich nicht erreicht, da habe ich direkt mit der KTU gesprochen, weil die ja doch den Wagen untersuchen müssen. Patrick meinte, er will sich gleich morgen darum kümmern.«

Frederike fluchte leise. Der Herr Spurensicherer wollte wahrscheinlich nicht zugeben, dass er heute keine Lust mehr hatte, dorthin zu fahren. Und wieso hatte Jens nicht zuerst sie informiert?

»Wo steht der Wagen?«

Jens gab ihr den Namen der Werkstatt und die Adresse.

»Danke für die Info.«

Frederike legte den Kopf in den Nacken. Sie sollte nach Hause gehen und in der Badewanne den Tag abschließen. Wann hatte sie sich zum letzten Mal diesen Luxus erlaubt und sich mit viel Schaum und einem Rotwein in die Wanne gelegt? Sie erinnerte sich nicht, wusste aber noch, dass sie es genossen hatte.

Der Arzt hatte ihr den Beginn einer neuen Zeitrechnung nahegelegt. Ihr fiel Rom ein und wie viele Tage sie gebraucht hatten, um es aufzubauen. Das Wochenende würde sie nutzen, um einen Gang herunterzuschalten. Wenn der Fall bis dahin lief und sie erste Ergebnisse hatten. Dafür sollte sie jetzt Gas geben, sonst würde es nichts werden mit den Ergebnissen. »Kowalczyk!« Sie schlug ihm aufs Knie. »Hol deinen Mantel, wir müssen noch einmal weg. Frau und Kind müssen warten.«

»Wir haben einen Mord aufzuklären, Frau Stier. Da gibt es einen anderen Kalender. Außerdem guckt das Kind noch nicht raus. Aber es soll wirklich bald losgehen«, ergänzte er, und Frederike sah den Glanz in seinen Augen.

Sie schüttelte belustigt den Kopf. »Wir fahren in die Werkstatt.«

Sie holten ihre Sachen und gingen zum Auto. Unterwegs klingelte Kowalczyks Handy. Er sah aufs Display und hielt es sich ans Ohr.

»Hallo, Butterblume.« – »Es geht noch nicht.« – »Ich weiß. Aber es geht um Mord.« – »Ich beeile mich.« – »Versprochen. Dann massiere ich dir auch die Füße.« – »Nein, ich schlafe nicht wieder ein.« – »Bis gleich.« – »Ja, ich dich auch.«

»Gibt es Ärger zu Hause?« Frederike sah Kowalczyk von der Seite an.

»Nur Verständnis, Frau Stier. Keine Sorge.«

Wie lange wohl noch, dachte sie.

Im Wagen gab Kowalczyk die Adresse des Saab-Händlers ein. Es war spät, und die Werkstatt hatte bestimmt geschlossen. Entsprechend erreichte Frederike nur den Anrufbeantworter. Also rief sie die Zentrale an und beauftragte die Kollegin, den Inhaber ausfindig zu machen und sie mit dem Privatanschluss zu verbinden. Zwei Minuten später erklärte sie dem Mann, worum es ging, und bestellte ihn zur Werkstatt. Seinen Protest ignorierte sie.

Als sie auf den Hof fuhren, stand er frierend vor dem Tor.

»Sie sind die Polizistin, die sich Freisteins Wagen ansehen will?«

»Ja. Was war kaputt?«

»Nichts. Inspektion war fällig. Ölwechsel, Luftfilter.«

»Ist Ihnen an dem Wagen etwas aufgefallen?«

»Der war picobello sauber. Sonst war nichts.«

»Wo steht er?«

Der Mann führte sie hinter die Halle auf einen Parkplatz. Er schloss das Auto auf und öffnete die Tür. Dann drückte er Frederike den Schlüssel in die Hand. »Bitte.«

»Danke«, sagte sie und streifte Einweghandschuhe über. Freistein fuhr einen schmucken alten Saab Cabrio. Ein 900 SE in Schwarz. Frederike setzte sich auf den Beifahrersitz, Kowalczyk daneben. »Lederausstattung«, bemerkte er und strich über die Sitze. Der Innenraum war aufgeräumt und roch frisch geputzt, wie bei einem Neuwagen.

»Kennst du dich damit aus?«, frage Frederike über ihre Schulter hinweg. »Mach mal Licht«, forderte sie Kowalczyk auf, der auch sofort den richtigen Knopf fand.

Kowalczyk steckte den Schlüssel in die dafür vorgesehene Öffnung in der Mittelkonsole, referierte dazu: »Den nennt man übrigens Knochen«, und schaltete die Zündung an. Sofort leuchtete das Armaturenbrett auf.

Wonach sollten sie suchen? Sie sah im Ablagefach in der Tür nach, fasste unter den Sitz, öffnete das Handschuhfach. Fast schon steril sauber.

Gemeinsam gingen sie zum Kofferraum. Auch der war aufgeräumt wie noch nicht einmal Frederikes Wohnzimmer nach einem Putztag. Kowalczyk hob die Matte hoch, doch auch dort fanden sie keinen Hinweis. Musste sie am Ende doch hoffen, dass Patrick und seine Spusi etwas fanden?

Von dem Gedanken gefoltert, setzte sich Frederike wieder ins Auto. Was übersah sie? Es musste eine Spur in diesem Wagen geben. Irgendetwas, das sie weiterbrachte. Niemand ging ohne Abdrücke durchs Leben.

»Hast du eine Idee?« Frederike sah Kowalczyk an, doch der wirkte ebenso ratlos.

An der Windschutzscheibe klebte ein mobiles Navigationsgerät. »Schalte es ein.« Kowalczyk drückte einen Knopf, und während das Gerät hochfuhr, sah er sie an. Offenbar wartete er auf weitere Instruktionen.

»Ruf die letzten Ziele auf.«

Wieder drückte Kowalczyk auf Knöpfe und las ihr die gewünschten Angaben vor. An erster Stelle stand die Adresse des Saab-Händlers, dann die Adresse von Zeche Zollverein.

»Schreib dir alle Adressen auf. Morgen müssen wir herauszufinden versuchen, wen oder was er dort gesucht hat.«

Mit einem zufriedenen Seufzer stieg Frederike aus dem Auto. Sie hatte einen Strohhalm gefunden. »Fahr mich jetzt wirklich nach Hause. Ich bin müde.«

Sie übergaben dem wartenden Geschäftsführer den Autoschlüssel. »Morgen kommen die Kollegen von der Spurensicherung und holen den Wagen ab. Fassen Sie ihn bis dahin nicht mehr an.« Damit verabschiedeten sie sich, und Kowalczyk fuhr Frederike zu ihrer Wohnung.

»Westerburg?«, fragte sie unterwegs.

»Die ganze Stadt sucht ihn und NRW dazu. Morgen früh wissen wir mehr.«

Wieder dieses »Morgen früh«.

Doch bei Kowalczyk klang es anders, überzeugt und sicher und nicht vertröstend. Irgendwie beneidete sie diesen Kerl um seine Zuversicht, die noch nicht durch Nackenschläge, Niederlagen, Enttäuschungen auf Zynismus und Galgenhumor reduziert war. Möge es lange so bleiben. Das Leben hatte sie gelehrt, dass es meistens anders kam und selten so, wie man es gerne hätte.

8

Frederike saß im Wohnzimmer in ihrem Fernsehsessel und betrachtete die kahlen Äste ihres Ficus. Die Gardinen bauschten sich vor dem aufgeklappten Fenster. Auf dem Tisch stand eine Schale mit frischen Äpfeln. Die hatte sie noch schnell im Bahnhof eingekauft. Sie stellte das Rotweinglas daneben und füllte nach. Dann lehnte sie sich mit dem Glas in der Hand in ihrem Sessel zurück und dachte: Auf alte Zeiten! Der Chianti schmeckte, wie ein guter Wein schmecken sollte. Er half ihr, abzuschalten. Leonard Cohen rezitierte im Hintergrund sein »You Want It Darker«, und eine Gänsehaut überzog ihren Körper. Sein Bass ließ sie vibrieren, wie es früher nur ihr Moritz geschafft hatte. Makaber, dass Cohen das Album wenige Wochen vor seinem Tod veröffentlicht hatte. Und dass sie es ausgerechnet jetzt hörte. Die CD steckte im Player, und sie hatte auf Start gedrückt.

War sie wirklich so krank, wie der Arzt gesagt hatte? Sie spürte Schweiß auf der Stirn. Nein, nur weil ein Doktor glaubte, einen ungewöhnlichen Zacken oder einen fehlenden Zacken in ihrer Herzkurve gesehen zu haben, musste sie nicht ihr Leben auf den Kopf stellen. Welches Orchester spielte immer perfekt im Takt? Da würde es ihrem Herzen doch wohl auch erlaubt sein. Vielleicht tat es nur einen Hüpfer, weil ihr Leben gerade so schön war. Selbst ihr Galgenhumor schmeckte bitter.

Sie nahm einen Apfel und rieb ihn in den Händen. Über eine Minute versuchte sie, den gesunden Kern dieses Obstes zu erkennen. Doch ihr Blick sah nur eine gelb-rote Kugel und ein Loch, in dem sich bestimmt ein Wurm versteckte. Sie legte ihn zurück.

Zurück zum Fall! Freistein, was für ein Typ warst du? Warum hat man dich umgebracht?

Was sie heute über den Künstler gesammelt hatte, formte

sich noch nicht zu einem Bild. Seine Installationen wirkten verstörend und blutrünstig. Wie sollte sie diese Schmierereien bezeichnen? Bunt, nichtssagend, erfolgreich? Die Halle das reine Chaos und in seinen Räumen und seinem Auto kein Krümelchen Staub, penibelste Ordnung, fast schon steril. Verdient ein Vermögen mit seiner Kunst und haust in einer kalten Halle.

Sie wählte die Nummer des Präsidiums. »Jens? Was machst du noch im Büro? Weißt du, wie spät es ist?«

»Was ist?« Jens lachte, was Frederike freute, da er ihren Humor zu verstehen schien.

»Freistein. Hat er in Essen ein Zimmer? Oder eine Wohnung? Hast du dazu etwas gefunden? Ich kann mir nicht vorstellen, dass er in der Halle gehaust hat. Oder ist er in einem Hotel abgestiegen?«

»Moment.« Frederike hörte Finger auf Tasten hämmern. »Ja, er hat eine Eigentumswohnung. Kannst du schreiben?«

»Ich hab's gelernt.« Sie mochte Jens. Um seine Augen wehte immer ein Hauch von Traurigkeit, während in seinen Sätzen stets eine gewisse Ironie mitschwang.

Auch er hatte einen Schicksalsschlag hinnehmen müssen. Vor zwei Jahren, kurz nachdem er zum Hauptkommissar befördert worden war, waren er und seine Frau in ein kleines Reihenhaus im Essener Süden gezogen. Sie freuten sich auf den ersten Nachwuchs, doch das Schicksal hatte einen anderen Plan. Ein Aneurysma im Gehirn seiner Frau setzte ihrem jungen Glück ein jähes Ende. Seither war Jens nicht mehr der Alte und sie beide so etwas wie Geschwister im Schicksal, ohne dass sie es je angesprochen hätten.

Frederike notierte die Adresse und schickte Jens ins Bett. Schließlich war es bereits nach zweiundzwanzig Uhr und morgen auch noch ein Tag.

Sie nippte am Rotwein.

Warum ermordete jemand einen aufstrebenden Künstler? Wie bei den meisten Morden war das Motiv der Schlüssel, da war sie sich sicher.

Mit seinen Anspielungen in den Installationen könnte Freistein manchen verärgert haben. Wenn sie von Turin richtig verstanden hatte, ging es bei den Arbeiten darum, dass der Mensch ein Schwein war und mit seinen Schweinereien die Welt ruinierte oder sie zumindest dem Abgrund entgegentrieb. Also keine revolutionär neuen Gedanken. Außer dass sie mit Schweineblut umgesetzt wurden. Freistein brachte dieses Szenario mit seinen Werken in unterschiedlichster Ausprägung zum Ausdruck. »Wütend und aggressiv«, wie von Turin es bezeichnete. Stand über die Objekte überhaupt etwas in der Zeitung, sodass der Mörder davon bereits erfahren haben könnte? Gab es einen Katalog, eine Broschüre davon? Nur so ließe sich ein Motiv aus seiner Arbeit ableiten. Sie schrieb den Gedanken in ihr Notizbuch, um sich morgen darum zu kümmern.

Oder fanden es militante Tierschützer abstoßend, dass man Tiere umbrachte, um damit Kunst zu produzieren? Proteste könnte sie verstehen, aber gleich einen Mord verüben? Das erschien ihr nicht wahrscheinlich, trotzdem schrieb sie ihren Gedanken auf.

Frederike ging die klassischen Mordmotive durch. Habgier? Freistein stellte seine Bilder in der ganzen Welt aus und verkaufte sie teuer. Er schien vermögend. Gab es jemanden, dem sein Tod dieses Vermögen zuschanzte? Sie wollte nicht noch einmal Jens anrufen. Also suchte sie bei Wikipedia nach Freistein. Nach wenigen Zeilen war ihre Frage beantwortet. Freistein, 1982 geboren, wuchs als Waisenkind in verschiedenen Heimen auf, galt als schwer erziehbar, exzentrisch und rebellisch. Doch schon früh fiel auf, wie kreativ und ausdrucksstark er war.

Es gab keine direkte Familie, Geschwister, die ihn beerben konnten oder wollten. Was war mit Pflegeeltern, Kontakte in den Heimen, Lehrer? Hatte er ein Testament gemacht?

Oder Rache. Hatte er Ideen von anderen Künstlern geklaut, die nun neidisch waren? Freisteins Vergangenheit würde morgen im Mittelpunkt stehen. Sie mussten Klassenkameraden, Kommilitonen, befreundete Künstler und Galeristen befragen, sein Leben, sein Umfeld durchleuchten.

Nicht zu vergessen waren natürlich die Motive Eifersucht, Hass, Liebe. Auch hierüber musste sie mehr erfahren. Frederike sah die Reflexe in ihrem Rotweinglas und streckte die Hand aus. Sie sollte der Versuchung nachgeben, denn es war nicht sicher, wie oft sie dazu noch die Gelegenheit haben würde. Ihr geliebter Chianti schmeckte sauer. Als mischte sich die Diagnose unter das Bouquet.

Wie sollte sie nur weitermachen? Gab sie zu viel Gas, konnte morgen schon alles vorbei sein, weil das Herz nicht Schritt hielt. Tat sie zu wenig oder handelte sie zu gemächlich, schickte Julian sie in den Ruhestand, nur weil er einem Grünschnabel eine Chance geben wollte. Würde so ein Anfänger ihm den Arsch retten? Bestimmt nicht. Auf sie jedoch konnte er sich verlassen. Morgen würde sie ihm das noch einmal klarmachen müssen.

Der Druck auf Frederikes Brust verstärkte sich, und die Übelkeit nahm zu. Diese Aufregung war nicht gut. Doch Pillen hatte sie für heute genug genommen.

Sie betrachtete das Weinglas und leerte es in einem Zug. Wenn schon sterben, dann mit einem guten Geschmack im Mund.

9

Um vier Uhr schreckte Frederike aus dem Schlaf hoch. Verdutzt sah sie sich um. Sie saß in ihrem Fernsehsessel. Der Laptop lag auf ihrem Schoß, das Weinglas lag umgekippt neben dem Sessel auf dem Boden. Auf dem Tisch lag der Apfel mit einer Bisswunde in der roten Hälfte. Ein fader Geschmack klebte auf ihrer Zunge. Sie gähnte herzhaft. Um ins Bett zu gehen, war es jetzt zu spät. Sie stand auf und spürte jeden Knochen. Heiß duschen sollte sie munter machen. Also schleppte sie sich ins Badezimmer. Das Licht dort stach ihr in die Augen. Sie blinzelte. Auf dem Rand der Badewanne sitzend, legte sie eine Pause ein. Diese innere Unruhe, dazu der Gedanke, vielleicht doch nicht ausreichend Zeit zu haben, um den Fall abschließen zu können, quälten sie.

Sie drehte den Wasserhahn auf und wartete, bis Dampf aufstieg. Dann mischte sie kaltes Wasser dazu und stellte sich unter die Brause, stütze sich mit den Händen an der Wand ab und genoss mit geschlossenen Augen das warme Wasser auf ihrem Körper. Doch die Unruhe ließ sich nicht abwaschen.

Wenig später stand sie in der Küche und kochte sich einen Tee. Für jeden Handgriff musste sie sich überwinden. Tu jetzt dies, tu jetzt das, jetzt setz dich, wirf den Teebeutel weg, denk nach, was willst du gleich machen, trink Tee, du musst los. Sie fühlte sich wie ausgespuckt, angetrieben und saß doch reglos auf dem Stuhl und starrte auf den Sekundenzeiger der Wanduhr.

Von den Bodenfliesen kroch die Kälte in ihre Füße. Sie sollte sich die Zähne putzen. Warum fiel ihr alles so schwer?

Im Wohnzimmer holte sie ihre Tasche mit den Unterlagen und dem Laptop. Sie fuhr ihn hoch. In der Zwischenzeit blätterte sie ihre Notizen durch und schrieb weitere Stichworte auf. Dann rief sie bei der Bereitschaft an. Von Westerburg fehlte noch immer jede Spur.

Sie loggte sich in den Polizeiserver ein und kontrollierte ihr E-Mail-Postfach. Danach die Datei der nächtlichen Vorkommnisse. Zum Schluss noch die Fallakte mit den Spuren. Vielleicht war in der Nacht etwas dazugekommen, zum Beispiel nach der Befragung der Anwohner, oder Patrick hatte Ergebnisse eingestellt. Doch leider Fehlanzeige. Es wäre auch zu schön gewesen.

Wenn sie heute Morgen immer noch keinen Hinweis auf Westerburgs Verbleib hatten, mussten sie die Fahndung ausweiten. Sollte er geflohen sein, konnte er sich überall auf der Welt befinden. Das wäre ein gefundenes Fressen für Julian, wenn sich der Hauptverdächtige ins Ausland abgesetzt hätte. Womöglich in ein Land, mit dem es kein Auslieferungsabkommen gab.

Ihr fiel die Geschichte von dem Mann ein, der von einem Hochhaus gesprungen war und auf der Höhe des zwanzigsten Stockwerks dachte: »Na, bis hierhin ist doch alles gut gegangen.« Ging es ihr genauso? Das Unheil kam unvermeidbar auf sie zu, und doch verschloss sie ihre Augen davor?

Blödsinn. Der Fall musste gelöst werden, sonst nichts.

Sie brauchte jemanden, der das Alibi von diesem von Turin bestätigen konnte. Sie glaubte nicht, dass er im fraglichen Zeitraum Besuch gehabt hatte. Warum sollte er sein Alibi nicht nennen? Eine verheiratete Frau? Oder doch ein Mann? War er im Spielkasino gewesen und hatte sein Vermögen verzockt? Besaß er am Ende doch Bilder von Freistein und musste deren Wert steigern, um die Spielschulden bezahlen zu können? Die Müdigkeit trieb ihre Spekulationen in dunkle Gassen.

Frederike schlürfte vorsichtig ihren Tee. Sie wusste noch nichts und musste es als Erfolg verkaufen.

Sie gab Freisteins Namen in die Suchmaschine ein. Über vierzigtausend Ergebnisse. Ganz oben standen Artikel zu seinem Tod. Beinahe zwei Ergebnisseiten waren voll davon. Der Hinweis, dass die Polizei noch keine Spur hatte, fehlte auf keiner, die sie überflog. Dann Artikel über die geplante Ausstellung auf Zollverein. Sie enthielten Anspielungen auf die

Motive und die Umsetzung seiner Phantasie. Wussten mögliche Aktivisten doch, worum es in der Ausstellung ging? Bei Wikipedia las sie nun Freisteins komplette Vita. Eigentlich war sie gar nicht so beeindruckend, wie von Turin ihr hatte weismachen wollen. Seine ersten Jahre als Heimkind kannte sie. Er hatte in Düsseldorf studiert und war danach durch die ganze Welt getingelt. Sein wahres Talent schien aber erst in den letzten Jahren erkannt geworden zu sein. Der Durchbruch kam 2012 im Rahmen der documenta in Kassel.

Sie ging zurück zu den Suchergebnissen. Tatsächlich, vor 2012 gab es kaum Berichte und Artikel zu ihm. Sie schrieb auf, dass sie prüfen mussten, weshalb Freistein damals so durch die Decke geschossen war.

Sie las von Versteigerungen bei namhaften Auktionshäusern, bei denen atemberaubende Preise erzielt wurden. Dass Bilder schon verkauft wurden, bevor sie gemalt waren. Ein Hype, der ihn zu einem der bestbezahlten Gegenwartskünstler machte.

Sie gab das Stichwort »Kritik« zu Freistein ein. Vereinzelt schien es kritische Stimmen gegeben zu haben. Stimmen, die von »überschätzt«, »überbewertet«, sogar von »beliebig«, »oberflächlich« und »Mainstream« sprachen. Ihr Fall waren die Arbeiten von Freistein auch nicht. Nur dass sie keine Ahnung von Kunst hatte.

Rief Freisteins Erfolg Neider auf den Plan? Begehrlichkeiten? Sie schrieb einen Vermerk auf ihren Zettel.

Ihre Gedanken gingen zur Zeche und zur Ausstellung, die heute eröffnet werden sollte. Prominenz, Offizielle und die gesamte Batterie der Journalisten. Für von Turin war es *das* Ereignis im Veranstaltungskalender der Zeche Zollverein.

Moment! Sie ging zum Artikel auf Wikipedia zurück. Sie las ihn noch einmal durch. Aber sie fand nicht, was sie suchte. Es gab keinen Hinweis auf eine große Ausstellung, eine Vernissage von ähnlicher Bedeutung. Sollte das tatsächlich Freisteins erste große Ausstellung sein? Wenn er so gehypt wurde und in allen namhaften Museen und Galerien hing, warum gab es bisher keine bedeutende Ausstellung von ihm, keine Werksschau oder was immer ein Künstler machte? Das musste von Turin erklären. Vielleicht gab es nachvollziehbare Gründe. Vielleicht aber auch nicht.

Zum Schluss suchte sie nach Artikeln in der Boulevardpresse. Aber auch hier fand sie nichts über sein Privatleben. Keinen Hinweis auf eine Beziehung, keinen Skandal, keine Affäre, keine Extravaganzen. Ein Mensch, ausschließlich auf seine Kunst reduziert. Seltsam für jemanden, von dem man vermutete, dass er extrovertiert auftrat und gerne im Mittelpunkt stand.

Als nächsten Namen gab sie »von Turin« in die Suchmaschine ein. Es gab nur halb so viele Ergebnisse wie bei Freistein, doch verglichen mit »Frederike Stier« gigantisch viele.

Bei XING las sie seinen Lebenslauf. Von Turin, 1965 in Aachen geboren, war kein Künstler, sondern Kaufmann. Sie war davon ausgegangen, dass er Kunstgeschichte oder so etwas studiert hatte. Doch er war studierter Betriebswirt, hatte sich früh für Kunst interessiert und sich nebenher eine Expertise als Fachmann für moderne Malerei erworben. Er arbeitete in einem Auktionshaus, gründete anschließend mit einem Partner eine Kunstagentur, »Kunst Kenner«, und war 2007 zur documenta und zum Museum Fridericianum Veranstaltungs-GmbH nach Kassel gewechselt. Hier arbeitete er maßgeblich an der Organisation der documenta 13 im Jahr 2012 mit. Vor zwei Jahren wurde er als Vorstand zum Kulturverein Zeche Zollverein geholt. Seither verantwortete er dort den Bereich Kunst und Veranstaltungen.

Frederike notierte sich die ersten Stationen aus von Turins Vita. Sie musste mit den Ermittlungen weiterkommen, und da war sie für jeden Hinweis dankbar. Zu seiner Kindheit oder den Eltern fand sie nichts.

Die Küchenuhr zeigte kurz vor fünf. Zu früh, um ins Präsidium zu fahren. Also suchte sie die Agentur, die von Turin damals gegründet hatte: »Kunst Kenner«. Sie existierte noch. Die Büros befanden sich in Düsseldorf, in einer Seitenstraße der Königsallee. Sie erstellten Expertisen für Kunstsammler, bewerteten Gemälde und Objekte, schätzten Sammlungen und berieten Anleger, wenn diese kaufen oder verkaufen wollten. Geleitet wurde sie seit 2007 in Alleinregie von einem Hansjörg Reisinger.

In der Historie fand sie, dass die Agentur 1987 von Reisinger und Richard Stier – sieh mal an, noch ein Stier! – gegründet worden war. Den Namen von Turin fand sie allerdings nicht. Sie fragte sich, ob er nur im Hintergrund mitgearbeitet hatte, ohne nach außen in Erscheinung zu treten. Wobei das erstaunlich wäre, wenn er dann in seinem XING-Profil diese Zeit aufführte. Oder es war Reisinger, der den Namen von seiner »Kunst Kenner«-Seite gelöscht hatte.

Frederike notierte sich den Punkt, auch die Adresse und Telefonnummer der Agentur, um nachher dort anzurufen.

Irgendetwas ließ sie innehalten. Was hatte sie gelesen, das ihrer Aufmerksamkeit entgangen war? Sie scrollte von Turins Vita durch. Kein Haken, an dem sie hängen blieb. Sie rief Freisteins Wikipedia-Eintrag auf. Sie las, und als würden die Buchstaben aus dem Bildschirm springen, erkannte sie es: documenta 2012. So lange kannten sich von Turin und Freistein schon. Wenn Freistein damals ganz groß herauskam, dann musste das auch von Turin registriert haben. Von Turin hatte damals die Veranstaltung mitorganisiert, er war dabei, hat sicherlich Pressekonferenzen geleitet und seinen Shootingstar präsentiert. Wie kam er dann dazu, ihr gegenüber zu behaupten, er habe ihn kaum gekannt? Außer sie hatten sich anschließend zerstritten und aus den Augen verloren. Bingo!

Zufrieden über ihre erfolgreiche Nachtwache lehnte sie sich zurück.

Sie leerte ihren Teebecher. Das war der beste Zeitpunkt für eine erste Zigarette. Sie ging zu ihrer Jacke im Flur, wo immer ein Päckchen in der Seitentasche steckte. Und dazu einen Kaffee. Der kam immer nach dem ersten Tee. Fast schmeckte sie beides schon auf der Zunge, als ihr der Satz des Kardiologen durch den Kopf hallte: »Ändern Sie Ihr Leben, Frau Stier, oder es ist schneller vorbei, als Ihnen lieb ist.« Sie zog die Hand aus der leeren Tasche. Fing sie schon an, auf diesen Quacksalber zu hören? Was viel schlimmer war: Sie hörte ihn, ohne dass er da war.

Also trottete sie zu ihrem Kühlschrank und öffnete ihn. Leer. Sie war auf ihr neues Leben noch nicht eingestellt. Bisher stellten eine Zigarette und ein Kaffee den optimalen Start in den Tag dar. Morgens etwas zu essen war ihr so fremd, wie einem nur irgendetwas fremd sein konnte.

Auf der Suche nach Inspiration setzte sie sich vor den Laptop und tippte »gesunde Ernährung« ein. Augenblicklich fand sie »10 Tipps für eine gesunde Ernährung« auf den unterschiedlichsten Seiten. Sollten zehn Punkte tatsächlich ausreichen? Trotz ihrer Bedenken klickte sie die erste Website an. Aufmerksam las sie die Punkte: vielseitig essen, Gemüse und Obst, Milch trinken sollte sie, wenig Fett und Zucker, und zu guter Letzt stand die Bewegung.

Kopfschüttelnd ging sie die Punkte durch. Zwischendurch lachte sie laut auf. Die spinnen, befand sie und klappte den Laptop zu. Zum Glück fielen ihr ausreichend Menschen ein, die bis ins hohe Alter geraucht hatten oder die Sport mit Mord gleichsetzten. Auch Raucher konnten alt werden, und Sportler konnten jung sterben. Nicht jeder Achtzigjährige lief einen Marathon. Als Ausgleich würde sie einen Apfel am Tag essen – und ein Glas Rotwein dazu trinken. Denn dem sagte man ebenfalls eine gesunde Wirkung nach.

Was sollte schlimm daran sein, nicht ganz so gesund zu sterben?

Frederike ging ins Wohnzimmer und sah sich um. Sie könnte aufräumen, Staub wischen, Zeitungen zum Müll bringen. Auf ihrem Sessel lag die Decke von der Nacht. Sie faltete sie zusammen und schüttelte das Kissen zurecht. Wenn sie jetzt durch die Wohnung lief und aufräumte, störte sie vielleicht die Nachbarn beim Schlafen. Wenn sie ehrlich war, war ihr jede Ausrede recht. Nur weg hier und etwas anderes machen.

Schnell räumte sie Laptop und Block in die Tasche, schnappte ihre Jacke und verließ die Wohnung. Um diese Zeit gab es kein

Gekreische und Gekeife, keine bellenden Hunde und schreienden Kinder in den Wohnungen neben und unter ihr. Als sie auf der Straße stand, bemerkte sie, dass sich sogar die Wolken ausgeregnet hatten. Versprach das ein guter Tag zu werden? Sie schmunzelte über ihren absurden Gedanken.

Im Präsidium holte sie sich auf dem Weg zu ihrem Platz in der Kantine etwas zu essen. Mit Todesverachtung betrachtete sie die Croissants. Ab sofort gehörten sie zu den Bösen. Selbst als Fred hinter dem Tresen fragte: »Croissant, wie immer?«, blieb sie standhaft. Doch es fühlte sich nicht an, als würde sie über die Versuchung siegen. Eher so, als kapitulierte sie vor den Blutwerten und dem Herz*un*rhythmus. Sie glaubte nicht, dass sie es lernen würde, einen Kampf zu kämpfen, der ihr aufgezwungen wurde, dessen Spielregeln nicht sie bestimmte.

In gedanklicher Diskussion über den weiteren Sinn ihres verbleibenden Daseins trottete sie zu ihrem Büro. Sie schaltete die Kaffeemaschine ein und fuhr den Computer hoch. Nachdem sie Wasser und Pulver in die Maschine gefüllt hatte, rief sie den Fall »Freistein« auf. Die Ergebnisse der Hausbefragung waren eingegeben. Sie überflog sie und stellte fest, dass nichts Nennenswertes dabei war. Die Menschen achteten nicht mehr auf ihre Umwelt und sahen nicht, was um sie herum passierte. Da wurde ein Mensch ermordet, und keiner hatte es gesehen.

Sie nahm ihre Tasche und wühlte darin herum. Wie jeden Morgen wollte sie zum Frühstückskaffee eine Zigarette rauchen. Das war zum Ritual geworden, und sie vermisste es, dass es beinahe körperlich wehtat.

Endlich beendete die Kaffeemaschine mit einem erlösenden Zischen und einer ordentlichen Dampfwolke den Brühvorgang. Sie füllte ihren Becher mit Kaffee und biss in das trockene Brötchen. Wie viel besser wäre jetzt ein Croissant. Sie wischte einen imaginären Krümel aus dem Mundwinkel und leckte die Butter von den Lippen. Außerdem verlangte ihr Körper immer noch nach dem Gift der Zigarette. Jetzt! Sie überlegte, wen sie um eine Zigarette anschnorren konnte. Patrick?

Wie lange würde es dauern, bis dieses Verlangen nachließ? Die Vorstellung, an einer Zigarette zu ziehen, den Rauch einzuatmen, ihn langsam durch Mund und Nase entweichen zu lassen, das entspannende Gefühl, dieser Kick ... Verdammt! Sie holte das Notizbuch mit den Anmerkungen der Nacht aus ihrem Rucksack und ging die anstehende Einsatzbesprechung durch. Sie hatte schon unzählige Besprechungen geleitet, also kein Problem. Vorausgesetzt, ihr Kopf baute keinen unnötigen Druck auf und verfing sich nicht in einer Wenndann-Spirale. Wenn Julian mit dabeisitzen sollte, dürfte sie sich keine Fehler erlauben. Die wären ein gefundenes Fressen für ihn. Wenn der Staatsanwalt ebenfalls kommen sollte ... Falls Julian die Kollegen im Vorfeld aufgestachelt haben sollte ... Wenn Kowalczyk heute krank war ...

Schon wieder raste ihr Puls und ließ sie hechelnd zurück. Die letzte Ermittlung hatte sie vor vielleicht fünf Jahren geleitet. Ermittlungen leiten war wie Fahrrad fahren, nur dass Kollegen getreten werden mussten und keine Pedale.

Sie ging das Team durch. Die in ihrem Alter ließen sich von ihr schon lange nichts mehr sagen, und die Jungen kannte sie zu wenig, um sie einschätzen zu können.

Sie brauchte einen Verbündeten, der sie aus der Truppe heraus unterstützte. Außer Kowalczyk. Der war zu jung und unerfahren. Ein Guter, aber noch nicht hart genug. Sie rief Jens an. Doch der war noch nicht im Haus.

Von wem konnte sie Unterstützung erhalten? Ihre einzige Option schien tatsächlich Kowalczyk zu sein. Sollte sie sich auf diesen Grünschnabel verlassen?

Andererseits stand Julian auch unter Druck, und beim Staatsanwalt klingelte bestimmt ununterbrochen das Telefon. Beide zögerten nicht, diesen Druck und die Erwartungen an die EK weiterzugeben. Die sie leitete und für die sie den Kopf hinhalten musste. Wenn es Probleme gab – es gab keine. Wer nicht mitzog, flog aus der Ermittlungskommission. So einfach war das.

Die Tür zu ihrem Büro flog auf, und Kowalczyk trällerte ihr ein fröhliches »Guten Morgen, Frau Stier« entgegen.

»Mach die Tür zu, wenn du gehst«, erwiderte sie und rieb sich die Augen.

»Wenigstens reden Sie mit mir. Das deute ich als gute Laune.« Er klatschte in die Hände und streifte seinen Mantel ab.

Wo nahm dieser Kerl nur seine Gemütsruhe her? Hatte eine endschwangere Frau zu Hause, einen Hauskauf vor der Brust und einen Fall, der ihn beruflich sehr weit bringen konnte – und reagierte entspannt, als wäre er im Urlaub. Sollte sie ihn bedauern oder beneiden? Sie brauchte Kowalczyk, also sagte sie: »Hol dir einen Kaffee und dann setz dich. Wir müssen reden. Mach meinen Becher gleich auch noch einmal voll.« Sie zeigte auf die Kaffeemaschine mit der fast vollen Kanne.

Nachdem sich Kowalczyk auf dem Stuhl eingerichtet hatte, beugte sich Frederike vor und atmete schwer aus. »Wir müssen ein dickes Brett bohren.« Sie schloss die Augen und ergänzte: »Du und ich.«

Sofort setzte er sich aufrecht in seinem Stuhl hin. Er spürte offenbar, dass etwas Wichtiges folgen würde.

»Wir müssen den Fall schnell lösen. Du hast die Zeitungen gesehen, das Netz ist voll, sie haben es sogar in den Frühstücksnachrichten gebracht. Ich will nicht sagen, dass wir es für die Presse oder die Kunstwelt machen. Gott bewahre. Wir machen es, weil es unser Job ist. Hast du mich verstanden?«

Kowalczyk nickte.

»Wenn wir gleich in die Besprechung gehen, dann sprechen wir ein und dieselbe Sprache. Wir stehen beide vorne und informieren die Kollegen. Wir verteilen die Arbeit. Wir geben die Anweisungen.«

Frederike ekelte sich beinahe vor sich selbst. So viele »Wir« hatte sie noch nie in einem Atemzug gebraucht. Sie arbeitete zwar gerne im Team, bevorzugte aber die Formulierung »ihr und ich« gegenüber »wir«. Kowalczyk nahm das mit gierigen Blicken und Ohren auf.

»Aber das ist Ihr Fall, Frau Stier. Ich helfe doch nur.«

Oh, dieser Schleimer, will mir mit seinem Honig den Stachel festkleben.

»Lass das.« Frederike schlug mit der Hand auf den Tisch. »Ich habe hier die Punkte notiert, die wir gleich durchgehen müssen.« Sie schob Kowalczyk ihren Zettel mit den Notizen zu. Er las aufmerksam. »Was hast du gestern noch erfahren?« Kowalczyk fasste zusammen, was Frederike bereits in den Protokollen gelesen hatte. Nichts Neues. »Und Westerburg?« »Immer noch verschwunden. Kein Handysignal. Kein Anruf bei seiner Frau. Wir überprüfen gerade seine Kreditkarten. Vielleicht hat er irgendwo getankt, übernachtet, mit einer Frau im Restaurant gegessen.«

Dann erzählte sie Kowalczyk, was sie in der Nacht recherchiert hatte, von Turins Vita, dass sie den Geschäftsführer dieser Agentur sprechen mussten, sie mehr über Freistein, über sein Leben, sein Umfeld brauchten. Sie hatte keine Ahnung, wie oft ihr diese Fragen schon durch den Kopf gegangen waren. Gleich mussten sie auch die Adressen aus dem Navigationsgerät in Freisteins Auto überprüfen.

Sie sahen sich kurz an. Frederike nickte. Kowalczyk nickte zurück.

Gemeinsam gingen sie zum Besprechungsraum. Auf halbem Weg räusperte sie sich und blieb stehen. Sie musste es klar formulieren und ein uneingeschränktes Okay bekommen. »Hör zu.« Wie sollte sie es nur sagen? »Ich … Du …« Sie sah Kowalczyk ins Gesicht. »Wir müssen das jetzt durchziehen. Ich brauche dich.« Jetzt war es raus. Frederike atmete auf. Sie spürte Schweiß auf ihrem Rücken. »Ohne dich funktioniert das hier nicht.«

Kowalczyk sah sie verblüfft an. »Als wenn Sie mich ernsthaft bräuchten.« Er lachte. »Aber natürlich lösen wir den Fall zusammen. Wir sind ein Team, und Herr Potthoff wird schon sehen, wie wir zusammenarbeiten.«

Frederike sah das unbekümmerte Gesicht ihres Kollegen, diese Selbstverständlichkeit, wie er »Wir sind ein Team« sagte, dass sie beinahe rührselig wurde. Aber hatte er die Bedeutung verstanden?

»Dann lass uns loslegen.« Nach wenigen Schritten blieb sie erneut stehen. »Was wir gerade besprochen haben, diese Punkte und Freisteins Auto, erwähnen wir heute Morgen noch nicht.« Kowalczyk wollte etwas erwidern, doch sie entgegnete: »Kein Wort davon.«

Er nickte.

Gemeinsam betraten sie den Raum, in dem zehn Männer in ihrem eigenen Mief durcheinanderredeten und keiner von ihnen beiden Notiz nahm.

10

Hier standen sie nun vor den zehn Kollegen der EK Zeche. Die Heizung ballerte auf Hochtouren. Wenn sie einen ansah, erkannte Frederike alles, nur nicht den Willen, einen Fall zu lösen – schon gar nicht mit ihr. Warum hätte sich über Nacht etwas ändern sollen?

Kowalczyk lächelte wie immer, als wäre die Welt ein Ponyhof, Mordaufklärung ein Sonntagsspaziergang und die Ermittlertruppe zu einem Sommerfest geladen. Konnte sie sich wirklich auf Kowalczyk verlassen? Sollte sie?

»Kollegen.« Er hob seine Stimme an. »Kollegen! Wir möchten anfangen.«

Er wartete einen Moment. Der Geräuschpegel erinnerte weiterhin an die Fankurve bei Rot-Weiß Essen. Als wären sie beide Luft, unsichtbar, gar nicht anwesend.

»Verdammt!«, schrie Frederike. »Ruhe, wir wollen anfangen!«

Sie blickte in verengte Augen, sah verschränkte Arme, abfällige Gesten. Aber es herrschte Stille. »Danke.« Mit einem kurzen Nicken bedeutete sie Kowalczyk, loszulegen.

Er fasste noch einmal die wichtigsten Punkte zusammen, berichtete, dass die Fahndung nach Westerburg noch nichts gebracht hatte, erläuterte am Whiteboard, wo der Schwerpunkt des heutigen Tages liegen musste.

Dann fragte er Patrick, ob neue Erkenntnisse vorlägen.

»Ihr wisst es, aber noch einmal für Frederike: Es gibt bisher nichts, was eine Zuordnung der DNA-Spuren ermöglicht. Die Spuren aus der Halle werden immer noch untersucht. Womit sollen wir sie vergleichen? Wie immer geben wir unser Bestes. Und natürlich halte ich dich, liebe Frederike, auf dem Laufenden, wenn wir etwas finden.«

Kowalczyk lag der Bericht der Rechtsmedizin vor, der enthielt aber keine neuen Erkenntnisse. Die Schlinge, die sie gefunden hatten, war die Mordwaffe, Freisteins Hände waren auf den Rücken gebunden, er hatte gekniet, als er erdrosselt wurde, aber sonst gab es nichts, was auf den Täter schließen ließ. Der Ermordete hatte Müsli gefrühstückt und Wasser getrunken. Die Toxikologie war noch nicht abgeschlossen.

Kowalczyk erkundigte sich nach den Ergebnissen der Hausbefragungen vom Abend, doch auch da gab es nichts Nennenswertes. Wie in vielen Fällen widersprachen sich die Angaben. Manche Anwohner wollten einen Streit gehört haben, andere ganz deutlich einen Schuss, dritte ein davonrasendes Motorrad, während wieder andere einen weißen Sportwagen gesehen hatten. Und für den Rest war es ein ganz normaler, ruhiger Morgen gewesen.

Fünf Kollegen befanden sich zurzeit auf der Zeche, um Jogger und Hundebesitzer zu befragen, sodass man hier auf weitere Informationen wartete.

Danach kündigte Kowalczyk die erneute Befragung von Frau Westerburg an. »Wir fahren wieder hin, sobald wir den Durchsuchungsbeschluss haben.«

»Nimmst du uns dann mit?«, fragte Patrick mit einer süffisanten Stimme.

Kowalczyk sah zu Frederike. Die meinte nur: »Hast du Angst, du musst draußen bleiben?«

Nachdem sich Patrick beruhigt hatte, fuhr sie fort. »Im Vordergrund steht das Motiv. Wir haben noch keine Idee, warum Freistein, dieser angeblich so begnadete Künstler, ermordet worden ist. Heute kümmern wir uns um sein Umfeld. Wir müssen seine Wohnung in Essen untersuchen. Patrick, das kannst du direkt mit deinen Leuten machen. Außerdem gab es einen Hinweis auf Freisteins Auto. Auch das muss heute untersucht werden.«

Patricks Kopf schoss hoch. Er sah Jens an und schüttelte dann den Kopf. »Was glaubst du, wie viele Mitarbeiter wir haben? Es gibt nicht nur einen Fall, den wir bearbeiten müssen. Wir erledigen eins nach dem anderen und informieren dich, wenn wir Ergebnisse haben. Bis dahin musst du dich gedulden, zusammen mit deiner Kunstwelt.« Damit verschränkte er die Arme vor der Brust und sah aus dem Fenster.

»Ich werde das dann so vermerken.«

Kowalczyk übernahm und fasste nochmals alle potenziellen Spuren zusammen, denen heute nachgegangen werden musste. Anschließend verkündete er, dass sich alle gegen siebzehn Uhr wieder hier treffen sollten.

»Kollegen«, ergriff Frederike zum Abschluss das Wort, »wir wissen alle, dass einer der namhaftesten Künstler Deutschlands ermordet worden ist. Auch wenn nicht viele ihn kennen, ist der Aufschrei groß. Ich bitte euch, ich fordere euch auf, euch ins Zeug zu legen. Wir brauchen kurzfristig einen Ansatz, dem wir nachgehen können. Die Presse …« Frederike griff nach Kowalczyks Arm und stockte. »Die Presse braucht Futter.«

Oh Gott. Das Zimmer schwankte und verschwamm vor ihren Augen. Ohne Frühstück und so ein Stress, sie brauchte eine Zigarette.

»Ist Ihnen nicht gut, Frau Stier?«, fragte Kowalczyk und schob ihr besorgt einen Stuhl zurecht.

Die Kollegen waren bereits aufgestanden und hatten augenscheinlich nichts mitbekommen. Sie setzte sich und atmete tief ein und aus.

»Ihr seid schon durch?« Julian und der Staatsanwalt kamen zu ihr. »Da gab es wohl nicht so viel zu besprechen. Wenn man bedenkt, wer hier ermordet worden ist, ist das enttäuschend. Oder gibt es einen Durchbruch, Frederike?«

Die Art, wie Julian hereingeplatzt kam, und seine provokante Frage ließen Frederikes Alarmglocken schrillen. Sie wollte keine Konfrontation. Nicht vor Kowalczyk, nicht vor dem Staatsanwalt und nicht in ihrem Zustand. »Wir stehen am Anfang und gehen verschiedenen Spuren nach. Wir lösen den Fall nicht, wenn wir hier zusammen Kaffee trinken. Um fünf treffen wir uns wieder, dann haben wir Ergebnisse.«

»Vierundzwanzig Stunden und noch nichts Greifbares?«

»Lass uns unsere Arbeit machen, dann kriegst du auch etwas Greifbares.«

Sie wollte allein sein, einen Plan überlegen und selbst den Spuren nachgehen. Mit Julian zu diskutieren empfand sie als fruchtlos und ermüdend.

Kowalczyk mischte sich ein. »Vorrangig müssen wir diesen Westerburg finden und das Umfeld von Freistein unter die Lupe nehmen. Wir suchen weiterhin nach Zeugen rund um Zollverein.«

Julian schnaubte. »Frederike, du weißt, was der Fall für dich bedeutet. Entweder du lieferst Ergebnisse ...« Julian zeigte mit dem Finger auf sie.

»Was kann ich sonst noch für dich tun, Julian?« Frederike fehlte die Kraft, um sich auf dieses Scharmützel einzulassen. Wozu warf sie eigentlich die Pillen ein, wenn sie ihr den Kampfgeist nahmen? »Sag, was du noch loswerden willst, und dann lass uns unsere Arbeit machen.« Sie packte ihre Sachen zusammen.

Julian legte einen Finger auf den Mund. Jetzt packt er eine Gemeinheit aus, dachte Frederike. Doch sie sah nur, wie sich sein Brustkorb hob und senkte.

Offenbar entging ihm nicht, wie nah Kowalczyk neben ihr stand. Die Einigkeit in Person. Gestern wäre sie einen Schritt zur Seite gegangen. Jetzt lief sie Gefahr, diesen Zusammenschluss gut zu finden.

»Wir lösen dir den Fall, Julian. Verlass dich drauf. Wahrscheinlich schneller, als dir lieb ist.« Nach einem kurzen Moment ergänzte sie: »Vielleicht solltest du das Spiel mit dem Feuer nicht übertreiben. Mit verbrannten Fingern kann man schlecht Anträge ausfüllen.« Frederike zog den Riemen ihres Rucksacks zu und hängte ihn über die Schulter.

»Ich verbrenne mich nicht, Frederike. Ich nicht.« Julian stand auf.

»Kommen Sie gleich zu mir, Frau Stier.« Der Staatsanwalt stand im Hintergrund, was ihm in Frederikes Augen etwas Verschlagenes verlieh. »Wir müssen unser neues Statement für die Presse durchgehen. Meine Sekretärin gibt Ihnen einen Termin.«

Frederike hob die Hand, als Zeichen, dass sie verstanden

hatte, und ging zum Ausgang. Sie hörte Julian noch etwas brummeln, was sie nicht interessierte.

Auf dem Flur war die Luft besser, unverbrauchter und kühler. Diese Hitze und diese Ausdünstungen setzten ihr gewaltig zu. Gedankenversunken gingen sie und Kowalczyk den Flur hinunter. Dann meinte sie: »Vereinbare einen Termin mit dem Geschäftsführer von ›Kunst Kenner‹ in Düsseldorf, wo von Turin früher gearbeitet hat. Und kümmere dich um Westerburg. Mach den Jungs Feuer unterm Hintern. Die sollen überall suchen. Parkhäuser am Bahnhof und Flughafen. Passagierlisten. Wir haben keine Zeit.«

Sie standen sich gegenüber, Kowalczyk mehr als einen Kopf größer als Frederike. Sie sah die Schweißflecken unter seinen Achseln. War er doch angespannt? »Wir müssen jetzt Gas geben. Aber wir kriegen das hin.«

Kowalczyk sah sie an und nickte. Er wollte etwas antworten, doch sie hielt bereits ihr Telefon ans Ohr, um im Büro des Staatsanwalts anzurufen. Während Kowalczyk in Richtung Büro trottete, meldete sich die Sekretärin. »Der Staatsanwalt muss kurzfristig zu einer externen Besprechung, Frau Stier. In einer Stunde ist er bestimmt wieder zurück. Ich trage Sie für einen Termin ein.«

Frederike antwortete in einem enttäuschten Ton. »Das ist jetzt ärgerlich. Ich muss auch gleich zu einer wichtigen Befragung weg. Wenn ich zurück bin, melde ich mich.«

Sie hörte noch ein »Aber –« und drückte das Gespräch weg.

11

»Kowalczyk, krieg raus, wem das Haus gehört.« Frederike starrte auf den Bildschirm und studierte die Landkarte. Ihr fehlte die Phantasie dafür, was Freistein in dieser abgelegenen Gegend des Bergischen Landes zu suchen gehabt hatte. »Sagt dir Höffe etwas?« Sie fragte zwar Kowalczyk, sprach aber mehr zu sich selbst.

Eine der Adressen aus Freisteins Navigationsgerät führte zu einer kleinen Gemeinde im Bergischen Land, vielleicht fünfzehn Kilometer östlich von Leverkusen, mitten im Nichts, nur Wiesen und Wälder weit und breit.

»Vielleicht wohnt dort eine Freundin. Oder dort ist ein nettes Lokal, oder er wollte einfach nur spazieren gehen.« Kowalczyk klang gereizt.

»Aber warum gibt er dann eine genaue Adresse mit Hausnummer ein?«

»Was weiß ich? Fragen Sie ihn.«

Frederike hörte Tastengeklapper. Ruhe, Tastengeklapper. Wieder Stille. Dann: »Das gibt es nicht.« Tastenklappern, Pause, »Puh.« Schließlich schrammte sein Stuhl über den Boden, und Kowalczyk stellte sich neben sie. »Das glauben Sie nicht, wem die Hütte gehört.« Er sah auf seinen Zettel. »Bettina Stier.«

Frederike drückte die Fingernägel in die Handfläche und blieb stumm.

»Sie fragen sich bestimmt, wer Bettina Stier ist.«

»Hab ich dich schon einmal rausgeworfen, Kowalczyk?« Ihr Ton ließ keinen Zweifel an der kaum versteckten Drohung.

»Diese Frau Stier ist Anfang siebzig und lebt in der Nähe von Freiburg in einem Altenheim. Sie hat einen Sohn, Richard.« Kowalczyk legte eine Pause ein.

Frederikes Gehirn meldete einen Haken. Woran blieb es hängen?

»Ich habe mich erinnert. Sie kennen doch die italienische

Stadt Turin, oder, wie der Italiener sagt: Torino? Und den legendären Club FC Turin?«

Natürlich! Sie blieb ruhig, um ihrem Kollegen den Triumph zu überlassen.

»Die tragen den Namen als Wappentier auf der Brust. Torino heißt übersetzt: kleiner Bulle. Oder ...«

»Stier.«

»Die Hütte gehört von Turins Mutter. Daraufhin habe ich ihn gecheckt und festgestellt, dass sein ›Stephen Ricardo von Turin‹ ein Künstlername ist und er früher Richard Stier hieß. Krass, oder?« Kowalczyk fasste sich an die Nase.

Jetzt wusste sie, warum sie von Turin nicht als Geschäftsführer bei »Kunst Kenner« gefunden hatte. »Sehr gut, Kowalczyk. Sehr gut. Befrag ihn gleich dazu. Was der Hintergrund für seine Namensänderung war und warum er uns das nicht gesagt hat.«

Kowalczyk räusperte sich. »Diese Bettina Stier hat aber nichts mit Ihnen zu tun?«

Frederike kannte ihre entfernte Familie nicht. Zu irgendwelchen Onkeln und Tanten hatte sie seit Jahren keinen Kontakt mehr. Und wer kannte schon die Geschichten aller Großväter. »Überprüf das. Das will ich wissen.« Das wäre ... sie mochte es sich nicht ausmalen, wie es wäre, wenn von Turin mit ihr verwandt wäre. Egal, über wie viele Ecken.

»Was steckt dahinter, dass Freistein genau diese Adresse angesteuert hat, als er ins Bergische gefahren ist?« Frederike spürte, dass die Hütte eine entscheidende Bedeutung hatte – ein Signal, das sie ihrer langjährigen Erfahrung verdankte.

»Warum versucht von Turin uns zu verheimlichen, dass er Freistein näher gekannt hat? Wir sind doch nicht blöd.« Sie sah Kowalczyk an.

»Wir wissen doch gar nicht, ob sich Freistein und von Turin dort getroffen haben.«

»Glaubst du, Freistein hat sich den Schlüssel von der Hütte in einem toten Briefkasten geholt? Natürlich waren die gemeinsam dort. Die Hütte gehört von Turins Mutter, die weit weg wohnt.«

»Eher nicht.«

»Also. Wir fahren jetzt hin und sehen uns das an. Hol das Auto.«

Kowalczyk wedelte mit dem Autoschlüssel. Er war wieder einen Schritt voraus, und sie konnte sehen, wie sie hinterherkam. Um den Heißbrenner einzubremsen, sagte sie:»Gib mir fünf Minuten.« Dann steuerte sie die Toilette an, wo sie sich das Gesicht wusch. Vielleicht brachte sie das ja etwas mehr in Schwung.

Ihr Spiegelbild war zum Fürchten. Die schlaflosen Nächte hatten sich tief eingegraben. Dazu der Nikotinentzug, der ihr jede Sekunde zu schaffen machte. Julian. Wo sollte sie mit dem Klagen anfangen? *Am besten gar nicht, sonst endet es in einem Brummkreisel.*

Am Ende musste ein gelöster Fall stehen, alles andere war nebensächlich. Mit einer Niederlage abzutreten war ... Ihr fiel kein Vergleich ein, der diese Option auch nur annähernd akkurat beschrieb.

Wenn Julian doch nur ein bisschen kooperativer wäre. Sein Verhalten spukte ihr ständig durch den Kopf. So offen feindselig hatte er sich ihr gegenüber noch nie verhalten. Als wären ihm die Konsequenzen egal, wenn sie das Video online stellte. Hatte Julian einen Plan B? War seine Zeit in Essen vorbei? Stieg er in der Hierarchie auf? Oder gab es auch bei ihm eine Diagnose, die die Zukunft schwarzmalte?

Wahrscheinlich pokerte er nur hoch und hoffte, dass sie bluffte und ihr Geheimnis wahrte.

Tja, Herr Potthoff, da irren Sie sich gewaltig.

Ihr Telefon klingelte.»Ja!« Frederike hörte zu und stützte sich am Waschbecken ab.»Stopp!« Sie holte tief Luft.»Was erlauben –« Sie überlegte kurz und drückte das Gespräch weg. Wer gab diesen Pressefritzen ihre Mobilnummer?

Sie stürmte zurück in ihr Büro, nahm den Rucksack und rief:»Kowalczyk! Wir fahren.«

Es war kurz vor elf und der Verkehr überschaubar. Auf der A 52 staute sich nichts, selbst auf der A 3 lief es reibungslos.

Sie erreichten beinahe in Rekordzeit die Ausfahrt Leverkusen-Opladen. Das Navi schickte sie über die B 8 und die L 288 ins Bergische. Nach gut zwanzig Minuten erreichten sie Höffe. Gleich hinter dem Gasthaus Forellenhof setzte Kowalczyk den Blinker links, und sie bogen in den Weg Unterkirsbach ein. Frederikes Telefon meldete sich. Der Staatsanwalt. »Frau Stier, ich erwarte Sie in fünf Minuten in meinem Büro.«

»Geht nicht.«

»Frau Stier.«

Frederike hörte am anderen Ende tiefe Atemzüge. »Ich erwarte Ihren Bericht. Was glauben Sie, was hier los ist? Das war doch nicht irgendein Penner, der da ermordet wurde.«

»Das würde Sie weniger interessieren?«

»Lassen Sie diese ...« Wieder dieses Schnaufen. »Ich kläre das mit Julian, Herrn Potthoff. Wir lösen dieses ... Problem.«

Eine kurze Pause trat ein. »Ich bin sicher, er hat eine Idee.«

Vorher löse ich dir deinen Fall, dachte Frederike und schloss die Augen. Der Stier in ihr lebte noch, und den würde sie hegen und pflegen bis zum letzten Tag.

»Gibt's Ärger?« Kowalczyk steuerte den Wagen über den holprigen Weg und warf ihr einen verstohlenen Blick zu.

»Keinen, den ich nicht ignorieren könnte.«

Nach hundert Metern hielt er vor einer Hecke, die auch ohne Blätter dicht wie eine Mauer war.

»Packen wir's an.« Frederike wartete keine Sekunde und drückte die Tür auf. Sie nahm ihre Jacke vom Rücksitz, zog den Reißverschluss bis zum Kinn hoch und wartete auf Kowalczyk.

In der Hecke war eine Tür aus Maschendraht eingelassen. Bretter verhinderten, dass man durch die Maschen sehen konnte. Frederike drückte die Klinke nach unten. Abgeschlossen. »Hast du etwas dabei?«

Kowalczyk ging zum Kofferraum und kam kurz darauf mit einem Lockpicking-Set zurück. Er kniete sich vor das Schloss und hängte einen dünnen Haken hinein. Mit dem anderen Haken begann er, im Schloss herumzustochern. »Ich hab keine Übung damit. Das kann also dauern.«

Frederike ging hinter ihm auf und ab. Kowalczyks genervten Blick ignorierte sie. Nach fünf Minuten meinte er: »Ich sehe nach, ob es einen anderen Weg gibt.« Damit verschwand er um die Ecke.

Frederike stand frierend vor der Gartentür. Das dauerte ihr alles viel zu lange. Wären sie im Fernsehen, würden sie das Schloss mit der Dienstwaffe öffnen. So musste sie sich darauf verlassen, dass es einen alternativen Eingang gab.

Tatsächlich rief Kowalczyk: »Frau Stier, hier, eine Lücke.« Sie trottete zu ihm.

Die Hecke grenzte an der rechten Seite an eine bestimmt zwanzig Meter hohe, ausladende Tanne, und dazwischen gab es einen kleinen Spalt. Als sie sich hindurchzwängte, kratzten Äste über ihr Gesicht, die Haare verfingen sich in den dürren Zweigen.

Endlich standen sie auf einem handtuchgroßen Stück Rasen vor einem unbewohnt wirkenden einstöckigen Holzhaus. Die Fensterläden waren zugeklappt, vertrocknete und erfrorene Blumen standen in Kästen an der Wand. Überall lag Laub. Ein typisches Wochenendhaus, das wahrscheinlich nur im Sommer genutzt wurde.

Frederike rüttelte an der Eingangstür. »Versuch es mit deinem Dietrich.«

»Sehen Sie das? Die Tür ist mit drei Schlössern gesichert. Als gäbe es einen Schatz zu bewachen. Auch die Fensterläden. Überall Schlösser. Um die mit meinem Werkzeug zu öffnen, brauche ich Tage.«

»Also?«

Kowalczyk schlich um das Gebäude, um einen anderen Zugang zu suchen. Diesmal kehrte er ergebnislos zurück.

»Gibt es etwas im Auto, um die Tür zu öffnen?«

»Wäre das gut?«

»Oh, mein Bedenkenträger.«

»Ich meine ja nur. Wenn wir etwas finden, dann ist das später nutzlos. Kein Durchsuchungsbeschluss ... Sie wissen das doch selbst.« Kowalczyk klang ein wenig gereizt.

»Gibt es Ärger im trauten Heim, oder warum bist du so aufsässig?«

»Ich bin nicht ... Sie kennen die Dienstvorschriften selbst. Da muss ich Ihnen nicht sagen, wie Sie vorgehen sollten.« Bis sie die Kollegen aus Leverkusen gerufen, ihnen alles erklärt hätte, wäre der Tag vorbei. Außerdem gab es mit Sicherheit einen anderen Weg.

»Du hast doch auch das Gefühl, dass hier etwas nicht stimmt, oder?« Frederike sah Kowalczyk auffordernd an.

»Sie meinen:»Gefahr in Verzug«?«

Sie nickte und hob die Hand. »Ich überleg mir etwas. Du suchst den Zugang.«

Kowalczyk hämmerte mit der Faust gegen die Tür. »Die ist gar nicht aus Holz. Hören Sie das?« Er hämmerte nochmals dagegen. »Das ist Eisen. Die ist verstärkt. Hat von Turin wohl Angst, dass ein ungebetener Gast eindringt. Jetzt bin ich erst recht gespannt, was wir da drinnen finden.« Er ging zu dem Fenster gleich neben der Tür und klopfte gegen den Laden. Auch der bestand aus Blechen und war nur mit Holz verkleidet. »Seltsam.«

»Geh ums Haus. Vielleicht finden wir hinten eine Schwachstelle.« Frederike war nun doch sehr neugierig, was sich in diesem abgelegenen Haus befand, das so unscheinbar wirkte und offenbar ein Geheimnis verbarg.

Kowalczyk verschwand um die Ecke. »Ich finde was. Wär doch gelacht.«

Frederike schüttelte den Kopf. Wieder dieser Optimismus und diese jugendliche Unbekümmertheit. Er hatte noch nicht gelernt, dass das Leben ein unerfüllter Traum war, der mit dem Tod endete, wenn man daraus erwachte.

Egal. Gut, dass Kowalczyk bei ihr war und sie unterstützte. Erstaunlich eigentlich. Hatte sie doch nie einen Hehl daraus gemacht, dass sie ihn nicht gerade ins Herz geschlossen hatte. Dieses neunmalkluge Milchgesicht von der Hochschule, der alle Fälle, alle Themen mit einem Lachen und erfolgreich abschloss. Der bei den Kollegen beliebt war. Kürzlich geheiratet hatte, damit seine Frau ihm bald das erste Kind in geordneten Verhältnissen gebären konnte. Sie waren dabei, ein Haus im Essener Süden zu kaufen. Und so, wie sie ihn kannte, würden sie kommende Woche einziehen, weil alles so perfekt passte. Kowalczyk flog alles zu.

Frederike sah zum Himmel. Sie empfand das als ungerecht. Um ganz ehrlich zu sein – und das würde sie vor anderen nie eingestehen: Sie war neidisch. So neidisch, dass es sie beinahe schon anwiderte, neben Kowalczyk zu stehen. Was sie so schmerzlich entbehren musste, bekam er im Überfluss geschenkt.

Und genau dieser Mann stand jetzt wie die Verhöhnung ihres Lebens neben ihr, indem er sie als Einziger unterstützte.

War das ihr Offenbarungseid an das Leben: dass sie ihre Kehle diesem Menschen hinhalten musste, um mit erhobenem Kopf aus dem Dienst auszuscheiden? Wenn Kowalczyk sie hängen ließ, konnte sie die Koffer packen. Allein auf Dicki und Patrick und die anderen Versager angewiesen, konnte sie den Fall nicht lösen. Sie betete, dass Kowalczyk das nicht klar wurde, und wenn doch, dass er es nicht ausnutzte.

War das die letzte Prüfung, die das Leben für sie bereithielt? Oder die letzte Gemeinheit?

»Werde gnädig gegenüber deinen Mitmenschen. Sieh nicht das Schlechte in ihnen. Erkenne das Positive.« Wie oft hatte Moritz ihr das geraten, und sie hatte es stets in den Wind geschlagen.

»Frau Stier!«

Kowalczyks Rufen holte sie aus ihrer sentimentalen Erinnerung zurück. Sie legte die Hände auf die Wangen und rieb. Abschließend klopfte sie einige Male drauf, damit Blut hineinfloss, und ging um die Hausecke.

Dort stand er, auf der Rückseite des Hauses vor einer dichten Tanne. Er deutete auf die Äste und grinste wie ein Honigkuchenpferd. »Ich hab's doch gesagt. Hier. Das könnte eine

Möglichkeit sein.« Seine Hand verschwand zwischen den Ästen und rüttelte an etwas. »Ein Fenster, nur mit einem Gitter davor.«

Er drückte sich zwischen die Äste. Seine Finger erkundeten die Befestigung. »Das sind einfache Schrauben. Die krieg ich auf.«

Frederike fragte sich, ob er jetzt einen auf MacGyver machte und gleich mit einer Büroklammer das Gitter wegsprengte. Stattdessen rüttelte er noch einmal kräftig. Unter den Schrauben löste sich morsches Holz. »Das ist kein Problem.« Jetzt holte Kowalczyk tatsächlich ein Leatherman aus seiner Jacke. Als wäre dieses Multifunktionstaschenmesser sein ständiges Arbeitsinstrument, wählte er zielsicher die Zange aus und machte sich an der Schraube zu schaffen. »Ich hab's gleich.« Er rutschte mit der Zange ab. »Moment noch.« Er setzte erneut an, rutschte wieder ab. Jetzt rann Blut an seinem Finger entlang. »Verdammt!«

»Wir rufen die Kollegen.«

»Noch eine Minute.«

»Das wird nichts.«

Kowalczyk klappte das Messer aus und bohrte im Holz. Splitter fielen auf den Boden, kurz danach die Schraube.

»Typisch Mann. Immer den Kopf durchsetzen«, schnaubte Frederike und verschränkte die Arme. Trotzdem beobachtete sie anerkennend, wie Kowalczyk im nächsten Moment das Gitter entfernte. Mit verkratztem Gesicht und stolz wie ein Spanier stand er nun vor ihr.

»Und wie soll ich durch das Fenster kommen?« Darauf hatte der schlaue Herr Oberkommissar natürlich keine Antwort, vermutete Frederike.

»Ich gehe hinein und sehe, ob es sich lohnt. Dann sehen wir weiter.« Und schon verschwand er im Astgewirr und hievte sich durch das Fenster ins Innere des Hauses. Kurz darauf hörte sie ihn fluchen.

»Was ist?«

»Ich stehe in der Kloschüssel.«

Ist das Leben doch nicht immer gnädig mit ihm, dachte Frederike und lachte. »Mach, dass du aus deinem Planschbecken kommst. Es wird kalt.«

Sie lehnte sich gegen die Hauswand, ihr Atem ging schwer, und der Boden bewegte sich vor ihren Augen. Nicht schon wieder, dafür war keine Zeit. »Was jetzt?«, rief sie. »Das scheint ein Atelier zu sein. Überall Bilder und Staffeleien und so was. Ich suche eine Tür.« Stille. Ein Klopfen. Stille. »Es gibt keinen weiteren Eingang. Nur die verriegelte Tür vorne.«

»Wir haben noch einen Termin in Düsseldorf.«

»Ich finde nichts. Die Türen und Fenster sind alle verschweißt. Ich komme raus.« Kowalczyk quälte sich aus dem kleinen Fenster. Angekommen, hielt er ihr sein Smartphone hin. »Ich habe alles gefilmt und ein paar Fotos gemacht. Das müssen wir untersuchen lassen.«

Frederike sah sich die Fotos an. »Was ist das?« Sie zeigte auf ein Stahl-Ungetüm in der hinteren Ecke.

»Keine Ahnung. Hab's nur schnell fotografiert. Sie haben gedrängt.« Kowalczyk startete die Videoaufnahme. »Das könnte ein Ofen sein«, sagte er, als das unbekannte Objekt ins Bild kam.

»Könnte«, höhnte Frederike. »Das hat doch nichts mit unserem Fall zu tun. Hier hat Freistein von der Öffentlichkeit abgeschieden Kunst produziert.«

Deshalb war das Haus auch so gesichert. Wenn Freistein so angesehen war, wie sie alle behaupten, dann lagerten hier einige Werte.

»Zeig noch einmal.« In Frederikes Kopf meldete sich eine Erinnerung. »Hier.« Sie zeigte auf ein Foto. »Was ist das?« Kowalczyk sah sie ratlos an und hob die Schultern.

»Geh rein, und dann telefonieren wir mit dieser Kamera.« Frederike zeigte auf die FaceTime-App auf ihrem Smartphone.

»Frau Stier, ich bin beeindruckt.«

»Dachtest du, ich bin zu alt dafür?«

»Nein. Aber in dieser Situation daran zu denken finde ich stark. Wirklich.«

»Moment.« Frederike hielt ihn am Arm zurück. »Wir mussten in das Haus, weil wir dort Beweismaterial vermutet haben.«

»Ja, sicher.«

»Wenn Freistein da drinnen gemalt hat, hat er bestimmt eine Dose mit Verdünner, um die Pinsel zu reinigen. Such die Dose und tränke einen Lappen mit dem Verdünner. Wenn du fertig bist, steckst du ihn an und wirfst ihn in einen Papierkorb. Hast du ein Feuerzeug? Kein Streichholz, keine Spuren.«

»Sie wollen das Haus abfackeln?«

»Natürlich nicht. Deshalb mussten wir doch rein. Damit es eben nicht abbrennt. Hast du noch nie etwas von Selbstentzündung dieser Stoffe gehört?«

»Wow.« Hätte Kowalczyk ihr jetzt auf die Schulter geklopft, hätte sie ihn definitiv rausgeworfen. Am besten gleich vom Dienst suspendiert, aber das überschritt ihre Kompetenzen. Doch er kletterte ohne weiteren Kommentar wieder ins Haus. Sie spürte eine Röte ihr Gesicht überziehen, die er zum Glück nicht mehr sehen konnte.

Im nächsten Moment klingelte ihr Smartphone, und auf ihrem Display erschien das Innere des Hauses.

Ihre Augen mussten sich zuerst an das Licht und die Umgebung gewöhnen, doch dann erkannte sie fünf Staffeleien mit riesigen Leinwänden darauf. Ein Bild wirkte abgeschlossen, die anderen noch in der Entstehung. Ganz andere Bilder als die, die in der Halle auf Zollverein ausgestellt waren. Frederikes Gehirn funkte ein Signal. Woran erinnerte sie das fertige Bild?

Kowalczyk drehte sich langsam im Uhrzeigersinn. An den Wänden standen Tische, übersät mit Malutensilien: Pinsel in Gläsern, Tuben mit Farben, Paletten, Spachtel. An einer Pinnwand klebten Fotos in unterschiedlicher Größe und Auflösung.

»Stopp! Geh zu der Staffelei mit dem blauen Bild. Ist das ein Monet?«

Das Bild im Smartphone wackelte, dass ihr fast schlecht wurde. Kowalczyk schien sich hinzuknien und die Leinwand näher zu betrachten. Dann rief er:»Meine Fresse. Wie haben Sie das gesehen?«

Ein Hochgefühl durchfuhr sie.»Erklär es mir.«

»Da ist ein Foto. Und daneben wird genau dieses Foto in Öl gemalt.«

»Und es ist mit Claude Monet signiert?«

»Links unten, klar und deutlich.«

Perfekt, dachte sie. Sie hätte jubeln können.

»Geh jetzt näher an die Pinnwand.« Kowalczyk begann in der oberen linken Ecke und filmte die Fotos systematisch ab. Sie sagten ihr etwas. Frederike riss die Augen auf.»Was erkennst du?«

»Schöne Bilder. Die sind alle irgendwie bekannt. Zumindest kommen sie mir bekannt vor. Und dann tausend Detailaufnahmen von dem Gemälde auf der Staffelei. Auch von der Rückseite. Keine Ahnung, was das zu bedeuten hat.«

Frederike fühlte die Erde beben. Die Fotografien fügten sich zu einer Geschichte. Die Geschichte bildete einen Fall. Der Fall lag auf ihrem Tisch.

»Folkwang«, flüsterte sie.»Das ist ein Bild aus dem ...« Sie fasste sich ans Herz. Oh Gott, jetzt passiert es, dachte sie und sank auf die Knie.

»Was ist? Frau Stier! Alles klar bei Ihnen?«

Frederike rang nach Atem, bekam aber kein Wort heraus.

»Frau Stier?«

Kalter Schweiß lief über ihren Rücken. Sie fühlte sich wie ein Fisch auf dem Trockenen, wie sie den Mund aufriss, aber nicht atmen konnte.

Sie fiel auf den Rücken und sah in den grauen Februarhimmel. Das war kein Platz, um das Leben zu beenden. Zu nass, zu kalt, zu ungemütlich. Sie versuchte, gleichmäßig zu atmen, setzte sich auf, ließ den Kopf sinken. Endlich ließ der Druck nach, und die Welt nahm wieder klare Formen an.

»Alles in Ordnung«, beruhigte Frederike Kowalczyk und unterbrach die Verbindung. Sie stand auf, stützte sich mit einer Hand an der Hauswand ab und übergab sich. War das der

Nikotinentzug, den ihr Körper nicht vertrug, oder die Überdosis Äpfel? Sie sollte nicht alles auf einmal ändern.

Mühsam rappelte sie sich auf und wischte den Dreck von ihren Hosen. Mit dem Ärmel fuhr sie sich über den Mund. Dann wählte sie Kowalczyks Nummer. »Weiter«, bellte sie ins Smartphone.

»Darf ich fragen?«

»Weiter, hab ich gesagt.«

Kowalczyk ging mit der Kamera an die letzte Stelle zurück. Das war tatsächlich das Gemälde, das in der Silvesternacht aus dem Museum Folkwang in Essen gestohlen worden war und das sie seither suchten. »Seerosen« aus dem Jahr 1915 von Claude Monet. Dieses babyblaue Gekleckse mit den rosa Tupfen, die Seerosen darstellen sollten. Ein für die Welt unersetzliches Gemälde, wie Münchmeyer, der Museumschef von Folkwang und die anderen Experten nicht müde wurden zu betonen.

Wenn sie, Frederike Stier, hier und jetzt einen Hinweis gefunden hätte, der den Fall entscheidend weiterbrachte, dann könnte sie Julian mit einer gehörigen Portion Genugtuung ... Zumindest wäre es ein Argument, sie nicht in den Ruhestand abzuschieben.

An der Pinnwand in der Hütte hingen Aufnahmen von sämtlichen Details des Gemäldes. Auch der anderen Bilder, die damals gestohlen worden waren. Sowohl von der Vorderals auch von der Rückseite. Die Kollegen vom Dezernat Raub würden ihr die Füße küssen.

Frederike war klar: Diese Details konnte man nur fotografieren, wenn man die Bilder in Händen gehabt hatte. Wenn man Zeit hatte, um es von vorne, von hinten und rechts und von links mit allen Nuancen und Feinheiten abzulichten.

Und dann setzt sich der begnadetste Künstler der Gegenwart hin und malt es ab? Malen nach Zahlen – oder nach Detailaufnahmen.

Darum würden sich die Techniker kümmern.

»Geh zu den Staffeleien.« Frederike beschlich eine Ahnung.

Auf dem Display des Smartphones erkannte sie Teile des Bildes wieder. Auf einigen Leinwänden hatte Freistein offenbar Details geübt, auf anderen mit Farben experimentiert. »Freistein hat dieses Bild nachgemalt, gefälscht.«

»Keine Ahnung, sieht aber so aus«, antwortete Kowalczyk und filmte seine Schuhe.

»Was ist in dem Schrank?«

Kowalczyk ging zu einem Stahlschrank an der Wand neben der Eingangstür. Er drehte den Knauf. Darin befanden sich Ordner, Papiere und ein kleiner Safe.

»Sieh nach.«

Kowalczyk legte das Smartphone aus der Hand.

»Leg es so hin, dass ich etwas sehen kann.«

Er zog einen Ordner aus dem Fach und blätterte ihn durch, sodass Frederike es mitverfolgen konnte. »Schriftverkehr, Rechnungen, Quittungen, Listen mit Personen und Adressen«, kommentierte er.

»Der Nächste.«

Der nächste Ordner enthielt Unterlagen über Museen, Bilder und Ausstellungen in der ganzen Welt, der letzte Beschreibungen von Alarmanlagen, Sicherungssystemen und Überwachungseinrichtungen. Technischer Kram.

»Ist der Safe offen?« Sie wusste, dass das eine blöde Frage war.

Kowalczyk kniete sich vor den kleinen Schrank und drehte an dem Zugangsschloss. »Nein.«

Frederike überlegte, ob ihr spontan eine Kombination einfiel, die passen könnte. Sie kannte von Turin noch zu wenig, und sein Geburtsdatum würde er nicht genommen haben.

Trotzdem wies sie Kowalczyk an, zu warten, bis sie von Turins Daten im Netz recherchiert hatte. Auf der Plattform XING hatte er sein Profil hinterlegt. Sie gab Kowalczyk das Geburtsdatum durch. Aber sowohl vorwärts als auch rückwärts öffnete es den Safe nicht.

»Nimm die Ordner mit und komm raus. Wir fahren zu von Turin und befragen ihn.«

Kowalczyk wollte die Ordner einpacken, als er auf dem Safe etwas entdeckte. »Ein Stick«, rief er und steckte ihn in die Hosentasche. Dann verstaute er die Ordner in einer Plastiktüte, die auf einem Stuhl lag, und warf sie gleich darauf aus dem Fenster. Danach zwängte er sich selbst durch die Luke und stand kurz danach wieder vor Frederike. Er klopfte sich die Tannennadeln von der Kleidung.

»Hast du nicht etwas vergessen?« Frederike sah Kowalczyk an. Der schlug sich an die Stirn und kletterte zurück ins Haus. Er fand die Dose mit Verdünner und einen Lappen. »Wo soll ich's machen?« Sie wählten den Papierkorb in der Toilette, warteten, bis auch ein Teil der Wand angekokelt war, Kowalczyk das Feuer aber noch mit seiner Jacke löschen konnte.

Nachdem er wieder aus dem Fenster geklettert war, nickte Frederike zufrieden.

»Das war doch ein erfolgreicher Einsatz, Frau Stier. Wir sind ein ganzes Stück weiter.« Kowalczyk konnte den Stolz in seiner Stimme kaum unterdrücken.

»Was genau hast du gerade erfahren?«

»Na, dass hier etwas Großes passiert ist.«

Frederike sah Kowalczyk unverwandt an.

»Hier trafen sich von Turin und Freistein. Freistein hat hier ganz offensichtlich gearbeitet. Von Turin hat behauptet, den Künstler kaum zu kennen, und der arbeitet im Haus seiner Mutter. Wir haben sehr detaillierte Aufnahmen von einem historischen Gemälde, das aus Folkwang gestohlen wurde. Das ist doch kein Zufall, Frau Stier.« Kowalczyk verschluckte fast das Ende seines Satzes.

»Und weiter. Was hilft uns das? Woher willst du wissen, dass das von Freistein gemalt wurde? Und dass von Turin auch hier war?«

»Warten Sie, bis Patrick mit seinen Leuten hier fertig ist. Dann haben wir ausreichend Spuren. Das kann kein Zufall sein, dass die Adresse in Freisteins Navi gespeichert ist und wir hier auf ein Atelier stoßen.

»Ruf ihn an und informiere ihn darüber.«

Kowalczyk sah in den Himmel. »Und woher haben wir die Adresse?«

»Wir brauchen doch keine Rechtfertigung. Und schon gar nicht für diesen Wichtigtuer.«

Gemeinsam gingen sie zum Auto. »Ich gehe nachher die Ordner durch und den Stick, und dann finden wir einen Hinweis. Wir sind dran.«

Kowalczyk hatte Blut geleckt. Frederike kannte das Gefühl, wenn man einen entscheidenden Hinweis in einer Ermittlung entdeckt hatte, der einen nach vorne katapultierte.

»Was ist mit Westerburg? Steckt dieser verschwundene Makler auch mit drin?«

Kowalczyk rieb sich mit der Hand über die Stirn. »Fragen wir doch von Turin.«

12

Kowalczyk bog links ab. Über Düsseldorf-Hubbelrath hing eine dunkle Wolke, die sich stetig vergrößerte. Hier brannte es. »Hat von Turin den Grill für uns angeworfen?« Kowalczyk schmunzelte, sah aber stur geradeaus.

»Hättest du vorhin nicht in seinem Büro angerufen, kämen wir jetzt unangemeldet.«

»Hätte ich nicht angerufen, würden wir jetzt in Essen vor einem leeren Büro stehen.«

Frederike wusste noch nicht, ob sie es gut finden sollte, dass Kowalczyk ihr immer häufiger freche Antworten gab. Einerseits gefiel es ihr, dass er sich nicht mehr alles gefallen ließ, andererseits musste er sich ja nicht ausgerechnet ihr gegenüber emanzipieren. Sie fuhren durch die Dorfstraße. »Ärmlich, aber sauber«, kommentierte Kowalczyk die schlossartigen Villen hinter perfekt getrimmten Vorgärten. Ein Garagentor stand offen. Frederike erkannte im Inneren einen Raum, der nobler ausgestattet war als ihr Wohnzimmer. »Da steht nur ein Auto drin«, kommentierte sie fassungslos.

Das Navigationsgerät kam nicht dazu, »Sie haben Ihr Ziel erreicht« zu vermelden, denn sie wurden von einem Feuerwehrmann gestoppt.

»Sie können nicht weiter. Einsatz.« Der Mann drehte sich um und war schneller verschwunden, als er aufgetaucht war. Damit ließ er Frederike keine Chance, etwas zu fragen.

Ein Band war quer über die Straße gespannt und versperrte die Straße. Kowalczyk fuhr eine Seitenstraße hoch und parkte vor der Kirche. Nachdem sie sich die Jacken übergestreift hatten, liefen sie gemeinsam zum Absperrband.

Von überall schallten Rufe nach einem neuen B-Rohr, dazu »Wasser marsch« oder »Greift von links an«. Generatoren pumpten lautstark Wasser in die Schläuche. Bestimmt zehn Einsatzmänner hielten die Rohre auf ein Haus gerichtet. Andere rannten vom Einsatzwagen zu den Schlauchführern und zurück. Wieder andere sahen zu, dass die wenigen Schaulustigen nicht zu nahe kamen, oder überwachten die Instrumente in den Einsatzwagen. Es stank nach verschmortem Kunststoff und brennendem Holz. Aus den Fenstern im ersten Stock schlugen Flammen. Schwarze Rauchschwaden waberten in den Himmel. Das Gerenne und Gekreische, dieser ohrenbetäubende Lärm der Maschinen ... Frederike suchte einen Platz zum Sitzen.

»Das ist von Turins Haus, das da brennt.« Kowalczyk blieb fassungslos stehen. »Das gibt's doch nicht!«

Frederike hatte es bereits befürchtet. Es passte so schön zusammen. »Kowalczyk! Schick eine Streife zu der Hütte. Die sollen sich beeilen und die Hütte nicht aus den Augen lassen.«

Sie fürchtete, dass sich ihr und von Turins Weg gekreuzt haben könnten und er mit der Hütte das Gleiche machte wie mit seinem Haus.

Sie weigerte sich jedoch, näher darüber nachzudenken. Außerdem war es zu früh, um solche Schlüsse zu ziehen.

Kowalczyk verstand, worauf Frederike hinauswollte, und rief die Kollegen vom Dauereinsatz an.

Frederike ging zum Absperrband und tippte einem Feuerwehrmann auf die Schulter.

»Jetzt nicht.« Er schlug nach ihrer Hand.

»Hey!«, brüllte sie los. »Wenn ich Sie etwas fragen will, schauen Sie mich gefälligst an!«

Der Feuerwehrmann drehte sich noch nicht einmal um, sondern zeigte Frederike nur den ausgestreckten Mittelfinger.

Sie stürmte zu einem Feuerwehrwagen, an dem mehrere Männer diskutierten.

Ein Mann in einer gelben Weste kam aus dem Haus gerannt. »Sanitäter!«, rief er. Aus dem Pulk löste sich ein Mann und eilte zu dem Schreihals. Die zwei steckten die Köpfe zusammen und verschwanden im Haus.

»Stier, Kripo Essen. Was ist hier los?«, fragte sie einen der Männer.

»Wenden Sie sich an den Einsatzleiter.«

»Wo finde ich den?«

Der Mann zeigte auf das Haus. »Da drin.«

Wie ihr dieses Gehabe auf den Zeiger ging. Am liebsten hätte sie Kowalczyk angewiesen, endlich etwas zu unternehmen. Noch lieber würde sie die Kerle zusammenstauchen und ordentlich Dampf machen.

Sie musste wissen, was hier los war. Dass von Turins Haus gerade abbrannte, sah sie. Dass damit vielleicht auch wichtiges Beweismaterial vernichtet wurde, stand zu befürchten. Sie musste das den Feuerwehrmännern sagen, damit diese vorsichtig zu Werke gingen.

Sie versuchte erneut, einen Feuerwehrmann anzusprechen. Doch der wies sie genauso brüsk ab wie der andere.

Kowalczyk trat zu ihr. »Von Turin scheint vor einer Dreiviertelstunde hier gewesen zu sein. Ein Nachbar hat ihn in die Garage fahren sehen. Nach dreißig Minuten ist er wieder abgerauscht. Zitat: ›Wie Schumacher in seinen besten Tagen.‹«

»Sonst noch was?«

»Vielleicht eine halbe Stunde bevor von Turin nach Hause kam, stand ein Kleintransporter vor seiner Tür. Der hätte einen Teppich geliefert. Der Nachbar hatte sich gewundert, weil eigentlich niemand zu Hause war.«

»Die passen aber gut aufeinander auf.«

»Nachdem die zwei Männer ins Haus gegangen waren, hat sich der Nachbar keine weiteren Gedanken mehr gemacht.«

Frederike überlegte. »Weiß er, wie die ins Haus gekommen sind? Und kann er die Männer beschreiben? Oder das Auto?«

»Die Putzfrau war da und hat aufgemacht. Das Auto war ein schwarzer Kleintransporter mit verspiegelten Scheiben. Ein VW. Multivan.«

»Da kennt sich einer aus.«

»Die Männer trugen schwarze Anzüge, was den Nachbarn ebenfalls gewundert hat. Die haben nicht ausgesehen wie Leute, die Teppiche bringen, meinte er.«

»Hast du das Kennzeichen?«

»Die Anfrage läuft.«

Frederike überlegte kurz und sagte dann: »Lass uns die Nachbarn noch ein wenig nach von Turin befragen. Hier kommen wir doch nicht weiter.« Sie hielt kurz inne. »Hast du etwas von Westerburg gehört? Noch einmal mit seiner Frau gesprochen?«

»Mach ich sofort.« Kowalczyk entfernte sich von dem Trubel.

Frederike sah den Einsatzleiter und den Sanitäter aus dem Haus kommen. Der Feuerwehrmann hielt sein Handy ans Ohr. Ob sich wohl Menschen im Haus befunden haben?, überlegte sie.

Sie ging zurück zu dem Feuerwehrauto, neben dem auch ein Sanitätswagen parkte. Es musste doch eine Information für sie geben.

Kowalczyk reckte suchend den Hals, und sie winkte ihn heran.

»Westerburg hat sich noch nicht gemeldet. Seine Frau erwartet, dass wir die Suche intensivieren, endlich die Medien einschalten, Tagesschau, Radio und das Internet. Sie hat genaue Vorstellungen.«

»Wie sieht es mit dem Durchsuchungsbeschluss für sein Haus aus?«

»Patrick war heute Morgen dort und hat das Büro leer geräumt. Frau Westerburg hat ordentlich gekeift, wie die sich aufgeführt hätten. Vielleicht fahren wir nachher noch einmal bei ihr vorbei.«

»Geh noch mal zu den Nachbarn rüber. Erkundige dich über von Turin. Und lass nach ihm fahnden. Der ist abgehauen. Das ist kein Zufall, dass sein Haus brennt, kurz nachdem er davongerast ist. Ich versuche, hier etwas zu erfahren.«

Kowalczyk nickte und zog ab.

Frederike lehnte sich an das Einsatzfahrzeug des Roten Kreuzes. Der Gestank und dieser Krach ... Ihre Brust schnürte sie ein, und der Rauch reizte ihre Lunge.

»Kann ich etwas für Sie tun?« Ein Sanitäter stand unvermittel neben ihr. Sah sie so miserabel aus, dass Unbeteiligte sich schon Sorgen um sie machten?

»Das wäre nett.« Gegen ihre Natur entschied sie sich, die Hilfe anzunehmen. Das war bestimmt eine Möglichkeit, von dem Sanitäter Informationen zu erhalten. »Ein Glas Wasser wäre super.« Sie hustete. »War noch jemand im Haus?«, fragte sie dann so unbekümmert wie möglich.

»Wir müssen die Polizei rufen. Im Keller ...« Der Mann ließ den Satz unvollendet und reichte Frederike einen Becher. Dankbar trank sie.

»Sonst ist alles in Ordnung mit Ihnen?«

Frederike hob die Hand. »Alles bestens«, log sie. »Der im Keller. Durch das Feuer?« Sie deutete mit dem Kopf zum Haus.

»Eher nicht. Es brennt nur oben.« Der Sanitäter sah Frederike noch einmal prüfend an. »Aber das haben Sie nicht von mir.«

»Danke.«

Wer konnte das sein? Sie musste ins Haus. Zu aufdringlich durfte sie nicht werden, sonst machte sie nur die Pferde scheu. Frederike – *mein zweiter Vorname ist Ungeduld* – zwang sich, abzuwarten.

Sie suchte Kowalczyk. Kurz darauf sah sie ihn, wie er mit wippendem Kopf auf sie zukam. »Wer hat von Turin davonfahren sehen?«, fragte sie.

Kowalczyk drehte sich um und sah suchend über die Anwohner. »Der.« Er zeigte auf einen feisten Mann in Gummistiefeln und einem Rechen in der Hand. Gemeinsam gingen sie zu ihm.

»Sind Sie sicher, dass Sie Herrn von Turin vorhin gesehen haben, wie er weggefahren ist?«, fragte Frederike, nachdem sie sich vorgestellt hatte.

»Es war auf jeden Fall sein Auto. Gibt nicht viele, die einen roten Jaguar fahren.«

»Und der Fahrer? Herr von Turin saß am Steuer?«

»Er ist sehr schnell gefahren. Das hab ich Ihrem Kompagnon schon gesagt. Aber ich bin mir ziemlich sicher, dass er es war.

Der Fahrer hat die Sonnenblende heruntergeklappt, und da blinkte sein Ring. Den Stein von Herrn von Turin kennt hier jeder.« Frederike erinnerte sich an den Diamanten, den von Turin am kleinen Finger trug.

Sie sortierte kurz die Informationen. »Sie haben meinem Kollegen gesagt, dass ein Teppich angeliefert worden ist. War Herr von Turin zu dem Zeitpunkt schon zu Hause?« Der Mann kratzte sich am Kopf und schob dabei seine Baseballkappe nach hinten. »Nein. Die Herren haben sich knapp verpasst. Die Jungs in ihren schwarzen Klamotten haben geklingelt, und die Haushaltshilfe hat aufgemacht. Dann haben sie den Teppich ins Haus geschleppt. Die haben ganz schön geschuftet. Kurz danach sind sie wieder gegangen.« Nach einem Moment ergänzte er: »Jetzt, wo ich genauer darüber nachdenke: Ich habe mich gewundert, dass die Haushaltshilfe gleichzeitig mit diesen Männern gegangen ist. Das war eigentlich zu früh für sie.«

Frederike überlegte, doch der aufmerksame Nachbar redete schon weiter. »Die Dame kam an meinem Grundstück vorbei, mit ihrem Telefon am Ohr. Ich habe nur den Namen »Herr von Turin« und »Freunde und Überraschung« verstanden, dann war sie schon wieder weiter. Vielleicht dreißig Minuten später war auch Herr von Turin da.«

»Den Namen der Haushaltshilfe haben Sie nicht?«

Der Mann hob die Schulter. »Tut mir leid.«

»Trotzdem vielen Dank.«

»Ich habe hier gearbeitet und das nur zufällig gesehen. Da helfe ich doch gerne.« Der Gärtner dampfte ab.

Frederike und Kowalczyk gingen zurück. »Der passt aber genau auf.« Frederike war froh, in der Stadt zu wohnen, wo man die Nachbarn eher hörte als sah und ansonsten Abstand hielt.

Sie ging direkt zum Absperrband. Jetzt brauchte sie Klarheit. »Stier, Kripo Essen. Ich muss durch.« Ohne eine Antwort abzuwarten, hob sie das rot-weiß gestreifte Band und eilte zum

Haus. Sie hielt ihren Dienstausweis in die Luft und ging zu dem Mann, der ihr vorher als Einsatzleiter gezeigt worden war.

»Stier, Kripo Essen. Im Haus gibt es einen Toten. Ich muss ihn sehen.« Frederike wählte die Überrumpelungstaktik, keine Diskussion, keine Fragen, klare Anweisungen.

»Wollen Sie, dass Ihnen die Decke auf den Kopf fällt?« Der Mann zeigte auf das qualmende Haus.

»Wo liegt er?«

»Sie kommen nicht ins Haus. Warten Sie, bis wir fertig sind, dann gehen wir rein. Bis dahin ist das Haus gesperrt.«

Dass der Einsatzleiter Frederike nicht widersprach, nahm sie als Bestätigung. Es gab also tatsächlich einen Toten im Haus. Das war wenigstens etwas, auch wenn sie dringend wissen wollte, wer der Tote war.

Mit einem Schlag verstummte der Lärm. Die Generatoren blubberten einen letzten Takt, der Wasserfluss aus den Schläuchen verebbte. Beinahe erleichtert atmete Frederike durch und erkannte im Lärm den Grund für ihre Anspannung.

»Dann los«, sagte sie zum Einsatzleiter, denn sie sah keinen Grund mehr, draußen zu bleiben.

»Ich gehe vor und prüfe die Lage. Ich rufe Sie.« Er winkte einen Kollegen heran, dann verschwanden die beiden im Haus.

»Komm«, sagte Frederike zu Kowalczyk, der sie inzwischen erreicht hatte. Sie warteten einen Moment, bis der Feuerwehrmann außer Sicht war.

Frederike betrat den Eingangsbereich. Wasser tropfte von der Decke. Es stank erbärmlich nach Ruß und verbranntem Zeug. Zum Glück war das Feuer noch nicht ins Erdgeschoss vorgedrungen. Das Wasser stand zwar auf den schwarzen Fliesen, die Einrichtung war aber weitestgehend unbeschädigt. Das erhöhte die Chance, weitere Spuren zu finden.

»Ruf Patrick an, dass er mit einem Trupp hierherkommt. Er soll sich beeilen.« Sie ging durch die Eingangshalle, von der rechts eine breite geschwungene Treppe ins Obergeschoss führte, und kam ins Wohnzimmer. Ein Raum wie eine Turnhalle. Am hinteren Ende ein Panoramafenster, das den Blick auf einen Park eröffnete: Rasenflächen, alte Eichen, Rhododendronbüsche. Von den Nachbarn nichts zu sehen. Hier ließ es sich ungestört leben.

Sie fühlte sich winzig in diesem Saal. Eine ausgedehnte Sitzlandschaft, ein antikes Sideboard, zwei moderne Vitrinen mit Gläsern und Spirituosen, eine Vase mit weißen Callas. Ihr Blick wanderte über die Wände. Wie farblos alles wirkte: schwarzer Marmor, weiße, glatte Wände, schwarze Ledermöbel. Nur das Grün einer Kaktee bildete einen Akzent. So hatte sie sich das Zuhause dieses Mannes nicht vorgestellt.

»Die Kollegen kommen gleich.« Kowalczyk blieb in der Eingangstür zum Wohnzimmer mit offenem Mund stehen. Er sah sich um. »Hier hängt gar kein Bild an der Wand«, war das Erste, was er herausbrachte.

Das war es, was Frederike gestört hatte: keine Kunst, noch nicht einmal ein Druck oder eine kleine Skulptur.

»Aber hier hingen Bilder.« Kowalczyk ging zur Wand und fühlte über eine Stelle mit einem dunklen Streifen. »Man sieht den Rand, den das Bild hinterlassen hat. Und die Haken sind auch noch da.« Er deutete auf die entsprechenden Stellen.

»Hat von Turin den Brand vorbereitet und seine Kunst vorsorglich in Sicherheit gebracht? Wenn die Angaben des Nachbarn stimmen, hatte er keine Zeit, das alles hier irgendwo zu verstauen. Schon gar nicht in seinem Jaguar.« Was zum Teufel sollte dieser Brand hier? Was hat von Turin zu verstecken, dass er diese Villa anzündet?

»Such den Einsatzleiter.« Frederike wies mit dem ausgestreckten Zeigefinger zur Wohnzimmertür.

»Hab ich Ihnen nicht ausdrücklich –«

»Haben Sie Brandbeschleuniger gefunden?«, fiel ihm Frederike sofort ins Wort. »Wo ist das Feuer ausgebrochen?«

Der Mann seufzte, dann schien er sich tatsächlich zu entspannen. »Oben. Im Schlafzimmer. Dort liegt noch ein Toter.«

»Und der andere?«

»Im Keller.«

Frederike überlegte kurz. »Im Keller hat es nicht gebrannt?«

Der Einsatzleiter schüttelte den Kopf.
»Wo geht es zum Keller?« Widerwillig ging der Einsatzleiter zur Kellertreppe und stieg vor Frederike hinunter. Er öffnete eine schwere Metalltür. Der Tote lehnte an der Wand, die Beine ausgestreckt.
»Westerburg«, entfuhr es Frederike und streifte sich Einweghandschuhe über.

Sie kniete sich neben die Leiche. An seinem Hals sah sie eine zarte rote Linie. Sein Kopf hing schlaff zur Seite, die toten Augen nach unten gerichtet. Das Blut am Hemdkragen war getrocknet.

»Volles Programm«, sagte sie zu Kowalczyk und richtete sich auf. Wieder musste sie sich an der Wand abstützen. Dann sah sie die Schlinge neben Westerburg auf dem Boden liegen. »Gib mir einen Beutel.« Kowalczyk nestelte einen Beweismittelbeutel aus seiner Jackentasche. »Sieht aus wie die bei Freistein. Da hat einer die Familienpackung eingekauft«, murmelte sie und packte das Teil ein.

Der Einsatzleiter und sein Begleiter standen an der Tür zum Keller und tuschelten miteinander. Frederike nutzte die Gelegenheit und durchsuchte Westerburgs Jacketttaschen. Sie packte alles in Kowalczyks Beweismittelbeutel. Dann ging sie zu dem ausgerollten Teppich, der gleich neben der Leiche lag.

»Westerburg wurde einfach mit dem Teppich angeliefert?«

»Die Spurensicherung wird es feststellen.« Kowalczyk klang abwesend.

Frederike ging durch den Kellergang und drückte eine Tür nach der anderen auf. Wein, Unterlagen, Gerümpel, Haustechnik. Die letzte Tür war verschlossen. Als sie die drei Schlösser sah, konnte sie sich denken, was darin gelagert wurde.

»Zeigen Sie uns den anderen Toten.« Frederike lief hinter dem Einsatzleiter die Treppe hinauf. Im Erdgeschoss musste sie sich am Geländer abstützen, um zu Atem zu kommen. Erst dann schaffte sie die Treppe in den ersten Stock.

Ruß hatte die Wände schwarz gefärbt, der Flur war eine einzige Pfütze, die Vertäfelung der Decke hing stellenweise herab.

Der Einsatzleiter öffnete die zweite Tür auf der linken Seite und zeigte auf das Bett. Frederike und Kowalczyk traten ein. Das Feuer hatte hier beinahe alles verwüstet. In dem mindestens dreißig Quadratmeter großen Raum erkannte sie nur ansatzweise, was früher das Zimmer ausgemacht haben musste. Rechts an der Wand stand ein rundes Bett. Das Tuch des Baldachins hing in Fetzen an den Säulen. Die Leiche lag auf dem Rücken, die Arme standen im rechten Winkel nach oben ab, in der typischen Fechterstellung. Das Gesicht war zu einer Grimasse geschrumpft. Keine Chance, den Toten zu identifizieren.

»Sehen Sie die Uhr?« Am Handgelenk der Leiche hing ein dicker Klumpen. Von Turin hatte einen solchen schweren Chronografen getragen.

»Wer fuhr dann den Jaguar?« Frederike fiel selbst keine Erklärung ein. »Und wer hat Westerburg in den Keller gelegt?«

Zu viele Fragen auf einmal. Ihr Körper schrie nach Nikotin und ihr Magen nach einer Bratwurst.

»Haben Sie eine Zigarette für mich?« Sie sah den Einsatzleiter beinahe flehend an.

»Reicht Ihnen der Qualm hier noch nicht?«

Wäre auch zu schön gewesen.

Dann fiel Frederike der Kommentar des Nachbarn ein: »Den Stein kennt hier jeder.« Sie ging zu der Leiche und sah sich die Hände an. Kein Ring an den kleinen Fingern. »Das ist jedenfalls nicht von Turin.«

Kowalczyk hatte sie beobachtet und meinte: »Und wenn ihm sein Mörder den Ring abgenommen hat?«

»Hat er nicht. Glaub einer erfahrenen Beamtin.« Sie überlegte noch einmal. »Wir brauchen den Namen der Haushaltshilfe. Frag draußen nach. Vielleicht hat sie in anderen Häusern auch geputzt. Wir brauchen die Beschreibung der Männer.«

Sie sollte Julian informieren, damit er sich mit den Düsseldorfer Kollegen in Verbindung setzte. Er konnte das besser als sie. Außerdem hatte sie Wichtigeres zu tun.

»Bis wann liegt das Gutachten Ihres Brandsachverständigen vor?« Die zwei Herren standen im Flur und diskutierten über das Feuer. »Der fängt gleich an. Ich denke, dass Sie morgen einen ersten Bericht bekommen.«

Frederike drückte dem Einsatzleiter ihre Karte in die Hand. »Wir ermitteln in einem anderen Mordfall, in dem Herr von Turin eine Rolle spielt. Sagen Sie Ihrem Kollegen, er soll eine Kopie des Berichts direkt an mich schicken.«

Sie wusste, was es zu wissen gab. Das Feuer war gelegt worden, der Tote musste in der Rechtsmedizin identifiziert und die Todesursache ermittelt werden. Sie hatte genug gesehen. *Eine Sache noch.* Sie öffnete die erste Tür, ein Badezimmer. Im Waschbecken lagen verschiedene Toilettenartikel. Sie sah keine Zahnbürste. Dann öffnete sie eine Tür auf der gegenüberliegenden Seite, ein Ankleidezimmer. Hier lagen Hemden auf dem Boden, Unterwäsche, ein kleiner Koffer lag aufgeklappt an der Wand. Auf den ersten Blick wirkte es, als habe jemand in Eile einen Koffer gepackt und dabei nicht alles untergekriegt. Jetzt musste sie wirklich los.

»Vielen Dank für Ihre Hilfe.« Damit verabschiedete sich Frederike und stapfte die Treppe nach unten. Ein letzter Blick durch die Eingangshalle und nichts wie raus hier.

Auf dem Weg zum Auto suchte sie Kowalczyk, der noch mit Nachbarn sprach. Sie winkte ihm. Dann holte sie das Smartphone aus der Tasche und rief Julian an. Mit wenigen Worten brachte sie ihn auf den neusten Stand. Mit einem »Wir müssen weiter« beendete sie das Gespräch. Fragen konnte sie nachher noch beantworten.

Sie holte das Döschen mit den SOS-Pillen aus ihrer Jackentasche. *Oh, die Letzte!* Zum Kardiologen musste sie auch.

13

Über Düsseldorf braute sich ein Gewitter zusammen. Wolken verhüllten die Spitze des Fernsehturms, hin und wieder zuckte ein Blitz durch die aufgetürmten Wolkenberge. Der einsetzende Feierabendverkehr blockierte Frederikes Elan.

»Wie gehen wir vor?« Kowalczyks Blick blieb konzentriert auf den Verkehr gerichtet.

Frederike überlegte kurz. »Wir suchen nach Herrn Westerburg. Seine Frau hat ihn als vermisst gemeldet, und wir befragen seine letzten Kontakte. Kein Wort, dass er tot ist und wo wir ihn gefunden haben. Wir suchen ihn.«

»Verstanden.«

Frederike fragte sich, ob es richtig war, zu diesem Japaner zu fahren. Jetzt, da sich die Lage dramatisch verändert hatte, sollte sie zurück ins Präsidium und die EK zusammentrommeln. Aber sie war schon in Düsseldorf, und möglicherweise war dieser Kunde der Letzte, der Westerburg vor seinem Verschwinden gesehen hatte. Da könnte ihm etwas aufgefallen sein, oder vielleicht hatte Westerburg eine Andeutung gemacht oder sich seltsam verhalten. Hinterher würde sie schlauer sein.

Der Name des Kunden, Mamoru Nakamura, stand in dem altmodischen Faltkalender, den Frederike in Westerburgs Jackett gefunden und sichergestellt hatte. Dort war der Termin für vorgestern, also am Tag seines Verschwindens, um fünfzehn Uhr eingetragen. Im Adressenteil waren Nakamuras persönliche Daten wie Anschrift, Telefonnummer und Mailadresse vermerkt.

Sie rief noch schnell den Staatsanwalt an, damit er sich nicht beschweren konnte, weil sie ihn nicht auf dem Laufenden hielt. Dass er nicht durch das Smartphone kam, grenzte an ein Wunder.

Sie ließ das meiste stoisch an sich abprallen, bis es ihr zu bunt wurde. »Wir verfolgen Spuren und lösen den Fall. Wo ist das Problem?«, fauchte sie den Staatsanwalt an.

Es folgte eine kurze Pause. »Morgen früh um acht Uhr sind Sie bei Herrn Potthoff, Frau Stier.«

Nachdem Frederike ihrerseits kurz innehielt, schloss sie das Gespräch mit: »Übrigens, bevor Sie auflegen, Sie können die Fahndung nach Herrn Westerburg einstellen. Wir haben ihn gefunden.«

»Wenigstens das. Und?«

»Morgen früh um acht.« Dann drückte sie das Gespräch weg. Keine zehn Sekunden später klingelte ihr Telefon, doch sie ging nicht dran.

Es gab zu viele offene Fragen, als dass sie sich mit diesem Sesselpupser herumärgern wollte. Sie schaltete ihr Telefon ganz aus und atmete tief durch.

Wer war der Tote in von Turins Bett? Wer hatte Westerburg transportiert? Wer hat in von Turins rotem Jaguar gesessen?

»Sollen wir von Turin zur Fahndung ausschreiben?« Sie wollte das nicht diskutieren, sondern Kowalczyk das Gefühl geben, in die Ermittlung einbezogen zu werden.

Der zögerte mit seiner Antwort. »Ich habe bereits in Essen Bescheid gesagt. Hab ich nicht abgestimmt. Aber es gab so viel zu tun, da –«

»Alles gut, Kowalczyk. Das geht in Ordnung. Hoffen wir, dass sie ihn schnell finden.«

Sie sah, wie er erleichtert aufatmete, und grinste. »Es ist vollkommen okay, wenn du eigenmächtig Entscheidungen triffst. Das gehört dazu. Mach dich nur darauf gefasst, dass es dann auch einen Satz heißer Ohren geben kann, wenn du jemandem damit auf die Füße trittst. Oder wenn wir nachher feststellen müssen, dass wir eine Fahndung nach dem Toten im Bett angeleiert haben. Dann halten wir eben den Rücken hin.«

Kowalczyk fuhr erschrocken zusammen. Daran, dass diese Möglichkeit immer noch bestand, hatte er offenbar nicht gedacht. Aber sie glaubte auch nicht ernsthaft daran. Die Katastrophe wäre größer, wenn von Turin untergetaucht wäre. Oder schlimmer: ihnen durch die Lappen gegangen wäre. Er stand nach Westerburg ganz oben auf der Liste der Verdächtigen. Er hatte ihnen kein Alibi genannt und verhielt sich verdächtig. Außerdem hatte er Freistein gefunden. Mit Sicherheit würde der Staatsanwalt morgen fragen, warum von Turin nicht intensiver beschattet worden war. *Haben Sie sich zu schnell auf Westerburg festgelegt?*

Hatte sie? Es schien so offensichtlich. Er hatte einen Termin zur Tatzeit gehabt, war danach verschwunden, kein Handysignal, keine Nachrichten. Alles, womit sich ein Verdächtiger verdächtig machte.

Dass Westerburg tot war, bedeutete allerdings nicht unbedingt, dass er nicht der Mörder von Freistein war. Wenn Freistein Westerburg gefälschte Bilder untergeschoben und der sich damit bei seinen Kunden die Finger verbrannt hatte, seine ganze Reputation danach im Eimer gewesen war, dann konnte man schon sauer werden. Vielleicht hatte ein Kunde herausgefunden, dass er mit einer Fälschung hereingelegt worden war, und drohte mit einer Anzeige. Das wäre ein Motiv, wenn so einer die ganze Existenz, alles, was er sich aufgebaut hatte, zerstörte.

Warum dann Westerburg selbst? Rache? Weil sein Mörder wusste, dass er der Mörder von Freistein war? Und warum das gleiche Tatwerkzeug? Wie du ihm, so ich dir?

Sie sollte weniger denken. Die Ölfarben vernebelten ihr Gehirn und trieben es zu phantastischen Schlussfolgerungen.

Sicher war: Wenn ihre zwei Haupttatverdächtigen tot oder flüchtig waren, dann rückte der Ruhestand schneller näher, als sie gedacht hatte.

»Ruf in der Rechtsmedizin an und frag, ob es schon Hinweise auf die Leiche gibt.«

Kowalczyk sah zu Frederike herüber und schüttelte den Kopf. »Wie lange ist das her? Eine Stunde? Sie können froh sein, wenn der Mann schon auf einem Edelstahltisch liegt.«

»Ruf an.«

Er gab die Nummer der Dienststelle ein und ließ sich dann weiterverbinden. Sie hörte mit.

»Sobald wir etwas haben, melden wir uns. Wir sind informiert und kennen die Dringlichkeit.« Die Rechtsmedizinerin blieb höflich, ließ aber durchblicken, dass die Anfrage bescheuert war. Druck zu machen wäre sinnlos. Es würde das Gegenteil bewirken.

»Ruf noch einmal im Präsidium an, die sollen mit höchster Priorität und flächendeckend nach von Turin suchen. Auch im Ausland. Holland und Belgien sind nur einen Katzensprung entfernt.«

Kowalczyk tat es. »Wir werden die Ersten sein, die etwas erfahren, wenn es etwas gibt.«

Danach fuhr er ins Parkhaus am Carlsplatz. In der dritten Etage fand er endlich eine freie Lücke. Frederike zwängte sich aus dem Wagen und schlug die Tür zu.

Ein Donner krachte, und sie sah durch die offene Fassade im Licht des zuckenden Blitzes aufgeschreckte Tauben hochfliegen. Welche Möglichkeiten hatte sie, loszudonnern und den Mörder aufzuschrecken? Oder hatte sie ihn bereits aufgeschreckt? War von Turin vom Mörder aufgeschreckt worden? Oder hatte sie von Turin aufgeschreckt? Oder war alles ganz anders, und der Zufall spielte auch noch mit?«

»Warum bringt jemand einen Künstler und einen Kunstvermittler um, Kowalczyk? Warum?« Sie standen vor dem Aufzug und warteten. »Und warum malt ein begnadeter Künstler einen Monet nach? Ein Künstler, der im Geld schwimmt und dem die Kunstwelt zu Füßen liegt.«

»Dass die zwei Morde zusammenhängen, ist keine Frage. Oder?«

»Gleiche Mordwaffe, es gibt eine Beziehung zwischen den Opfern, das kann kein Zufall sein«, bestätigte sie Kowalczyk.

Sie fuhren mit dem Aufzug ins Erdgeschoss und verließen das Parkhaus. Kowalczyk spannte den Schirm auf. Wie ein verliebtes Paar gingen sie die Benrather Straße Richtung Königsallee und wandten sich links in die Breite Straße. Nach zehn Metern standen sie vor einem historischen Bürogebäude. Es sah irgendwie fremd aus zwischen den modernen Funktionsgebäuden.

Frederike drückte auf den Klingelknopf, der dezent auf einem glänzenden Messingschild angebracht war. »Nakamura RE«, der Name des Unternehmens, stand eingeprägt darüber. Er kam ihr bekannt vor.

Kowalczyk drückte die gläserne Eingangspforte auf, als ein Summen die Verriegelung freigab. Der mit Marmor ausgestattete Flur und der kristallene Kronleuchter an der Decke deuteten auf viel Geld hin.

Prunk und Protz, wohin sie kam. Sie sehnte sich nach den Zeiten in ihrem durchgesessenen Ohrensessel und dem alten Fernseher in ihrem Wohnzimmer. Eine Schallplatte von Leonard Cohen auflegen und beim Knistern der Scheibe »Vom Winde verweht« lesen.

»Träumen Sie?« Kowalczyk berührte sie an der Schulter. Die Aufzugtür stand offen, und sie hatte sich nicht gerührt.

Ja, hatte sie. Den Plattenspieler hatte sie vor Jahren entsorgt, und wann sie das letzte Buch gelesen hatte, konnte sie auch nicht sagen.

Im Aufzug stimmte sie sich noch einmal mit Kowalczyk über das Gespräch mit Nakamura ab. »Der Japaner war gestern der letzte Eintrag in Westerburgs Terminkalender. Danach gab es kein Zeichen mehr von Westerburg. Also fangen wir damit an.« Kowalczyk nickte, und als der Aufzug im fünften Stock ankam, schlug ihr Herz wieder ruhiger.

»Herr Nakamura erwartet Sie.« Eine zierliche Asiatin in dunkelblauem, perfekt sitzendem Kostüm schwebte voraus.

Frederike und Kowalczyk folgten wortlos.

Staunend registrierte Frederike die Bilder an der Wand, die Designermöbel und ein strahlendes Lichtarrangement an der Decke. Der blaue Teppichboden schluckte alle Geräusche.

»Darf ich Ihnen etwas zu trinken bringen? Tee oder Wasser?« Die Frau deutete auf eine Sitzgruppe und sah sie lächelnd an.

»Kaffee.« Frederike betrachtete das Bild an der Wand vor

ihr. Ein rotes Strichmännchen, hängender Penis, einen Pfeil in der linken Hand haltend, die rechte mit nur vier Fingern. Erste Klasse Grundschule, dachte sie. Was die Menschen bloß an solchen Dingen fanden. »Die geben wahrscheinlich ein Heidengeld dafür aus«, sagte sie zu Kowalczyk. »Zwölftausend, um genau zu sein. Plus Aufgeld. A. R. Penck, ›Political Warriors‹.«

Frederike fuhr herum. Ein Asiate, so klein wie sie, aber mindestens dreißig Kilo schwerer, stand vor ihr. Sein Hals quoll aus einem hellblau gestreiften Hemd. Die Krawatte schien ihm nicht ausreichend Luft zum Atmen zu lassen, so rot leuchtete das Gesicht. Die Knöpfe der Weste unter seinem Jackett standen kurz vor dem Abspringen.

Der Mann legte die Hände auf die Oberschenkel und beugte sich vor. »Nakamura. Mamoru Nakamura. Sehr angenehm.«

Er richtete sich wieder auf und reichte Frederike mit zwei manikürten Händen seine Visitenkarte, als wäre sie eine Kostbarkeit.

Verdutzt streckte Frederike ihm die Hand entgegen. »Frederike Stier, Kripo Essen. Mein Kollege Kowalczyk. Wir haben ein paar Fragen an Sie.«

Sie steckte Nakamuras Visitenkarte in die Jackentasche und holte gleichzeitig eine eigene heraus. Sie strich sie glatt und reichte sie Nakamura. Der nahm sie mit zwei Händen entgegen und betrachtete sie eingehend. »Ah, Hauptkommissarin. Muss ich jetzt aufpassen, was ich sage?« Er schenkte ihr ein offenes Lachen.

»Gibt es etwas, worauf Sie aufpassen müssten?« Frederike sah ihn unbeeindruckt an.

»Lassen Sie uns zuerst Platz nehmen. Es redet sich dann besser. Und ich habe Zeit, nachzudenken, worauf ich aufpassen sollte.«

Die nächste Frage verkniff sich Frederike und folgte Nakamura in das benachbarte Büro.

»Setzen Sie sich bitte. Ihren Getränkewunsch haben Sie meiner Mitarbeiterin genannt?« Nakamura zeigte auf eine Sitzgruppe. Er selbst ging zu seinem Schreibtisch und flüsterte etwas in den Telefonhörer.

»Was genau kann ich für Sie tun, Frau Stier?«

Nakamura ließ nach einem weiteren Blick Frederikes Visitenkarte in seiner Hemdtasche verschwinden und setzte sich zu ihnen. Ein dezenter Seifengeruch ging von ihm aus. Seine Manschettenknöpfe funkelten im Licht einer Stehlampe.

»Herr Westerburg wird vermisst. Seit vorgestern. Wir suchen ihn. Aus seinem Terminkalender geht hervor, dass sein letzter Termin bei Ihnen war, Herr Nakamura. Deshalb interessiert es uns, ob es bei Ihrem Gespräch etwas gab, was Ihnen an Herrn Westerburg aufgefallen ist. Hat er Ihnen gesagt, wo er nach Ihrem Termin hinwollte? Hat er Andeutungen gemacht, dass es Probleme gab oder er in Schwierigkeiten steckte?«

»Vermisst? Das ist schrecklich. Herr Westerburg ist so ein anständiger Mensch. Ihm wird doch nichts passiert sein.«

»Könnte ihm etwas passiert sein?«

Nakamura holte Frederikes Visitenkarte aus der Brusttasche und las erneut. »Mordkommission. Haben Sie einen Anhaltspunkt, dass ihm etwas zugestoßen ist?«, fragte er dann.

»Wie kommen Sie darauf, dass ihm etwas zugestoßen sein könnte? Welchen Eindruck hat er bei Ihrem Treffen gemacht?«

»Es war ein ganz normaler Termin. Wir haben uns über verschiedene Projekte unterhalten. Wir wollten kommende Woche noch einmal telefonieren.« Nakamura lächelte sie freundlich an.

»Worüber haben Sie gesprochen?«

»Über Kunst, Ausstellungen. Ich suche für unsere Büroräume immer schöne Kunstobjekte, Bilder, Skulpturen. Auch für mich privat. Herr Westerburg berät mich seit mehreren Jahren. Wie Sie ja draußen schon bemerkt haben. Er hat eine ausgezeichnete Expertise, verfügt über exklusive Kontakte. Außerdem arbeitet Herr Westerburg sehr zuverlässig und diskret.«

»Kommt es bei diesen Geschäften auf Diskretion an?«

»Es gibt immer Neider. Kennen Sie die Kunstszene, Frau Stier? Es ist angeraten, dass nicht jeder mitbekommt, welche Kunstgegenstände an den Wänden hängen. Das würde die Sicherheitsvorkehrungen in nicht finanzierbare Höhen treiben.«

»Sie besitzen also noch wertvollere Gemälde als ...« Frederike suchte nach dem Titel des Bildes, der ihr nicht einfallen wollte »... das rote Strichmännchen im Flur.«

Nakamura lachte schallend. »Rotes Strichmännchen. So hat es noch niemand genannt.« Er schlug sich mit der Hand auf den Oberschenkel und warf sich im Sessel zurück. »Es gibt ein oder zwei Bilder, für die ich etwas mehr bezahlt habe. Aber wissen Sie, ich will mit meiner Kunst nicht prahlen. Es gefällt mir, mich mit schönen Dingen zu umgeben. Das Geschäft ist hart genug, da gönne ich mir den Anblick von Gemälden, die meine Gedanken entführen oder meine Seele aufnehmen.«

Frederike sah sich um, fand aber kein Bild, das diesen Ausführungen genügte. »Wovon sprechen Sie konkret? Von diesem Bild im Flur?«

»Natürlich nicht. Sind Sie Kunstkennerin?«

»Gott bewahre. Ich weiß, was mir gefällt und was nicht. Ich kann aber nicht sehen, ob etwas teuer oder Schund ist.«

»Das ist schade. Vielleicht ergibt sich einmal die Gelegenheit, dass wir uns etwas ausführlicher über Kunst unterhalten können.«

»Was genau machen Sie, dass Sie sich so mit Kunst beschäftigen?«

»Ich leite ein Immobilienunternehmen. Wir investieren sehr viel, bauen selbst, makeln mit Bürokomplexen, Industrieanlagen.«

»Und die Kunst?«

»Die Kunst ist für mich eine Möglichkeit, bei den ganzen Geschäften den Sinn für das Schöne und Wertvolle in der Welt nicht zu verlieren.«

Frederike schmunzelte bei der Antwort. »Wer sind Ihre Auftraggeber oder Kunden?«

»Interessiert Sie wirklich, mit wem ich Geschäfte mache?

Wir sind ein weltweit arbeitendes Unternehmen, das mit vielen gewerblichen und institutionellen Investmentgesellschaften zusammenarbeitet. Ich drucke Ihnen gerne eine Kundenliste aus, wenn Ihnen das bei der Suche nach Herrn Westerburg hilft.«

Sie ließ die Bemerkung unkommentiert. »Warum brauchen Sie eine Kunstberatung von Herrn Westerburg?«

»Ein bisschen ist das meine persönliche Leidenschaft. Ich liebe diese Künstler, die es schaffen, ihre Gefühle auf die Leinwand zu bringen. Der eine laut und aggressiv, der andere zart und fein. Mit dickem Pinsel und Spachtel oder mit zarten Aquarellfarben und feinen Strichen.« Nakamura wedelte mit den Händen durch die Luft, um seine Worte zu unterstreichen. »Zum anderen brauchen wir repräsentative Räumlichkeiten. Da gehört auch ein Kunstwerk dazu.«

»Hängt in jedem Büro ein Gemälde im Wert des Bildes vom Flur?«

»Eines A. R. Penck? Nein, wo denken Sie hin? Das können wir uns nicht leisten. Herr Westerburg unterhält sehr gute Kontakte auch zu Nachwuchskünstlern. Unter anderem zur Kunstakademie hier in Düsseldorf. Aber auch international. Er hat ein feines Gespür für den Markt und die Entwicklungen. Er hat mir einen Löwentraut vermittelt, als seine ersten Werke in einer Galerie in München, 2013 glaube ich, ausgestellt wurden. Heute stellt der junge Mann in der ganzen Welt aus, und seine Bilder sind fast nicht mehr zu bezahlen.«

»Sie kaufen die Bilder also nicht nur zur Dekoration, sondern auch als Wertanlage?«

»Wenn man zwölftausend Euro für ein Bild investiert, dann muss es mehr als nur schön sein.«

»Kennen Sie Claude Freistein?«

Nakamura legte die Hand auf die Stirn. »Ein Verlust. Ein tragisches Verbrechen, auch für den Kunstmarkt. Ich war erschüttert, als ich es gelesen habe.«

»Kannten Sie Freistein persönlich?«

Nakamura schüttelte den Kopf und verbarg sein Gesicht

in den Händen. Dann antwortete er:»Herr Westerburg hat uns bekannt gemacht. Ich wollte einige Exponate aus seiner Ausstellung kaufen.«

»Und jetzt werden sie deutlich teurer werden.«

»Das klingt sehr böse, Frau Stier. Kannten Sie die Werke von Herrn Freistein? Ich hatte überlegt, eine seiner Installationen in eins unserer neuen Bürogebäude einbauen zu lassen. Aber jetzt …«

Wollte Westerburg deshalb am Mordmorgen zu Freistein? Er hatte einen Auftrag an Land gezogen und wollte das direkt mit Freistein besprechen?

»Wann haben Sie Herrn Freistein kennengelernt?«

»Das ist noch nicht so lange her. Wann kam er nach Essen, um seine Ausstellung vorzubereiten? Kurz danach muss es gewesen sein. Wir waren auf Zeche Zollverein essen und haben uns über verschiedene Exponate ausgetauscht.«

»Welchen Eindruck machte Freistein?«

»Oh. Ein zorniger Mann. Aufgebracht über die Art, wie mit unserem Planeten umgegangen wird. Empört über diesen Raubbau, diese Verschwendung von Ressourcen, dieses egoistische Verhalten vom kleinen Mann bis zur großen Politikbühne. Mit seiner Sprache der Kunst wollte er das anprangern und hat es auch getan.«

»Wie fand er es, dass Sie die Natur mit Ihren Bürokomplexen zubetonieren?«

Nakamura stockte.»Sie legen den Finger sehr genau in die wunde Stelle, Frau Stier. Dieses Thema haben wir ausgeklammert. Aber ich bin sicher, Herr Freistein hat seine sehr eigene Meinung dazu gehabt.«

»Verstehen Sie die Sprache von Herrn Freistein?« Frederike dachte an das Chaos in Halle 5 auf Zollverein. Diese Schweinehälften an der Decke, die Playmobilfiguren auf dem grünen Teppich, die Eisengestelle.

»Freistein übersetzte mir seine Gedanken, danach verstand ich sie. Ein wirklich außergewöhnlicher Künstler. Ein tragischer Verlust.«

»Wissen Sie, ob Herr Westerburg im Anschluss an Ihren Termin noch einen anderen hatte?«

»Nein. Darüber haben wir nicht gesprochen.«

»Wann ist Herr Westerburg gegangen?«

»Es war schon dunkel. Ich denke, gegen siebzehn Uhr.«

»Besitzen Sie auch alte Gemälde, oder investieren Sie ausschließlich in zeitgenössische Kunst?« Kowalczyk mischte sich unverhofft ein.

»Herr ...«

»Kowalczyk.«

»Herr Kowalczyk, da sprechen Sie meine heimliche Leidenschaft an. Ich liebe die japanische Kunst. Diese Fähigkeit, mit wenigen Pinselstrichen einen Gegenstand, eine Person zu charakterisieren. Diese Reduktion, die Leichtigkeit, Klarheit. Sie beruhigt und ist einfach nur schön.«

Nakamura stand auf und trat an ein Bild. Fast zärtlich legte er die Hand an den Rahmen. »Der Einfluss der japanischen Kunst wird oft unterschätzt. Er zum Beispiel«, Nakamura zeigte auf das Bild: ein roter Himmel, eine Astgabel, weiße Punkte. »Hiroshige. Er hat maßgeblich viele französische Impressionisten beeinflusst. Hätten Sie vermutet, dass –«

»Haben Sie die Ausstellung ›Japan inspiriert‹ im Museum Folkwang gesponsert?« Kowalczyk lief zur Hochform auf. Jetzt fiel Frederike auch wieder ein, wo sie den Namen des Unternehmens schon einmal gelesen hatte: In den Ermittlungsunterlagen zum Museumsüberfall war er beiläufig als einer der Sponsoren aufgetaucht.

»Ja, wir haben die Ausstellung finanziell unterstützt. Es war eine gute Möglichkeit, Japan hier in Deutschland zu präsentieren. Wann gibt es schon die Gelegenheit, diese Brücke zu schlagen? Wir unterstützen viele Kunstveranstaltungen, auch hier in Düsseldorf.«

»Und der Überfall?«

»Schlimm. Wir waren entsetzt, schockiert. Nie hätten wir gedacht, dass so etwas passieren könnte. Und die Gemälde sind noch immer verschwunden.«

»Kennen Sie Herrn von Turin? Er steht dem Kulturverein Zollverein vor.«

»Von Turin? Wir haben uns bei der Eröffnung der Ausstellung im Museum Folkwang kurz kennengelernt. Ein großer Mann, blond? Kennen wäre aber zu viel gesagt.« Frederike nahm einen Schluck von ihrem Kaffee, den die Sekretärin zwischenzeitlich gebracht hatte. »Westerburg hat Ihnen wirklich nicht gesagt, ob er nach Ihrem Termin noch einen weiteren hatte?«

»Nein. Ich hatte vorgeschlagen, in der Stadt Sushi essen zu gehen. Kennen Sie ›Umami Sushi‹ in der Königstraße? Sie finden kein besseres japanisches Restaurant. Aber er hat abgelehnt«, sagte Nakamura.

»Wie gut kennen Sie Herrn Westerburg?«

Nakamura sah an die Decke. »Wir hatten nur geschäftlichen Kontakt. Diese Geschäfte liefen stets einwandfrei. Er war immer korrekt, ein höchst anständiger Mensch. Über Privates haben wir uns nicht ausgetauscht. Nein, ich würde nicht behaupten, Herrn Westerburg zu kennen.«

Nakamura lehnte sich in seinem Sessel zurück. Etwas schien ihm durch den Kopf zu gehen, denn er beugte sich vor und fragte: »Hat Herr Westerburg Probleme? Ist er in etwas verwickelt, oder warum fragen Sie mich solche Sachen? Das klingt, als würde er nicht nur vermisst.«

Frederike ignorierte die Anmerkung. »Haben Sie gestern noch einmal mit ihm telefoniert?«

»Nein. Aber sagen Sie mir jetzt bitte, was das zu bedeuten hat.«

»Hast du noch etwas?« Frederike sah Kowalczyk an, der den Kopf schüttelte.

»Vielen Dank für Ihre Geduld, Herr Nakamura. Wenn wir noch weitere Fragen haben, melden wir uns wieder bei Ihnen. Rufen Sie mich bitte auch an, wenn Ihnen noch etwas einfällt, was uns hilft, Herrn Westerburg zu finden.«

Sie standen auf.

Nakamura nickte. »Natürlich. Ich habe Ihre Karte und

melde mich, wenn mir etwas einfällt. Ich hoffe wirklich, Sie finden ihn bald.« Er knöpfte sich das Jackett zu. »Kann ich sonst noch etwas für Sie tun?«

»Nein, wir sind durch. Vielen Dank für Ihre Zeit.«

Nakamura begleitete sie zum Ausgang und verabschiedete sich mit einer weiteren Verbeugung.

Frederike war irritiert von so viel Höflichkeit. Im Aufzug fragte sie: »Hat uns das weitergebracht?«

Kowalczyk hob die Schultern. »Das wissen wir, wenn es vorbei ist.«

14

Jetzt war es doch später geworden, als sie geplant hatte. Die Einsatzbesprechung um siebzehn Uhr konnten sie vergessen. Bis sie aus Düsseldorf raus waren und sich über die A 52 durch den Stau nach Essen gequält hatten, war es sieben. »Ruf Dicki an und sag ihm, dass wir später kommen. Wir treffen uns aber auf jeden Fall. Ich will sie alle sehen und einen Bericht haben.«

Kowalczyk steckte die Karte in den Parkautomaten und holte einen Zehn-Euro-Schein aus der Hose. »Wegelagerer«, murmelte er und nahm die Münze Wechselgeld aus dem Fach.

Sie standen im Aufzug, Kowalczyk ließ seine Schuhspitzen nicht aus den Augen, Frederike beobachtete seine Finger, wie sie mit dem Autoschlüssel spielten. Sie fragte sich, ob sie noch einen Externen in die Mordkommission einbeziehen sollten. Jung, unverbraucht, unvoreingenommen und heiß darauf, an einem wichtigen Fall mitzuarbeiten. Kowalczyk war mit seinen Gedanken wahrscheinlich halb bei seiner schwangeren Frau und dem kommenden Kind, da konnte eine Unterstützung nicht schaden.

»Ich rufe meinen Vater an, ob sie von Turin schon gefunden haben.«

Morgen vielleicht, seufzte sie und sah ihm beim Telefonieren zu.

»Nichts. Aber die gesamte Mannschaft ist alarmiert und sucht NRW nach ihm ab.«

»Kennst du jemanden, der unsere Mordkommission unterstützen könnte? Ich habe das Gefühl, wir sind zu eingefahren und fixiert auf diese Künstlertypen. Vielleicht ist ein frischer Gedanke von jemand Neuem hilfreich. Was meinst du?« Jetzt fragte sie schon wieder Kowalczyk nach seiner Meinung.

»Was halten Sie von Sarah? Sie hat mit mir die Ausbildung gemacht. War besser als ich, deshalb wurde ich nicht Jahrgangsbester. Ich kann mir gut vorstellen, dass sie sich für diesen Fall ins Zeug legen würde. Soll ich sie anrufen?«

»Kenne ich sie?«

»Bestimmt. Sarah Stürmer hat auch am Fall Folkwang anfangs mitgearbeitet. Dann am Fall dieses Boxers. Der in einer Dönerbude mit einem Bauchschuss niedergestreckt wurde. ›Der Koloss von Köln‹, sagt Ihnen das was? Sie war es, die den Täter ermittelt hat, der lange untergetaucht war.«

Frederike überlegte kurz. Mit diesen jungen Leuten mit ihren Ideen von der Ausbildung, der mangelnden Erfahrung und nichts als grüner Farbe hinter den Ohren tat sie sich schwer. Doch die waren die Zukunft und konnten Erfahrung nur in der Praxis sammeln. Außerdem durfte sie sich nicht beklagen, wenn Kowalczyk ihr lieferte, wonach sie gefragt hatte.

Sie sollte es versuchen. »Sag ihr Bescheid. Sie soll gleich mit dazukommen.«

Die Aufzugtür öffnete sich, und sie gingen zum Auto. Bevor er einstieg, telefonierte er mit Sarah Stürmer und setzte sich danach strahlend hinter das Lenkrad. »Sie ist dabei.«

»Wir fahren jetzt zu dieser Valentina, um sie zu informieren, dass sie Witwe ist und ihr Mann ihr keine Zeitung mehr auf den Frühstückstisch legt. Und dass er außerdem in der Rechtsmedizin zur Identifizierung bereitliegt.«

»Was ist mit von Turins ehemaliger Agentur?«

»Zu der fährst du morgen früh gleich mit dieser Sarah.«

Kowalczyk nickte. Und sah zufrieden aus dabei.

»Ruf Frau Westerburg an und sag ihr, dass wir auf dem Weg sind.«

Frederike rief danach bei den Düsseldorfer Kollegen an, um sich zu erkundigen, was sie in von Turins Haus sichergestellt hatten. Vielleicht gab es schon Spuren. Der zuständige Hauptkommissar war sehr kooperativ und nahm es ihr nicht übel, dass sie sich am Tatort »vorgedrängt« hatte. Schließlich ging es um den Fall Freistein.

Die Untersuchung sei noch nicht abgeschlossen, aber es sei sicher, dass der Brand gelegt worden war. Im Schlafzimmer, wo sie auch den Toten gefunden hatten, war Brandbeschleuniger nachgewiesen worden. Zu dem Toten konnte er nichts sagen, außer dass sie ihn in die Rechtsmedizin gebracht hatten.

Frederike fragte, ob der »weiße Huber« noch Leiter dort sei, und ließ sich die Nummer geben, um selbst anzurufen. In dem abgeschlossenen Kellerraum hatten die Kollegen eine Menge Bilder gefunden. Die Vermutung lag aber nahe, dass sie an den Wänden im Haus gehangen hatten und rechtzeitig in Sicherheit gebracht worden waren. Die Spuren an den Wänden seien eindeutig.

Sie bedankte sich und kündigte an, dass am kommenden Vormittag ein Kowalczyk und eine Stürmer vorbeikämen, um noch einmal persönlich den Fall zu besprechen.

»Meinst du, von Turin hat das alles inszeniert? Hat eine falsche Fährte gelegt, um uns abzulenken und unsere Kräfte zu vergeuden?« Frederike sah zu Kowalczyk.

»Ungewöhnlich wäre es nicht, und irgendwie wäre es passend für von Turin. Bei dem würde mich nichts überraschen.«

Frederike brummte ein »Seh ich auch so« und wählte die Nummer der Rechtsmedizin. Als Huber sich persönlich meldete, fragte sie direkt, ob er die Brandleiche inzwischen identifiziert habe.

»Von Turin war es definitiv nicht. Wir konnten das Gebiss abgleichen, da gibt es keine Übereinstimmung.« Der weiße Huber, wie der Leiter der Abteilung wegen seiner schlohweißen Haare und seines profunden Wissens von allen genannt wurde, klang überzeugt. »Meine Vermutung ist, dass es sich bei dem Toten um einen Obdachlosen handelt. Der Zahnstatus ist erbärmlich. Zum einen fehlen ein Schneidezahn oben und zwei weitere Zähne unten, zum anderen ist der Zustand … Er war schon lange nicht mehr beim Zahnarzt. Das ist nicht dein Mann.«

Woher wollte Sebastian wissen, wer ihr Mann war? Jedenfalls war ihr zweiter Hauptverdächtiger von Turin offensichtlich auf der Flucht und damit nicht aus dem Rennen. »Vielen Dank, Sebastian, das hilft uns enorm weiter.«

»Ruf in Essen an und frag, was die Fahndung nach von Turin macht. Die sollen sich reinhängen, gegebenenfalls mehr Leute losschicken. Wir brauchen ihn.« Frederike spürte beinahe schon wieder das alte Feuer in ihren Adern brennen.

Kowalczyk wählte über das Autotelefon die Nummer der Einsatzleitung in Essen. Es knisterte kurz, dann dröhnte die Stimme seines Vaters über die Autolautsprecher. Das vergaß sie jedes Mal, dass Pjotre Kowalczyk die Einsatzzentrale leitete.

Kowalczyk junior erklärte die Lage und wies noch einmal auf die Dringlichkeit hin.

»Wir müssen mit allem rechnen«, mischte sich Frederike ein. »Überprüft alle Autobahnen, den Flughafen, Bahnhof. Vor allem die Strecke nach Holland.«

»Wir haben die Passagierlisten angefordert, holen uns Bilder von Überwachungskameras, checken die Blitzanlangen. Sobald eine Auswertung vorliegt, melde ich mich«, kam es aus den Lautsprechern.

»Überprüft alle Parkhäuser. Es steht zu befürchten, dass der Mann den berühmtesten zeitgenössischen Künstler und seinen Agenten ermordet hat.« Frederike fiel es schwer, ihre Ungeduld im Zaum zu halten.

»Frederike, wir haben mehr zu tun, als deinen möglichen Verdächtigen zu suchen. Aber wir sind dran. Tschüss.«

»Die sind in Fahrt. Ich bin sicher, dass wir innerhalb der nächsten Stunde einen Hinweis bekommen.« Kowalczyk schien seinen Vater in Schutz nehmen zu wollen, weil der so kurz angebunden das Gespräch beendet hatte.

Frederike schüttelte den Kopf. »Wie kommst du darauf?«

»Ich kenne meinen Vater.«

Sie begnügte sich mit der vagen Antwort und rief ihrerseits Jens an. »Überprüfe von Turins Kreditkartenabrechnungen. Er ist auf der Flucht und hinterlässt vielleicht Spuren. Wir müssen ihn finden.«

»Du musst mir nicht meinen Job erklären, Frederike.«

Aber sie musste sicher sein, dass es gemacht wurde. Jetzt durfte kein Fehler passieren. Kowalczyk hatte es geschafft, einen Funken Zuversicht bei ihr zu pflanzen. Das wäre wunderbar für sie, wenn sie in der Einsatzbesprechung gleich den Erfolg vermelden konnte. Wenn Julian und der Staatsanwalt auch dabei waren, wäre das eine innere Genugtuung für sie. Aber sie wusste: So glatt lief es nie, und das Fell des Bären sollte erst verteilt werden, wenn er erlegt war.

»Dann lass uns zur frischgebackenen Witwe fahren.« Ein breites Grinsen überzog Frederikes Gesicht, während sie sich tief in den Sitz schmiegte und die Augen schloss.

15

»Ihre größte Sorge ist, dass sie nicht weiß, wem sie die alten Kleider von ihrem Mann geben soll.« Kowalczyk saß aufgebracht im Auto und schlug aufs Lenkrad. »Und wie sie durch die Wohnung stolziert ist. Hat nur dieses durchsichtige Nichts an und einen Pinsel in der Hand. Diese nackte Muse auf dem Sofa, die sie gemalt hat, war auch nicht in der Lage, die Beine zusammenzuhalten. Widerlich.« Kowalczyk schüttelte sich. »Haben Sie das Bild gesehen? Jedes Detail hat sie in Öl festgehalten. Als müsste sie ein Anatomiebuch illustrieren.«

»Hast du etwas Neues entdeckt?« Frederike amüsierte ihr prüder Kollege. Als er nicht antwortete, ergänzte sie: »Es sind einfach spezielle Menschen, diese Künstler.« Und das meinte sie nicht positiv. Auch wenn sie ihre Phantasie und ihre Emotionen auf eine Leinwand pinseln konnten, waren sie auch nur Wasser und Haut und Knochen.

Schweigend fuhren sie durch Ratingen. Kowalczyk bog rechts in die Mühlheimer Straße ab. Der Wald Richtung Breitscheid bildete ein dichtes Spalier. Ein böiger Wind bog die Äste, Tropfen schlugen auf die Windschutzscheibe.

Kowalczyk atmete tief ein. »Ich bin gespannt, ob die Kollegen von der Spusi in den Unterlagen etwas Verwertbares gefunden haben. Mir ist immer noch schleierhaft, wie das alles zusammenhängt.« Er verstummte und schien gedanklich die Fälle zu verknüpfen. »Was könnte von Turin veranlassen, die beiden umzubringen? Den Künstler, der die Hauptattraktion auf Zollverein in diesem Jahr sein sollte. Einen Kunstberater, den er kaum gekannt hat. Haben die beiden gemeinsame Sache gemacht und von Turin aufs Kreuz gelegt?«

Frederike nahm ihr Telefon und gab die Nummer der Spurensicherung ein. Ein eingehender Anruf kam ihr zuvor. Kowalczyk stand im Display.

»Habt ihr etwas gefunden?«

»Hallo Kevin, ja, wir haben von Turins Auto gefunden und wissen, wo er ist.«

Kowalczyk setzte sich aufrecht. Auch Frederike durchfuhr es, und sie spürte einen beschleunigten Puls. »Und?«, drängte sie sich dazwischen.

Jetzt wurde die Stimme von Kowalczyks Vater formeller. »Sein Wagen steht im Flughafenparkhaus in Düsseldorf, seinen Namen haben wir auf der Passagierliste nach Amsterdam gefunden. Von dort hat er einen Anschlussflug in die Dominikanische Republik gebucht. Das Flugzeug ist vor dreißig Minuten gestartet.«

»Verdammt!« Frederike schlug auf das Armaturenbrett, dass ihr die Hand wehtat. »Das kann doch nicht wahr sein. Träumt ihr alle? Da ist ein Mörder auf der Flucht, und wir gucken seinem Flieger hinterher?«

Schweigen.

Der Groschen fiel langsam bei Frederike, doch dann landete er laut scheppernd, und sie hakte nach. »Dominikanische Republik?«

»Leider.«

»Dann können wir ihn noch nicht einmal zurückholen?«

»Nein.«

Kein Auslieferungsabkommen, kein Mörder. Wer es als Krimineller schaffte, sich in die Dominikanische Republik abzusetzen, hatte es geschafft. Dort war er vor der deutschen Strafverfolgung sicher.

Frederikes Gefühle spülten sie einfach weg. Wenn sie jetzt einen Pinsel in der Hand hätte, würde sie rote Pfeile und Fäuste malen, einen Vulkanausbruch über einem schwarzen, tiefen Meer, in dem alles versank. Sie fühlte sich frustriert, wütend, niedergeschlagen und müde – so unglaublich müde.

Dann riss sie die Augen auf. Nicht müde genug. »Keine Chance?«

»Wir prüfen das, aber du kennst die Abkommen. Es sieht nicht gut aus. Das muss ich dir nicht erzählen. Die Dom. Rep. ist das Paradies für Leute mit Dreck am Stecken.«

Frederike überlegte kurz. »Sperrt sofort seine Konten. Schreibt ihn international zur Fahndung aus. Wenn er sich von dort wegbewegt, wird er verhaftet. Den nageln wir in seinem Paradies fest und hungern ihn aus.« Sie bedankte sich für die Informationen und wünschte dem alten Kowalczyk einen schönen Abend.

Das waren doch nur Schattengefechte. Einen potenziellen Doppelmörder entwischen zu lassen, dafür musste mindestens ein Kopf rollen. Da bot sich ihrer an.

Kowalczyk traute sich kaum, zu atmen. Frederike schloss die Augen.

Dann sah sie auf die Uhr. Was konnte sie bis zum Termin morgen früh bei Julian und dem Staatsanwalt noch tun? Es blieb eine ganze Nacht. Außer die beiden waren gleich bei der Einsatzbesprechung dabei und zogen die Reißleine sofort.

Sie suchte Dickis Nummer im Telefonverzeichnis und rief ihn an. »Dicki, hast du von Turins Alibi überprüft?«

»Dass er zur Tatzeit nicht alleine zu Hause gewesen ist, können wir noch nicht bestätigen. Wir haben aus seinen Telefondaten ermittelt, dass er tatsächlich am Vorabend Frauenbesuch hatte. Eine Dame von einem Escort-Service war bei ihm. Sie ist aber angeblich bereits gegen ein Uhr wieder gegangen.«

»Gibt es Zeugen?«

»Nur die Aussage der Geschäftsführerin von dieser Agentur.«

»Lade die Dame vor.« Frederike gingen tausend Dinge durch den Kopf. »Befragt umgehend die Anwohner in Hubbelrath. Dort scheint es wachsame Augen zu geben. Möglicherweise hat jemand die Frau wegfahren sehen. Habt ihr etwas von ihr? Ein Bild, Kleidung, was für ein Auto sie fährt?«

»Die Geschäftsführerin rückt noch nicht einmal den Namen raus. Diskretion und Datenschutz.«

»Dicki, es geht um Mord. Droh mit Beschlagnahmung der Computer, Hausdurchsuchung, Steuerfahndung. Wir brauchen die Aussage.«

Frederike klammerte sich an diesen Strohhalm. Sollte von Turins Gespielin erst nach dem Frühstück gegangen sein, war er aus dem Schneider. Dann war der Mörder noch unbekannt, und sie hatte noch eine Chance, ihn zu finden.

»Gleich morgen früh.« Frederike hörte nur noch das Besetztzeichen. Dicki hatte einfach aufgelegt. Sie wollte gerade losdonnern, als Kowalczyk ihr zuvorkam.

»Sarah könnte doch mit der Geschäftsführerin sprechen. Als Einstieg und erste Aufgabe. Vielleicht ist die Dame bei einer Frau kooperativer.«

Frederike brummte ihr Okay.

Um halb neun fuhren sie auf den Parkplatz des Polizeipräsidiums. Frederike fühlte sich ausgelaugt und zu keiner Einsatzbesprechung fähig. Trotzdem mussten sie ihre Erkenntnisse austauschen und sich auf den aktuellen Stand bringen. Sie musste es kurz halten.

Die Kollegen verspürten ebenfalls keine Lust mehr auf eine langwierige Diskussion. Mit dem Motiv tappten sie noch immer im Dunkeln, auch wenn der Leiter des Raubdezernats begeistert von der Fälscherwerkstatt und den Spuren berichtete.

»Jetzt rollen wir den Fall Folkwang ganz neu auf.«

Als würde sie das weiterbringen, dachte Frederike, hielt aber den Mund.

Aus den Verbindungsdaten ging hervor, dass Freistein, von Turin und Westerburg regelmäßig miteinander telefoniert hatten.

Patrick hatte Westerburgs Unterlagen sichergestellt und begonnen, sie durchzuarbeiten. Er war sauer, weil Frederike wieder ihre Alleingänge unternahm. »Dass du das Feuer in diesem Haus in Höffe selbst gelegt hast, werde ich dir nachweisen«, kommentierte er ihre Aktion dort. Auch das ertrug sie langmütig.

Kowalczyk berichtete über die Befragungen von Nakamura und Westerburgs Frau und dass morgen das Treffen mit dem Geschäftsführer der »Kunst Kenner« und der Düsseldorfer

Kollegen anstand. Niemanden schien das zu interessieren. Nur als er erwähnte, dass sich von Turin wohl in die Dominikanische Republik abgesetzt hatte, ging ein Stöhnen durch den Raum.

Frederike fehlte selbst die Energie, die anderen mit dem Argument anzutreiben, dass das alles noch gar nicht gesichert war und von Turin außerdem nicht der Täter sein musste.

Jens berichtete noch über das, was er über Freistein herausgefunden hatte. Der war ein reicher Künstler gewesen. Seine Konten wiesen hohe Bestände aus, zudem besaß er eine Eigentumswohnung in Essen und eine in Berlin. Außerdem hatte er sechsstellige Beträge auf verschiedenen Depots. Ein Testament wurde bisher nicht gefunden. Die Kollegen in Berlin hatten seine dortige Wohnung durchsucht, aber keine Hinweise auf ein mögliches Motiv gefunden. Die Spuren seien aber noch vollständig ausgewertet, was bekanntlich auch mehrere Tage dauern könne.

Es war zum Haareraufen. Dass Westerburg tot war und von Turin geflohen, half nicht weiter und war kein Beleg für eine Tatbeteiligung. Sie mussten weitermachen, als wäre der Täter noch unbekannt und müsste umgehend gefasst werden.

»Was haben wir nach dem heutigen Tag?«, fragte Frederike zum Abschluss.

»Einen absentierten Hauptverdächtigen und kein Motiv.« Unbemerkt war der Staatsanwalt in den Raum geschlichen und stand mit verschränkten Armen an die hintere Wand gelehnt. »Das ist ein sehr mageres Ergebnis, Frau Stier. Ich hatte mir mehr erhofft. Vor allem, wenn man die Bedeutung des Falls bedenkt.«

Im Raum hätte Frederike eine Stecknadel fallen hören können, wenn es in ihren Ohren nicht so gerauscht hätte. Sie hörte die Worte des Staatsanwalts, spürte den direkten Angriff, erwiderte aber nichts darauf. Sie stand neben Kowalczyk am Whiteboard und ertrug diese Schmähung wie ein Opferlamm. Sie kämpfte gegen ihre Übelkeit. Hätte sie doch wenigstens noch eine Pille vorher eingeworfen.

Der Staatsanwalt erwartete eine Antwort, doch ihr Kopf war leer und ihre Zunge gelähmt. Normalerweise war sie in der Lage, zu reden, ohne zu denken. Nach diesem Tag, in dieser Verfassung stand sie da wie paralysiert.

Als sie stumm blieb, sagte der Staatsanwalt abschließend: »Wir klären das morgen früh, Frau Stier. Wir treffen uns um acht bei Herrn Potthoff. Und seien Sie pünktlich.« Mit diesen Worten traf er den entscheidenden Nerv bei Frederike. Die Blockade löste sich, und sie spürte eine neue Energie. »Und ich komme nicht mit leeren Händen. Verlassen Sie sich darauf.«

Fast schon aus der Tür, drehte sich der Staatsanwalt noch einmal um. »Verschweigen Sie Ihren Kollegen etwas, oder wie kommen Sie dazu, so etwas zu behaupten?«

»Der Tag ist noch lange nicht vorbei, Herr Staatsanwalt. Ich kenne außerdem meine Kolleginnen und Kollegen.« Dabei huschte Frederikes Blick zu Sarah Stürmer, die daraufhin erschrocken zu Kowalczyk sah.

»Überraschen Sie mich positiv. Ich bin gespannt.« Damit verschwand er, und die Stille saugte die zurückgekehrte Energie aus ihr.

Ginge es um Kindsmord oder -entführung, würde das Feuer heißer brennen. Polizisten waren auch nur Menschen und machten einen Unterschied, ob die Kunstwelt um einen Maler oder eine Mutter um ihr Kind trauerte.

Schweigend verließen die Kollegen den Raum. Frederike stand vor den leeren Stühlen und registrierte stumm den ein oder anderen verstohlenen Blick, auch wurde getuschelt. Kowalczyk stieß beim Aufräumen an einen Stuhl und rettete sie damit aus ihren Gedanken.

»Ich rede gleich mit Sarah. Wir legen eine Extraschicht ein, damit Sie morgen dem Staatsanwalt etwas präsentieren können.«

Frederike legte ihm die Hand auf die Schulter. »Das ist gut gemeint. Aber du brauchst deine Energie zu Hause. Das kriege ich schon hin. Keine Sorge.«

Doch Kowalczyks Blick machte ihr klar, wie wenig überzeugend sie klang.

»Fährst du mich heim?« Resigniert sank Frederikes Kinn auf ihre Brust. Ihre Hand wanderte in die Tasche und suchte das Pillendöschen. Wie gewohnt dieser Handgriff schon nach zwei Tagen geworden war. Dann erinnerte sie sich, dass die Packung leer war. Ihr Herz musste allein über die Runden kommen.

Frederike packte ihre Sachen zusammen, während Kowalczyk Sarah über ihre Aufgaben informierte und die morgigen Termine in Düsseldorf mit ihr besprach. Nachdem sie sich verabschiedet und einander einen schönen Abend gewünscht hatten, gingen sie zu seinem Wagen. Den Abstecher auf seinem späten Nachhauseweg nahm er klaglos hin. Er war ein netter Kollege.

»Was glaubst du, warum mussten diese Männer sterben?«, fragte sie, als sie losfuhren.

»Was wir in der Hütte gefunden haben, deutet nicht darauf hin, dass die Morde etwas mit der aktuellen Ausstellung von Freistein zu tun haben. Das Motiv liegt woanders. Da bin ich sicher.«

»Was haben wir in der Hütte gefunden?«

»Hier wurde im großen Stil Kunst gefälscht. Die alten Leinwände, das alte Papier, der Ofen, die Zutaten, um Farben aus vergangenen Jahrhunderten zu mischen. Die Adressen, wo es das alles zu kaufen gibt. Hier hat jemand akribisch gearbeitet und bis ins kleinste Detail alles Notwendige für eine perfekte Fälschung zusammengetragen. Dazu die Detailaufnahmen der Gemälde, die Ordner voll mit Informationen zu den Künstlern und den Bildern. Von vorne, hinten, alles ist festgehalten, jede noch so kleine Kleinigkeit.«

Die Kriminaltechniker hatten Westerburgs Fingerabdrücke in der Hütte identifiziert. Irgendwie war das klar gewesen, trotzdem wichtig, um das Bild zu vervollständigen.

»Was bringt uns das?«

Kowalczyk sah sie irritiert an. »Na, wir wissen jetzt, dass hier Kriminelle am Werk waren. Jetzt müssen wir nur noch herausfinden, wen sie geschädigt haben, und schon haben wir den Täter.«

Frederike lachte gequält. »Du Träumer. Glaubst du allen Ernstes, dass das so einfach ist? Meinst du, Westerburg hat in seinen Unterlagen vermerkt, wem er einen gefälschten Was-weiß-ich-wen verkauft hat? Kowalczyk, manchmal bist du drollig. Und wieso lässt du von Turin außen vor? Vielleicht hat er ja seine Mitwisser aus dem Weg geräumt, weil ihm die Geschäfte zu heiß wurden.«

Sie fuhren schweigend weiter.

Frederike brach die Stille als Erste. »Sag mir lieber, warum von Turin den armen Mann in seinem Bett verbrannt hat.«

»Erstens wissen wir nicht, ob es von Turin war. Zweitens gäbe es einige Gründe. Panik. Um uns abzulenken. Um Zeit zu gewinnen. Er ist uns entkommen, was wahrscheinlich sein Ziel war.«

»Warum sollte er in Panik verfallen, wenn er seine Flucht gerade vorbereitet hat?«

»Etwas Unvorhergesehenes?«

»Spinne mal rum. Was könnte das gewesen sein? Und vergiss den Teppich nicht.«

»Sie meinen den, mit dem Westerburg transportiert wurde?«

»Entweder hat von Turin jemanden beauftragt, Westerburg in sein Haus zu bringen, oder ihm wurde Westerburg als Warnung ins Haus gelegt.«

»Warum soll von Turin das Risiko eingehen und jemanden in den Mord einweihen?«

»Die haben Kunstwerke gefälscht. Vielleicht hatte von Turin dadurch Kontakte zu Killern, Profis. Er macht sich bestimmt nicht selbst die Hände schmutzig.« Frederike stützte das Kinn in die Hand. »Aber warum dann zu ihm ins Haus? Da wäre es doch einfacher, er hätte ihn komplett entsorgen lassen. In einem Waldstück in Polen oder in Bayern?«

»Falsche Fährte? Vielleicht will er sich als Opfer darstellen, das verfolgt wird. Und um sein Leben zu retten, flüchtet er in die Dom. Rep.«

»Genau, wo alle Kriminellen hinflüchten, weil sie nicht ausgeliefert werden.«

»Zufall?«

»Glaubst du daran?«

»Punkt für Sie.«

»Lass uns das morgen früh im Team diskutieren. Vielleicht haben die eine Idee. Jetzt schlafen wir erst mal drüber.« Nach einem Augenblick ergänzte Frederike:»Weißt du, wann von Turin seinen Flug gebucht hat?«

Kowalczyk verneinte.»Morgen früh.«

Sie überlegte, Jens noch einmal anzurufen, ließ es aber sein. Keine schlechten Nachrichten mehr. Es war ein langer Tag, und sie brauchten beide etwas Schlaf.

Wie sollte sie dann dem Staatsanwalt den Durchbruch präsentieren, wenn sie jetzt ins Bett ging? Dann dachte sie an die drei Stockwerke und die fehlenden Tabletten, und die Übelkeit kehrte zurück.

Mit einem»Schlaf gut und danke« verabschiedete sie sich von Kowalczyk und schlug die Autotür zu. Ihr Blick wanderte die Fassade hinauf zu ihrem Küchenfenster. Wie sollte sie bloß dorthin gelangen?

16

Frederike ging zum Haus, schloss auf und drückte auf den Lichtschalter. Pause. Sie holte die Post aus dem Kasten, sortierte die Werbung aus und warf sie in die Papiertonne direkt daneben. Pause. Dann machte sie sich an den verhassten Aufstieg.

Das Treppenhaus war kalt und feucht, und fast alle Wandfliesen waren kaputt – entweder fehlte eine Ecke, oder ein Riss teilte sie. Das Dekor stammte aus der Nachkriegszeit. Die Tapete darüber war vergilbt und übersät mit Abdrücken ungewaschener Hände. Wenn sie bloß nicht so an dieser Wohnung hängen würde. In diesem Haus war sie groß geworden. Ihre Eltern hatten die Wohnung im Erdgeschoss bewohnt. Sie war dann mit Moritz in den dritten Stock gezogen. Dort hatten sie ihr kleines Reich eingerichtet, die Zukunft geplant und den Grundstein gelegt. Sie hatte danach alles entsorgt und eine Tropfsteinhöhle daraus gemacht. Zu der sie jetzt hinaufstieg.

Mit ihrem Renteneintritt würde eine neue Zeitrechnung beginnen, vielleicht könnte sie sich dann auch eine modernere Wohnung suchen. Eine helle, mit Aufzug und im Grünen. Das Fenster öffnen, die Vögel singen hören und keine Straßenbahn, die ratterte. Auf dem Balkon sitzen und in der Sonne lesen und dösen. Dazu einen Chianti trinken. Die Müdigkeit machte sie rührselig.

Aus der Wohnung vom Schmitter hörte sie einen plärrenden Fernseher, das Ehepaar Fröhlich stritt, wer den Müll runterbringen sollte, und bei Neumanns wollte der Sohn nicht ins Bett.

Sie stieg höher. Herr Krasimow kam ihr entgegen.

»Wie geht es Ihrer Tochter, Herr Krasimow? Alles in Ordnung?«

Seine Augen leuchteten wie kleine Sonnen, und sein Ge-

sicht bestand aus einem Grinsemund. »Sie uns halten Tag und Nacht auf Trab. Es sooo anstrengend. Wir es genießen. Aber auch müde. Sehr.«
Der kehlige Akzent des Russen irritierte sie bei jedem Treffen aufs Neue. »Soll ich mal wieder auf sie aufpassen? Dann können Sie ins Kino gehen oder essen. Oder ich hole sie hoch, dann haben Sie einen ruhigen Abend für sich.«
»Viel danke. Ich überlege mit Frau, dann wir melden uns. Danke.«
»Im Moment habe ich noch einen Fall. Aber danach sehr gerne.«
»Mord auf Zeche? Habe gelesen. Schlimme Sache.«
Frederike winkte ab. »Grüßen Sie Ihre Frau und geben Sie dem Zwerg einen Kuss.«
Dann stieg sie die letzte Etage hoch. Die kurze Pause hatte sie gerettet.
Sie betrat die Wohnung, schloss die Tür und lehnte sich mit dem Rücken dagegen. Das Chaos schlug ihr entgegen. Dabei liebte sie es ordentlich und aufgeräumt. Wenn die Sonne durch geputzte Fenster schien. Blumen auf dem Tisch standen. Es nach Zitrone roch und kein Abwasch im Spülbecken stand. Aber dazu fehlte ihr in letzter Zeit die Motivation.
Sie streifte die Schuhe von den Füßen, legte die Tasche ab und hängte die Jacke auf den Haken. Danach schlüpfte sie in ihre Schlappen.
Sie brauchte etwas zu essen, auch wenn es spät war. Den Kühlschrank musste sie nicht öffnen, denn sie hatte nichts eingekauft. Also Pizzaservice? Sie füllte Wasser in den Kocher, um sich einen Tee zu kochen. Vom Kühlschrank nahm sie die Speisekarte ihres favorisierten Italieners »Don Camillo« und setzte sich an den Tisch. Nichts sprang sie an. Normalerweise ging eine Pizza immer, mit extra Käse und Knoblauch. Schon wieder mischte sich ihr Kardiologe ein und wies auf das Fett und die leeren Kalorien hin. Gäbe es nur einen Aus-Schalter dafür. Dass sie auf ihn hörte und sich für Nudeln entschied, schrieb sie dem beschissenen Tag zu.

»Bringen Sie mir Spaghetti mit einer einfachen Tomatensoße und einen kleinen Salat.«

Alfredo fragte sicherheitshalber noch einmal nach: »Keine Pizza Salami?« Sie beharrte auf den Nudeln. »Wirkliche?« Er glich die Adresse ab und meinte dann: »Dreißige Minute. Und Ihre Chianti, Frau Stier, eh?«

Dieser hinterhältige Tortellinidreher. »Nein, heute nicht.«

»Makke Diät, Frau Stier?«

»Beeilen Sie sich. Ich hab Hunger.«

Sie schüttete das kochende Wasser auf einen feinen Earl Grey und ging ins Schlafzimmer. Als sie sich im Spiegel sah, erschrak sie. Vielleicht sollte sie wirklich etwas mehr für sich tun. Sie packte die Rolle am Bauch zwischen Daumen und Zeigefinger, strich sich über ihre welligen Oberschenkel und schaltete das Licht aus. Morgen.

Sie setzte sich aufs Bett. Die Eieruhr meldete den fertig gezogenen Tee. Jetzt nicht. Dann schmeckte er eben bitter. Das ließ sich mit Milch kompensieren.

Schnell duschen, bevor die Nudeln kamen, damit der Kopf frisch wurde. Sie musste sich auf das Gespräch mit Julian vorbereiten. Das heiße Duschwasser entspannte die verknoteten Muskeln. Deutlich munterer zog sie sich bequeme Hosen und einen ausgeleierten Pullover an. Wenig später klingelte es an der Tür. Perfektes Timing.

Sie gab dem Fahrer ein Extra-Trinkgeld, als der ihr den Chianti in die Hand drückte. »Von Cheffe. Solle schmekke lasse, eh.«

»Sagen Sie ihm, er ist ein Mörder und ich bring ihn hinter Gitter.«

Der schwarzhaarige Frauenbetörer lachte herzerobernd und sprang die Treppen hinunter.

Frederike kippte die Spaghetti auf einen Teller, nahm das Schälchen Salat und ging ins Wohnzimmer. Dort schaltete sie den Fernseher ein. Als der Sprecher auf die Mordsache Freistein zu sprechen kam und sagte, dass die Polizei noch im Dunkeln tappe, schaltete sie um.

Sie drehte die Nudeln auf die Gabel und wischte sich anschließend die Soße vom Pullover. Wenigstens war der Tee nicht mehr heiß. Zu den Nudeln schmeckte er trotzdem gruselig. Sie zog den Korken aus dem Chianti, und nach dem ersten Schluck wurde aus dem Cheffe ein Frauenversteher und nach dem zweiten aus dem Mörder ein Frederike-Retter.

Ja, ein Chianti passte eindeutig besser zu Spaghetti. Vorsorglich nahm sie noch eine Tablette gegen den hohen Blutdruck, und dann würde es schon gehen. Sie schob die »Essentials« von Leonard Cohen in den CD-Spieler. Als er mit »Suzanne« loslegte, merkte sie, dass das die falsche Musik für ihre Stimmung war. Leonard Cohen war perfekt, um sich dabei in seinem eigenen Seelenmorast zu suhlen. Aber ungeeignet für einen klaren Kopf und kämpferische Gedanken. Sie wechselte zu Lynyrd Skynyrd und wippte bei »Sweet Home Alabama« direkt mit dem Kopf den Takt. Als das Lied herauskam, 1974, war sie noch jung und …

Sie schob sich eine weitere Gabel Nudeln in den Mund, denn die machten bekanntlich glücklich.

Beschwingt brachte sie den leeren Teller in die Küche, goss das Glas noch einmal voll und startete ihre Vorbereitungen.

Was sollte sie morgen früh präsentieren? Im Grunde gab es nur Vermutungen. Andererseits hatten sie die Fälscherwerkstatt entdeckt, und die warf ein vollkommen neues Licht auf den Fall und Freistein selbst. Aus Claude Freistein, dem angesehenen, aufstrebenden Künstler, wurde ein ordinärer Kunstfälscher. Und sie, Frederike Stier, entlarvte den Betrüger und Aufschneider Freistein und brachte seine Machenschaften ans Licht. Seine Kunst war nichts als Fassade, seine Ausstellungen Nebelkerzen. Durch ihren uneigennützigen Einsatz, dem Anraten des Kardiologen zum Trotz, hatte sie diese Schlangengrube ausgehoben und die Welt …

Was war das? Sie schreckte hoch und sah ihr Smartphone wild auf dem Couchtisch tanzen.

»Was ist, Kowalczyk? Weißt du, wie spät es ist?«

»Deshalb ruf ich an, Frau Stier. Es ist halb acht, und ich habe Sie noch nicht gesehen. Da dachte ich –«

Verdammt! Offenbar war sie über ihre Grübeleien bezüglich des Falles tatsächlich eingeschlafen.

17

»Da bist du ja endlich.« Julian richtete sich schlagartig auf seinem Stuhl auf.

Er saß in seinem Büro neben dem Staatsanwalt am Besprechungstisch vor ausgebreiteten Unterlagen. Kaffeetassen deuteten darauf hin, dass sie schon länger dort zusammenhockten. Etliche Kippen stapelten sich im Aschenbecher. Frederike liebte den Geruch. Als sie sah, wie sich Julian bei ihrem Eintritt steif machte, eine Unterlage sofort umdrehte, die beiden Herrschaften im nächsten Moment einen Blick austauschten und dazu einvernehmlich nickten, schaltete sie augenblicklich auf elektrisiert und höchste Alarmbereitschaft.

»Setz dich.« Julian deutete auf den Stuhl auf der gegenüberliegenden Seite des Tisches. Klare Fronten.

Eine aufgeschlagene Zeitung mit Freisteins Konterfei. Der Staatsanwalt drückte eine Zigarette aus. Frederike zog ihre Jacke vorne zusammen, eine Gänsehaut lief ihr über den Rücken.

»Ich mache das Fenster zu. Wir brauchten einen kühlen Kopf.« Julian stand auf.

Frederike zog den Stuhl unter dem Tisch heraus und nickte dem Staatsanwalt knapp zu. »Morgen«, murmelte sie einen knappen Gruß.

Julian setzte sich wieder. »Wir machen es kurz, Frederike. Du hast keine Zeit. Deine Morde müssen geklärt werden.«

Julians Tonfall jagte ihr Angst ein. Wenn er in diesem kollegialen, beinahe beiläufigen Ton sprach, folgte in der Regel ein Paukenschlag.

Sie hatte sich im Taxi noch einige Argumente überlegt, eine Strategie aus dem Ärmel gezaubert, wie sie von Turin aus der Dominikanischen Republik locken könnten, ein Szenario gebastelt, wie sie den Staatsanwalt und Julian Potthoff im Glanze eines Blitzlichtgewitters auftreten lassen konnte. Dass sie parallel den Durchbruch zum Fall »Folkwang« geliefert hatte, war das Sahnehäubchen, das sie sich für den Schluss aufheben wollte.

Sie wollte das Gespräch entspannt angehen, da sie einen aufgebrachten Staatsanwalt erwartet hatte. Jetzt den zwei Männern und ihrem Plauderton zu begegnen, brachte sie aus dem Konzept.

»Frederike, ich weiß, dass wir dich im Moment nicht in den Ruhestand schicken können. Die Argumente liegen auf deiner Seite, und ich akzeptiere das.«

Frederike spürte, wie sich ihre Muskeln immer mehr verkrampften. Sie hoffte, dass es zu Ende war, bevor sich die Herzmuskeln daran beteiligten. Das lief nicht gut.

»Folgendes Problem: In den letzten Tagen haben wir gesehen, wie eng und effektiv du mit Kevin Kowalczyk zusammengearbeitet hast. Er scheint gut und motiviert zu sein. Jetzt hat sich die Möglichkeit ergeben, dass er an einer Spezialistenfortbildung teilnimmt. Ein Platz wurde frei, und wir müssen sofort entscheiden. Er wäre dann ab sofort abgestellt.«

Frederike sah Julian an, dann lachte sie. »Du spinnst. Wir sind sowieso zu wenig Leute, und dann willst du bei diesem Fall den wichtigsten Ermittler abziehen? Wie willst du das der Presse, dem Polizeipräsidenten, dem Innenminister erklären?«

»Frederike, das ist dein Fall. Du wolltest ihn unbedingt, also löse ihn. Wir müssen an die Zukunft unserer jungen Kolleginnen und Kollegen denken.«

Frederike konnte es nicht fassen. »Verschwende du doch zwischendurch, wenn du grad nicht mit mir beschäftigt bist, auch mal einen Gedanken an den Mord an dem namhaften Künstler, der tot auf Zeche Zollverein lag und dessen Mordaufklärung in deine Verantwortung fällt.« Sie war aufgesprungen und zeigte mit dem Finger auf ihren Chef.

»Wir verstehen, dass Sie aufgebracht sind, Frau Stier.« Jetzt mischte sich auch noch der Staatsanwalt ein. Doch Frederike ließ ihn nicht weiterreden.

»Nichts verstehen Sie. Ich …« Sie fasste sich an die Brust, und ihre Knie gaben nach. Sie sackte auf den Stuhl.

»Ist mit Ihnen alles in Ordnung, Frau Stier?«

»Frederike?«

»Es geht schon. Ich brauche nur ein Brötchen und einen Kaffee. Ich habe wenig geschlafen. Es geht.«

»Also gut. Wir haben gerade schon ein Gespräch geführt.« Julian legte eine Kunstpause ein. Langsam schwante Frederike, was als Nächstes kommen würde. »Wir haben Herrn Kowalczyk bereits informiert, und er freut sich, hat sich für die Möglichkeit bedankt und wollte die Übergabe vorbereiten.«

Frederike sah die beiden Männer in einem Nebel verschwinden, der sich schwarz färbte. Die eintretende Stille wirkte verstörend.

»Frau Stier. Frau Stier.« Hände klatschten auf ihre Wange. Die Deckenlampe stach ihr in die Augen, und die Nase des Staatsanwalts wollte sie nicht vor ihrem Gesicht sehen.

»Hätten Sie ein Glas Wasser?« Diesen peinlichen Auftritt hätte sie sich gerne erspart. »Sonst ist alles gut. Ich geh gleich in die Kantine.«

Sie rappelte sich auf und setzte sich wieder an den Tisch. Der Staatsanwalt reichte ihr ein Glas, und sie trank das Wasser in gierigen Schlucken. »Danke.«

Nach und nach kamen Julians Worte zurück. Sie strich sich über die Hose, zupfte am Pullover und fuhr sich durch die Haare. Dann sagte sie: »Du kannst Kowalczyk nicht entbehren. Ich brauche ihn in der Ermittlung. Er ist … Wir arbeiten sehr gut zusammen und kommen in dem Fall sehr schnell weiter. Wir –«

»Das verstehe ich sehr gut, Frederike.« Ein genüssliches Grinsen überzog sein Gesicht. »Und das ist sicherlich richtig, dass du auf die Unterstützung dieses begabten und beliebten Kollegen nicht verzichten willst. Aber denke in der Situation auch an ihn, der seine Laufbahn noch vor sich hat.«

Diese hinterhältigen Bastarde. Frederike trank auch das zweite Glas Wasser in einem Zug leer, was ihre Wut nicht milderte. Ihr Gehirn arbeitete noch zu langsam, um sich auf die neue Situation einzustellen und hinter die Argumentation zu kommen, die Julian ihr auftischte.

Als sie das Glas auf den Tisch knallte, kam ihr die Erleuchtung: Es ging gar nicht um Kowalczyk. Es ging darum, ihr den Schwarzen Peter zuzuschieben. Und zwar ihr allein. Weil sie auf ihrem Stuhl kleben bleiben wollte, musste Kowalczyk weg. Er oder sie. Und wenn der Fall nicht gelöst würde, wäre ihr Eigensinn daran schuld.

Wie zur Bestätigung erläuterte Julian: »Wir kennen die private Situation von Herrn Kowalczyk. Das ist natürlich unglücklich, dass er ausgerechnet kurz vor der Geburt des ersten Kindes zu diesem Lehrgang nach Bayern geht. Den Kauf des Hauses muss er ebenfalls verschieben. Wir alle müssen Opfer bringen. Da du den Fall in der Hand hast und gut vorankommst, denke ich, dass diese Vorgehensweise gerechtfertigt ist.«

Frederike dachte langsamer als gewöhnlich, aber sie dachte.

»Dann würdest du ihn also nicht zu dem Lehrgang schicken, wenn ich den Fall abgebe?«

»Das kann ich nicht von dir erwarten, Frederike. Jetzt, wo der Hauptverdächtige tot ist und der zweite Verdächtige in der Dominikanischen Republik weilt.«

Frederike schüttelte ungläubig den Kopf. Widerstand provozierte nur noch mehr Gemeinheiten, das verstand sie jetzt. Sie erhob sich. »Dann ist ja alles besprochen. Kowalczyk ist informiert, und der EK sage ich gleich Bescheid.«

Sie drückte bereits die Türklinke hinunter, als Julian noch ergänzte: »Die EK musst du nicht informieren. Hier gibt es eine andere Argumentation. Es wäre den Kollegen gegenüber schwierig zu erklären, dass eine Fortbildung wichtiger ist als die Aufklärung eines Mordfalls. Wir sind davon ausgegangen, dass du Kowalczyk sowieso nicht mehr in der EK haben wolltest, da er die Flucht von diesem von Turin nicht verhindern konnte. Gestörtes Vertrauensverhältnis und so, du verstehst. Ich bin gleich dabei, um den Kollegen das alles zu erläutern.«

Sie lag am Boden, und er hörte nicht auf, auf sie einzuschlagen. Also steckte sie die Schläge weg, so gut es ging.

»Das hört sich plausibel an«, sagte sie. »Aber ich hab einen noch besseren Vorschlag: Wir lassen die Einsatzbesprechung heute Morgen ausfallen, da ich dringend nach Düsseldorf muss. Wir treffen uns heute Nachmittag. Bis dahin hat es bestimmt Zeit.«

Julian hob die Hände zum Zeichen, dass es ihm nicht auf die zwei oder drei Stunden ankam. Grußlos verließ sie das Zimmer.

Frederike stand auf dem Flur und wusste, dass sie jetzt eine neue Strategie brauchte. Zuerst musste sie sich beruhigen, um klar denken zu können. Dass Julian es so darstellen wollte, dass sie den Misserfolg in der Ermittlung dem jungen, beliebten, talentierten Kollegen in die Schuhe schob, empfand sie als Anstiftung zum Mobbing. Offenbar wollte er, dass niemand mehr bereit war, mit ihr zu arbeiten. Dabei war es doch ohnehin längst so.

Würde Julian wirklich so weit gehen und Kowalczyk wegschicken? Welche Möglichkeiten hatte sie, um das zu verhindern? Welche Kollegen würden sie dabei unterstützen? Und was, wenn das nur ein Testballon war und dahinter bloß heiße Luft steckte?

Auf dem Weg zu ihrem Zimmer suchte sie fieberhaft nach einer Lösung. Sie befand sich in einem Tunnel und nahm kaum etwas wahr. Sah einen Kollegen seine Lippen bewegen, hörte ihn jedoch nicht.

Ständig wiederholte sie ihre Überzeugung: »Das ist ein Bluff. Das ist ein Bluff.« Vielleicht war aber auch eher ihr Wunsch der Vater dieses Gedankens.

Diese zwei menschlichen Wracks. Setzten sie unter Druck, um sie zu zwingen, anstelle von Kowalczyk den Platz zu räumen. Würde er wirklich nicht zu dem Lehrgang geschickt, wenn sie ihren Vorruhestand beantragte? Doch dann müsste sie nachgeben, und diesen Triumph gönnte sie Julian nicht. Nicht auf diese Art, als Reaktion auf seine hinterhältige, schäbige Intrige. Ihr fehlten die Worte. Und dabei kannte sie viele Worte.

Als sie vor ihrem Büro stand, war sie zu der Einschätzung gelangt, dass die beiden sie aufs Glatteis führen wollten. Julian wollte Kowalczyk nicht ernsthaft wegschicken. Den zukünftigen Vater, der die Geburt seines ersten Kindes verpassen würde. Gleich würde das Telefon klingeln und er sie zurückpfeifen.

Sie riss die Bürotür auf, die ausnahmsweise geschlossen war. Kowalczyk stand an seinem Schreibtisch. Er sah sie überrascht an. Er packte Ordner in eine Kiste. Seine Gesichtsfarbe unterschied sich nicht von der weiß gestrichenen Wand hinter ihm. Wie er die Nase hochzog, zeigte, dass er mit den Tränen kämpfte.

»Willst du zu diesem Lehrgang?«

»Frau Stier, können wir kurz –«

»Willst du?«

»Nein. Natürlich nicht. Aber –«

»Dann red nicht und komm.«

Kowalczyk stand vor der Kiste und sah sie an. »Aber ich muss –«

»Ich habe gerade gute Laune. Also komm und vergiss den Autoschlüssel nicht.«

Frederike rannte beinahe zum Ausgang. Sie hörte Kowalczyk, wie er mit quietschenden Sohlen hinter ihr herkam.

Den Schock musste sie erst mal verdauen. Julian hatte nicht geblufft. Er wollte sie treffen und schlug dafür auf den Schwächsten im Glied ein: Kowalczyk. So grausam konnte man doch nicht sein.

»Wir müssen reden.« Frederike ging in den Innenhof. »Aber nicht hier. Du kommst mit zum Arzt. Dann besprechen wir alles Weitere.«

Kowalczyks sonniges Gemüt war wie weggeblasen. Er brachte kein Wort heraus und nickte nur.

»Und guck nicht so geknickt. Du sagst doch immer, dass alles gut wird. Jetzt kannst du zeigen, dass du daran glaubst.«

Sie war wirklich gut drauf. Ein Lächeln wollte sich trotzdem nicht auf Kowalczyks Gesicht einfinden.

»Ich brauche ein Rezept, deshalb müssen wir kurz zu meinem Arzt. Danach trinken wir einen Kaffee und besprechen den Rest. Jetzt muss ich nachdenken. Verstanden?«

Kowalczyk blieb stumm.

Frederike bestellte einen grünen Tee und für Kowalczyk einen doppelten Espresso. »Bringen Sie uns noch zwei Cognac. Auch doppelt.«

Ihr Puls raste noch immer, die Ansprache des Kardiologen arbeitete in ihr. Mittlerweile zählte er ihre Halbwertszeit nicht mehr in Monaten, sondern in Tagen. Egal, sie musste zuerst den ganzen Mist beseitigen, der sich vor ihr türmte. Danach konnte sie an sich denken.

»Als Erstes«, Frederike nahm ihr Cognacglas und streckte es zu Kowalczyks Glas hin, »ich bin ab sofort ›Frederike‹ für dich, und du bist ›Kevin‹ für mich. Ist das klar? Und gib mir Zeit.« Sie stieß mit ihm an und trank einen Schluck.

»Frederike«, nuschelte Kowalczyk und schien sich im falschen Film zu wähnen. »Warum machen Sie das?«

»*Du*, Kevin, *du*, ab sofort.« Frederike trank ihren Cognac aus und schüttelte sich. »Folgendes.«

Wie sollte sie es sagen, wo anfangen? Sie zögerte. Aber sie sah keine Alternative für das, was jetzt gesagt werden musste. Allein bekam sie den Fall nicht gelöst. Dass sie Julian in die Falle gegangen war, würde sie später noch klären.

»Potthoff will dich im Grunde nicht nach Bayern schicken. Ich weiß zwar nicht, was er dir erzählt hat, aber er will es nicht. Er will mich zwingen, in den Ruhestand zu gehen. Deshalb hat er sich diese Gemeinheit, dieses Szenario überlegt. Aber das lasse ich nicht zu. Du bleibst.«

»Aber Frau … Frederike, du kannst doch jetzt nicht in Rente gehen. Nicht mitten im Fall.«

»Ich habe einen Krankenschein. Vierzehn Tage habe ich mich krankschreiben lassen. Das muss uns reichen. Wie wir das organisieren, müssen wir sehen. Im Moment ist es wichtig, dass du bleibst und den Fall abschließt.«

Frederike nippte an ihrem Tee. Kowalczyk setzte zu einer Bemerkung an, die sie mit einem kurzen Handheben abwürgte. »Zuerst ich.« Sie setzte die Tasse wieder ab und atmete tief durch.

»Wenn ich zu Hause bleibe, weil ich krank bin, dann lässt

er dich nicht gehen. Denn dann geht der Fall komplett den Bach runter. Du arbeitest also weiter am Fall, und ich helfe im Hintergrund mit. Du versorgst mich mit allen Informationen, nimmst mich gegebenenfalls zu den Befragungen mit, gibst mir alles, was ich wissen muss. Ich unterstütze dich, wo ich kann. Nur nicht vom Büro aus.« Frederike hatte keine Zeit gehabt, sich alle Details zu überlegen. Sie mussten jetzt dranbleiben. Der Rest würde sich ergeben.

»Das ziehen wir gemeinsam durch, nur dass *du* eben jetzt den Kopf hinhältst. Ich kläre das mit Potthoff.« Nach einer kleinen Atempause ergänzte sie: »Das hast du doch immer gewollt, Verantwortung übernehmen.«

Frederike fühlte sich von ihren eigenen Worten überrumpelt. Sie spuckte sie förmlich aus, damit sie nicht in Versuchung kam, zwischendurch über sie nachzudenken und es sich noch anders zu überlegen. Kevin trank nun seinerseits den Cognac aus und stellte das Glas vorsichtig auf den Tisch.

»Darf ich jetzt?« Er sah Frederike an.

»Frag mich nicht nach Einzelheiten. Dazu hatte ich noch keine Zeit. Wir treffen uns regelmäßig und telefonieren. Der Rest ergibt sich. Wie sagt mein schlauer Kollege immer: ›Das wird schon.‹ Oder: ›Das geht schon.‹ Oder: ›Alles wird gut‹.«

Kowalczyk schmunzelte, und Frederike lehnte sich erleichtert in ihrem Stuhl zurück.

18

Wieder saß sie vor Julian. Der studierte die Krankmeldung, sah zwischendurch immer wieder zu Frederike und zurück auf den gelben Zettel. »Warum hast du nichts gesagt, Frederike? Das hätten wir doch klären können. Mit einem kranken Herzen sollte man nicht spaßen. Wir hätten doch Rücksicht genommen, dich geschont.«

»Nimm es einfach zur Kenntnis und spar dir deine gallige Fürsorge. Kowalczyk klärt dir den Fall, da kannst du sicher sein. Und falls es diesen Lehrgang tatsächlich gibt, findet sich bestimmt ein anderer Kollege. Ich gehe nach Hause, und du lässt mich in Ruhe. Ansonsten, und das verspreche ich dir hiermit hoch und heilig, landet der Film auf YouTube. Und alle werden darüber informiert. Der frischgebackene Leiter der Mordkommission sitzt bei seinem ersten Fall schlafend im Auto, und der Hauptverdächtige entwischt ihm unbemerkt. Ich habe es damals auf meine Kappe genommen, dass uns der Kerl entwischt ist, und dich rausgehalten. Ich war sicher, du wirst das auch ohne Worte honorieren. Für dich habe ich die ganzen Jahre ertragen, dass mich die Kollegen aufziehen, sich über mich lustig machen. Während du dich feige rausgehalten hast. Jetzt erwarte ich eine Gegenleistung.«

Bisher hatte es Frederike vermieden, Julian unverblümt zu drohen. Eine Bemerkung hier, eine Andeutung da hatten gereicht, wenn er ihr komisch kommen wollte. Jetzt musste sie deutlich werden, denn es ging um zu viel. Es ging um ihren Abgang und das Glück ihres Kollegen Kevin Kowalczyk. Dafür packte sie das kleine Video aus.

»Wir bringen das hier seriös zu Ende, ich erspare dir die Auseinandersetzung mit dem Personalrat, und du sorgst dafür, dass Kowalczyk mit der notwendigen Unterstützung den Fall löst. Dass du dieses miese Spiel mit mir veranstaltest, das verzeihe ich dir nie. Aber du hast gewonnen. Ich kann und will es nicht verantworten, dass Kowalczyk in dieser für ihn so einmaligen Zeit nicht da sein kann. Ich bin nicht so kaltherzig wie du. Dann gehe ich eben in Ruhestand, ohne meinen letzten Fall gelöst zu haben. Ich hoffe, du bist stolz auf dich, Julian. Ich an deiner Stelle würde ab sofort alle Spiegel meiden.«

So viele Sätze sagte Frederike normalerweise nicht am Stück. Jetzt war es raus, und sie fühlte sich gut. Erstaunlich eigentlich. Wenn man bedachte, was das Gesagte für sie und ihre Zukunft bedeutete, blieb ihr Herz überraschend ruhig.

Julians betroffenes Gesicht zeigte Frederike, dass sie mit ihren Worten ins Schwarze getroffen hatte. Sein Schweigen deutete sie als Bestätigung dafür.

»Dann mach ich mich auf den Weg. Kowalczyk weiß, was zu tun ist. Lass ihn in Ruhe und hilf ihm, wo er es braucht. Druck wird es nicht besser machen.« Frederike stand auf und ging zur Tür. »Ich habe mehrere Kopien von dem Film. Und jeder Einzelne, der eine Kopie besitzt, weiß, was zu tun ist, wenn mir etwas passiert.« Ohne weiteren Gruß verließ sie das Zimmer.

Im Flur blieb sie stehen. »Der Schrei«. Sie sah das Munch-Bild vor sich. Die darauf dargestellte Angst war auch ihr ins Gesicht geschrieben. Sie hatte einen Plan zur Lösung von Fällen, aber keinen für ihr Leben.

Dass sie dieses hinterhältige Spiel mitspielen musste, war so demütigend, dass sie am liebsten geschrien hätte. Nicht vor Angst, sondern vor Wut und Verzweiflung. Julian diesen Triumph zu gönnen würde sie mehrere schlaflose Nächte kosten. Ihr Gehirn legte so etwas nicht unbearbeitet beiseite.

Doch sie hatte sich entschieden und sollte nach vorne blicken. Manchmal half es, nicht zu lange nachzudenken, sondern einfach zu tun, was es zu tun galt.

Frederike spürte, dass sie gerade zum letzten Mal zu ihrem Büro ging. Und fürchtete augenblicklich, ab jetzt bei jedem Handgriff zu denken, dass sie dieses und jenes nun zum »letzten Mal« in ihrem Berufsleben tat. Verschwende keine Gedanken daran, dachte sie. Es ist, wie es ist. Und du tust das Richtige.

Sie wollte die wichtigsten Unterlagen packen, Kowalczyk ihren Kaktus geben, eine Abwesenheitsnotiz in Outlook einstellen. Ihm kurz erklären, wo er was finden würde, wo sie Informationen abgelegt hatte.

Sie ging durch den Flur und sog alle Einzelheiten in sich auf. Der ausgetretene Linoleumboden, die vergilbte Raufasertapete mit den Schleifspuren, die harten Holzstühle, schlaue Polizeisprüche in billigen Rahmen. Darauf musste sie ab sofort verzichten. Ein großer Verlust war es nicht.

Trotzdem, das war ihr Leben. Alles, was sie hatte, und das, was sie konnte. Sie hatte keine Alternativen, nichts, was sie in ihrer freien Zeit tun könnte. Fälle lösen. Täter überführen. Befragungen durchführen. Das konnte sie. Sollte sie jetzt anfangen, zu töpfern oder Gedichte zu schreiben? Oder noch schlimmer: sich mehr bewegen?

Ihr Puls beruhigte sich. Wenn ihr Gehirn in der Lage war, sich über dieses Waterloo lustig zu machen, dann gab es Hoffnung.

Ab sofort konnte sie sich ausschließlich auf den Fall konzentrieren. Keine Besprechungen, keine Rücksprachen, keine Abstimmung mit den sogenannten Kollegen. Das immerhin war ein gutes, ein befreiendes Gefühl.

Erschrocken hielt sie inne. War sie wirklich eine Einzelkämpferin, die den Kontakt mied und lieber ihr eigenes Süppchen kochte? Unfähig, im Team zu arbeiten und eine Kommission zu leiten?

Wie gerne würde sie diese Frage mit einem überzeugten »Niemals« beantworten. Sich selbst gegenüber war sie ehrlich, bis es wehtat.

Mit diesem dumpfen Gefühl im Magen ging Frederike zu Kowalczyk. Ob sie sich in diesem Leben an seinen Vornamen gewöhnen würde? Viel Geld würde sie nicht darauf verwetten. Ein abschließendes Wort und eine kurze Abstimmung, und dann war ... Oh nein, Schluss war noch lange nicht.

»Lass uns in der Kantine einen Kaffee trinken.« Sie wartete an der Tür, bis er den letzten Ordner zurück ins Regal geräumt hatte. Er faltete den Karton zusammen und stellte ihn neben den Papierkorb.

In der Kantine verzogen sie sich in die hinterste Ecke. »Julian wird dich unterstützen. Geh zu ihm und fordere das ein. Sollte er sich querstellen, ruf mich an.«

»Danke. Danke, dass Sie …« Kowalczyk hatte auch Probleme mit der neuen Ansprache. »Dass du das machst. Ich weiß, was der Fall für dich bedeutet. Wir lösen ihn, versprochen.«

Da war er wieder, der alte Kowalczyk mit seinem Ponyhof-Gemüt.

»Halte mich auf dem Laufenden. Wir telefonieren jeden Morgen und jeden Abend. Du siehst zu, dass ich alle Unterlagen einsehen kann. Ich bin krankgeschrieben und habe noch vollen Zugang zu den Daten. Sorg dafür, dass sie aktuell sind. Dass ich aus dem Rennen bin, entspannt die Aufklärung vielleicht, weil die Kollegen kooperativer sind. Aber der Druck bleibt. Der Fall ist zu wichtig, auch nach außen. Deshalb darfst du, dürfen wir, keine Fehler machen. Stell dich auf einen nervenden Staatsanwalt ein und einen ungeduldigen Potthoff. Ich helfe dir.«

Kevin entspannte sich langsam, und Frederike sah ihm an, dass er anfing, sich mit seiner neuen Aufgabe zu beschäftigen.

»Ich werde nach Düsseldorf fahren und mich mit Reisinger, dem Geschäftsführer der Agentur ›Kunst Kenner‹, unterhalten. Vielleicht kriege ich etwas über von Turins Vergangenheit heraus. Du fährst mit Sarah zu den Kollegen nach Düsseldorf und informierst dich über den Brand in von Turins Haus. Danach geht ihr die Unterlagen aus diesem Wochenendhaus durch. Haben die Kollegen von der Kriminaltechnik Westerburgs Computer untersucht? Informier mich, wenn sie Relevantes gefunden haben. In Westerburgs Ordnern schlummern mit Sicherheit Hinweise. Gib mir seine Kundendatei, wenn du sie hast. Ich telefoniere sie alle ab. Wir finden etwas. Hast du meine private E-Mail-Adresse? Und tritt den Kollegen von der

Spurensicherung auf die Füße. Wir müssen wissen, was im Safe in dieser Hütte war und was die in der Hütte genau getrieben haben.«

Frederike fiel es schwer, loszulassen. Kevin sah auf seine Hände. »Frederike, vielen Dank für deine ganzen Hinweise. Ich weiß es zu schätzen, dass du noch ganz im Fall bist.« Sie schnaufte tief. »Aber es ist jetzt dein Fall, ich weiß. Es ist nur ...« Sie brach den Satz ab. Kowalczyk legte ihr die Hand auf den Arm und schwieg.

Sie war draußen, und Kowalczyk scharrte mit den Hufen, um ihren Platz einzunehmen. So schnell ging das.

Frederike sah aus dem Fenster. Sie sollte sich den Nachmittag freinehmen und zur Ruhe kommen. Es war viel los gewesen an diesem Morgen. Auch wenn es darum ging, den Fall zu lösen, brauchte sie Abstand. Mit Reisinger konnte sie auch noch morgen Vormittag sprechen.

Auf einmal fühlte sie sich leer und ausgepowert. Die Anspannung war entwichen, und nun erwischte ihre Müdigkeit sie mit voller Wucht. »Hören Sie auf Ihren Körper«, hatte der Kardiologe gesagt. Da Frederike noch nie auf jemanden gehört hatte, wollte sie mit ihrem Körper nicht anfangen.

»Ich fahre morgen nach Düsseldorf. Heute brauche ich eine Pause. Aber morgen bin ich wieder da. Versprochen.«

»Soll ich ...?« Kowalczyk sah sie erwartungsvoll an.

»Hast du sonst nichts zu tun? Ich komme schon alleine nach Hause.«

Sie sah auf die Uhr. »Wenn ich morgen mit Reisinger rede, reicht das. Anschließend melde ich mich. Sieh in der Zwischenzeit zu, dass von Turin aus der Dom. Rep. kommt.«

Sie standen auf und brachten ihre Kaffeetassen zurück.

»Legen wir los.« In alter Gewohnheit trieb Frederike Kowalczyk an. Dabei war er ab sofort für sich selbst verantwortlich.

Sie verabschiedeten sich vor der Kantine. Kevin gab ihr die Hand und zuckte mit dem Oberkörper kurz vor. Auch Frederike verspürte einen Impuls. So verharrten sie in der halb ausgeführten Bewegung, unterließen es aber, ihre Verbrüderung mit einer Umarmung zu besiegeln, und gingen in unterschiedliche Richtungen davon.

Frederike verließ das Polizeipräsidium und blieb davor stehen. Das gestaltete sich schwerer als gedacht. Loslassen gehörte nicht zu ihren Stärken. Ob sie es je wieder betreten würde? Wenn es nach ihr ging, auf jeden Fall. So schnell sollte Julian sie nicht loswerden.

Über Essen bauten sich dunkle Wolken auf. Ob Schnee oder Regen herauskommen würde, ließ sich nicht sagen. Meistens war es etwas dazwischen, was auf jeden Fall die Schuhe durchweichte und den Körper bibbern ließ.

Frederike zog die Jacke enger um den Körper und sah sich fragend um. Was sollte sie als Erstes tun?

Sie ging los und war gespannt, wo ihre Füße sie hintragen würden. Weit konnte es nicht werden. Sie ging die Zweigertstraße Richtung Alfredstraße. Weil die Fußgängerampel Grün zeigte, schwenkten ihre Beine nach links und nahmen den Überweg. Nach zweihundert Metern dämmerte ihr langsam, welch hinterhältigen Plan ihr Gehirn ausgeheckt hatte und ihre Füße umsetzten.

Widerstandslos folgte sie diesem heimlich vorgezeichneten Pfad und fand sich nach fünfzehn Minuten vor dem Museum Folkwang wieder. Kopfschüttelnd sah sie hoch zu dem viereckigen Glasanbau. Sie lachte über sich selbst.

19

Frederike stieg die Treppen zum Eingang hinauf. Auf den Handlauf gestützt nahm sie eine Stufe nach der anderen. Rechts sah sie das Restaurant, in dem die ersten Tische eingedeckt wurden, ein Anzugträger eilte an ihr vorbei, eine Mutter kniete vor ihrer Tochter und erklärte ihr, was gleich auf sie zukäme. Sie erreichte den Eingang, die Glastüren schoben sich auseinander, und Frederike betrat einen hallenartigen Raum. Trotz des trüben Tages war er hell und weiß und hoch. Sie drehte sich nach rechts und ging auf den Tresen zu, der breit und viereckig in der Mitte der Halle stand. Dahinter saßen Damen in roten Kleidern.

Sie fühlte sich fremd und beklommen in dieser Umgebung. Obwohl es hier ganz anders war, als sie erwartet hatte. Für sie war ein Museum ein gediegenes Gebäude mit ehrfurchtgebietendem Flair. Dunkle Wände mit Bildern in schweren Rahmen, Reden verboten und Filzpantoffeln an den Füßen. Sie erinnerte sich nicht, wann sie das letzte Mal in einem Museum gewesen war. Mit der Schule im Rahmen eines Klassenausflugs wäre das gewesen – hätte sie nicht mit Grippe im Bett gelegen.

Sie ging zu dem Tresen und sagte:»Eine Erwachsene.«

Die Dame lächelte sie freundlich an.»Der Eintritt zur ständigen Ausstellung von Folkwang ist kostenfrei. Wenn Sie einen Audioguide möchten, kostet das vier Euro.«

Zielsicher hatte sie das erste Fettnäpfchen erwischt. Wäre das Wort»Sonderausstellung« in ihrem Wortschatz vorgekommen, hätte sie natürlich eine Karte dafür gekauft. Aber sie sah das Plakat dafür erst, nachdem sie sich weggedreht hatte. Wenigstens den Guide nahm sie, ließ ihn sich auch bereitwillig erklären:»Die ›100‹ und dann die grüne Taste drücken, dann erhalten Sie allgemeine Erklärungen zum Museum Folkwang.«

Beim Rest hörte Frederike schon nicht mehr zu. Sie tat, als wäre das altbekannt, hängte sich den kleinen Kasten und die

Kopfhörer um den Hals und suchte einen Sitzplatz. Bevor sie den Marsch durch die Kunst antreten wollte, brauchte sie eine kurze Pause. Sie gab ihre Jacke und ihren Rucksack an der Garderobe ab und setzte sich auf eine Bank direkt neben dem Tresen. Erst als sie saß, bemerkte sie die streng und grimmig blickenden Männer und Frauen in schwarzen Anzügen und mit einem Knopf im Ohr, die überall herumstanden. Wahrscheinlich die Konsequenz aus dem Überfall – mehr Wachpersonal, strengere Sicherheitsvorkehrungen. Schließlich rappelte sie sich auf und ging zum ersten Raum.

Die Atmosphäre wirkte leicht und unaufgeregt. Die Bilder hingen in großem Abstand zueinander an weißen Wänden. Die Räume waren hoch, und in fast jedem Raum gab es Tageslicht. Mit Porträtmalerei fing es an. Dann arbeitete sie sich durch die auf verschiedene Räume verteilten Kunststile. Bei manchen Gemälden tippte sie die Bildnummer ein und hörte sich den gestelzten Text dazu an. Bei einigen bewunderte sie den Detailreichtum. Wie filigran Blätter, Haare, Wolken ausgearbeitet waren. Bei anderen irritierten sie das kitschige Blau oder die infantil gemalten Menschen und Tiere, und sie fragte sich, wer entschied, was Kunst und was Kitsch war. Als sie zu nah an ein Bild trat, kam eine Dame zu ihr und ermahnte sie, Abstand zu halten. »Hier wird alles mit Kameras überwacht, und wenn Sie zu nah an ein Bild kommen, lösen Sie damit einen Alarm aus.« Frederike richtete ihren Blick an die Decke und erkannte die halbrunden Augen.

Endlich kam sie in den Raum mit den Impressionisten. Hier hingen also zwei Monets: eine Kirche im Nebel und eine Variante dieses Seerosenteichs. Die Kirche war kaum zu erkennen, so dicht hatte sich der Nebel davorgeschoben, und der Teich war eine braune Brühe mit knallig roten Punkten, die wohl die Seerosen darstellen sollten. Frederike setzte sich auf die Bank, fünf Meter von dem Bild entfernt, und wartete, dass es mit ihr sprach, die Impression auf sie übersprang oder sonst etwas passierte. Nakamura hatte einmal die Monet-Bilder im Museum Folkwang erwähnt. Seine Augen hatten dabei geglänzt, und seine Gesichtszüge waren ganz weich geworden. Sie fragte sich, was er sah und ihr verborgen blieb. Ihr Blick klebte auf dem Bild. Sie ließ kein Zwinkern zu und sah trotzdem nur Brauntöne und rote Tupfen. Geduldig wartete sie eine Minute, noch ein paar Sekunden mehr und verließ schließlich den Raum. Wahrscheinlich war der Impressionismus nicht ihre bevorzugte Stilrichtung.

Im folgenden Raum stand sie vor von Turins Lieblingsbild, diesem pastellfarbenen Haus mit dem Taubenschlag von diesem Cézanne. Es war nicht hässlich. Aber im Ernst: Was war daran so außergewöhnlich, dass man es in ein Museum hängen musste oder es gar als »Lieblingsbild« erkor? Auch hier wartete sie. Leider gab es keinen Audiotext zu dem Gemälde, und auch hier passierte nichts, und sie ging weiter.

Riesige grellbunte Bilder und brutale Szenen hingen im nächsten Raum. Fast schon kindliche Figuren und Formen, absurde Perspektiven, fast chaotische Bildkompositionen – aber sehr ausdrucksstark. Fasziniert stand Frederike vor den Gemälden. Eine Kraft ging von diesen Bildern aus, der sie sich nur schwer entziehen konnte.

Schließlich kam sie zu einem Brunnen mit nackten Knaben, einem Highlight des Museums, wie die Stimme aus dem Kopfhörer erzählte. Sie schüttelte noch den Kopf über die detaillierten Marmorknaben und wollte den Raum bereits Richtung Ausgang verlassen, als ihr Blick das Gemälde streifte. Ehrlicherweise las sie zuerst das Schild mit dem Namen des Künstlers: Edvard Munch. Sofort spürte sie den kalten Griff an ihr Herz und wollte schon weitergehen. Sein verstörender »Schrei« schwirrte ausreichend in ihrem Kopf herum, sie brauchte kein zusätzliches Bild. Aber etwas musste sie angesprochen haben. Sie trat vor das Kunstwerk und las dann das Täfelchen daneben noch einmal: »›To mennesker. De ensomme‹. 1906/07, Sommernacht, Die Einsamen (Reinhardt-Fries)«.

Sie hörte den Text dazu. Das Bild war Teil eines Frieses. Insgesamt elf Bilder hatten diesen Fries in den Berliner Kammerspielen gebildet und sollten das Leben als solches darstellen. Munch wollte mit seinen Gemälden die verschiedenen Zustände des Lebens symbolisieren – die Freuden und die Schmerzen, Liebe und Angst. Frederike suchte die »psychisch aufgeladenen Linien, die seelische Vorgänge sichtbar machen« sollten – fand sie aber nicht.

Dennoch stand sie vor diesem Bild, das immerhin einen Meter sechzig breit und neunzig Zentimeter hoch war.

»Sei gnädig«, mahnte Moritz sie.

Eine Frau im weißen Kleid, ein Mann im dunklen Anzug, am Strand stehend, mit dem Rücken zum Betrachter, sie stand etwas links versetzt vor ihm.

Frederike fragte sich, was sie bei diesem Bild ansprach. Die zwei standen hintereinander, ohne sichtbaren Kontakt. Der Blick der Frau ging in die Ferne, wo es nichts zu sehen gab. Er stand mit in den Hosentaschen vergrabenen Händen dahinter, beinahe trotzig wirkend, und sah nach unten.

Da es kaum Details gab, konzentrierte sich der Blick automatisch auf die beiden Personen. Sie erkannte keine Beziehung zwischen ihnen und dadurch, dass sie sich vom Betrachter abwandten, auch keine Beziehung zu ihr.

Die Einsamen.

Sie fragte sich, was die beiden einsam machte, dass sie gemeinsam am Strand standen. Hatten sie sich gestritten? War sie geflohen und er ihr gefolgt? Wollte sie allein nachdenken? Warum waren sie so schick angezogen? Warum drehte sie ihm den Rücken zu?

Wenn sie Moritz den Rücken zugedreht hatte, dann nur im Bett, damit er sich beim Einschlafen besser an sie kuscheln konnte.

Dieses Bild berührte sie. War sie es, die dort stand? Dem Betrachter, den Kollegen, den Männern, allen die kalte Schulter zeigend? Sie war sicher, sie würde in ihr eigenes Gesicht blicken, wenn die Frau am Strand sich umdrehte. Wie sie ihr Gesicht in ihren Träumen im »Schrei« wieder und wieder sah: die entsetzten Augen, den aufgerissenen Mund, die Hände an den Kopf gedrückt.

Sie fand es ausgesprochen unfair, dass ausgerechnet Munch sie so tief berührte, denn irgendetwas passierte gerade und ließ sie traurig und nachdenklich werden. Munch, mit seinem ekelhaften und verhassten Bild, das sie bis in ihre Träume verfolgte, veranlasste sie, ausführlicher über ein Gemälde und dessen Bedeutung nachzudenken. Ihr Vorurteil über diesen Künstler hatte sie stets sorgsam gepflegt – und nun das. Ihr Mund fühlte sich trocken an, und ihr Blick wurde wässrig, weil sie sich so tief getroffen fühlte. Sie musste sich setzen. Gerade wollte sie sich auf den Rand des Brunnens mit den nackten Knaben setzen, als ein Sheriff kam, sie höflich aufforderte, dies zu unterlassen, und auf eine Bank an der Wand zeigte.

Dort angekommen, setzte sie sich, holte aus ihrer Hosentasche ein Taschentuch und schnäuzte sich. Sie hasste Munch, diesen Teufel, dafür, dass er sie mit einem weiteren Werk aufwühlte, gleichzeitig überlegte sie, ob sie im Museumsladen nach einer Postkarte oder einem Poster davon schauen sollte.

Fünf Minuten, in denen sie immer wieder zu diesem Gemälde schielte, blieb sie noch sitzen und sortierte ihre Gedanken. Sie waren ihr fremd und gehörten nicht zu ihr. Dann war klar, dass sie einen Kaffee brauchte, um weiter darüber nachzudenken, ob nicht vielleicht genau dieses Bild ihre Füße hier ins Museum geführt hatten. Und wieso es ihre Meinung über diesen Munch und seine Artgenossen ins Wanken brachte. Musste sie jetzt auch anderes in ihrem Leben überdenken?

Frederike ging zurück zum Ausgang und gab den Audioguide ab. Spontan fragte sie nach Herrn Münchmeyer, dem Chef des Museums. Sie hatte ihn im Rahmen der Ermittlungen zum Überfall damals kennengelernt, aber keinen engeren Kontakt zu ihm gehabt.

»Herr Münchmeyer, der Direktor, ist gerade in einer Besprechung. Haben Sie einen Termin?«

Frederike erklärte, wer sie war und dass es wichtig sei, persönlich mit ihm zu sprechen.

Die Dame griff zum Telefon und murmelte etwas in den Hörer, sah zu Frederike, sprach weiter und teilte ihr dann mit: »Herr Münchmeyer wird in fünfzehn Minuten bei Ihnen sein.« Sie bedankte sich und sagte, dass sie im Café auf ihn warten wolle.

Dort holte sie sich einen Kaffee und ein Stückchen Marmorkuchen und setzte sich ans Fenster. Wahrscheinlich kannte dieser Herr Münchmeyer den Herrn von Turin und auch Nakamura und konnte weiteres Licht auf diese Gestalten werfen.

Fast pünktlich nach einer Viertelstunde stand er vor ihrem Tisch; dunkelblauer Dreiteiler, gestreifte Krawatte, runde goldgefasste Brille. Mit seinem akkuraten Seitenscheitel und den kleinen Grübchen sah er aus wie ein alt gewordener Pennäler. Frederike erhob sich und stellte sich vor.

»Frau Stier, was kann ich für Sie tun?«

»Danke, dass Sie sich die Zeit nehmen. Könnten wir vielleicht in Ihr Büro gehen? Hier ist nicht der richtige Ort für ein vertrauliches Gespräch.«

»Sie machen mich neugierig. Sie sind von der Mordkommission? Geht es um Herrn Freistein? Eine Tragödie, schlimm.«

Frederike verkniff sich die Frage, ob er den Tod als solchen tragisch fand oder eher, dass keine Schweinehälften mehr von der Decke hingen oder eine Ausstellung verschoben werden musste.

Sie folgte Münchmeyer zu seinem Büro, während er von seinem Museum erzählte, den Exponaten und den positiven Erfahrungen durch die Einführung des freien Eintritts in die ständige Sammlung. Frederike war dankbar, einfach zuhören zu können.

In seinem Büro ging Münchmeyer zu einem runden Besprechungstisch und zog ihr einen Stuhl heraus. Dann holte er eine Flasche Wasser mit zwei Gläsern und bot ihr Kaffee an.

»Wasser reicht.«

Nachdem sie die Formalitäten abgearbeitet hatten, wurde Frederike konkret. »Herr Münchmeyer, ich will ganz offen sein. Bei diesem Mord an Herrn Freistein tappen wir noch ziemlich im Dunkeln. Sie verfolgen das bestimmt in der Presse. Uns fehlt ein schlüssiges Motiv, warum jemand diese Tat verübt haben könnte. Kannten Sie Herrn Freistein? Was war er für ein Mensch?«

»Ich habe ihn nur einmal kurz getroffen. Er vermittelte mir den Eindruck, dass das Museum Folkwang nicht seinem Niveau entsprach. Wir sind hier unter uns, und das Gespräch ist vertraulich?«

Frederike nickte.

»Ich halte Herrn Freistein für überschätzt. Er hat ordentliche Ideen, versteht sie zu verkaufen, ist kreativ und eloquent, aber nicht bahnbrechend, wie er gerne dargestellt wird. Und sich auch selbst sieht.« Der Museumsdirektor räusperte sich und ließ kurz verschämt den Blick sinken. »Gesehen *hat*«, korrigierte er sich, bevor er weiterredete. »Seine Technik ist passabel, verstehen Sie mich nicht falsch, er ist, Entschuldigung, *war* ein guter, ein außergewöhnlicher Künstler, hatte viel Talent und Können. Aber er wird gehandelt wie da Vinci, Monet und Beuys in einer Person.«

»Und das war er nicht?«

»Wer kann das leisten? Aber lassen wir es dabei. Er war ein guter Künstler, der sehr gut von seiner Kunst leben konnte und sicherlich eine Lücke hinterlässt.«

»Haben Sie ein Werk von ihm gekauft?«

»Gott bewahre!«

Frederike liebte spontane Gefühlsausbrüche und bemühte sich, ihr Grinsen zu verbergen.

»Auch wenn mir Herr von Turin wärmstens ans Herz gelegt hat, dies zu tun. Nein, dazu konnte ich mich nicht entschließen. Außerdem kaufe ich Kunstwerke nicht allein. Wir entscheiden in einem Gremium.«

»Wie gut kennen Sie Herrn von Turin?«

»Wir kennen uns kaum. Natürlich treffen wir uns regelmäßig hier in Essen, bei Ausstellungen, zu informativen Sitzungen, gehen manchmal Mittag essen, aber kennen wäre zu weit gegriffen.«

»Dann sagen Sie mir bitte, was Sie von Herrn von Turin halten. Welchen Eindruck macht er auf Sie?«

»So direkt, wie Sie fragen: Halten Sie Herrn von Turin für tatverdächtig?«

»Nein. Aber ich muss das Umfeld von Herrn Freistein näher untersuchen. Und da gehört Herr von Turin genauso dazu wie Herr Westerburg.«

»Den haben Sie also auch schon kennengelernt.«

»Leider nicht. Er ist seit zwei Tagen wie vom Erdboden verschwunden. Aber warum sagen Sie das in diesem Ton?«

»Wissen Sie, Frau Stier, hier geht es um Persönlichkeiten im Kunstmilieu. Wir haben alle unsere Eigenarten. Mit den einen kann man gut umgehen, mit den anderen besser.«

»Woher kannten Sie Herrn Westerburg?«

»Wir bewegen uns in ähnlichen Kreisen: Ausstellungen, Museen, Oper. Eben alles, was Kunst betrifft. Das ist unser Leben, und da läuft man sich häufiger über die Füße. Und um Ihre Frage vorwegzunehmen: Natürlich hat mir Herr Westerburg auch einen Freistein angeboten. Als Freisteins Exklusivberater versuchte er, bei allen Museen ein Werk seines Schützlings unterzubringen. Bei mir hatte er, wie gesagt, leider keinen Erfolg.«

»Lag es an Herrn Westerburg oder Herrn Freistein?«

»Ich sagte ihm, ich hätte kein Budget. Außerdem passen die Arbeiten von Herrn Freistein nicht in unsere Sammlung.«

Münchmeyers Ton signalisierte Frederike, dass er über dieses Thema nicht weiter reden wollte.

»Können Sie mir etwas zum Umfeld von Herrn Freistein sagen? Wir haben noch niemanden gefunden, der einen engeren Kontakt zu ihm hatte.«

»Es tut mir furchtbar leid, Frau Stier. Dazu kannte ich ihn zu wenig. Ich kenne auch niemanden, der Kontakt mit ihm hatte. Außer Herrn Westerburg und von Turin.«

»Können Sie mir etwas zu Herrn von Turin sagen?«

»Ja, Herr von Turin. Er ist ein ganz besonders Kunstinteressierter. Fast schon besessen von den schönen Künsten. Auch sehr bewandert. Es kommt vor, dass er mir Details von Bildern erzählt, die selbst mir bis dato verborgen geblieben sind. Er hat ein umfangreiches Hintergrundwissen, ist sehr belesen und wirklich ausgezeichnet informiert.«

»Hat er ein Spezialgebiet?«

»Oh ja, das hat er. Die Impressionisten haben es ihm angetan. Er ist regelmäßig hier. Auf dem kleinen Dreibein sitzt er vor den Cézannes, Renoirs, Monets. Oft über Stunden. Als würden die Bilder mit ihm sprechen und ihm noch ein Geheimnis verraten, das keiner vorher gelüftet hat.«

»Weint er dabei?«

»Wie?«

»Nichts. Haben Sie sonst noch Kontakt zu Herrn von Turin?«

»Bei zwei Ausstellungen habe ich ihm quasi ›off the records‹, also unter dem Siegel der Verschwiegenheit, Einblicke gewährt. Das mache ich sonst nie. Allein wegen der Versicherungen ist das unmöglich. Doch er hat mich bekniet, und da konnte ich irgendwann nicht mehr Nein sagen.«

»Lassen Sie mich raten.« Jetzt konnte Frederike ihr Wissen anbringen, das sie sich während der Arbeit bei der EK Folkwang angeeignet hatte. »Bei den Ausstellungen ›Impressionisten in Paris‹ und ›Inspiration Japan‹ war er ganz besonders an den Bildern interessiert. Auch bei ›Japan inspiriert‹?«

»Natürlich, auch dabei. Ich habe dieses Kapitel fast schon aus meinem Gedächtnis gestrichen. Wenn ich daran zurückdenke, kommen mir jetzt noch die Tränen.«

»Von Turin.«

»Ja. Seine Expertise weist ihn, wie gesagt, als Kenner der Impressionisten aus. Daher war es nicht verwunderlich, dass er mich angefleht hat, hinter die Kulissen der Vorbereitung blicken zu dürfen.«

»Haben Sie Herrn von Turin auch Einblicke in die Sicherung des Museums gegeben? Kennt er Ihre Alarmsysteme, die Überwachungen in Ihrem Museum?«

»Für einen Fachmann sind das keine Geheimnisse.« Münch-

meyer sah Frederike genauer an. »Ihre Fragen sagen mir, dass es um mehr geht als nur allgemeines Interesse an Herrn von Turin.«
»Wir ermitteln in einem Mordfall. Da gehört es dazu, dass wir uns über das Umfeld des Toten detailliert informieren, Herr Münchmeyer. Das hat nichts mit Herrn von Turin persönlich zu tun.«

Münchmeyer schienen diese Ausführungen nicht zu überzeugen, was Frederike jedoch egal war.
»Noch eine Frage zu der Ausstellung ›Japan inspiriert‹. Wie eng war ihr Kontakt zu dem Hauptsponsor in der Vorbereitung? Diesem japanischen Immobilienunternehmer?«
»Sie meinen wahrscheinlich Herrn Nakamura. Auch ein passionierter Kunstsammler. Er wollte wirklich alles wissen, auch das, was er nicht wissen durfte. Ein höflicher Mann, sehr ...«, Münchmeyer überlegte, »japanisch, wenn ich das so sagen darf. Wir haben uns zweimal getroffen, abends bei einem Italiener in der Stadt und einmal auf Zollverein.«
»Worum ging es?«
»Er interessierte sich dafür, wie eine Ausstellung in diesem Umfang organisiert wird, was beachtet werden muss, wie für die Sicherheit der Gemälde gesorgt wird. Wie man Gemälde auswählt und den Wert bemisst. Wo man die Werke ausleiht. Was man so wissen will, wenn man nicht vom Fach ist und viel Geld für die Organisation ausgibt. Aber auch Herr Nakamura war ein ausgesprochener Kenner, vor allem der japanischen Kunst. Wir fachsimpelten sehr ausführlich. Weil bekanntlich die Impressionisten, Monet, Renoir, ausgesprochene Liebhaber des Japonismus waren. Monet zum Beispiel wurde bei einigen seiner Bildarrangements von diesen Künstlern beeinflusst. Es waren sehr bereichernde Gespräche mit ihm.«
»Die Ausstellung nahm ja kein rühmliches Ende.«
»Da sagen Sie etwas, Frau Stier. Das dunkelste Kapitel in unserer Geschichte. Dass wir uns so überrumpeln ließen und die umfangreichen Sicherungssysteme nicht gegriffen haben, war dramatisch. Die Gemälde sind bis heute nicht wieder aufgetaucht. Ein unschätzbarer Verlust. Eine Tragödie.«

»Wie die des toten Freistein?« Frederike hob entschuldigend die Hand. »Das war nicht böse gemeint.« Sie trank einen Schluck Wasser. »Es hat sich auch kein Erpresser gemeldet?«

»Davon hätte die Polizei erfahren, oder?«

Frederike erwiderte nichts.

»Wir hoffen immer noch, dass wir die Bilder wieder zurückbekommen. Der Schaden ist unermesslich, nicht nur materiell.«

»Zum Glück waren es keine Bilder aus Ihrem Bestand, wenn ich es richtig im Kopf habe.«

»Hier geht es nicht um mein Bild oder dein Bild. Der Verlust ist für die Kunstwelt unbeschreiblich.«

Wieder ging Frederike der tote Freistein durch den Kopf. Doch dieses Mal hielt sie ihre Zunge im Zaum.

»Gab es Bilder oder Künstler, für die Herr Nakamura ein besonderes Interesse zeigte?«

»Er war grundsätzlich begeistert, weil wir diese Verbindung zwischen Japan und den Impressionisten hergestellt hatten. Nachdem die erste Ausstellung zu diesem Thema sehr erfolgreich verlaufen ist, waren wir gespannt, wie die Nachfolgeausstellung angenommen wird. Wir haben das Thema analytischer interpretiert und anhand von Beispielen dem Publikum erläutert. Wie eben schon gesagt, haben japanische Künstler viele Impressionisten inspiriert. Wie die Japaner Flächen gestalteten, ungewöhnliche Bildausschnitte wählten oder das Hauptmotiv aus dem Zentrum genommen haben, haben Künstler bei ihren Werken übernommen. Wir haben Bilder gegenüber gehängt, um es konkret zu machen.«

Münchmeyer musste Luft holen. »Bei ›Inspiration Japan‹ hatten wir überwiegend Exponate ausgestellt, die aus Künstlersammlungen stammten oder von denen wir wussten, dass sie den Künstlern damals bekannt waren. Rodin, van Gogh, Monet besaßen namhafte Sammlungen dieser Holzschnitte, nachdem sich Japan Mitte des 19. Jahrhunderts gegenüber dem Westen geöffnet hatte. In der Nachfolgeausstellung wollten wir dann den Einfluss der japanischen Kunst nachvollziehbar machen. Darüber hat sich Herr Nakamura ausführlich mit der Kuratorin der Ausstellung ausgetauscht.«

»Bekam Herr Nakamura auch einen Einblick hinter die Kulissen?«

»Selbstverständlich haben wir für Herrn Nakamura eine eigene Führung vor der offiziellen Eröffnung organisiert.«

»Aber vorher bekam er keinen Zutritt oder tiefere Einblicke? Konkret: Durfte er Herrn von Turin begleiten, als dieser Ihnen über die Schulter geschaut hat?«

»So langsam habe ich das Gefühl, Sie wollen eine Verbindung zwischen dem Überfall damals und dem Tod von Herrn Freistein herstellen.«

»Wie könnte es da eine Verbindung geben, Herr Münchmeyer? Wenn man die Kunst der Impressionisten sieht und die Arbeiten von Herrn Freistein, fällt es schwer, ein verbindendes Element zu finden.«

»Wie wahr, Frau Stier, wie wahr.«

»Wie war denn der Kontakt nach dem Überfall damals zu Herrn von Turin? Herr Nakamura muss schockiert gewesen sein, dass das Projekt, das er gesponsert hat, plötzlich in diesem negativen Licht stand.«

»Ja, die Herren haben sich schnell distanziert. Wobei Herr von Turin noch persönlich kam und Hilfe angeboten hat. Natürlich eher symbolisch gemeint. Aber man steht eben schnell allein da, wenn so etwas passiert.« Münchmeyer sah versonnen an die Wand, wo das Poster einer Ausstellung hing.

»Gibt es sonst noch etwas, das Ihnen zu den Herren einfällt?«

Münchmeyer überlegte, fuhr sich mit der Hand durch die Haare, als müsste er abwägen, was er sagen konnte oder nicht, seufzte und schüttelte dann den Kopf. »Ich weiß nicht, wie ich Ihnen noch helfen könnte, Frau Stier.«

»Haben Sie eigentlich eine Belohnung ausgesetzt, falls jemand Ihnen die gestohlenen Bilder zurückbringt?«

Münchmeyer lachte. »Wenn Sie mit einem gestohlenen Gemälde unter dem Arm zu mir kommen, lass ich mir etwas Besonderes für Sie einfallen.«

Damit war das Gespräch beendet. Sie tauschten noch die Visitenkarten für eventuelle Rückfragen und gaben sich die Hand.

Im Foyer blieb Frederike stehen. Sie überlegte kurz und ging in die Buchhandlung am Eingang. Dort kaufte sie eine Monet-Biografie. Als sie ein Poster von Munchs »Die Einsamen« sah, konnte sie auch hier nicht widerstehen.

Weil sie nichts antrieb, ging sie zurück ins Café, wo sie bei einem Cappuccino in dem neu erworbenen Buch über Monets Leben schmökerte.

Ihre Aufmerksamkeit weckte ein Absatz über seinen Umzug nach Giverny, wo er ein Haus mit Garten gekauft hatte. Anfangs wurde er von seinen Nachbarn angefeindet, weil er in wilder Ehe lebend mit einer Schar Kinder über Wiesen stapfte, um moderne Bilder zu malen. Tja, wer aus der Reihe tanzt, eckt immer und überall an. Aber auch, wie er den frühen Tod seiner Frau und seines Sohnes verkraften musste und am Ende seines Lebens, vom grauen Star und einer schweren Lungenkrankheit gezeichnet, gelitten hatte. Er verbrannte Bilder, wütend und aus Angst, nur mittelmäßige Werke zu hinterlassen, und schrieb dennoch an einen Freund, dass er noch Großes vorhabe.

Später, als er offenbar differenzierter über sein Leben nachzudenken begann, rückte er sogar von seiner strikt ablehnenden Haltung gegenüber den modernen Künstlern wie Picasso ab und schrieb: »Ich verstehe diese Malerei zwar nicht, aber ich sage nicht, dass sie schlecht ist, weil ich mich jetzt an diejenigen erinnere, die damals von meinen Bildern gesagt haben: ›Das ist schlecht.‹«

Er wurde gnädig.

Frederike lehnte sich zurück und blickte zur Decke. Ja, Großes hatte auch sie noch vor, was immer das sein mochte. Doch ob sie diese Nachsichtigkeit erlangte?

Sie trank ihren Kaffee aus und packte das Buch und das Poster in ihren Rucksack. Auf dem Weg nach draußen betrachtete sie noch einmal das Bild Munchs. Wieder fühlte sie sich beim Anblick betroffen und traurig. Doch durchfuhr sie auch die Erkenntnis: *Das bin ich nicht. So werde ich nicht. Ich bin nicht einsam und isoliert. Ich bin ich. Und das gilt auch für die Zukunft.* Entschlossen und mit geradem Rücken verließ sie das Museum.

Frederike fühlte sich unternehmungslustig und optimistisch wie schon lange nicht mehr. Sie sah auf die Uhr und stellte fest, dass es noch früher war als befürchtet. Was hinderte sie also daran, nach Düsseldorf zu fahren und ihren Kunstnachmittag zu vollenden?

Sie rief bei Reisinger an und kündigte ihren Besuch für siebzehn Uhr an. Keine Diskussion. Sie befand sich wieder im Polizeidienstmodus. Das Ziel, den Fall abzuschließen, war so präsent, dass sie keinen anderen Gedanken zuließ. Vergessen waren der Abschied von Kowalczyk, das Zuschlagen der Pforte, der letzte Blick zum Polizeipräsidium, das »Bis Morgen!« von Ludwig.

Die Sentimentalität, als sie vor dem Munch-Gemälde gestanden und eine Lücke in ihrem Schutzpanzer gespürt hatte.

Sie gab dem Taxifahrer Reisingers Adresse, und er gab Gas. Frederike sah aus dem Seitenfenster. Von den kahlen Ästen der Pappeln auf der Alfredstraße tropfte der Regen, die Straße glänzte nass, Fußgänger sprangen zur Seite, wenn ein Lkw durch eine Pfütze fegte.

Sie kauerte sich in die Ecke auf dem Rücksitz. Das Gespräch mit Münchmeyer ging ihr durch den Kopf. Von Turin und Nakamura hatten beide gelogen. Sie kannten sich. Kannten sich offensichtlich sehr gut. Und doch hatten beide behauptet, sich nur flüchtig zu kennen. Was verband die beiden Männer? Vielleicht brachte Reisinger gleich Licht in diese dunkle Ecke. Wie er ihr überhaupt mehr über von Turin erzählen musste.

Sie gähnte und spürte wieder den Druck auf ihrer Brust. Die Stimme ihres Kardiologen wollte sich in ihrem Kopf breitmachen. Sie vertrieb ihn mit einem Kopfschütteln, ohne jedoch die Wirkung ganz loszuwerden.

Bisher hatte sie sich stets als Fels in der Brandung gefühlt, an dem alle und alles abgeprallt waren. Dieser Fels hatte Risse bekommen, und jetzt war sie unsicher, wie vielen Wellen er noch standhalten würde. Auch wenn sie neuerdings öfter Zweifel ärgerten, war sie sich trotzdem sicher, dass sie diesen Fall noch zu Ende bringen und Julian den Mörder präsentieren würde. Sehr sicher! Zufrieden schloss sie die Augen, denn das war endlich wieder ein guter Gedanke.

Am Breitscheider Kreuz wurde der Verkehr dichter. Einsetzender Feierabendverkehr und das regnerische Wetter waren eine ungünstige Kombination. Bremsen konnte sie das aber nicht.

20

Der Taxifahrer schlängelte sich durch den dichten Verkehr, erwischte manche Ampel gerade noch bei Gelb und hielt in einer kleinen Seitenstraße der Königsallee vor der angegebenen Hausnummer. Herr Reisinger empfing Frederike persönlich an der unscheinbaren Holztür. Dafür war er aus dem fünften Stock nach unten gekommen. Aus Sicherheitsgründen, wie er bemerkte. Als Herr Reisinger die Tür hinter ihr schloss, bemerkte Frederike, wie dick diese war.

Sie fuhren im Aufzug nach oben, sie legte ab, und Reisinger fragte besorgt: »Wollen Sie sich setzen? Kann ich etwas für Sie tun?«

»Ein Stuhl und ein Glas Wasser. Danke. Sonst ist alles bestens.« Wie Frederike diese Fürsorge auf die Nerven ging. »Ich vertrage das Autofahren nicht so gut«, log sie, um weiteren Fragen zu entgehen.

Reisingers Büroräume befanden sich auf der obersten Etage eines Bürokomplexes. Eine loftartige Halle von mehreren hundert Quadratmetern. An der Decke waren Schienen mit Strahlern angebracht, die alle auf Trennwände gerichtet waren. An den Trennwänden hingen Gemälde, abstrakte Bilder, romantische Landschaften, Seeschlachten bis hin zu üppigen Blumensträußen und toten Fasanen. Die Außenwände des Lofts bestanden aus bodentiefen Fenstern, hinter denen Töpfe mit Grünzeug auf einem schmalen Balkon standen.

»Sind die alle echt?« Frederike blieb stehen: Ein toter Fasan lag neben einem halben Laib Käse, Trauben und Birnen daneben, ein umgefallener Weinpokal auf einem groben Holztisch. An der Seite hing ein dunkelgrüner Brokatvorhang.

»Ich hoffe es«, sagte Reisinger und stellte sich lachend neben sie. »Ich erstelle Expertisen für Gemälde. Die meisten Käufer wollen sichergehen, dass sie ihr Geld in Originale investieren und nicht in Kopien. Sie kennen sicher die Geschichte von dem Kölner Edelfälscher, der die ganze Kunstwelt genarrt hat. Das hat nicht nur viele Investoren verunsichert, sondern auch die Branche der Gutachter in Verruf gebracht.«

Natürlich hatte Frederike im Rahmen der Ermittlungen den Namen gehört und sich gefragt, wie jemand, der im Knast saß, mit der Offenlegung seiner Geschichte noch Geld verdienen konnte und durfte. Als wäre es weniger kriminell, wenn man wohlhabende Menschen oder Menschen mit Neidfaktor aufs Kreuz legte.

»Wie machen Sie das? Die Echtheit überprüfen?«

»Es gibt ganz unterschiedliche Methoden. Zunächst prüfen wir die Provenienz eines Gemäldes –«

»Bitte?«

»Die, wie soll ich sagen, Geschichte, Herkunft eines Kunstwerks, den Lebenslauf. Wer verkauft es? Wo hing es vorher? Gibt es Etiketten von Museen oder Galerien? Ist also die Herkunft belegbar. Gibt es einen Catalogue raisonné, eine Werksübersicht des Malers, und passt das Bild zu seinem Schaffen, seiner Entwicklung?« Reisinger machte eine Pause. »Das sind jetzt schon sehr viele Details, Frau Stier. Wollen wir uns nicht setzen? Dann hole ich Ihnen Ihr Wasser. Auch einen Kaffee?«

Frederike nickte.

Reisinger zeigte auf einen Tisch. Frederike ging an den aufgehängten Bildern vorbei. »Oh, Sie haben auch einen Penck?«

Vom Ende des Raums kam die Antwort. »Sie kennen sich aus? Ja, den haben wir in Kommission hier hängen. In den nächsten Tagen starten wir die Auktion.«

Frederike lächelte zufrieden.

Reisinger kam mit einem Tablett zurück und stellte die Getränke auf den Tisch. »Bedienen Sie sich, bitte. Wenn etwas fehlt, sagen Sie es.«

»Die Echtheitsprüfung. Wie prüfen Sie noch?« Frederike trank von dem Wasser.

»Wir prüfen die Materialien. Den Rahmen und die Leinwand. Stammen sie aus der Zeit, in der das Bild gemalt wurde?

Es sind zunächst die äußeren Merkmale, die stimmen müssen. Wenn alles passt, prüfen wir die Farben und analysieren sie. Es ist nicht einfach, die originalen Farben aus früheren Epochen nachzumischen. Man muss ein Fachmann sein, um diese zu kennen und die richtigen Lieferanten für solche Farben zu finden. Außerdem muss man wissen, mit welchen Farben der Künstler gemalt hat. Erschwerend kommt hinzu, dass die Künstler ihre Bilder nicht immer mit den gleichen Farben gemalt haben. Manchmal kamen sie mit sechs Farben aus, bei anderen haben sie sieben oder mehr benutzt. Manche Künstler haben sie nachträglich bearbeitet. Sie haben ihnen Öle beigemischt oder, wie Monet zum Beispiel, die Farben ausgemagert, ihnen also Teile des Bindemittels entzogen. Dies verändert ihre Wirkung, je nachdem, was der Maler beabsichtigt. Allein über die Farben könnten wir stundenlang reden.«

Reisingers Gesicht glühte. Er schien in seinem Element. »Manchmal ist es notwendig, die Bilder zu röntgen. Hier sehen wir, ob auf einer ›alten Leinwand‹ ein neues Bild gemalt wurde. Aber auch das ist nicht immer eindeutig, weil manche Künstler auf alte Leinwände gemalt und diese vorher gereinigt oder geschliffen haben. Viele alte Künstler haben am Hungertuch genagt und mussten sehen, wo sie die Materialien für ihre Arbeit herbekamen. Jetzt geht es doch sehr in die Tiefe, Frau Stier. Sie sehen aber, es gibt mehrere Möglichkeiten, die Echtheit eines Bildes zu prüfen.« Reisinger rieb sich zufrieden das Kinn.

»Das scheint es dann aber auch dem Fälscher schwer zu machen, ein Bild zu kopieren.«

»Da gehört sehr viel Wissen dazu, um es perfekt hinzukriegen. Wenn Sie also einen Fachmann übertölpeln wollen, müssen sie Detektiv, Künstler, Beschaffungsmeister und was weiß ich, was sonst noch alles, sein.«

»Ein guter Maler?«

»Selbstverständlich. Das eigentliche Handwerk müssen Sie natürlich auch perfekt beherrschen.«

»Die Analysen, das machen Sie alles hier?«

»Das meiste davon. Ich arbeite mit anderen Instituten zusammen, da ich nicht alle Apparate besitze. Sie können sich nicht vorstellen, zu was die Technik heute alles fähig ist. Das würde meinen Rahmen sprengen.«

»Für wen arbeiten Sie?«

»Ganz unterschiedlich. Meine Kunden sind Museen, Unternehmen, Sammler bis hin zu Privatpersonen, die nur gelegentlich oder nur ein Mal in ihrem Leben ein echtes Gemälde erwerben wollen. Also ein ganz normaler Querschnitt durch die Gesellschaft.«

»Außer Hartz IV.«

Reisinger stutzte kurz und lachte dann schallend. »Außer Hartz IV.«

»Was können Sie mir über Herrn von Turin sagen, Herr Reisinger?«

Reisinger lehnte sich in seinem Stuhl zurück. Sein Blick ging zur Decke, bevor er sich auf die Ellbogen stützte. »Können Sie mir noch einmal sagen, warum Sie genau hier sind?«, fragte er dann.

Frederike holte ihre Visitenkarte aus der Tasche und erläuterte Reisinger den Hintergrund ihres Besuchs. Dabei ließ sie offen, ob von Turin als Täter oder Opfer gesehen wurde. Sie schloss mit der Bemerkung: »Seit gestern ist Herr von Turin wie vom Erdboden verschluckt. Sie verstehen sicherlich, dass wir im Rahmen der Ermittlungen um den Tod von Herrn Freistein noch viele Fragen haben. Daher klappern wir zurzeit alle Kontakte ab, die in Frage kommen, um uns einen Hinweis auf Herrn von Turin zu geben.«

Reisingers Nachfrage weckte ihre Aufmerksamkeit. Dass er ausgerechnet bei dieser Frage mit der Antwort zögerte, war vielsagend.

Reisinger schien mit der Antwort zufrieden, oder er hatte die Zeit genutzt, um sich eine Antwort zu überlegen, denn er erzählte freimütig. »Wir haben uns im Studium kennengelernt. Damals hieß er noch Richard Stier. Später dachte der Spinner, dass er mit einem italienischen Namen und einem ›von‹ darin die Kunstwelt besser beeindrucken könnte.« Reisinger schüttelte den Kopf und trank einen Schluck Kaffee.

»Wann war das?«

Reisinger legte den Kopf in den Nacken. »Was überlege ich? Er hat natürlich ein Event daraus gemacht. ›Mit dem neuen Millennium‹, sagte er, ›beginnt auch eine neue Zeit für mich.‹ Ab dem ersten Januar 2000 nannte er sich Stephen Ricardo von Turin, und alle Welt hatte sich daran zu halten. Manchmal ist er extrem.«

»Aber fahren Sie fort. Sie erzählten von Ihrem Studium und wie Sie sich kennengelernt haben.«

»Ja, wir mochten uns von Anfang an. Wie das manchmal so ist. Manche Menschen findet man sympathisch, bei anderen zählt man die Finger nach, nachdem man ihnen die Hand gegeben hat. Schon während des Studiums haben wir uns mit der Vermarktung von Kunst beschäftigt. Wir haben Bilder von Kunststudenten genommen, eine Geschichte darum gestrickt und sie verkauft. Das war spannend, aber nicht sehr einträglich. Aber so haben wir unsere Erfahrungen gemacht. Die Idee, ein gemeinsames Unternehmen zu gründen, entstand in dieser Zeit. Nun begann eine interessante und anstrengende Zeit, kann ich Ihnen sagen. Tag und Nacht saßen wir zusammen und haben Pläne geschmiedet, Namen entwickelt, Logos, eine Geschäftsstrategie überlegt, eben alles, was notwendig ist, um erfolgreich zu werden. Wir haben alle Aktivitäten darauf ausgerichtet und sind immer tiefer in den Kunstmarkt eingestiegen. Während der Semesterferien haben wir für Galerien gearbeitet, Praktika in Museen gemacht, in Auktionshäusern gejobbt.«

Reisinger stockte, als würde ihm erst jetzt bewusst, was Frederike vor fünf Minuten gesagt hatte. »Sie sagten, Stephen, Herr von Turin, sei vom Erdboden verschwunden? Aber er ist nicht verschwunden. Er ist in Urlaub geflogen. Gestern hat er mich angerufen.«

»Wann war das genau?«

»Gestern, später Nachmittag. Vielleicht fünf oder halb sechs. Er war am Flughafen und wollte sich kurz melden.«

»Was genau hat er gesagt?«

»Dass er nach der ganzen Aufregung in Essen ein paar Tage freinehmen muss und wegfliegt.«

»Hat er Ihnen gesagt, wohin er fliegt?«

»Ich habe nicht gefragt.«

»Und es kam Ihnen nicht seltsam vor, dass der Vorstand, der eine Ausstellung mit dem angeblich bedeutendsten Künstler unserer Zeit organisiert, der dann ermordet wird, dass dieser Vorstand mitten im Chaos seine Koffer packt und verschwindet?«

»Sie kennen Stephen nicht. Der konnte noch nie mit Stress umgehen. Einmal ist er sogar bei einer Klausur ohnmächtig geworden, weil er auf eine Frage nicht vorbereitet war. Fragen Sie, wen Sie wollen. Wenn er sich in einer Situation überfordert fühlt, ist Flucht immer eine Option für ihn. Das war schon immer so.«

»Aber es ging um einen namhaften Künstler, eine überregional bedeutsame Ausstellung. Da läuft man doch nicht davon. Schon gar nicht als Vorstand.«

»Ich gebe Ihnen ja recht, Frau Stier. *Man* würde das nicht machen. Stephen schon.«

»Lächerlich.«

»Stephen war deshalb in Behandlung. Er hat es im Griff, soviel ich weiß. Er versteht es ausgezeichnet, sein Leben so zu organisieren, dass Situationen, die diesen Stress verursachen, nicht vorkommen. Dies hat dazu geführt, dass er ein widerlicher Perfektionist wurde, der akribisch jede Eventualität im Voraus bedenkt und eine Strategie dafür überlegt. Für sein Umfeld ist das manchmal extrem belastend. Und nervtötend.«

»Haben Sie sich deshalb getrennt?«

»Damals war Stephen noch nicht so weit.«

»Lief die Trennung harmonisch ab? Sie haben die Agentur immerhin zwanzig Jahre zusammen geleitet.«

»Wir haben uns einige Jahre später ausgesprochen und eine neue, wie soll ich sagen, Basis gefunden.«

»Und die zwanzig Jahre? War das nicht die Hölle, so wie Sie von Turin beschreiben?«

»Wir hatten einen Modus Vivendi gefunden. Jeder hatte seinen Teil, in den ihm der andere nicht hineingeredet hat. Es ging ganz ordentlich.«

Das kurze Zögern vor dem Wort »ordentlich« sagte Frederike, dass Reisinger nicht gewillt war, schmutzige Wäsche zu waschen. Trotzdem irritierte sie etwas an dem Verhältnis der beiden. »Was hat sie am Anfang so fasziniert an von Turin, dass sie diese gemeinsamen Pläne geschmiedet haben? Es muss doch sofort klar gewesen sein, was für ein Typ Ihr Partner war.«

Reisinger schwieg einen Moment. »Ich habe ihn nicht durchschaut. Er hat mich … getäuscht.«

»Wollen Sie mir jetzt weismachen, dass Sie vor Liebe blind waren?«

»Natürlich nicht. Aber Richard hatte etwas Anziehendes, das mich in der Tat für ihn eingenommen hat.« Reisinger faltete die Hände hinter dem Kopf. »Lassen wir es dabei. Ich kann es Ihnen im Moment nicht besser beschreiben. Letztendlich hatte ich mich in ihm getäuscht und musste später die Konsequenzen tragen.«

»Ihnen ist klar, dass das sehr fadenscheinig klingt. Aber okay, lassen wir das. Wie ist Ihr Kontakt heute?«

»Wir treffen uns sporadisch auf einen Kaffee. Manchmal bei einer Ausstellungseröffnung oder in der Oper. Die Kunstwelt ist klein.«

»Beruflich haben Sie keine Verbindung?«

»Wie gesagt, wir haben einen Modus Vivendi gefunden.«

»Hat es Sie dann nicht überrascht, dass von Turin Sie angerufen und über seinen Urlaub informiert hat?«

Reisinger schien sich darüber keine Gedanken gemacht zu haben. Er sah Frederike überrascht an und hob die Schultern. »Schon.«

»Und?«

»Er hat es damit begründet, dass es ein sehr spontaner Urlaub wäre und er wenigstens einer Person Bescheid geben wollte.«

»Das war alles? Sie haben nicht gefragt, wohin es geht, wie lange, ob Sie jemanden informieren sollen?«

»Nein. Ich war beschäftigt und mit meinen Gedanken woanders. Da habe ich so spontan nicht reagieren können.«

Auf Frederike wirkte die Argumentation seltsam. Dann fiel ihr ein, wie es ihr ging, wenn sie über einem Fall brütete und Kowalczyk mit einer Frage dazwischenplatzte.

Sie wechselte das Thema. »Wie hat sich die Trennung auf die Agentur ausgewirkt?«

Reisinger schwieg und sah in eine entfernte Ecke. »Anfangs war es schwer. Sehr schwer, muss ich gestehen. Ich stand kurz davor, aufzugeben.« Er lehnte sich nach vorne und stützte sich auf seine Ellbogen. »Wissen Sie, Stephen ist ein begnadeter Sachverständiger. Ich weiß nicht, wie er es gemacht hat. Aber er hat ein Verständnis für Gemälde, das sich außerhalb meiner Wahrnehmung abspielt. Selbst kann er kaum einen Pinsel richtig halten, aber von Bildern, von Künstlern versteht er etwas. Als könnte er ihnen hinter die Stirn sehen und dort das Potenzial erkennen. Fast schon beängstigend. Freistein zum Beispiel. Er hat ihn entdeckt und unter seine Fittiche genommen. Ich glaube, da war Freistein gerade einmal sechzehn oder siebzehn.«

»Wissen Sie noch, wann das war?«

»Das war um den Jahrtausendwechsel, soviel ich mich erinnere. Aber genau weiß ich das nicht mehr.«

»Was halten Sie von Herrn Freistein und seiner Kunst?«

»Es war ein langer Tag, Frau Stier. Wollen wir unser Gespräch nicht später fortsetzen? Ich muss noch einige Dinge erledigen, mein Steuerberater erwartet Unterlagen von mir, und meine Frau wollte mit mir essen gehen.«

»Ich nehme das als Hinweis, dass Sie nichts von Herrn Freisteins Kunst halten.«

»Ihre Interpretation, Frau Stier.«

Frederike gefiel diese Antwort. Sie musste einräumen, dass auch sie müde wurde und es ihr immer schwererfiel, sich auf Reisinger zu konzentrieren. Die Luft war stickig, dazu das dämmrige Licht.

»Eine Frage noch: Bekommen Sie auch Fälschungen auf den Tisch?«

»Manchmal. Nicht sehr oft, aber es kommt vor, ja. In diesem Markt wird viel Geld umgesetzt, da versuchen viele, sich eine Scheibe abzuschneiden. Wenn sie in den Medien die spektakulären Auktionen von Sotheby's oder Christie's mit diesen wahnwitzigen Höchstpreisen lesen, ist es nicht verwunderlich, wenn Begehrlichkeiten entstehen.«

»Wie meinen Sie das?«

»Wäre es nicht lukrativ, auf dem Flohmarkt von Düsseldorf einen unbekannten Beuys zu kaufen und ihn meistbietend an den Mann oder das Museum zu bringen? Stellen Sie sich das vor. Auf einen Schlag bekommen Sie einen sechsstelligen Betrag auf Ihr Konto und müssen noch nicht einmal Steuern darauf bezahlen.«

»Mmmh. Und wer malt mir diesen Beuys?«

»Ich habe nicht gesagt, dass es einfach ist.«

»Weil Sie das Thema Steuern ansprechen: Sind Schwarzgeld, Steuerflucht, Finanzbehörden ein Thema?«

»Sie legen Ihre Finger aber auf die ganz sensiblen Stellen des Kunstmarktes. Der ist leider sehr anfällig für solche Geschäfte, denn er scheut die Öffentlichkeit. Ich will nicht sagen, wie der Teufel das Weihwasser, aber zumindest wie Graf Dracula das Sonnenlicht.« Er zupfte an seinem Ohrläppchen. »Ich mache es kurz. Die meisten Käufer wollen anonym bleiben, die Preise ungenannt. Weil es im Kunstmarkt keine objektiven Preise gibt, eignet er sich sehr gut zur Geldwäsche. Viele Geschäfte werden über Briefkastenfirmen oder Sitzgesellschaften abgewickelt, sodass die Hintermänner unbekannt bleiben. Das ist die eine Seite.«

»Sitzgesellschaft?«

»Vereinfacht gesagt sind das juristische Personen, die kein kaufmännisch geführtes Gewerbe betreiben.«

»Das heißt?«

»Das heißt, dass die sogenannte wirtschaftlich berechtigte Person im Hintergrund bleiben soll.«

»Sprich unerkannt ihr Geld waschen kann.«

Reisinger nickte und fuhr fort. »Gleichzeitig ist der Kunstmarkt selbst gar nicht an einer Regulierung interessiert. Das würde ein lukratives Geschäftsmodell gefährden. Die Spielwiese für diese Geschäfte sind die Zollfreilager. Über zweihundert gibt es allein in der Schweiz. Die sind darauf eingestellt, Kunst zu verwahren. Dort finden sie perfekte Lagerbedingungen für ihre Kunstwerke, alles klimatisiert und rund um die Uhr bewacht; ein Rundum-sorglos-Paket. Denn hier ist darüber hinaus gewährleistet, dass alles diskret abläuft.«

Frederike hatte beim Überfall auf das Museum Folkwang am Rande mitbekommen, dass der Kunstmarkt auch seine zwielichtigen Stellen hatte. Dass er aber organisiert und strukturell so dubios arbeitete, überraschte sie. Die vorgerückte Uhrzeit machte es ihr schwer, diesen detaillierten Ausführungen zu folgen. »Nochmals zurück zu den Fälschungen. Was machen Sie, wenn Sie eine Fälschung auf dem Tisch haben.«

»Ich möchte keine Interna erzählen. Ich hoffe, Sie haben dafür Verständnis. Im ersten Schritt gibt es ein offenes Gespräch, eine ehrliche Expertise, und alles Weitere obliegt dem Kunden. Das ist dann nicht mehr meine Verantwortung.«

»Und wenn es zum Prozess kommt?«

»So schnell wird nicht geschossen. Im ersten Schritt werden diese Themen intern besprochen. Die Öffentlichkeit muss davon nichts erfahren. Stellen Sie sich vor, ein Museum oder ein renommierter Kunstsammler verkauft ein Bild, das sich als Fälschung herausstellt. Oder ein Museum kauft ein gefälschtes Gemälde oder hat es in seiner Ausstellung hängen. Glauben Sie, die sind daran interessiert, die Sache an die große Glocke zu hängen? Welcher Museumsbesucher kann schon eine gut gemachte Fälschung vom Original unterscheiden? Außerdem würde es ein schlechtes Licht auf ein Museum werfen, wenn beim Verkauf eines Bildes herauskäme, dass man den Besuchern jahrelang eine Fälschung präsentiert hat und man sich beim Kauf hat täuschen lassen.«

»Und Ihre Kunden? Das sind Menschen aus Fleisch und Blut, mit Namen und Adressen und Gesichtern? Deren Bilder sind offizielle Käufe oder Verkäufe. Alles legal?«
»Für meine Kunden kann ich die Hand ins Feuer legen.«
»Sie haben wahrscheinlich eine gute Brandsalbe.«
Reisinger sah Frederike irritiert an und antwortete im Brustton der Überzeugung: »Nein. Ich sehe mir auch die Kunden genau an, bevor ich eine geschäftliche Beziehung eingehe.«
»Können Sie Ihren Kunden hinter die Stirn schauen?«
Reisinger schmunzelte. »Nein. Aber ich schaue mir ihre Provenienz an. Wo kommen sie her? Was machen sie? Wie sind sie mit der Kunst verbunden? Oftmals ist das ein Indiz, ob jemand ein Gemälde illegal erworben hat und eine Expertise braucht oder ob er ein seriöser Sammler oder Investor ist.«
»Können Sie sich vorstellen, dass Ihr ehemaliger Partner in zweifelhafte Geschäfte verwickelt sein könnte?«
»Absolut nicht.« Reisinger richtete sich in seinem Stuhl auf. Nach kurzem Überlegen fuhr er fort: »Der Stress hätte ihn umgebracht.«
»Wieso glauben Sie, dass er dabei Stress ausgesetzt wäre?«
»Ich denke an dieses Risiko, entdeckt zu werden. Dass man auffliegt mit dem, was man macht. Ich weiß es nicht.« Reisinger ging zu einem Fenster und kippte es.
»Stephen war immer korrekt. Er war unser Buchhalter und Steuerfachmann. Wenn es Zweifel an der Echtheit von Gemälden gab, hat er sich nächtelang vergraben und recherchiert, bis er jedes Detail analysiert hatte. Klebte der Verdacht einer Unkorrektheit an einem Bild, hat er den Auftrag strikt abgelehnt. Nein, ich glaube nicht, dass Stephen in kriminelle Geschichten verwickelt sein könnte. Gibt es denn einen konkreten Grund, warum Sie fragen?«
»Welche Verbindung hat Herr von Turin in die Dominikanische Republik?«
Reisinger sah Frederike verständnislos an. »Ich verstehe Ihre Frage nicht, Frau Stier.«
»Hat Herr von Turin Verwandte in der Dom. Rep.? Hat er

dort Freunde oder Geschäftspartner? War er regelmäßiger dort in Urlaub?«

»Nicht, dass ich wüsste. Stephen mag die Hitze nicht. Er verabscheut Schweiß.«

»Ist Ihr Partner in der Lage, einen Menschen zu ermorden?«

»Wir waren Geschäftspartner und sind es nicht mehr. Wollen Sie Stephen jetzt mit dem Mord an Herrn Freistein in Verbindung bringen?«

»Trauen Sie ihm das zu?«

»Niemals. Stephen hat selbst Spinnen aus dem Haus getragen und sich eher gekratzt, als eine Mücke zu erschlagen.«

»Wer könnte Herrn von Turin bedrohen oder unter Druck setzen?« Frederike änderte ihren Tonfall und fragte schärfer, fordernder.

»Was wollen Sie von mir?«

Frederike schwieg und sah Reisinger unbeeindruckt an. Als der keine Anstalten machte, noch etwas zu sagen, bedankte sie sich für die Informationen und beendete das Gespräch.

Reisinger wirkte irritiert. Frederike hatte das Gefühl, mit ihren Fragen Reisingers Bild von seinem Freund Stephen ins Wanken gebracht zu haben.

Reisinger holte Frederikes Jacke, während sie zum Ausgang ging. Auf dem Weg dorthin kam sie an einem Tresen vorbei. Ein beeindruckendes Gesteck stand darauf, rote Blüten mit Kiefernzweigen, Tannenzapfen, Grünzeug. Daneben lagen zwei Stapel mit Visitenkarten. Eine von der Agentur »Kunst Kenner« und eine von einer Galerie. Frederike kam der Name bekannt vor.

»Sie machen Werbung für die Galerie Marschall?«

»Ich vermittle manchmal ein Bild dorthin. Wenn ein Kunde ein Bild auf Kommission verkaufen will, arbeiten wir zusammen. Auf Zollverein gibt es ein spannendes Umfeld, sodass es manchmal passt.«

Frederike steckte sich die Visitenkarte ein und wusste, wohin sie als Nächstes fahren würde.

Sie gab Reisinger die Hand. »Rufen Sie mich an, wenn sich

Herr von Turin wieder bei Ihnen meldet. Oder sagen Sie ihm, dass er mich anrufen soll.«

Sie ließ einen verstörten Reisinger zurück. Im Aufzug bemerkte sie, dass sich ihr Herz in der letzten Stunde nicht bemerkbar gemacht hatte.

War der Krankenschein die bessere Medizin, oder war es eher die Ruhe vor dem Sturm?

21

Frederike verließ das Haus. Fußgänger hasteten vorbei, wollten vielleicht schnell ins warme Wohnzimmer, zu einer Verabredung, ins Kino. Sie lehnte sich an die Wand und beobachtete einen Augenblick das bunte Treiben.

Reisingers Aussagen über von Turin echoten durch ihren Kopf. Sie glaubte nicht, dass er das therapierte Sensibelchen war, als das Reisinger ihn darstellte. Oder wollte sie es nicht glauben, weil das nicht in ihre Theorie passte? Das Handyklingeln und der Name »Potthoff« auf dem Display holten sie zurück. Sie fühlte sich nicht in Stimmung, um mit ihm zu sprechen. Also ignorierte sie den Anruf. Wenn es wichtig war, würde er eine Nachricht hinterlassen.

Die gusseisernen Straßenlaternen verbreiteten ein gemütliches Licht auf der Königsallee. Sie zog ihre Jacke fester zusammen und sah die »Kö« hinauf und hinunter. Die Prachtmeile Düsseldorfs. Zu viel für ihren Geschmack: zu viel Glanz, zu viel Pomp, zu viel »Sie sind hier in Düsseldorf«. Einen Blick war es dennoch wert.

Sie bog nach links ab und schlenderte an den hell erleuchteten Geschäften vorbei. Plastikgras, Tulpen aus Holz, Papierblumen bemühten sich, einen Hauch von Frühling zu verströmen. Ein bisschen Farbe in dieser trostlosen Zeit. Beinahe wie die Aussicht auf eine bessere Zukunft. Sie bezweifelte, dass das auch für sie galt, und das stimmte sie melancholisch.

Sie ging weiter. Besser, sie kümmerte sich um den Fall und informierte Kowalczyk über das Gespräch mit Reisinger.

Nach wenigen Schritten blieb sie erneut stehen. Ihr Gehirn wollte sich mit dem Fall beschäftigen, doch ihr Bauch spülte die Gedanken hoch und füllte ihre Brust mit Erinnerungen, die sie verschüttet lassen wollte. Oder war es die Erkenntnis, dass sie um ihr Korsett beraubt wurde, das der Polizeidienst dargestellt hatte? Die Struktur, die ihrem Leben Halt gegeben und sie davon befreit hatte, selbst für einen Plan zu sorgen oder sich mit sich selbst zu beschäftigen. Sie stützte sich an einer Laterne ab.

Wenige Meter weiter standen Tische und Stühle unter Schirmen. Heizstrahler verströmten eine behagliche Wärme. Frederike ließ sich in einen Stuhl fallen. Als der Kellner kam, bestellte sie einen Cappuccino mit Sahne. Um diese Uhrzeit im Café sitzen: Das grenzte an Luxus, der sehr gut zur Königsallee passte. »Bringen Sie mir noch einen Grappa dazu«, rief sie ihm hinterher.

Das Treiben auf der Königsallee lief vor ihren Augen wie ein Film ab, den sie unbeteiligt ansah. Menschen in schickem Kostüm oder löchrigen Jeans, in Anzug und Aktenkoffer oder Obdachlosenzeitung verkaufend, Schaufensterinteressierte oder Gehetzte mit dauerndem Blick auf die Uhr. Sie saß da, und es war ihr egal.

Doch schon nach wenigen Augenblicken erfasste sie eine Unruhe. Sie holte ihr Smartphone aus dem Rucksack. Julian hatte keine Nachricht hinterlassen. Kowalczyk hatte sich auch nicht gemeldet. Er hatte keine Fragen? Keine Info, wie es lief? Hatte er die Ermittlung im Griff, oder hatte Julian sie schon einem anderen Kollegen übertragen? Oder hatte er Kowalczyk den Kontakt zu ihr verboten? Nervös sah sie auf das Display. Wahrscheinlich war es besser, wenn sie nachfragte.

»Lass los, Frederike. Lass es Kowalczyk machen.« Wie schön, Moritz' Stimme zu hören. Trotzdem klang es falsch, was er sagte, also ignorierte sie es. Freistein war immer noch ihr Fall, und sie musste ihn lösen. Kowalczyk leitete zwar die Ermittlung, aber sie hielt die Fäden in der Hand. Und das würde so bleiben.

Also war es besser, wenn sie sich mit ihm traf und ihn über das Gespräch mit Reisinger informierte. Quatsch. Er musste sie über die Ermittlung informieren, was das Gespräch in Düsseldorf gebracht hatte und was die Kollegen ermittelt hatten. Dieser Gedanke brachte die Anspannung zurück. Sie sah sich nach dem Kellner um. Immer, wenn man sie brauchte, waren sie nicht da. Sie holte ihr Notizbuch heraus und schrieb Stichpunkte des Gesprächs mit Reisinger auf. Dass von Turin bei einer Klausurfrage ohnmächtig geworden sein sollte, ließ sie schmunzeln. Von Turin hatte bei ihrer ersten Begegnung zwar fahrig und aufgelöst gewirkt, aber er schien Herr der Lage gewesen zu sein. Oder war das der entscheidende Punkt? Hatte er alles im Vorfeld geplant und durchdacht, weshalb er nicht nervös sein musste?

Sie nahm das Telefon. »Kevin, wir müssen uns treffen. Ich fahr gleich nach Essen zur Zeche. Komm hin. Ins Café.«

Kaum steckte das Telefon in der Tasche, schossen ihr alle offenen Fragen durch den Kopf. Sie drückte die Wahlwiederholungstaste. »Kevin, weißt du schon, wem der Van gehört, der den Teppich zu von Turin gebracht hat?«

»Er wurde bei einer Autovermietung am Flughafen Köln gebucht. Wir überprüfen die Daten. Die Kollegen der Spurensicherung haben am Teppich noch ein Preisschild gefunden. Der wurde offenbar nur gekauft, um Westerburg zu transportieren, denn ansonsten war er unbenutzt.«

»Meinst du, dass unser Vorstand dahintersteckt?« Frederike sah zum Nebentisch, ob dort jemand mithörte.

»Mittlerweile habe ich Zweifel. Aber eine Theorie habe ich trotzdem nicht.« Kevin verstummte. »Frau Stier, Frederike, wir müssen reden. Diskutieren. Julian sagt nur: ›Du machst das schon.‹ Und die anderen Kollegen haben keine Zeit.«

Okay, jetzt war er schon bei »Julian«. Frederike sah auf die Uhr. »In einer Stunde im Café.« Sie legte zehn Euro auf den Tisch und winkte einem Taxi.

Frederike stand vor dem Bistro Butterzeit in der Passage auf Zeche Zollverein. Alle Geschäfte waren geschlossen, bei der Galerie Marschall versperrte ein Rollgitter das Schaufenster. Nur vereinzelt brannte Licht. Wenigstens zog es hier nicht so sehr, und sie wartete im Trockenen.

Endlich kam Kowalczyk durch die Tür.

»Lass uns ins Casino gehen. Hier ist zu.« Frederike schob

ihn zurück durch die Tür, und gemeinsam stapften sie zu dem Restaurant, das am Eingangsbereich zum Zechengelände lag. Eine Bedienung fragte direkt, ob sie etwas essen wollten. Als sie verneinten, zeigte sie auf die Sessel an der rechten Seite. »Hier können Sie in Ruhe etwas trinken. Mein Kollege kommt gleich zu Ihnen.«

Doch sie setzten sich lieber an einen Tisch weit hinten, wo sie ungestört waren, bestellten Mineralwasser und warteten, bis die Bedienung gegangen war.

»Was gibt es Neues?«, fragte Frederike direkt.

»Die Identität des Toten in von Turins Bett ist noch nicht geklärt. Wir gehen die Vermisstenliste durch. Vielleicht meldet sich jemand. Der Rechtsmediziner geht davon aus, dass es sich um einen Obdachlosen oder zumindest einen sehr verwahrlosten Mann handelt. Die Schlinge, mit der Westerburg erdrosselt worden ist, ist die gleiche wie bei Freistein.«

Nach kurzem Schweigen sagte er: »Ach, und die Kollegen von der Soko Folkwang sind ganz aufgeregt, weil sie in der Hütte Hinweise auf den Monet gefunden haben. Die Leinwände und Spannrahmen, die sie dort sichergestellt haben, stammen alle aus der Zeit, in der das Original von Monet gemalt wurde. Das Stahl-Ungetüm, das wir in der Ecke gesehen haben, ist ein Ofen, der dazu dient, Bilder schneller altern zu lassen. Ich habe keine Ahnung, ob sie mir alles erzählen.«

»Die müssen kooperieren, Kowalczyk. Lass dir das nicht gefallen. Tritt ihnen auf die Füße und stell klar, wer der Ermittlungsleiter ist. Das ist jetzt dein Fall, und bei dir laufen alle Informationen zusammen.«

Er nickte.

»Und Julian? Was sagt er zu dieser Entwicklung?«

»Er hat für morgen früh eine große Pressekonferenz angesetzt. Ich glaube, er will vor allem Freistein in einem anderen, einem schlechten Licht dastehen lassen. Damit nicht mehr nach dem Mörder des begnadeten Künstlers, sondern nach dem Mörder des Kunstfälschers und Betrügers gefahndet wird. Er will, dass ich mit dabei bin und berichte, wie wir die Hütte und das Atelier gefunden haben. Dauernd ruft er bei mir an und fragt, was es an weiteren Erkenntnissen gibt und was die nächsten Schritte sind.«

»Das machst du gut, Kevin. Sag ihm nur das Notwendigste und halt dich zurück. Lass ihn zu dir kommen und nicht umgekehrt. Außer du brauchst Unterstützung. Lehn dich nicht zu weit aus dem Fenster, keine Vermutungen, keine Versprechen. Julian nimmt das als bare Münze und hängt dich an den Galgen, wenn sich etwas als falsch herausstellt.«

Dann erzählte Frederike von dem fruchtlosen Gespräch bei der Agentur »Kunst Kenner« mit Herrn Reisinger.

Kevin kratzte sich am Kopf. »Hat er etwas mit dem Fall zu tun?«

»Was glaubst du?«

»Mittlerweile weiß ich nicht mehr, was ich glauben kann und soll.«

»In Reisingers Agentur habe ich die Karte von der Galerie Marschall gesehen. Wir sind gerade in der Galerie daran vorbeigegangen.«

Kowalczyk sah Frederike überrascht an. »Wer an Zufälle glaubt, ist bei der Kripo falsch aufgehoben. Das sagst du doch immer.«

»Er meint, dass er über die Galerie gelegentlich Bilder verkauft. Weil hier so ein illustres Publikum verkehrt.«

Kowalczyk sah auf den Tisch. Wahrscheinlich gingen ihm die Touristen mit ihren Rucksäcken, den Kameras und Fremdenführern durch den Kopf. Die würden sicherlich kein Geld für ein Schweineblutbild von Freistein ausgeben.

»Lass die Galerie morgen von Jens überprüfen. Dann sind wir sicher, dass wir nichts übersehen haben.«

Die Kellnerin brachte das Wasser.

Ein Pärchen setzte sich an den Nachbartisch. Die beiden turtelten und kicherten wie Frischverliebte. Frederike ertrug den Anblick nicht. Ihr Blick wanderte über die Decken und Wände des Lokals. Die rustikale Industrieatmosphäre machte etwas her. Viel Originales, unverputzte Säulen, Kessel, die hohe

Decke mit Rohren und Stahlträgern – all das stand im Kontrast zu den behaglich wirkenden Kerzenleuchtern, den elegant gedeckten Tischen, den funkelnden Gläsern und dem Silber auf den Tischen.

»Ich habe dir das hier mitgebracht.« Frederike zuckte zusammen. Kowalczyk zog den Reißverschluss seiner Sporttasche auf und holte drei Aktenordner heraus. »Aber das Wichtigste: Auf dem Stick, den wir auf dem Tresor in dieser Hütte in Höffe sichergestellt haben, habe ich eine Kundenliste von Westerburg gefunden. Ich frage dich: Warum ist ein USB-Stick mit Daten von Westerburgs Kunden in der Hütte, wenn die sich kaum gekannt haben? Wenn die drei enger waren, als uns dieser von Turin glauben lassen will, dann …«

»Dann?«

»Wir wüssten dann zumindest, dass uns von Turin belogen hat. Es muss doch einen Grund haben, dass er das leugnet.«

»Er hat uns von Anfang an belogen. Willst du ihn damit in der Dominikanischen Republik konfrontieren?«

»Ich lasse das gerade überprüfen.« Kevin klang niedergeschlagen. »Ich habe eine Anfrage gestellt. Die sollen klären, ob von Turin tatsächlich in der Dom. Rep. angekommen ist, und wenn ja, in welchem Hotel er wohnt.«

»Das ist gut, dass du ihn nicht aus den Augen lässt.«

Kevin zog verlegen die Mundwinkel hoch.

Er stellte die Tasche mit den Ordnern auf den Sessel neben Frederike. »Ich habe sie durchgesehen, konnte aber nichts Auffälliges entdecken. Die Kollegen auch nicht. Ich dachte, du könntest sie auch mal prüfen. Du mit deiner Erfahrung entdeckst vielleicht was.«

Frederike warf einen flüchtigen Blick auf die Unterlagen. Sollten ihre alten Augen mehr sehen als Kevins junge?

»Lass mir die Tasche da. Ich sehe mir das nachher an.«

Kevin nickte dankbar. »Ich muss wieder zurück. Julian will mit mir wegen der Pressekonferenz reden. Wir wollen die Punkte besprechen.« Er holte sein Portemonnaie aus der Hosentasche.

»Ich mache das«, sagte Frederike und legte ihre Hand auf seine. »Danke für die Informationen. Lass uns morgen früh wieder telefonieren.« Sie sah nachdenklich durch den Raum. »Wir müssen von Turin nach Deutschland holen. Er ist der Schlüssel. Entweder ist er der Mörder, oder er weiß, wer es ist.« »Julian ist überzeugt, dass er es war.« Kowalczyk knetete seine Finger.

»Was ist?«

»Die Ordner«, nuschelte er, »wann, glaubst du, kannst du sie mir wiedergeben? Die anderen fragen bestimmt danach.«

Frederike wurde bewusst, in welche Lage sie Kowalczyk brachte. »Morgen. Ich schaue sie mir gleich nachher an. Ich melde mich.«

Er stand auf und murmelte: »Danke.«

Er war so aufgekratzt zu ihr gekommen, und jetzt hingen seine Schultern tief. Tja, Schluss mit Ponyhof. Eine Ermittlungskommission zu leiten war eben etwas anderes, als nur ein Teil davon zu sein. Vor dem Team zu stehen, die Fäden in der Hand zu halten und alles zu koordinieren klang aufregender, wenn man es nicht selbst machen musste. Und der Stress mit dem Chef ließ sich besser aushalten, wenn andere davon betroffen waren.

»Julian und ich haben dich ins kalte Wasser geworfen. Das haben wir zwar aus unterschiedlichen Motiven getan, aber beide mit der Überzeugung, dass du das schaffst. Am Anfang läuft nicht alles rund. Das tat es bei keinem von uns. Also lass dich nicht unterkriegen. Wir lösen den Fall.«

Kowalczyk kaute auf seiner Lippe, sagte aber nichts.

»Lass dich nicht von Julian drängen. Der macht es sich einfach und akzeptiert die Lösung, die am wenigsten Aufwand bedeutet. Er will das schnelle Ergebnis, mit dem er sich brüsten kann.«

Kowalczyk hob die Schultern. Ohne noch etwas zu erwidern, zog er ab.

Frederike nahm einen Ordner und schlug ihn auf. Rechnungen. Sie schob ihn zurück in die Sporttasche und bezahlte.

Heute Abend wird es langweilig und spät, dachte sie beim Verlassen des Restaurants. Und dass sie vergessen hatte zu fragen, wie es Kowalczyks schwangerer Frau ging.

Kowalczyks Tasche hing schwer an ihrer Schulter. Zu schwer, um damit spazieren zu gehen. Trotzdem wollte sie noch einmal zu dem Ort, wo Freistein ermordet worden war. Sie ging über den »Ehrenhof«, wie Kowalczyk ihn genannt hatte. Krähen stoben davon. Nachts sah das Gelände imposant aus. Alles war angestrahlt, wirkte ordentlich und sauber, von der Dunkelheit wurden die unschönen Details versteckt. Überall diese Rohre und umschlossenen Transportbänder zwischen den Gebäuden. Alles schien mit allem irgendwie verbunden gewesen zu sein. Ein ganzer Organismus, der gelebt und perfekt funktioniert hatte.

Damals, als Essen Kulturhauptstadt Europas gewesen war, hatte sie einiges über die Zeche und das Ruhrgebiet gelesen. Im Grunde interessierte sie sich nicht sonderlich für diese Glorifizierung alter Gemäuer und früherer Zeiten. Nachdem sie sich etwas damit beschäftigt hatte, fand sie die Historie jedoch spannend und war von der revolutionären Idee der Gründer fasziniert.

Es war die Zeit, als Napoleon glorreich untergegangen war und sich das zersplitterte Heilige Römische Reich Deutscher Nation neu sortieren musste, Anfang des 19. Jahrhunderts. Am Ende kam der Deutsche Bund dabei heraus, ein Staatenbund mit über vierzig Mitgliedern. Bei ihr hängen geblieben war – weil sie die Zahl so unglaublich fand –, dass es tausendachthundert Zollgrenzen innerhalb dieser Länder gab, die den Handel quasi unmöglich machten. Deshalb überlegten sich einige Handeltreibende, einen Zollverein zu gründen, um den Handel zu erleichtern und Produkte für alle preiswerter zu machen. Dies passierte ein Jahr vor der Gründung der Zeche Zollverein.

Franz Haniel, ein Stahlunternehmer, brauchte Koks für seine Stahlproduktion. Er fand ein ergiebiges Kohleflöz in Essen-Katernberg und baute dort eine Zeche, die er Zeche Zollverein nannte, in Anlehnung an den Deutschen Zollverein.

Der Zollverein wirkte sich damals auf fast alle Bereiche des Lebens in Deutschland und auf die nachfolgenden Generationen aus. Unter anderem wurden Gewichte und Währungen vereinheitlicht, es wurde mehr investiert, und die Menschen profitierten davon.

Frederike war begeistert, mit wie viel Weitblick diese Männer zu Werke gegangen waren. Sie hatten erkannt, dass es besser war, miteinander zu arbeiten, die Schranken zu beseitigen und Wege zu ebnen, als sich voneinander abzuschotten und Barrieren zu bauen.

Die aktuellen Tendenzen in Deutschland und Europa, ja der ganzen Welt gingen ihr durch den Kopf. Glaubten die wirklich, dass es besser würde, wenn sich jeder um sich selbst kümmerte und der Nächste ihm egal war?

Frederike wünschte diese Erkenntnis den heutigen Politikern, fragte sich aber gleichzeitig, ob es damals schon Gurken gegeben hatte, deren Krümmung vereinheitlicht werden mussten.

Sie erreichte die orangefarbene Rolltreppe, die viele fälschlicherweise für glühende Stahlstränge hielten. Dort lagen Blumensträuße, einzelne Grabkerzen flackerten. Die Gaben erinnerten daran, dass gestern hier ein Verbrechen verübt worden war.

Ihr Blick fiel auf die Plakatwand, auf der die heutige Ausstellungseröffnung beworben wurde. Ein roter Aufkleber informierte darüber, dass sie ausfiel und zu einem späteren Zeitpunkt nachgeholt würde. Kein Datum. Wie auch, wenn der Cheforganisator auf der Flucht war.

Hier war Freistein hingerichtet worden, wie sie nun wusste. Hände auf den Rücken gebunden, den Druckstellen nach zu urteilen, mit Kabelbindern, auf die Knie gezwungen und mit der Drahtschlinge erdrosselt.

Warum? Was hatte er getan, dass ein Mensch ihn so grausam exekutierte?

Frederike schloss die Augen und stellte sich die Szene vor. Das Motiv musste stark sein, der Mörder skrupellos. Jemanden so gezielt und demonstrativ zu töten verlangte viel Kaltblütigkeit. Sie fragte sich, ob vielleicht doch Westerburg der Mörder oder zumindest beteiligt gewesen war. Schließlich wollte er sich mit Freistein vorgestern treffen. Und danach auch Westerburg. Gleiches Muster. Nur dass er vor seinem Tod noch massiv gefoltert worden war. Ihm fehlten Zehen, er hatte zahlreiche Hämatome am ganzen Körper, eine gebrochene Rippe. Wie hingen die beiden Morde zusammen? Oder stellten sie nur eine Drohung für jemanden dar? Der gerade auf der Flucht war, weil er die Botschaft verstanden hatte. Doch so leichtfertig ging wohl niemand mit Menschenleben um, dass er Morde wie einen Zettel benutzte, auf den eine Botschaft gekritzelt war. Die Stichworte »Fälscherwerkstatt«, »Kunstraub«, »Monet«, »Morde« rollten durch ihren Kopf, verbanden sich aber nicht zu einer Geschichte.

Ihr Blick ging zur Rolltreppe, dem Aufgang zur ehemaligen Kohlenwäsche. War der Tatort bewusst ausgewählt worden? Freistein hatte hier gearbeitet und auch hier übernachtet. Ihn hier zu lassen bedeutete keinen zusätzlichen Aufwand. Der Mord war inszeniert worden und sollte nicht verheimlicht werden. Also lag er an der Rolltreppe so gut wie am Doppelbock oder am Haupteingang.

Bei Westerburg war es anders zugegangen. Er wurde gefoltert. Von ihm brauchte jemand Informationen. Für den Transport wurde ein Auto gemietet und ein Teppich gekauft.

Frederikes Smartphone klingelte und unterbrach ihre Überlegungen. Es war Kowalczyk, seit heute Kevin.

»Hallo, Kevin, was gibt's?«

Sie hörte zu, musste mehrmals nachfragen, ob sie richtig verstanden hatte, und beendete mit rasendem Puls das Gespräch.

Sie hatte nicht mehr damit gerechnet, dass das Leben auch positive Nachrichten für sie bereithielt. Von Turin war gar nicht nach Punta Cana gelangt. Den Flug nach Amsterdam hatte er

zwar angetreten, war jedoch von Schiphol nicht weitergeflogen.
Nirgendwohin.

Von Turin war also noch in Europa und wieder zur Jagd
freigegeben.

22

Als Frederike im Taxi saß, wies sie den Fahrer an, zum Polizeipräsidium zu fahren. Dort angekommen, bezahlte sie und riss die Tür auf. Mit einem Fuß stand sie bereits auf dem Bürgersteig, als ihr einfiel, dass sie hier nichts mehr verloren hatte. Sie hielt kurz inne und setzte sich wieder zurück auf die Rückbank. »Und jetzt?« Der Taxifahrer drehte sich zu ihr um. Sie nannte ihm ihre Adresse. Konnte sie den Fall wirklich von ihrem Wohnzimmer aus lösen? Vom gemütlichen Ohrensessel Verbrecher jagen? Natürlich nicht. Doch konnte sie in ihren eigenen vier Wänden und als Herzkranke entscheidende Hinweise finden oder sonst wie die Ermittlung voranbringen. Tapfer stapfte sie die drei Stockwerke hinauf, nachdem sie dem Taxifahrer noch eine gute Nacht gewünscht hatte.

Nun war es doch wieder fast zweiundzwanzig Uhr. Dabei hatte sie heute Abend den Krasimows anbieten wollen, auf ihre Tochter aufzupassen. Ein freier Abend tat ihnen bestimmt gut. Ein anderes Mal. *Es ergibt sich bestimmt bald eine Gelegenheit.* Sie hängte ihre Jacke an den Haken und ging mit Kevins Sporttasche ins Wohnzimmer. Im kalten Deckenlicht war »trostlos« das erste Wort, das ihr zu dem Anblick einfiel.

Der Ficus in der Ecke neben dem Fernseher besaß mehr vertrocknete als grüne Blätter. Regelmäßiges Gießen täte ihm bestimmt gut. Alternativ könnte sie auch einen Kaktus kaufen, der brauchte weniger Aufmerksamkeit und passte zu ihr.

Zerlesene Zeitungen lagen verstreut neben ihrem Fernsehsessel. Sie sammelte sie auf und stand ratlos mit einem Armvoll Altpapier mitten im Zimmer. Sie warf ihn direkt vor der Haustür auf den Boden. So war sie gezwungen, das Papier beim nächsten Verlassen der Wohnung mit zum Papiercontainer zu nehmen.

Sie schob Zeitschriften zu einem Stapel zusammen, brachte drei benutzte Teebecher und Gläser in die Küche, warf ein verwelktes Alpenveilchen in den Müll und fand das Wohnzimmer anschließend schon beinahe benutzbar. Sie öffnete das Fenster und ließ frische Luft herein. Zur Belohnung kochte sie sich einen Tee. Nebenbei sah sie in den Kühlschrank. Okay: Pizzaservice oder Dönerbude? Ihr neues Leben erschien ihr wie eine alte Baracke, die sie zuerst auf Vordermann bringen musste, bevor sie benutzbar war. Schlimmer: Sie musste den alten Kram, das alte Leben, erst einmal entsorgen, bevor es Platz für Neues gab. Dazu kam, dass ihr altes Leben keine Baracke war, und wenn der alte Kram einfach so zu entsorgen wäre, hätte sie es schon längst getan. Der Gedanke an Veränderung weckte keine positiven Gefühle. Ihre Komfortzone verlassen? Es war so viele Jahre gut gegangen.

Der Stich in der Brust kam zum falschen Zeitpunkt. Nur weil sie nicht kochen konnte oder ihr Leben ändern wollte, musste das Herz doch nicht gleich rebellieren.

Sie nahm den Flyer von »Don Camillo« von der Kühlschranktür, denn noch einmal die Treppen runter- und raufzugehen, um sich einen Döner zu holen, war keine Alternative. Sie bestellte einen Salat Caprese und eine Portion Pizzabrötchen.

»Oh, Fraue Stier, makke doch Diäte, eh. Werde sehen, mit Chianti gehe viel besser. Eh, eine kleine Chianti für die Stimmung?«

Wie sollte sie durchhalten, wenn ihre guten Vorsätze so ekelhaft torpediert wurden? »Ja, den guten. Und beeilen Sie sich.«

Mit dem Teebecher und einem zufriedenen Lächeln – schließlich hatte sie sich für den Salat und gegen die Spaghetti Gorgonzola und die Kräuterbutter entschieden – ging sie zu ihrem Lesesessel. Dort nahm sie den ersten Ordner zur Hand: Technikkram.

Sie blätterte durch und fand Prospekte zu Alarmanlagen, Klimaanlagen, auch zu Computern und Röntgengeräten. Da ihre Affinität zu Technik ebenso wenig ausgeprägt war wie ihr Interesse für Kochen, hatte sie den Ordner schnell durch. Sie fragte sich, wo diese Technik eingebaut worden war, hatte sie doch weder in von Turins Haus noch in der Hütte in Höffe etwas davon bemerkt. Sie schrieb den Gedanken in ihr Notizbuch. Vielleicht ging es auch nur um das Wissen zu diesen Dingen und nicht um den Kauf.

Im nächsten Ordner fand sie alles über das Seerosenbild von Monet. Die komplette Geschichte mit Entstehung, wer es wann gekauft hatte, in welchen Museen es gehangen hatte, an welche Ausstellungen es ausgeliehen worden war. Unzählige Fotos zeigten akribisch alle Details des Bildes, des Rahmens, der Rückseite mit allen Sammlermarken und Aufklebern.

Es war verrückt, was von Turin alles zusammengetragen hatte. Das ging so weit, dass er die Rezepturen der Farben und die Bezugsquellen dafür ausfindig gemacht und abgelegt hatte. Es gab mehrere Händler, bei denen er diese Utensilien online bestellt hatte. Ebender Pedant, der alles genau durchdachte und sorgsam ablegte.

Eine exakte Analyse des Bildes war ebenfalls abgeheftet. Verrückt, mit welch wissenschaftlichem und technischem Aufwand die Neue Pinakothek München, von wo das Gemälde für die Ausstellung »Japan inspiriert« ausgeliehen worden war, das Bild unter die Lupe genommen hatte. Jeder Pinselstrich, jede Korrektur, jede noch so kleine Nuance waren analysiert worden.

Frederike notierte die Frage, ob es auch für andere Gemälde diese Expertisen gab, mit allen Details, Ansichten, Hintergründen. Reisinger konnte ihr dazu bestimmt etwas sagen.

Sie lehnte sich in ihrem Sessel zurück und rekapitulierte. Im Museum Folkwang war ein Monet gestohlen worden. Das gestohlene Bild war gefälscht worden. Das war kein Zufall. Fragte sich nur, wer dem Zufall nachgeholfen hatte. Die Frage konnte beantwortet werden, wenn sie wüsste, wann die Unterlagen über das Bild zusammengestellt worden waren. Kam von Turin an diese detaillierten Aufnahmen, ohne das Gemälde in den Händen zu haben? Sie könnte morgen Münchmeyer fragen.

Hingen die Morde an Freistein und Westerburg auch damit

zusammen? Konnte es sein, dass ein Museum jemanden auf die Jagd nach dem Bild schickte, der über sein Ziel hinausschoss? Münchmeyer oder die Münchner, die einen Mord in Auftrag gaben? Eher unwahrscheinlich. Kowalczyk sollte sich mit den Kollegen aus dem zuständigen Dezernat unterhalten.

Endlich klingelte es an der Haustür. Kaum war der Pizzabote weg, war auch schon der Chianti entkorkt und das erste Glas eingeschenkt. Genüsslich ließ sie den Wein am Gaumen entlang und über die Zunge wandern: rauchige Eiche, saftige Pflaumen, Kirschfrucht. Ja, sie hatte das Etikett gelesen und wusste Bescheid. Ihrem Kardiologen verordnete sie Sendepause. Denn wie hatte sie einmal gelesen:»Was der Seele guttut, kann der Leber nicht schaden.« Bestimmt schloss dies das Herz auch mit ein.

Der Salat und die Pizzabrötchen waren schnell gegessen und das Loch in ihrem Magen immer noch da. Irgendwo hatte sie doch eine Packung Chips für den Notfall. Ausnahmsweise. Weil sie einen Salat bestellt hatte. Sie brachte die Plastikschale in die Küche und fand die Chips neben der Dose Ravioli. Zurückgekehrt, widmete sie sich dem nächsten Ordner.

Hier waren viele Informationen zu Museen, Kunstauktionen und allgemeine Berichte über Kunst und Künstler gesammelt. In einer Rubrik fand sie Artikel über Kunstraube und Überfälle auf Ausstellungen. Ein Kölner Kunstraub aus dem Jahr 2003. Damals wurden Gemälde von Nolde, Kokoschka und Warhol gestohlen. 2004 ein Kunstraub im Munch-Museum in Oslo, »Der Schrei« wurde entwendet.

Frederike sah zur Decke. Moritz' fassungslose Augen, metallischer Geruch nach frischem Blut, sein blubbernder Atem – die Erinnerung lebte, als wäre es gestern passiert. Das Bild, das diese Katastrophe ausdrückte und sie schon ihr halbes Leben verfolgte, tauchte in der Ermittlung auf. Sollte auch das kein Zufall sein? Sie nahm das Weinglas mit zwei Händen. Trotzdem schwappte etwas über. Mit gierigen Schlucken trank sie es aus, um die Erinnerung wegzuspülen. Langsam beruhigte sich ihr Puls, und sie atmete tief durch.

Zuletzt fand sie eine Artikelsammlung über einen Raub 2012 in Rotterdam, bei dem Werke von Picasso, Matisse, Monet und Gauguin gestohlen worden waren.

Und natürlich jede Menge Artikel über den Überfall der Ausstellung »Japan inspiriert« im Museum Folkwang. Warum sammelte von Turin das alles? Hing das mit ihrem Fall zusammen? Und wenn ja, wie? Es gab immer noch zu viele Fragen und niemanden, der Antworten hatte.

Es war spät. Sie war kaum noch in der Lage, die Augen offen zu halten, leerte das zweite Glas Wein und überlegte, ob sie einen Schritt weitergekommen war. Auch an der Wand über dem Fernseher fand sie keine Antwort. Außer dass sie sicher war, dass Freistein den gestohlenen Monet gefälscht oder zumindest nachgemalt und das irgendwie mit Folkwang zu tun hatte. Die Frage blieb: Warum sollte er einen Monet mit den Originalfarben nachmalen? Sie schenkte sich Wein nach. Nein, die Frage war: Warum malte, oder besser, fälschte ein Künstler vom Rang eines Claude Freistein einen Monet?

Sie wählte sich in den Polizeiserver ein, um die letzten Protokolle nachzulesen. Nachdem sie ihr Passwort eingegeben hatte, poppte der Hinweis auf, dass es nicht korrekt war. Sie wiederholte die Eingabe, doch das Ergebnis blieb das gleiche. Ihr war klar, dass sie sich nach dem dritten Fehlversuch erst wieder freischalten lassen musste.

Ihr Smartphone klingelte. »Hallo, Julian, so spät hätte ich nicht mit deinem Anruf gerechnet.«

»Frederike, du bist draußen. Kowalczyk leitet die Ermittlung. Du bist angeblich krank und danach in Vorruhestand. Also lass es. Dein Zugang ist gesperrt, versuch es also nicht mehr. Sollte ich herausfinden, dass du dich mit anderen Zugangsdaten einloggst, folgen disziplinarische Maßnahmen. Und was das heißt, muss ich dir nicht erklären. Betrachte dieses Gespräch als eine verbale Abmahnung.«

Mit einem »Gute Besserung« beendete Julian seine Ansage. Frederike saß konsterniert in ihrem Sessel. Der Idiot ließ sich tatsächlich informieren, wenn sie sich einloggen wollte?

Mit jedem weiteren Gedanken daran steigerte sich ihre Wut, wurde zu Zorn, musste raus. Sie nahm das Weinglas. Klirrend zerschellte es an der Wand. Rot lief der Chianti über die Tapete. Glassplitter lagen auf dem Boden.

»Der spinnt doch!« Frederike schoss aus dem Sessel hoch und tigerte durch das Zimmer, ignorierte dabei das Knirschen unter ihren Hausschuhen. Wenn Julian ihren Computer überwachen ließ, was überwachte er sonst noch?

Sie ging zu ihrem Festnetztelefon und wählte Kowalczyks Nummer. »Zu mir. Ich brauch dich.«

Frederike stützte sich an der Flurwand ab. Wo waren ihre Notfallpillen? Sie schleppte sich ins Wohnzimmer. Wo war ihre Tasche? Ihre Schuhe füllten sich mit Eisen. In der Küche war sie nicht. Oh Gott, wo hatte sie nur diese verdammte Tasche abgestellt?

Sie fand sie auf dem Badewannenrand. Mit zittrigen Fingern drückte sie eine Pille aus dem Blister und trank gierig Wasser aus dem Hahn. Dann setzte sie sich auf die Toilette und legte den Kopf in die Hände. Schweiß lief ihr über den Rücken.

Dass ihr Herz so schnell aus dem Takt geriet, beunruhigte sie jetzt doch.

23

Frederike saß in ihrem Fernsehsessel und knetete die Lehne. Kowalczyk saß rechts von ihr auf dem Sofa mit den Ellbogen auf den Knien und sah sie an. Sein Wasserglas stand unberührt auf dem Glastisch.

»Du bringst mir immer deine Unterlagen, informierst mich noch vor Potthoff über Ergebnisse, verschaffst mir Zugang zu allen Daten.«

»Frederike, das kann ich nicht.«

»Darüber diskutieren wir nicht. Du überlegst dir, wie ich die Unterlagen bekomme, und ich überlege, wie wir den Fall lösen.«

»Frederike.« Kowalczyk klang gereizt. Er sah auf seine Uhr und gähnte herzhaft. Kurz vor halb zwei. »Du bist nicht mehr in der Kommission.«

»Aber du. Außerdem bin ich nur krankgeschrieben. Und das nicht, weil mein Kopf nicht mehr funktioniert.«

»Frederike, ich bin verheiratet und bald Vater. Wir unterschreiben nächste Woche den Kaufvertrag für unser Haus. Ich brauche den Job.«

»Kevin, das ist mein letzter Fall. Danach hast du Ruhe vor mir. Danach bin ich raus.«

Kowalczyk starrte auf die Wand hinter ihr, wo ein Konzertplakat von Wolf Biermann hing: 13. November 1976. Sie war dort gewesen, in der Kölner Sporthalle. Drei Tage später hatte man ihn rausgeworfen; ausgebürgert aus der DDR.

Frederike glaubte zu sehen, was sich in Kowalczyks Kopf abspielte. Wie er nach Hause kam und seiner Frau beichten musste, dass er einen Fehler gemacht hatte. Weil eine alte Schachtel beweisen musste, dass sie es noch draufhatte und er ihr vertrauliche Informationen geliefert hatte, die er niemals an sie hätte weitergeben dürfen. Nur damit sie ihren letzten Fall beendete. *Dafür habe ich meinen Job und unsere Zukunft aufs*

Spiel gesetzt, Butterblume, und muss jetzt die Konsequenzen tragen. Vielleicht kann ich bei C&A noch Ladendiebe jagen oder nachts bei EON die Büros kontrollieren. Er saß da mit gesenktem Kopf, das personifizierte Häufchen Elend. Dann atmete er schwer ein und aus und schüttelte den Kopf. Blickte zum Fenster.

Das konnte sie nicht von ihm verlangen. Dass er gegen Julians ausdrückliche Anweisung verstieß, indem er sie weiterhin in die Ermittlung einbezog. Aber verlangte sie wirklich zu viel? Schließlich hatte sie nachgegeben und ihm die Ermittlung überlassen. Ohne sie würde er jetzt irgendwo bei einem Lehrgang sitzen, und seine Frau würde das Kind allein bekommen. Und das Haus bekäme vielleicht ein anderer.

Jeder starrte stumm in eine andere Ecke.

Wahrscheinlich war das der nächste Schritt, den sie gehen musste. Sie seufzte und sagte dann: »Geh heim und schlafe darüber. Ich melde mich. Hast du ein privates Handy, über das ich dich erreiche?« Frederike notierte sich die Nummer und verabschiedete ihren Kollegen. »Danke, dass du gekommen bist.«

Kowalczyk schlich aus der Haustür und drehte sich um. »Tut mir leid, dass ich –«

Sie winkte ab. »Schon gut. Mach dir keine Gedanken. Danke.« Dann schloss sie die Tür und lehnte sich mit dem Rücken dagegen. Ihre geballte Faust krachte auf das Holz. »Verflucht!«

Auf dem Boden, unter der Garderobe, lag das zusammengerollte Munch-Poster, das aus ihrem Rucksack ragte. Der Typ hatte die Stimmung perfekt eingefangen. Die Frau stand an der Wasserkante, mit dem unendlichen Nichts des Meeres vor sich. Ihr Mann, Kowalczyk, der bis gerade noch hinter ihr gestanden hatte, hatte sich davongestohlen. Ab sofort war sie die Einsame, alleingelassen.

Mit dem Poster in der Hand ging sie ins Wohnzimmer. Ein kalter Zug wehte vom offenen Fenster herein. Sie verriegelte es und sah sich um. Über dem Sofa war der richtige Platz. Dann würde sie den roten Fleck vom Chianti auch nicht mehr so sehen.

Sie legte das Poster auf das Sofa, ging in die Küche und fand schon in der zweiten Schublade die Klebepads. Wieder im Wohnzimmer streifte sie die Hausschuhe ab, nahm das Poster und stieg aufs Sofa. Mit der linken Hand drückte sie das Poster an die Wand, und mit der rechten rollte sie es aus. Sie neigte sich etwas zurück, um die Position zu kontrollieren. Sie schob es etwas nach links, damit es mittig über dem Sofa hing. *So hängt es jetzt gut.* Jetzt musste sie nur noch die Pads in die Ecken kleben und das Poster an die Wand drücken.

Sie hätte sich vorher Gedanken machen sollen. So musste sie erneut vom Sofa steigen und die Klebepads anbringen. Zuerst je eins an der linken Seite oben und unten in die Ecke. Zurück auf dem Sofa, drückte sie das Poster an die Wand, wo sie glaubte, es gerade hingehalten zu haben. Dann rollte sie es aus, bekam die Pads an der anderen Seite festgeklebt und drückte nun die rechte Seite des Posters an der Wand fest.

Zufrieden stieg sie vom Sofa und betrachtete ihr Werk aus der Entfernung. Links hätte es höher hängen können. Oder nicht. Denn das Bild entsprang schließlich dem Expressionismus, und dem wohnte etwas Destruktives inne. Er war Protest gegen die bestehende Ordnung und das Bürgertum und – wie sie selbst – gerne einfach nur dagegen.

Sie holte ein neues Weinglas aus der Küche, schenkte sich Chianti ein und prostete dem Bild zu. *Auf uns Nichtkonventionelle.*

Dann schob sie Leonard Cohens letztes Album »You Want It Darker« in den Player und setzte sich in den Sessel. Seine Stimme klang noch tiefer, noch gänsehautiger und melancholischer. Mit den ersten gehauchten Tönen spürte sie, wie Cohen sie wieder in die Tiefen ihres Selbstmitleids ziehen wollte. Oft hatte sie es genossen, sich dabei über ihr schreckliches Schicksal zu beklagen, sich über ihr Dem-Leben-Ausgeliefertsein zu ergehen, um am nächsten Morgen mit einem dicken Kopf aufzuwachen und nur mit Hilfe von Aspirin den Dienst versehen zu können. Doch heute schreckte sie beim Refrain auf. Nein. Sie wollte es nicht dunkler. Und sie war schon gar nicht bereit für den Herrn im Himmel so wie Cohen offenbar damals. Nicht hier und nicht jetzt.

Auch wenn sie Kowalczyk als Verbündeten streichen konnte. Ein Dämpfer, ja, da sie seinetwegen den Fall offiziell abgegeben hatte. Irgendwie verständlich, aber trotzdem enttäuschend. Mehr als enttäuschend. Undankbar und egoistisch war das. Dass seine Loyalität in erster Linie seiner Familie galt, musste sie akzeptieren, wollte es aber nicht. Dass er mitten in der Nacht zu ihr gekommen und ihr die Ordner überlassen hatte, machte das nicht wett.

Hier saß sie trotzdem jetzt allein und hatte niemanden, mit dem sie den Fall diskutieren konnte. Auch war noch unklar, wer sie zukünftig mit Informationen auf dem Laufenden halten sollte.

Die Ordner waren momentan ihre einzige Informationsquelle. Ein letzter Strohhalm, denn ohne weitere Informationen steckte sie in der Sackgasse. Es gab keine Spuren, denen sie nachgehen konnte, keinen Hinweis, kein Irgendetwas. Also redete sie sich ein, dass sie in dem Zeug, das ihr vorlag, einen Hinweis finden würde. *Sonst ist Schicht im Schacht.*

Sie ging zur Stereoanlage und schaltete sie aus. Dann zog sie den letzten Ordner aus Kowalczyks Tasche: Rechnungen. Sie blätterte ihn durch, ohne den Inhalt wirklich wahrzunehmen. Zu viele Fragen gingen ihr durch den Kopf und verhinderten, dass sie sich konzentrieren konnte. Warum die Toten? Wo war von Turin? Wieso brach ausgerechnet jetzt alles über sie herein? Ihr Herz. Ruhestand. Und immer wieder Moritz, an den sie so oft dachte wie schon lange nicht mehr.

Der Ordner rutschte ihr aus der Hand. Frederike ließ ihn rutschen und betrachtete die roten Chianti-Streifen, die unterhalb des Posters zu sehen waren. Am liebsten würde sie die Flasche hinterherwerfen.

»Wenigstens das«, murmelte sie. Solange sie Wut empfand,

lebte sie. Dieser Treibstoff floss noch durch ihre Adern. Sie lief zwar auf Reserve, aber sie lief.

Also hob sie den Ordner vom Boden auf und blätterte ihn erneut durch. Etwas Sprit befand sich noch im Tank. Den wollte sie nutzen.

Mit dem Ordner auf den Knien und einem zufriedenen Lächeln im Gesicht wachte Frederike kurz vor sechs in ihrem Sessel auf. Das Ergebnis ihrer Nachtschicht lag aufgeschlagen auf ihrem Schoß. Sie musste es überprüfen.

»Schläfst du noch?«

»Frederike! Was glaubst du?« Ein verschlafener Kowalczyk blaffte ihr ungehalten ins Ohr. Sie schmunzelte.

»Stell dich unter die Dusche. Wir müssen nach Hubbelrath.«

»Ich kann das nicht, Frederike.« Stille. »Frederike, bitte versteh mich doch. Potthoff hat mich gewarnt. Wenn er es rauskriegt, versetzt er mich in die Provinz oder ins Archiv.« Stille. »Wenn er mich suspendiert, bin ich erledigt. Es tut mir leid. Wirklich.«

»Ich kann dich nicht zwingen, das Risiko einzugehen. Aber du willst ja auch nicht nur nicht suspendiert werden, sondern auch was erreichen. Denk doch einen Moment nicht an deinen Vorgesetzten, sondern nur daran, was *du* für richtig hältst. Tu es für deine Karriere. Überleg dir, wie du dastehst, wenn du den Fall gelöst hast und Potthoff den Täter präsentierst. Dann schickt er dich nicht in die Provinz, sondern gibt dir meinen Job.«

»Julian meinte, dass du richtig Ärger kriegst, wenn du uns Informationen vorenthältst. Er ist ganz schlecht auf dich zu sprechen.«

Sollte Potthoff ihr ruhig drohen. Und Kowalczyk? Er war ein lieber Kerl, ein zuverlässiger Partner, aber keiner, der unkonventionelle Wege ging. Er akzeptierte die Regeln und streckte seinen Kopf nicht aus der Masse – kein Expressionist. Sie hatte es versucht.

»Entschuldige, dass ich dich geweckt habe.« Sie drückte das Gespräch weg. Sie hörte noch, dass Kowalczyk zu einer Antwort ansetzte. Egal.

Frederike ging in die Küche, um sich einen Tee zu kochen. Sie füllte Wasser in den Kocher und schaufelte Teeblätter in den Filter. Ihr Blick wanderte aus dem Fenster in die kahlen Bäume, die von einem heftigen Wind geschüttelt wurden. Ein Ästchen flog gegen die Scheibe. Auf der anderen Straßenseite kämpfte eine Frau mit ihrem Schirm. Eine Böe drehte ihn nach außen, während sie zur Bushaltestelle rannte.

Ihr Moritz hätte jetzt die romantische Seite dieses Wetters gesehen. Eng umschlungen unter einem Regenschirm und übermütig in eine Pfütze springen, dass es platscht. Lachen und sich gegenseitig einen Kuss auf den Mund drücken.

Frederike hielt sich am Fensterbrett fest. Wenn sie normalerweise an Moritz dachte, wurde ihr Herz schwer oder leicht, je nachdem. Jetzt war es, als hätte der Nachrichtensprecher den Wetterbericht von Russland vorgelesen.

Etwas war passiert.

Sie ging ins Wohnzimmer und sah zu dem Munch-Poster. In diesem Augenblick erkannte sie es. Sie stand am Strand, und hinter ihr, das war Moritz. Wie er in den letzten Jahren immer hinter ihr gestanden und sie gestützt hatte. Doch seinen Arm um ihre Schulter, der ihr so viel Halt und Stärke gegeben hatte, gab es nicht mehr. Stattdessen versteckte er seine Hände in den Hosentaschen, und sie stand allein da. Musste sie sich jetzt selbst um sich kümmern? Die Einsame?

Noch einmal sah sie zu dem Bild. Gestrandet. Eigentlich hatte sie gar keine Zeit, um sich um ihr verkorkstes Seelenleben zu kümmern. Irgendwann einmal, wenn sie viel Muße haben würde und nichts anderes anstand, konnte sie immer noch überlegen, ob es der richtige Zeitpunkt dafür war. Jetzt gab es einen Fall zu lösen.

Ein verstohlener Blick zum Bild, dann pfiff der Teekessel, und sie verschwand in die Küche.

»Bis dass der Tod euch scheidet«, hatte die Pfarrerin damals gesagt. Moritz begleitete sie auch darüber hinaus. Hatte sie begleitet. Mehr, als man erwarten konnte.

Sie goss das Wasser über den Tee.

Sie musste nach Hubbelrath. Überprüfen, was sie in der Nacht entdeckt hatte. Eine Kleinigkeit, doch bei einem Mordfall ging es darum, jedes Steinchen umzudrehen und zu überprüfen, denn oft steckte die Lösung in diesen Details. Ungeduldig ging sie vom Kühlschrank zum Fenster, dann zum Herd, dann wieder zum Fenster. Sie sah hinaus. Warum brauchte sie Kowalczyk überhaupt? Als Chauffeur? In dieses abgelegene Nest kam sie auch ohne ihn. Autofahren kam zwar nicht in Frage, davon abgesehen, dass sie seit Jahrzehnten keinen Wagen mehr besaß, aber bisher war sie noch immer überall hingekommen. Sie musste nur wollen.

Endlich waren die drei Minuten um, und sie legte das Teesieb in die Spüle. Vorsichtig nippte sie am Becher. Anschließend ging sie ins Bad und stellte sich unter die Dusche. Selten hatte sie einen klareren Kopf gebraucht. Ihre innere Unruhe sagte ihr, dass mehr hinter der Sache steckte.

Nachdem sie eine Bluse und eine bequeme Stoffhose angezogen hatte, schälte sie sich einen Apfel und schnitt ihn klein. Ein paar Haferflocken darüber, ein Schuss Milch und schon war der Start in den Tag versaut. Die Überzeugung, dass es gut für ihr Herz und ihr Gewicht und diesen ganzen Mist war, machte die Pampe nicht besser. Sie aß sie trotzdem.

Mittlerweile war es spät genug, um anzurufen. Sie tippte die Nummer ein und lauschte dem Rufton.

»Bäuerle.«

»Guten Morgen, Herr Bäuerle. Sie haben einem Herrn von Turin vor mehreren Jahren eine Klimaanlage verkauft und eingebaut. Ist es üblich, dass Privatpersonen eine solche Klimaanlage kaufen? Normalerweise wird diese doch nur in Museen und Ausstellungsräumen eingesetzt, oder?« Frederike hatte sich für den Frontalangriff entschieden: keine einleitenden Worte, kein freundliches Geplänkel, keine Zeit für Überlegungen.

»Mit wem spreche ich?«, fragte Bäuerle vorsichtig.

»Kripo Essen. Wir ermitteln in einem Mordfall.«

Nach einigem Hin und Her antwortete Bäuerle endlich.

»Tja, wie soll ich es sagen?«

»Am besten einfach. Damit ich es kapiere.«

»Wie kommen Sie an meine Nummer?«

»Sagen Sie es einfach.«

»Diese Nummer ist nicht öffentlich. Sie wird beim Wählen unterdrückt, und erst recht gebe ich sie nicht weiter, weder mündlich noch schriftlich.«

»Wie machen Sie dann Geschäfte, wenn Sie für niemanden zu erreichen sind?«

»Was wollen Sie von mir?«

»Soll ich Sie vorladen, damit Sie meine Frage beantworten?«

»Also gut«, lenkte Bäuerle schließlich ein. »Normal war das nicht. Aber er hatte eine Empfehlung. Und der Einbau in diese Hütte hat uns den letzten Nerv geraubt.«

Frederike fühlte sich bestätigt. »Wo genau haben Sie die Anlage eingebaut?«

»Bei Freiburg irgendwo. Glauben Sie, ich hab die Adresse im Kopf?« Herr Bäuerle klang jetzt ungehalten. »Herr von Turin hat mir ausdrücklich verboten, über die Angelegenheit zu reden. Egal mit wem.« Er atmete schwer.

»Ich warte.« Frederike hörte, wie ein Ordner aus einem Regal gezogen wurde. Papier knisterte.

»Haben Sie einen Stift?«

Sie schrieb die Adresse auf. »Wer hat die Empfehlung ausgesprochen?«

»Guten Tag.« Bäuerle legte auf.

Sie hielt einen neuen Strohhalm in der Hand. Der Adrenalinschub war so heftig, dass ihr schwindlig wurde. Wie sie dieses Gefühl liebte, wenn es in der Ermittlung einen Schritt weiterging.

Im Internet suchte sie die Adresse. »Spitzweg, Buchenweiler« tippte sie in das Suchfeld und bekam kurz danach eine Stecknadel in einem Satellitenbild gezeigt. Ein Weiler direkt bei Freiburg. Auf dem Bild sah sie das Haus, versteckt hinter Bäumen, abgelegen und nur über einen unbefestigten Weg zugänglich. Herr von Turin liebt es versteckt, dachte sie und überlegte, wie sie in den Breisgau gelangen könnte. Die Fahrt nach Hubbelrath hatte sich jedenfalls erledigt.

Im Netz suchte sie die nächste Zugverbindung nach Freiburg heraus. In Köln musste sie umsteigen und hatte dafür fünf Minuten. Der Zug sollte am selben Bahnsteig abfahren, was sie schaffen sollte. Sie steckte den USB-Stick mit Westerburgs Kundendaten und ihren Laptop mit allen Kabeln in ihren Rucksack. Außerdem packte sie einen kleinen Koffer mit dem Nötigsten, falls sie um eine Übernachtung nicht herumkam. Sie überprüfte noch schnell, ob sie die SOS-Pillen eingesteckt hatte, und verließ die Wohnung.

Im Bus lehnte sie den Kopf an die Scheibe. Das war ihre Linie, vorne saß ihr Busfahrer, sie saß eine Reihe hinter ihrem Stammplatz: Reihe vier, Fenster links. Doch heute würde sie nicht am Polizeipräsidium aussteigen, und heute würde sie nicht ihre neuen Erkenntnisse mit dem Team diskutieren müssen. Sie war auf dem Weg nach Freiburg, und dort würde sie den Fall aufklären. Sie musste nur fest genug daran glauben.

Ja, es war ihre verdammte Aufgabe, nach Freiburg zu fahren und herauszufinden, welcher Grund hinter dem Einbau dieser Klimaanlage steckte. Sie musste niemandem etwas beweisen, am allerwenigsten Julian. Und noch weniger sich selbst.

Außerdem würde ihr der Tapetenwechsel guttun. Raus aus ihren vier Wänden und einen Tag im Schwarzwald verbringen. Dabei an von Turins Haus vorbeigehen und nachschauen, ob sich ein Besuch lohnte. Um den würde sich Kowalczyk dann kümmern. Sie wollte nur im Vorfeld abklären, ob es den Aufwand wert war. Wie bei der Hütte im Bergischen.

Der Bus hielt vor dem Polizeipräsidium. Frederike blieb sitzen und fühlte sich voller Tatendrang.

Der Zug lief pünktlich um zehn Uhr auf Gleis zwei ein. In Köln stieg sie in den wartenden ICE nach Basel und suchte sich einen Platz im Speisewagen. Nachdem der Zug losgeruckelt war, bestellte sie einen Kaffee und klappte den Laptop auf. Sie schob den Stick, auf den sie Westerburgs Kundendaten kopiert hatte, in den Schlitz.

Die Dateien waren gepflegt, wie sie es erwartet hatte: die Ordner klar sortiert und eindeutig benannt, die Daten darin übersichtlich in Tabellen aufbereitet.

Sie öffnete den Ordner mit den Kundendaten und zog ihr Handy aus dem Rucksack. Mit dem Kugelschreiber in der Hand tippte sie die erste Nummer ein.

»Herr Westerburg hat mich beraten, als wir unsere Büroräume ausstatten mussten. Alles ist perfekt gelaufen. Sehr zufrieden. Keine Reklamationen.«

»Herr Westerburg war kompetent und stilsicher. Unser Wohnzimmer ist jetzt das Schmuckstück in unserem Haus.«

»Die Anlageempfehlung von Herrn Westerburg war genial. Wir haben ein Schnäppchen gekauft und damit eine ansehnliche Rendite erwirtschaftet.«

»Herr Westerburg hat uns einen lang ersehnten Traum erfüllt. Meine Frau und ich haben einen Gauguin gesucht, der noch finanzierbar war. Er hat sich auf die Suche gemacht, bei Auktionshäusern nachgefragt, und nach zwei Jahren stand er mit einem Traum vor unserer Tür.«

»Wann war das?«

»Das war im Herbst 2014.«

»Kennen Sie den Titel des Bildes?«

»Selbstverständlich kenne ich den Titel. ›Femme Devant une Fenêtre Ouverte, dite La Fiancée‹. Soll ich es buchstabieren?«

»Danke, ich kenne das Bild ›Frau vor dem Fenster‹. Wir melden uns wieder bei Ihnen.«

Frederike notierte den Namen des Kunden und lehnte sich zurück. Ihr waren die Daten der großen Kunstraube vom Überfall auf das Museum Folkwang noch bekannt. Daher wusste sie, dass es 2012 einen Überfall in Rotterdam gegeben hatte, bei dem unter anderem ein Gauguin gestohlen worden war. Der Name des Bildes war so exotisch, dass sie ihn sich gemerkt hatte. Die Kollegen vom Raub sollten bei ihm nachfassen. Vielleicht hing dieser Verkauf ja damit zusammen.

Bevor sie losgefahren war, hatte sie Kowalczyk am Bahnhof noch seine Ordner zurückgegeben. Jetzt konnte sie nicht mehr nachsehen, ob es auch zu diesem Gemälde detaillierte Informationen gab. Denn ein Gedanke begann zu arbeiten. Was, wenn es einen Zusammenhang zwischen den Kunstrauben und den Verkäufen gab? Was, wenn es detaillierte Dokumentationen zu den gestohlenen Bildern gab? Was, wenn diese Dokumentationen in von Turins Hütte im Bergischen von Freistein genutzt worden waren?

Jeder Einzelne, den sie angerufen hatte, hatte mit verklärter Stimme von Westerburg und seinen Wundern erzählt, dass sich ihr die Nackenhaare sträubten. Allen voran dieser Kunde aus Köln. Was hatte Westerburg gemacht, damit die Menschen so von ihm eingenommen waren? War er ein Kundenflüsterer, oder hatte er hypnotische Fähigkeiten?

Sie wählte die nächste Nummer.

»Herr Westerburg hat die Sammlung meines Schwiegervaters verkauft. Am Ende haben wir deutlich mehr bekommen, als wir gedacht hatten. Das ist absolut professionell und seriös abgelaufen.«

»Westerburg? Über ihn möchte ich am Telefon nicht sprechen. Wer ist da bitte?«

Frederike erklärte es ihm, ohne zu viel preiszugeben.

»Wann können wir uns treffen?« Frederike sah, dass der Kunde in Karlsruhe wohnte, was auf ihrem Weg nach Freiburg lag – oder auf dem Rückweg.

Der Mann zögerte, wägte wohl ab, ob er mit der Polizei zusammenarbeiten wollte. Dann raunte er: »Morgen ginge. Später Vormittag.«

Frederike überlegte kurz. »Ich melde mich, wenn ich die genaue Uhrzeit weiß.« Sie verabschiedeten sich.

Ein Kunde, der nicht in den höchsten Tönen über Westerburg redete? Sie wählte sich in das WLAN-Netz ein und suchte den Namen. Ein erfolgreicher Geschäftsmann aus der Werbebranche, er beriet namhafte Unternehmen aus der Region, zwei Konzerne standen auf seiner Kundenliste. Das Plakat für die Kekse kannte sie. Bei bahn.de suchte sie die Verbindung für den kommenden Vormittag. Kurz vor neun Uhr fuhr ein IC in Freiburg ab. Wenigstens musste sie nicht mitten in der Nacht aufstehen. Frederike rief nochmals an und verabredete sich mit Herrn Baumeister für elf Uhr am Bahnhof in Karlsruhe.

In der Zwischenzeit hatte sie mehrmals den Hinweis erhalten, dass ein Anruf eingegangen war. Sie sah, dass es Julian Potthoff gewesen war. Wollte er sie kontrollieren oder sich nach ihrer Gesundheit erkundigen? Fürsorge konnte sie sich bei ihm nicht vorstellen. Statt zurückzurufen, holte sie ihr neues Prepaid-Handy aus der Tasche und tippte Kowalczyks Nummer ein.

»Was gibt es Neues?«

»Ich verstehe Sie nicht. Mit wem spreche ich?«

»Kowalczyk, hier ist Stier. Frederike!«

»Bitte?«

»Schluss jetzt.«

Kowalczyk drückte sie einfach weg. Sie hatte ihn klar verstanden, und er hatte sie weggedrückt. Sie tippte eine SMS mit der Aufforderung »Ruf mich sofort an!« ein.

Der Empfang im Zug war gut. Stand Potthoff neben ihm, und Kowalczyk hatte geistesgegenwärtig reagiert?

Frederike trank einen Schluck Kaffee, doch der war mittlerweile kalt geworden. Die Landschaft flog vorbei, und Regentropfen liefen waagerecht die Scheibe entlang und malten nasse Streifen.

»Du Depp!« – »Nein!« – »Nein!« – »Du mich auch!« Eine Frau, vielleicht Anfang dreißig, stand vor Frederikes Tisch. Sie sah ihr Telefon an, als könne sie nicht glauben, was sie gerade gehört hatte.

»Ärger?«, fragte Frederike.

»Der Idiot. Gibt für teuren Wein Geld aus, das wir nicht haben. Der Verkäufer hat ihm weisgemacht, dass das ein einmaliges Angebot aus einem Nachlass wäre. Wein, der angeblich hundert Jahre alt ist.« Die Frau setzte sich Frederike gegenüber. Sie kramte ein Päckchen Zigaretten aus der Tasche und steckte sich eine in den Mund.

»Das ist hier verboten.« Frederike deutete auf die Zigarette.

»Dann sollen sie mich rausschmeißen«, antwortete die Frau. Frederike empfand spontan große Sympathie für sie. Nach dem ersten Zug stand der Betreiber des Bistros am Tisch und forderte die Frau auf, die Zigarette zu löschen. Widerwillig drückte sie dem Mann die Zigarette in die Hand. »Werfen Sie sie weg.« Dann blickte sie demonstrativ aus dem Fenster.

Nachdem der Mann gegangen war, fing die Frau wieder an, über den Weinkauf zu schimpfen. Wahrscheinlich wäre es doch nur Essig in alten Flaschen, den sie nie trinken würden. Und woher wollte ihr Freund wissen, dass es tatsächlich ein Franzose von 1929 war? Wenn das ein Betrüger war und sie reinlegte? Von dem Geld wollten sie in Urlaub fahren, vier Wochen Australien. Die Frau schluchzte. Tränen der Wut liefen über ihre Wangen.

»Das ist nicht in Ordnung«, pflichtete Frederike ihr bei. »Um wie viel Geld geht es denn?«

»Wenn er eine ganze Kiste davon nimmt, komplett mit allen sechs Flaschen, müsste er nur – NUR! – viertausend bezahlen.«

»Das ist in der Tat sehr viel Geld.«

»Für uns ist das ein Vermögen. Der Arsch träumt davon, sie teurer wieder verkaufen zu können.« Die Frau schlug mit der Hand auf den Tisch.

Frederike wollte sich nicht weiter einmischen, deshalb sah nun sie aus dem Fenster. Die Frau tippte auf ihrem Smartphone herum und verließ in Frankfurt den Zug. Im Gehen sagte sie noch: »Tut mir leid, dass Sie das mitkriegen mussten. Auf Wiedersehen.«

»Alles Gute und viel Glück«, rief Frederike ihr hinterher, aber da war sie schon draußen.

Nachdem der Zug Frankfurt verlassen hatte, rief Frederike weitere Kunden aus Westerburgs Datei an. Die Auskunft war immer die gleiche: dass die Beratung perfekt, die Betreuung optimal gewesen sei und es keinerlei Grund zur Beanstandung gegeben habe. Ein Teppichhändler und ein Tiefbauunternehmer wollten sich am Telefon nicht dazu äußern. Ein Finanzdienstleister legte direkt auf, nachdem sie den Grund des Anrufs erklärt hatte. Die Namen standen auf einer separaten Liste und mussten von Kowalczyk überprüft werden.

Frederike brauchte eine Pause. Sie bestellte einen Spätburgunder und eine Suppe, schwenkte den Wein im Glas und beobachtete, wie die rote Flüssigkeit am Rand hinunterlief.

Ein Gedanke durchfuhr sie. Ruckartig setzte sie sich senkrecht auf ihren Sitz. Sie nahm ihr Telefon und wählte die Nummer des Kunden aus Karlsruhe.

»Herr Baumeister, Stier noch einmal von der Kripo Essen. Hätten Sie eventuell auch jetzt gleich Zeit? Ich bin in gut dreißig Minuten in Karlsruhe.« – »Ganz bestimmt nicht?« – »Ich verstehe. Es wäre sehr hilfreich.« – »Okay. Dann bis morgen.«

Enttäuscht legte Frederike das Telefon weg. Sie war fest davon überzeugt, auf der richtigen Spur zu sein. Deshalb klappte sie ihren Laptop auf und fand schnell einen Artikel mit dem Titel »Selbst Weine können lügen« aus der FAZ vom 8. August 2014.

24

Frederike verließ den Bahnhof Freiburg. Zum Glück gab es ein Vordach, das sie vor dem in Bindfäden fallenden Regen schützte. Auf der vierspurigen Straße vor ihr wirbelten die Autos dichte Gischtwolken auf. Sie sah zum Himmel. Bei den tief hängenden Wolken zog man automatisch den Kopf ein. Sie schüttelte sich und zog die Jacke zusammen.

Ein Taxi musste her. Sie drehte den Kopf von rechts nach links und sah dann einige wartende Fahrzeuge vielleicht dreißig Meter entfernt. Sie winkte, um vielleicht einen Fahrer auf sich aufmerksam zu machen und sich den Weg durch den Regen zu ersparen, doch die schienen alle mit etwas anderem beschäftigt zu sein. Also stapfte sie los und riss beim ersten die hintere Tür auf und huschte auf den Sitz.

Ein bärtiger Strahlemann drehte sich zu ihr um.»Wohin soll's gehen bei dem bescheidenen Wetter?«

Frederike sah auf ihr Smartphone, wo sie die Adresse notiert hatte, las sie vor, und der Mittzwanziger tippte sie ins Navigationsgerät. Beim Anfahren fragte er mit einem Blick in den Rückspiegel:»Sie sind zum ersten Mal in Freiburg?«

»Nein«, gab sie zurück und sah aus dem Fenster.

»Soll ich die Heizung höher drehen? Kein Problem.« Der Bärtige grinste in den Rückspiegel und drehte an einem Knopf.

Sie fuhren auf der B 31 Richtung Titisee.

Frederike versuchte wieder, die Informationen zu ordnen. Dass die Rechnung für diese Klimaanlage in einem der Ordner abgelegt war, zeigte, wie sicher und unantastbar sich diese Kunstheinis gefühlt haben mussten. Wer eine Klimaanlage in dieser Kategorie kaufte – von Turin hatte einen hohen sechsstelligen Betrag investiert –, lagerte Wertgegenstände und keine Kunstposter aus dem Möbelhaus – oder dem Museum. Dabei dachte sie an das Munch-Poster, das sie gestern im Folkwang gekauft hatte. Die Anlage konnte natürlich auch für ein Lager für Freisteins Kunstwerke bestimmt gewesen sein. Aber mussten diese so aufwendig gelagert werden? Oder ging es eher um den Schutz der Gemälde, die von Turin in seinem Haus in Hubbelrath nicht unterbringen konnte? Aber warum hier die Klimaanlage und nicht dort? Oder gab es auch eine in von Turins Haus und sie hatte sie nur übersehen? Egal. Auch wenn er zwei Anlagen gekauft hatte, musste sie davon ausgehen, dass sich Gemälde in unglaublicher Größenordnung in den Häusern befanden. Vielleicht griff sie nur nach einem Strohhalm. Denn von Turin sammelte in einem fast schon krankhaften Umfang Kunst. Was die Kollegen in seinen Kellerräumen zutage gefördert hatten, war geradezu dekadent. Da war es nicht unwahrscheinlich, dass er auch viel Geld für deren Aufbewahrung ausgab.

Kowalczyk hatte keinen Hinweis gefunden, woher er das Geld hatte, um sich all die Kunstwerke kaufen zu können. Nur von seinem Gehalt war das nicht möglich. Konten, auf denen er geerbtes, gewonnenes oder spekuliertes Geld deponierte, hatten die Kollegen ebenfalls nicht gefunden. Sie fragte sich, ob sie auch beide Namen abgeklärt hatten, von Turin und Stier. *Stier.* Die Namensverwandtschaft irritierte sie noch immer. Sie konnte es nicht glauben.

Es gab den Hinweis, dass Freistein den größten Teil seiner Bilder bar verkauft hatte. Alles legal und versteuert, aber der Käufer wurde niemals namentlich erwähnt. Sie wusste nicht, ob das in der Kunstbranche üblich war. Die Kollegen kümmerten sich gerade darum. Hoffentlich. Jedenfalls war er nicht verpflichtet, die Kundendaten zu protokollieren, wenn es um Beträge unter fünfzehntausend Euro ging. Wenn das in der Kunstbranche üblich war, die Geschäfte bar abzuwickeln, dann könnte das eine Erklärung sein. Dennoch musste nachvollziehbar sein, woher das Bargeld kam.

Vielleicht hatte von Turin ebenfalls mit Kunst gehandelt, Bargeschäfte getätigt und die Gewinne in seine Sammlung investiert. Das müsste dann von den Finanzkollegen geprüft werden.

Ihr ging das Bild von der Zeche Zollverein durch den Kopf, wo alle Gebäude miteinander über Transportbänder, Schächte und Rohre verbunden waren. So führte auch in diesem Fall das eine zum anderen. Nur steckte auf Zollverein eine logische Abfolge hinter den Verbindungen, die durch den Produktionsprozess vorgegeben war. In diesem Fall führten die Verbindungen irgendwohin, und sie hielt wieder nur ein loses Ende in der Hand. Gab es auf Zollverein ein loses Ende, dann wurde über ein Förderband Abraum abtransportiert, der auf die Erde fiel und einen Berg formte. Sie sollte mit ihrem schwachen Herzen jetzt diesen Berg abarbeiten. Was blieb ihr übrig?

Der Blinker klackte rhythmisch, und Frederike sah nach vorne. Sie verließen die Bundesstraße und bogen nach Sankt Märgen ab. Es ging einige Male nach rechts und links, wie sie es im Internet gesehen hatte.

»Lassen Sie mich da vorne raus. Wo die Straße abgeht.«

Der Taxifahrer hielt am Abzweig des Vogtweges an und drehte sich zu ihr um. »Siebenunddreißig achtzig, bitte.«

Frederike holte zwei Zwanzig-Euro-Scheine aus ihrem Portemonnaie. »Eine Quittung noch.«

Der Fahrer verdrehte die Augen und suchte nach dem Quittungsblock im Handschuhfach. Nachdem er ihr das Papier gegeben hatte, sah sie auf ihre Armbanduhr. Es war Viertel vor drei. »Holen Sie mich in einer Stunde hier wieder ab. Pünktlich. Ich verlasse mich drauf.«

»Mach ich gerne. Genau hier?«

»Genau hier«, bestätigte Frederike.

Der Taxifahrer reichte ihr noch eine Visitenkarte. »Falls doch etwas dazwischenkommt.«

Frederike steckte die Karte ein und stieg aus. Bevor sie die Tür zuschlug, wiederholte sie: »In einer Stunde.«

Der bärtige Fahrer streckte den Daumen nach oben und fuhr los.

Hier stand sie nun, frierend und mit feuchten Haaren vom Regen. Als Erstes brauchte sie einen Überblick.

Sie holte den Ausdruck der Karte mit der Lage des Hauses aus der Tasche. Die beinahe schwarzen Regenwolken und ihre alten Augen waren eine schlechte Kombination, um Details zu erkennen. Doch für eine grobe Orientierung reichte es aus. In ihrem Rücken befand sich die Landstraße, auf der sie gekommen war. Davon bog im rechten Winkel der Vogtweg ab, auf dem sie stand. In hundert Metern Entfernung führte der rechte Weg zu von Turins Haus, der linke Weg zu einem Bauernhof.

Sie hob den Kopf. Links, hinter einer Wiese, stand dieser Bauernhof, sie erkannte einen Tank für Gülle, daneben ein breites Gebäude, von Büschen halb verdeckt. Das musste der Stall sein, der die Gegend mit landwirtschaftlichen Gerüchen versorgte. Wer den Duft der A 40 und des Essener Nordens gewohnt war, bekam hier Nasenbluten. Das war ihr gleich aufgefallen, kaum dass sie das Taxi verlassen hatte.

Rechts vor ihr befand sich ein gepflügtes Feld. Die Schollen türmten sich auf. Ihr graute schon jetzt davor, über dieses Feld zu gehen. Der Geruch von frischer Erde und Moder stieg ihr in die Nase. Am Ende des Feldes erkannte sie eine dichte Hecke und Bäume. Dahinter musste sich von Turins Haus befinden. Gut abgeschirmt und nicht einsehbar, erkennen konnte sie es jedenfalls nicht. Rechts vom Haus und dahinter begann ein Wald. Kahle Laubbäume und einige Tannen wechselten sich ab.

Kurz überlegte Frederike, ob sie dem Vogtweg folgen sollte, anstatt quer über das Feld zu gehen. Ging sie über das Feld, schützten sie die Büsche und Bäume, und vom Haus aus war sie nicht zu sehen. Leider sah das Feld matschig aus. Doch wenn sie nicht gesehen werden wollte, gab es keine Alternative.

Andererseits: Wer sollte im Haus sein? Von Turin, der von Amsterdam hierhergefahren war? Aber musste er nicht damit rechnen, dass die Polizei früher oder später sein weiteres Domizil finden würde?

Nach kurzem Überlegen entschied sie sich, übers Feld zu marschieren. »Better safe than sorry«, sagten die jungen Kollegen so gerne, die englische Variante der Vorsicht als Mutter der Porzellankiste. Schweren Herzens startete sie und versank bereits beim ersten Schritt knöcheltief im Morast. Wasser lief ihr in den Schuh, der Lehm klebte an ihren Sohlen und machte die Schritte immer schwerer. Wenigstens trug sie robuste Schnürschuhe.

Frederike zog den Kopf zwischen die Schultern und schielte unbeeindruckt in die Richtung, in der sie das Haus vermutete. Sie setzte einen Fuß vor den anderen und ignorierte die zunehmende Nässe in ihren Schuhen.

Endlich erreichte sie die Hecke mit der Baumgruppe vor dem Haus. Die ganze Zeit hatte sie gehofft, dass es keine Brombeerhecke war, die dort auf sie wartete und deren Dornen ihr das Gesicht zerkratzen würden. Es war eine Wildrosenhecke. Ihr fehlte die Luft, um sich darüber zu ärgern. Auf die Knie gestützt schöpfte sie Atem. Langsam lösten sich die Sterne vor ihren Augen auf. Ein letzter tiefer Atemzug, bevor sie sich den nächsten Überblick verschaffte.

Sie ging an der Hecke entlang, um ein Schlupfloch oder einen Durchgang zu finden. Doch die Hecke bildete eine abweisende Wand. Nach zwanzig Schritten endete sie, und der Wald begann. Eine dicke Buche gewährte Frederike Schutz. Vorsichtig schob sie den Kopf hinter dem Stamm hervor und sah das Haus, etwa dreißig Meter entfernt.

Es stand dunkel auf der Lichtung. Davor parkte ein schwarzer VW-Bus mit verdunkelten Scheiben. Sie lauschte, hörte aber nur eine Taube gurren. Dass hier der gleiche Wagen stand wie vor von Turins Haus in Hubbelrath, war kein Zufall. Sie tippte das Kennzeichen in eine SMS und schickte sie an Kowalczyk, damit der den Halter prüfen konnte. Mit »Und beeil dich!« beendete sie die Textmitteilung.

Sie schlich zum Haus, darauf bedacht, jedem Ast aus dem Weg zu gehen und auch sonst keine Geräusche zu verursachen. Sie musste natürlich wissen, was da drinnen vor sich ging. Denn dass sich Personen im Haus befanden, schien durch das Fahrzeug klar zu sein. Fragte sich nur, wer genau es war.

Sie erreichte das Haus und drückte sich an die Wand. Sie lugte um die Ecke zum Eingang. Alles ruhig. Keine Bewegungen.

Die Fensterläden waren geschlossen. Sie legte das Ohr gegen das Holz. Nichts.

Kurz überlegte sie, zur Haustür zu gehen, als sie einen gedämpften Schrei hörte:»Nein!«, gefolgt von Gelächter. War das von Turin, der da geschrien hat? Unruhe stieg in ihr auf. Sie musste etwas tun, sich Klarheit verschaffen, was hier vor sich ging. Zur Sicherheit schob sie sich noch eine SOS-Pille in den Mund und würgte sie mehr hinunter, als dass sie rutschte.

Ihr blieb nicht mehr viel Zeit, bis ihr Taxi wiederkam. Manchmal muss man auch etwas riskieren, dachte sie und ging zu der dicken Eiche, ungefähr zehn Meter von der Eingangstür entfernt. Sie sah sich um. Rechts neben ihr stand nun der VW-Bus auf dem Weg, gleich dahinter türmte sich die Wildrosenhecke.

Sie bückte sich und nahm einen größeren Stein in die Hand. Mit dem ersten Versuch, die Tür zu treffen, hätte sie fast ihren linken Fuß verletzt, so dicht vor ihr schlug der Stein in den Boden. Mit dem zweiten traf sie zumindest die Hütte, und der dritte schepperte gegen die Tür. Mit schnellen Schritten ging sie zur Hecke. In deren Schutz schlich sie zu der Stelle, wo sie gerade schon einmal gestanden hatte. Sie erreichte die Buche in dem Moment, als die Haustür aufflog. Zwei stämmige Männer in dunklen Anzügen standen dort, Pistolen im Anschlag. Im Schein der Innenbeleuchtung erkannte sie, dass es Asiaten waren. Japaner? Nakamuras Leute?

Die zwei Männer inspizierten die Umgebung in alle Richtungen, prüften das Fahrzeug, sahen den Weg hinunter und gingen zurück zum Haus. Sie riefen etwas hinein, das Frederike nicht verstand.

Ihr Herz hämmerte gegen ihre Brust.

Die Männer stellten sich neben die Tür und machten Platz.

Für – Nakamura höchstpersönlich. Er schritt durch die Tür

und beantwortete ihre Frage damit. Neben ihm erkannte sie Stephen Ricardo von Turin. Der bisher stets gepflegt auftretende Mann sah furchtbar aus: Er humpelte mit nackten Füßen neben Nakamura her, sein Hemd hing halb aus der Hose, sein Gesicht sah selbst aus dieser Entfernung übel zugerichtet aus: Blut lief ihm über die Wange, ein Auge leuchtete blau geschwollen.

Nakamura stützte von Turin und redete eindringlich auf ihn ein. Von Turin hielt den Kopf gesenkt. Nakamura hob seine Hand. Darin befand sich ein Messer, das er von Turin unter die Nase hielt. Der wollte zurückweichen, doch Nakamura packte ihn am Genick und schrie ihn an. »Wo? Wo hast du es?«

Frederikes Gehirn arbeitete auf Hochtouren. Was ging hier vor? Wie kam von Turin hierher? Was wollte Nakamura?

Wieder schrie Nakamura etwas. Jetzt stand er von Turin gegenüber. Er schlug ihm ins Gesicht, dass sein Kopf zur Seite kippte. Keine Reaktion. Dann nahm Nakamura das Gesicht und hielt das Kinn zwischen Daumen und Zeigefinger. Die zwei Männer standen sich nun Nase an Nase gegenüber. Nakamura redete wieder.

Frederike sah gebannt auf die Szene. Etwas krabbelte in ihren Kragen, und sie konnte sich gerade noch zurückhalten, danach zu schlagen.

Von Turin sank auf die Knie und neigte den Kopf. Erst jetzt erkannte Frederike, dass seine Hände auf dem Rücken gefesselt waren. Einer der beiden Bodyguards trat zu Nakamura und schien eine Anweisung zu erhalten. Ein kurzes Lachen. Dann griff er an seinen Rücken und holte eine Pistole aus dem Hosenbund. Frederike sah, wie der Schlitten zurückgezogen wurde. Die Pistole war geladen.

Nakamura bellte einen Befehl, und der Japaner hielt von Turin die Waffe an die Schläfe.

»Ich weiß es nicht! Ich will nicht sterben! Glauben Sie mir.« Von Turin schrie den Satz in die Runde. Alle lachten.

Nakamura ging neben ihm in die Hocke und flüsterte ihm etwas ins Ohr.

»Nein!«

Nakamura kam nochmals an von Turins Ohr heran. Der schüttelte wild den Kopf. »Ich weiß es nicht.«

Nakamura nickte, und der Japaner mit der Pistole stellte sich vor von Turin. Er senkte die Waffe und zielte nun nicht mehr auf den Kopf, sondern tiefer.

»Wo?«

Stille.

Nakamura nickte erneut. Es klickte. Von Turin fiel zur Seite. Die Japaner lachten, schlugen sich auf den Rücken und zeigten auf den armen Kerl.

In der Waffe war offenbar keine Patrone gewesen, von Turin war vor Angst umgekippt. Frederike überlegte fieberhaft, wie sie von Turin helfen konnte. Ohne Waffe und allein gegen drei Männer blieben ihr nicht viele Optionen. Hilfe anzufordern traute sie sich in ihrer Lage nicht. Wenn sie die Freiburger Kollegen anrief, würden die Japaner auf sie aufmerksam, und sie müsste sehen, wie sie schleunigst wegkam.

Nakamura ließ sich auf ein Knie nieder und sprach mit von Turin. Der richtete sich mühsam auf. Sein Körper zuckte. Er schien hemmungslos zu weinen. Wieder redete Nakamura mit ihm und neigte den Kopf, als wartete er auf eine Antwort. Von Turin starrte auf den Boden.

Dann nickte Nakamura seinen Männern zu, woraufhin einer in seine Manteltasche griff und etwas herausholte. Er stellte sich hinter von Turin und schien ihm ... Er legte ihm eine Schlinge um den Hals und nahm die zwei Holzgriffe in die Hand. Wie bei Freistein und Westerburg, dachte Frederike.

Nakamura hielt von Turin drei Finger vor die Nase. Er sah hoch zu dem Kerl. Der nickte. Nakamura zeigte von Turin zwei Finger. Der Kerl straffte die Schlinge. Den ausgestreckten Zeigefinger: eins. Er sah hoch.

Ein Piepen ertönte. Die Köpfe der Japaner schossen in die Höhe. Frederike hatte vergessen, ihr Smartphone auf lautlos zu stellen. Kowalczyk hatte wahrscheinlich ihre SMS beantwortet.

Nakamura schrie die beiden Leibwächter an. Die rannten

sofort auf die Bäume zu, einer in Frederikes Richtung, der andere Richtung Zufahrt.

Panisch scannte Frederike die Umgebung. Hier gab es jede Menge Unterholz, doch kein wirkliches Versteck. Im Schutz der Wildrosenhecke hastete sie in das angrenzende Waldstück. Nur weg von dem Haus. Die Japaner riefen sich Anweisungen zu. Wahrscheinlich wollten sie Frederike einkreisen. Ein Versteck! Sie brauchte dringend ein Versteck! Nach etwa fünfzig Metern erreichte sie das Ende des kleinen Waldstücks. Vor ihr öffnete sich ein weites Areal mit einer Wiese. Ein feiner Nebel lag knöchelhoch über dem Gras. An einer Stelle lichtete sich gerade in dem Moment die Wolkendecke, und ein voller Mond prangte gelb und fett über ihr. Sie stand im Rampenlicht.

Hektisch sah sie sich um. Zwanzig Meter links von ihr stand ein Anhänger mit aufgebautem Hochsitz für die Jagd. Sie kannte diese Dinger von ihrem Vater und lief darauf zu. Fünf Stufen führten zur Kanzel hinauf. Die Tür oben war nicht abgeschlossen, doch im Innenraum gab es keine Möglichkeit, sich zu verstecken.

Äste knackten, und die Rufe kamen näher. Auf der waldabgewandten Seite des Wagens erkannte sie eine Klappe. Sie hob sie an: eine Matratze und ein Schlafsack. Der Jäger hatte den Platz unter der Sitzbank genutzt und sich eine Schlafmöglichkeit gebaut, die von außen zugänglich war.

Es gab keine Alternative. Frederike quälte sich in die Luke. Es stank nach Schweiß und ungewaschenen Füßen. Sachte ließ sie die Klappe sinken. Eine bleierne Dunkelheit umgab sie. Sie lag auf der Seite und atmete mühsam. Schweiß lief über ihr Gesicht. Ihr Herz schlug in einem unrhythmischen Takt.

Ihr Smartphone! Sie holte es aus der Tasche und schaltete es aus. Nicht noch eine SMS, die sie verriet. Im letzten Moment sah sie die Uhrzeit. Gleich müsste der Taxifahrer kommen.

Stimmen. Die Japaner standen direkt vor dem Anhänger. Ein Poltern, dann bebte der Wagen. Ein Schrei. Einer der beiden sprang offensichtlich mit einem Kampfruf in die Kanzel. Schritte über ihr. Die Tür wurde wieder zugeschlagen. Jemand hupte. Noch einmal. Ein Pfiff drang zu ihr durch. Noch einmal Hupen. Frederike war sicher, dass die beiden Japaner noch vor dem Wagen standen. Sie zog den Schlafsack über sich und kauerte sich flach in der hintersten Ecke zusammen. Schritte quietschten im Matsch. Jemand hob die Klappe ihrer Luke. Sie hielt die Luft an. Ihr Japanisch war nicht gut, aber sie war sicher, eine angewiderte Beschreibung des Geruchs zu verstehen. Wieder pfiff jemand, und die Klappe flog krachend zu. Eilig entfernten sich die Männer. Es wurde still. Frederike atmete erleichtert auf. Sie schob den Schlafsack von sich. Luft. Endlich! Dann hörte sie ein weiteres Hupen. Sekunden später einen Schuss. Reifen quietschten. Es folgten hektische Rufe, Anweisungen, kurz danach heulte ein Motor auf. War das ihr Taxi, das gerade davonraste?

25

Frederike wartete eine gefühlte Ewigkeit in der stinkenden Kiste. Sie hörte auf das kleinste Geräusch, zuckte zusammen, wenn ein Kauz schrie oder ein Tier durchs Unterholz huschte. Ihre Nerven lagen blank. Sie kauerte direkt hinter der Klappe, bereit, jedem Eindringling das Gesicht zu zerkratzen. Endlich beruhigte sich ihr Puls, und es rauschte weniger in ihren Ohren. Die Panik wich einem Gefühl tiefster Erschöpfung. Nachdem der Kauz einen weiteren Gute-Nacht-Gruß in die Welt gerufen hatte, drückte sie die Klappe auf und kroch auf Händen und Knien aus diesem Schlafsarg, mitten hinein in Schlamm und Dreck. Die Sorge um den Taxifahrer trieb sie an und ließ keine Zeit für Empfindlichkeiten.

Sie musste wissen, ob der Schuss ihm gegolten hatte und ob er mit den Japanern aneinandergeraten war. Und sie musste weg hier, Hilfe rufen.

Sie rappelte sich auf und lehnte sich an den Hochsitzwagen. Eine friedliche Stille umgab sie.

Ein Ast knackte. Frederike hielt die Luft an. Ruhe. Ein Hund bellte. Wieder Ruhe. Erst als sie gierig Luft einsog, merkte sie, dass sie vergessen hatte weiterzuatmen. Vorsichtig schob sie den Kopf um die Ecke des Wagens. Sie konnte nichts erkennen.

Sie war nicht sicher, ob es Nakamura gewesen war, der sich mit seinen Leuten davongemacht hatte. Wenn nicht, dann standen sie gleich mit Taschenlampen auf der Wiese, und sie war verloren. Also musste sie so schnell wie möglich hier verschwinden.

Nur wohin? Der Bauernhof, den sie vorhin gesehen hatte, war zu weit weg. Um die Straße zu erreichen, müsste sie über das offene Feld. Und ihr Taxifahrer hatte wahrscheinlich sowieso das Weite gesucht. Hoffentlich.

Kalter Schweiß lief Frederike über den Rücken. Sie übergab sich und sackte zusammen.

Als sie wieder zu sich kam, zitterte sie am ganzen Leib. Ihre Zunge fühlte sich an wie ein trockenes Taschentuch. Kein Signal ihres Gehirns erreichte einen Muskel. Reglos starrte sie in eine Pfütze. Sollte sie auf einem Feld im Schwarzwald ihr Lebenslicht ausblasen? Wenn es so war, würde sie im Laufe der Nacht von Füchsen oder Wildschweinen angenagt werden. Ganz zu schweigen von Ratten oder anderem Kleinvieh. Zum Glück hatte sie ihr Smartphone ausgeschaltet, sodass sie noch nicht einmal geortet werden konnte. Sie hörte schon Kowalczyks Stimme: *Frederike, das hast du gut gemacht. Hast niemandem Bescheid gesagt und wolltest alles auf eigene Faust erledigen.*

Ein mutmachender Moritz wäre jetzt nicht schlecht. Sie musste sich zusammenreißen. Hier zu krepieren war keine Option. Also rappelte sie sich hoch. Es ging besser als gedacht. Sie kramte das Smartphone aus der Tasche und gab die PIN ein. Die Uhr sagte ihr, dass sie nur ganz kurz weg gewesen war.

Als Erstes musste sie den Taxifahrer anrufen. Im Schein des Displays tippte sie die Nummer von seiner Karte ein.

»Wo sind Sie?« Die aufgeregte Stimme des Bärtigen machte ihr Hoffnung.

»Wo sind Sie?«, fragte sie zurück, schließlich hing möglicherweise ihr Leben davon ab.

Seine Antwort war befreiend. Er hatte tatsächlich beschlossen, eine Weile in der Nähe zu warten. Sie beschrieb ihm den Weg zu von Turins Haus, und er versprach, sie dort abzuholen.

Zur Vorsicht checkte sie noch einmal die Lage, lauschte, drehte den Kopf in alle Richtungen, doch es blieb still. Offenbar war Nakamura mit seinen Leuten geflohen, sonst würde sie Stimmen hören und Geräusche. Also schaltete sie die Taschenlampe ihres Smartphones ein und stapfte durch das Waldstück zum Haus.

»Sie sehen erbärmlich aus«, begrüßte sie der taxifahrende Student.

»Sie sollten an Ihren Manieren arbeiten.«

Er ging zum Kofferraum und holte eine Wasserflasche und

eine Rolle Küchenpapier.»Hier, damit können Sie sich ein bisschen sauber machen.«

Es schien schlimmer zu sein, als sie gedacht hatte. Sie wischte sich über Gesicht und Hände und fragte den Fahrer:»Haben Sie einen schwarzen VW-Bus gesehen?«

»Wie eine gesengte ... Wie ein Rennfahrer ist der an mir vorbeigeschossen. Soll ich Ihnen die Nummer geben?«

»Die habe ich selbst.«

»Was wollten die? Als ich angekommen bin und gehupt habe, weil Sie nicht da waren, habe ich einen Schuss gehört. Weil er direkt nach dem Hupen abgefeuert wurde, wusste ich nicht, ob der mir galt oder ob es doch nur ein Jäger war. Deshalb bin ich lieber erst mal abgehauen. Aber ich hab mir Sorgen gemacht. Wo sind Sie da hineingeraten?«

»Haben Sie die Polizei gerufen?«

Verlegen sah der Taxifahrer auf den Boden.»Ich wusste ja nicht, dass hier eine Schießerei stattfindet und ob die auf mich geschossen haben oder auf Sie.«

»Kein Problem«, wiegelte Frederike ab, froh darüber, dass gleich keine Streife vorfahren würde und überflüssige Fragen stellte.

Langsam realisierte sie, was gerade vorgefallen war. Sie setzte sich auf die Kante des aufgeklappten Kofferraums. Ihren Blick richtete sie auf den Boden, wo vor wenigen Minuten von Turin zusammengekauert gelegen hatte. Und sie war knapp und mit viel Glück Nakamuras Höllenhunden entkommen. Wahrscheinlich hatte das Taxi ihn aufgeschreckt. Dankbar sah sie zu dem Bärtigen auf, sagte aber nichts.

Sie brauchte noch einen kurzen Moment. Was hatte sie erfahren? Von Turin war nicht untergetaucht, sondern in der Hand von Nakamura. Der steckte nicht nur mit drin, er war der Mörder, den sie suchte. Aber was wollte er von diesem von Turin? Und was hatte der offenbar nicht, obwohl der Japaner sicher war, dass er es sehr wohl hatte?

Frederike faltete ihre leeren Hände und schüttelte den Kopf.

»Kommen Sie. Ich bringe Sie in ein Hotel. Dort können Sie

duschen und sich frisch machen. Dann geht es Ihnen gleich besser.«

Das Taxi stand mit eingeschalteten Scheinwerfern auf dem Platz vor dem Haus. Aus der Nähe sah es unscheinbar und baufällig aus. Die Haustür stand offen. Frederike ging hinüber, ohne auf die Bemerkung des Taxifahrers einzugehen. Auf der Schwelle blieb sie stehen und starrte mit offenem Mund hinein. Ein lichtdurchfluteter, etwa zehn mal zehn Meter großer Raum lag vor ihr. Zwei Meter von den Außenwänden entfernt und parallel dazu standen weitere Wände. Sie waren unverputzt und bildeten einen inneren Kreis, der durch verschiedene Durchgänge unterbrochen war.

Alles hing voll mit Bildern. An den Außenwänden, die aus grobem Beton bestanden, hingen sie Rahmen an Rahmen, an den Zwischenwänden in zwei Reihen übereinander.

Bei genauerem Hinsehen erkannte Frederike Schlitze in den Wänden. Die deuteten sicherlich auf die Klimaanlage hin, die den Hinweis geliefert hatte.

Sie ging zwischen den Wänden entlang und blieb dann mit staunendem Gesicht stehen. Sie erkannte Gemälde, wie es sie oft auf Postkarten und Postern gab.

»Haben Sie das Wasser noch?«

Der Taxifahrer reichte ihr die Flasche. Sie holte eine Tablette aus der Tasche und spülte sie mit dem Wasser hinunter. Gleich würde es ihr besser gehen.

In der Mitte des Raums stand ein Stuhl, um ihn herum lagen Kabelbinder. Dunkle Flecken auf dem Betonboden. Blut?

Sie ging zu dem Stuhl. Dann drehte sie sich um. Eine dunkelrot gestrichene Wand, an der zwei Bilder hingen. Eins in Fetzen zerschnitten, das andere mit einem diagonalen Schnitt von links oben nach rechts unten.

Sie kannte beide. Vollkommen zerstört hing Munchs »Der Schrei« in seinem Rahmen. Frederike sah das Gemälde beziehungsweise das, was davon übrig war, interessiert an. Kein kalter Griff an ihr Herz, keine Schreckensbilder. Als hätte Nakamura nicht nur dieses Bild zerstört.

Das andere Bild war der Cézanne, der als Kopie in von Turins Büro hing. Laut seiner Aussage hing das Original im Museum Folkwang. Dann hing hier wohl ...? Und im Folkwang?

Warum sollte Nakamura das Bild zerschneiden, wenn es nicht das Original war? Wenn er von Turin zum Reden bringen wollte, dann machte es nur Sinn, das Original zu zerstören. Eine vernichtete Kopie würde von Turin nicht beeindrucken und in die Knie zwingen. Zuerst den Munch und dann den Cézanne? Wie er zuerst Freistein und dann Westerburg ermordet hatte? Zuerst den Munch, damit von Turin sah, dass er es ernst meinte und bereit war, Lieblingsgemälde zu vernichten? Also das, was wirklich wehtat?

Sie ging zur Tür und setzte sich auf den Boden. Was war hier vorgegangen? Sie erinnerte sich an den knienden von Turin, der erbärmlich um sein Leben flehte. Was wusste er nicht? Es wollte sich in ihrem Kopf noch immer keine Geschichte formen. Sie sah zu dem Taxifahrer hoch. Der stand konsterniert vor dem zerstörten Bild.

»Ist das echt?«

»Ich gehe davon aus.« Ihr fehlte zwar das sachkundige Verständnis, um beurteilen zu können, was hier original und was gefälscht war. Doch ihr Gefühl sagte ihr, dass sich hier ausschließlich Originale befanden. Warum sonst dieser ganze Aufwand, die Sicherungen, die Klimaanlage, der abgeschiedene Ort? Sie fragte sich nur, ob hier Bilder hingen, die von Turin regulär gekauft hatte, oder allesamt Diebesgut waren.

Sie erinnerte sich, dass sie noch den Zugang zum »Art Loss Register«, einer Zusammenstellung aller weltweit verlorenen oder gestohlen gemeldeten Kunstgegenstände, hatte. Wie viele dieser Bilder würde sie wohl darin finden? Die genaue Prüfung überließ sie lieber den Fachleuten, die sich damit auskannten.

Der Schock legte sich, sie gewann ihre Fassung zurück, und ihr Gehirn konnte allmählich wieder konstruktiv denken. Wie eine Kriminalbeamtin. »Hier.« Sie reichte dem Taxifahrer ihr entsperrtes Smartphone. »Gehen Sie durch und filmen Sie jedes Bild. Filmen Sie so, dass man hinterher etwas erkennen kann.«

Ihr war klar, dass sie jetzt die Kollegen einschalten musste. Kurz überlegte sie, welche. Würde sie die Freiburger anrufen, müsste sie hierbleiben und lange erklären, was, warum und wieso. Hatte sie dazu Lust?

Sie raffte sich auf und ging durch diese bizarre Galerie. Überraschte es sie, dass zwei komplette Wände für Bilder dieses Freistein reserviert waren? »Die kann ich mir nicht leisten«, hatte von Turin bei der Befragung beteuert. Dann sah sie drei Bilder, die ihr bekannt vorkamen. Sie nahm ihrem Taxifahrer das Smartphone ab und loggte sich in das Art Loss Register ein. Schnell fand sie, wonach sie suchte. Der Matisse und der Picasso aus dem Überfall 2012 in Rotterdam. Lagerten hier die Bilder, die die Kunstwelt verloren glaubte? Angeblich hatte man sie in einem rumänischen Dorf gefunden, verbrannt und für immer vernichtet. Daneben hing ein Cézanne, der aus einer Galerie in der Schweiz gestohlen worden war. Sie war fassungslos. Welche Fäden liefen hier zusammen?

Den Taxifahrer schickte sie mit den Worten »Ich komme sofort zu Ihnen, und dann müssen Sie mich nach Freiburg fahren« nach draußen. Er stand vor dem »Schrei« und konnte sich nicht losreißen.

»Raus!«, bellte Frederike. »Und machen Sie die Tür zu.«

Als sie das Klack der Tür hörte, rief sie Kowalczyk an. »Hör zu.«

»Hallo Butterblume«, fiel er ihr ins Wort. »Es geht gerade nicht. Können wir gleich noch einmal –«

»Halt die Klappe und hör mir zu.« Dann fasste sie in kurzen Worten zusammen, was sie in von Turins Wochenendhaus gefunden hatte. »Sag den Freiburger Kollegen Bescheid, dass sie mit einem Großaufgebot hierherkommen.« Dass sie Nakamura gesehen hatte, verschwieg sie. Denn nun spürte sie, dass sie den Fall lösen konnte. Diesen fetten Japaner zur Strecke zu bringen traute sie sich zu. Auch mit einem kranken Herzen. Denn für ihn brauchte sie List und keine Gewalt.

»Das ist schön, dass es dir wieder besser geht.«

»Morgen müssen wir uns in Essen treffen. Sag mir, wann es dir passt.«

»Das ist schön. Ja, leg dich hin und ruh dich aus. Ich komme gleich. Was hat die Hebamme gesagt?«, fragte Kowalczyk.

»Das sag ich dir dann morgen, Liebster.« Frederike grinste genervt. Sie bemühte sich, die weiteren Anweisungen in einem ruhigen Ton zu geben. Ohne Frage stand Julian neben Kowalczyk. »Ich brauche noch mehr Informationen über Nakamura. Womöglich steckt der auch mit drin. Bis morgen früh brauche ich alles, was du kriegen kannst. Häng dich rein.« Frederike blickte zur Decke. »Und kein Wort zu Julian. Nicht eins. Keine Andeutung. Hast du mich verstanden?«

Schweigen.

»Ob du mich verstanden hast, Kowalczyk!«

Wieder blieb die Leitung still.

»Er steht neben dir.«

»Weiter gute Besserung. Ich beeile mich.«

Rascheln.

»Frederike! Was machst du? Wo steckst du? Was hast du Kevin aufgetragen? Ich will einen Bericht!«

»Ju... ...bindung ... hör ...orgen ...« So weit käme es noch, dass sie Julian in ihrer Rekonvaleszenz Bericht erstattete. Sie drückte das Gespräch weg.

Zum Glück hatte sie die Rufnummernunterdrückung aktiviert. Jetzt konnte sie nur hoffen, dass Kowalczyk ihre Nummer nicht weitergab.

Hatte sie bis jetzt von Turin gejagt, so war ab sofort Nakamura ihr Ziel. Sie würde ihn finden und festnageln. Bis dahin hatte sie auch die letzten Teile dieses Rätsels gelöst, und dieser gelackte Japaner konnte ihre Theorie bestätigen. Wie immer sie lauten würde.

Die Gewissheit, der Kunstwelt wertvolle Gemälde zurückzugeben, befriedigte sie nicht. Diesen kollateralen Profit sollten sich andere ans Revers heften. Ihr letzter Fall wollte gelöst werden.

Trotzdem war es nicht schlecht für eine herzkranke, ab-
geschobene Hauptkommissarin, nebenbei einen Fälscherring
aufgedeckt und diese Bilder gefunden zu haben.

Aber eins nach dem anderen. Die drängendsten Fragen
lauteten: Wo steckte Nakamura? Und wie kam sie rechtzeitig
dorthin?

26

Was fand dieser junge Kerl nur an ihr, dass er sich dermaßen bemühte? Jetzt bot er Frederike an, in seiner Studentenbude zu duschen. Sie beobachtete ihn durch den Rückspiegel.

»Was wollten Sie an diesem Haus, wenn ich fragen darf?« Frederike arbeitete an ihrem Plan und hatte keine Lust auf Small Talk. »Sie dürfen nicht.«

Der Taxifahrer grinste. »Haben Sie eine Dienstvorschrift kreativ ausgelegt?«

»Wie kommen Sie ...? Nein.« Wie kam der Kerl auf die Idee, sie sei von der Polizei?

Sie sah aus dem Fenster. Ihr Konterfei erschreckte sie: Dreck klebte ihr im Gesicht, ihre nassen, mit Lehm beschmierten Haare waren wirr an den Kopf geklatscht, ihre Wangen waren eingefallen. Sie sollte das Angebot annehmen und sich zuerst einmal waschen.

Ihr Koffer stand im Bahnhof in einem Schließfach.

»Ist das nicht verboten? Ich meine, müssen Sie nicht immer zu zweit –«

»Sind Sie von der Internen?«, fauchte sie ihn an.

»Hätten Sie dann Angst vor mir?«

Frederike schüttelte den Kopf. »Fahren Sie mich zum Bahnhof, dann sehen wir weiter.«

Sie brauchte einen cleveren Plan, um Nakamura zu überführen. Dafür hatte sie auf dem Weg nach Essen Zeit. Was sie wieder zu der Frage führte, wie sie dorthin kam.

Wenn sie nur nicht so müde wäre und ihre Gedanken sich nicht ständig an Nichtigkeiten aufhängen würden: wo ihre Handschellen waren. Wann sie ihre letzte Zigarette geraucht hatte. Ob sie ihre Haustür abgeschlossen hatte. Ob sie von Turins Leben riskierte, weil sie keine Unterstützung anforderte.

Sie tat es nicht, weil es ihr Fall war. Weil jeder sie hängen ließ, keiner sie unterstützte. Vor allem, weil keiner ihr zutraute, noch einen Fall zu lösen. Für die jungen Kerle im Präsidium war über sechzig gleichbedeutend mit senil, lahm, verbraucht. Sie lehnte den Kopf an die Scheibe. Wie fühlte sich gerade ihr Kopf, ihr Körper an, und wie überzeugend würde sie gegen diese Vorurteile argumentieren können?

Sie müsste etwas essen, sich waschen, denn in sauberen Kleidern und mit einem vollen Magen ließ sich viel besser ein Mörder jagen.

Also verschob sie die Planung der Mörderjagd. Stattdessen sagte sie zum Taxifahrer: »Ich nehme das Angebot an, bei Ihnen zu duschen.«

Der Bärtige nickte wie selbstverständlich in den Rückspiegel und gab Gas.

Frederike sah aus dem Seitenfenster in die dunkle Landschaft.

Sie hatte die Hinweise gesammelt. Viele. Jetzt musste sie diese nur noch zu einem vollständigen Bild zusammenfügen, das auch einen Sinn ergab. Freistein hatte Bilder gefälscht und von Turin gestohlene Bilder in seinen Häusern aufbewahrt. Westerburg hatte gestohlene und/oder gefälschte Bilder verkauft? Hatte Nakamura unwissentlich eins davon gekauft? Was war seine Rolle genau?

Frederike seufzte resigniert. Sie war weit, aber noch lange nicht bei der Lösung. Warum deponierte von Turin diese Unmenge an Gemälden in seinem Haus? Er war versessen auf Kunst. Das hatten ihr die Gespräche mit Münchmeyer und Reisinger gezeigt. Aber in diesem Umfeld im Haus konnte er diese Bilder doch nicht genießen und sich an ihrer Schönheit erfreuen. Warum also deponierte er dort diese Schätze?

Hoffte er, sie doch irgendwie loswerden zu können? Sie erinnerte sich, gelesen zu haben, dass noch nicht einmal zwei Prozent der gestohlenen Bilder wieder auftauchten. Gab es doch einen Markt für diese Kriminellen? Andere, vor allem Banden, verwahrten Originale, um sie im Ernstfall, wenn sie gefasst werden sollten, als Tauschobjekte anbieten zu können. Du lässt mich frei oder reduzierst die Haftstrafe, und im Gegenzug gebe ich dir ein Kunstwerk zurück. Durchaus üblich.

Vielleicht wollte er sie nicht loswerden, sondern wieder zurückgeben. Das Stichwort Artnapping fiel ihr ein. Auch so ein Überbleibsel aus der Ermittlung im Rahmen des Überfalls auf das Museum Folkwang.

Bei Artnapping ging es darum, gestohlene Kunstwerke gegen die Zahlung von Lösegeld an Museen oder Sammler zurückzugeben. Genau wie beim Kidnapping von Personen. Nur dass es weniger spektakulär, dafür aber deutlich effektiver ablief. Denn beim Artnapping waren alle Beteiligten daran interessiert, die Öffentlichkeit außen vor zu lassen und das Prozedere diskret abzuwickeln. Die Verhandlungen liefen in der Regel über Anwälte, und über die Zahlungen wurde Stillschweigen vereinbart. Für alle Beteiligten war dies die einfachste Lösung: für die Museen, die Versicherungen und den Dieb.

Wenn Freistein ein genialer Fälscher gewesen war – könnte er auch ein Museum getäuscht haben? Sie erinnerte sich an die Äußerungen aus dem Raubdezernat, dass manche Fälscher tatsächlich Museen und professionelle Sammler getäuscht hatten. Weil Experten sich nicht eingestehen wollten, dass sie nicht richtig hingeschaut hatten oder sich einfach hatten hinters Licht führen lassen, hingen heute Fälschungen in Museen, und keiner redete darüber.

Wahrscheinlich musste Freistein gar keine Museen täuschen. Von Turin verkaufte die gefälschten Kunstwerke an Sammler und gab die Originale, wenn er sie nicht selbst aufhängen wollte, an die geschädigten Museen zurück. Dann machte er gleich zwei Geschäfte. Woher er das Vermögen für seine Sammlung hatte, war damit auch geklärt. Die Beweise dafür würden sich finden.

Frederike wurde schwindlig von all den Gedanken und den Summen, die dahinterstanden. Aber das mussten zum Glück andere abklären.

»Wie spät ist es?«

»Kurz vor acht.«

»Geht jetzt noch ein Zug nach Essen?«

»Frau Kriminalkommissarin, bin ich die Bahn?«

»Dann kriegen Sie's raus.«

Der Taxifahrer rollte die Augen und rief seine Zentrale an. »Um zweiundzwanzig Uhr sechsundfünfzig geht ein Nachtzug. Der ist um sieben morgen früh in Essen.«

»Mist.« Wie kam sie also schnellstens nach Essen? Eine ungemütliche Nacht auf harten Sitzen im Zug? Ein Hotel und morgen früh fahren? Oder ein Auto mieten?

Schweiß trat ihr auf die Stirn. Selbst Auto fahren. Sie hatte sich geschworen, sich niemals wieder hinter ein Lenkrad zu setzen.

Das Bild der splitternden Frontscheibe platzte in ihre Gedanken.

Munch: »Der Schrei«.

So sicher beim Pawlow'schen Hund der Speichel lief, so sicher poppte das Bild vor ihren Augen auf, wenn sie an damals, an den Unfall, dachte. Sie riss die Augen auf, um es zu verscheuchen.

»Ist etwas passiert?«, fragte der Fahrer erschrocken.

Ein Elefant setzte sich wieder auf ihren Brustkorb, und ihr Rücken wurde feucht.

Dann brach sie los, die Erinnerung, die sie in ihrer jetzigen Verfassung nicht stoppen konnte.

Moritz und sie waren in Westfalen bei Freunden gewesen. Die hatten Karten für einen jungen Kabarettisten organisiert: Volker Pispers. Bei seinem Programm »Original und Fälschung« hatten sie einen grandiosen Abend verbracht. Damals fing Pispers in der Region an, sich einen Namen zu machen, bissig und scharfsinnig.

Nach der Veranstaltung mussten sie leider wieder zurück nach Essen fahren, da sie am kommenden Tag kurzfristig einen Dienst übernehmen musste. Damit Moritz etwas trinken konnte, war sie gefahren. Während der Heimfahrt rezitierten sie Pointen und Formulierungen und lachten Tränen.

So war es mit Moritz. Er verströmte so viel Lebensfreude

und Optimismus. Mit ihm war das Leben, wie im Sommerkleid barfuß über eine Blumenwiese zu laufen und unter einem Apfelbaum Kuchen zu essen.

Es passierte hinter Bielefeld. Sie fuhren durch ein Waldgebiet. Der Bruchteil einer Sekunde reichte, und ihr Leben war nicht mehr, was es gewesen war. Doch diese Zeitspanne empfand sie als ewig währende Zeitlupe: ein Schatten auf der Brücke. Etwas fiel. Der Schatten duckte sich und rannte weg. Es knallte. Glassplitter vor ihren Augen. Die Bremsen kreischten. Verbranntes Gummi. Schlittern über die Fahrbahn. Quietschen. Gestauchtes Blech.

Dann Stille.

»Was war das denn?«, hatte sie geschockt, aber erleichtert gefragt, nachdem sie endlich, an die Leitplanke gedrückt, zum Stehen gekommen waren.

Doch Moritz antwortete nicht. Sie drehte sich zu ihm. Er hing in seinem Sitz. Sein Kopf war nach vorne gekippt. Die Augen aufgerissen. Blut lief ihm aus der Brust, tropfte von seinem Gesicht. Beim Atmen bildeten sich Bläschen vor seinem Mund. Ein quadratischer Stein lag in seinem Schoß, nicht größer als ein Katzenkopf.

Hätte es damals schon Mobiltelefone gegeben, hätten sie ihn retten können. So dauerte es eine Ewigkeit, bis jemand angehalten und danach den Notarzt gerufen hatte.

Die Zeit neben ihrem schwer verletzten Ehemann dehnte sich ins Unendliche.

Ununterbrochen hatte sie ihm von ihren Plänen, ihrer kleinen Familie, ihrem zukünftigen Heim, dem Apfelbaum, den sie pflanzen wollten, erzählt. Dabei hatte sie seine Hand gehalten und mit ihrer Jacke die Blutungen so gut wie möglich gestoppt.

Anschließend wachte sie an seinem Bett auf der Intensivstation. Doch er wurde nicht mehr wach. Am dritten Tag war der Kampf vorbei und die Schlacht verloren. Eine Woche später hatte sie ihn beerdigt. Und ihren Glauben an eine gerechte Welt. Der Steinewerfer von der Brücke wurde nie ermittelt, obwohl sie wirklich alles versucht hatte: Flugblätter, Aufrufe, Fernsehen. Sogar »Aktenzeichen XY«.

Damals hatten sie wenige Freunde. Moritz und sie waren sich selbst genug gewesen. Sie waren eine Insel, auf der nur sie Platz hatten. Die gemeinsame Zeit war zu kostbar, um sie mit anderen zu teilen. So gab es kaum jemanden, der sie vor der Einsamkeit und Leere bewahrte. Nicht dass es niemand versucht hatte. Aber sie hatte keinen von ihnen an sich herangelassen. Wer hartnäckig blieb, wurde immer wieder brüsk zurückgewiesen.

Auf Druck ihrer Chefs musste sie zur psychologischen Beratung. Keine Ahnung, wie oft sie dort war, vielleicht zwei-, maximal dreimal. Als ihr die Frau das Munch-Bild gezeigt und sie gefragt hatte, ob das ihre emotionale Situation gut beschreiben würde, war sie aufgestanden und gegangen. Seither verfolgte sie dieses Bild und poppte jedes Mal auf, wenn sie an den Unfall dachte oder der Stress besonders groß war.

Damals hatte sie sich eingemauert, das Lachen eingestellt und war in Trübsinn und Verbitterung versunken. Keine Blumenwiese mehr, kein singender Vogel, kein Apfelbaum. Nur Sand und Wüste und Kakteen. Steine und eine skelettierte Kuh mit heraushängender Zunge. Wie auf Freisteins Plakat.

Danach kam der Mist beim Dienst, und ihre Mauer erhielt einige Reihen Backsteine obendrauf.

Jedenfalls war das der Grund, warum sie nie mehr Auto gefahren war. Sie musste sich sogar jedes Mal überwinden, als Beifahrer in ein Auto zu steigen. Sie zuckte bei jedem Schatten und jeder schnellen Bewegung am Straßenrand zusammen. Es kostete sie sehr viel Kraft, nicht ständig »Achtung!«, »Vorsicht!« und »Da!« zu schreien. Deshalb liebte sie die Zugfahrten.

»Stellen Sie sich vor, wie berühmt Sie werden, jetzt, wo Sie diese Bilder gefunden haben. Wenn Sie noch den finden, der dahintersteckt, gehen Sie in die Geschichtsbücher ein.« Der Taxifahrer erschreckte Frederike mit seiner Bemerkung.

Ja, das wäre ein Ende ihrer Karriere, wie sie es sich ausgemalt hatte. Mit einem lauten Knall und einem triumphalen Showdown. »Haben Sie heute noch was vor?«, fragte Frederike herausfordernd. Dann holte sie ihren Koffer im Bahnhof, duschte ausgiebig und war bereit für ein letztes Abenteuer.

27

Frederike rief Herrn Baumeister in Karlsruhe an. Es gelang ihr, ihn zu erweichen. Sie verabredeten sich für zweiundzwanzig Uhr an der Autobahnraststätte Bruchsal Ost nördlich von Karlsruhe. Sie war dankbar, dass sich Herr Baumeister kooperativ zeigte und sie treffen wollte. »Ich fahre sowieso gleich nach Hause, da ist der kleine Abstecher kein Problem.« Eine gute Stunde später bog ihr Taxifahrer auf die Raststätte ab. Sie schickte ihn zum Kaffeetrinken. »Ich komme nach, sobald ich fertig bin.«

Kurz danach erkannte sie Herrn Baumeisters Wagen. Das Karlsruher Kennzeichen stimmte, und sie stieg zu ihm. Nach einem ersten Abtasten – Herr Baumeister wusste nicht, ob er Frederike vertrauen konnte – berichtete er von den Gesprächen und den Geschäften mit Meinhard Westerburg. Eine geschlagene Stunde redeten sie. Er schilderte, was zwischen ihm und Westerburg vorgefallen war.

Als leidenschaftlicher Kunstsammler hatte Baumeister vor mindestens zehn oder fünfzehn Jahren Westerburg kennengelernt und erste Geschäfte mit ihm gemacht. Zuerst im kleinen Stil, Bilder von Nachwuchskünstlern, begabte Kunststudenten, Newcomer aus New York und London. Er selbst hatte sich damals mit seiner Werbeagentur gerade freigeschwommen. Nachdem er das eine oder andere Bild wieder lukrativ verkaufen konnte und damit sein »Spielgeld«, wie er es bezeichnete, anwuchs, kamen renommierte Künstler dazu.

»Liefen Ihre Verkäufe immer über Ihre Bücher?«

»Ich stimme alles mit meinem Steuerberater ab. Keine Sorge.«

»Das ist Spielgeld, wie Sie sagen, von dem der Fiskus nichts weiß?«

»Das Startkapital bestand aus versteuertem Geld, und die Gewinne aus den Verkäufen muss ich nicht angeben, weil ich kein professioneller Händler bin.«

Dann erzählte er, dass Westerburg ihm vor fünf Jahren einen Matisse angeboten hatte. »Herr Westerburg meinte, dass ich doch Unternehmer bin, der bestimmt Geschäfte neben den Büchern abwickeln würde – er hat das viel subtiler und eleganter formuliert – und außerdem vom Verkauf verschiedener Bilder einiges an Rücklagen haben könnte. Wenn ich interessiert wäre, dann könnte er mir ein Bild anbieten, das es nicht auf dem Markt zu kaufen gibt.«

Es stellte sich heraus, dass Westerburg den Matisse, der damals in Rotterdam gestohlen worden war, an den Mann bringen wollte.

»Westerburg glaubte allen Ernstes, ich besäße Schwarzgeld in Millionenhöhe, das ich in Hehlerware investieren würde.« Baumeister klang auch heute noch empört darüber. »Ich habe danach alle Kontakte abgebrochen, wie Sie verstehen werden. Seither habe ich nichts mehr von Herrn Westerburg gehört.«

Baumeister wusste nicht, ob Westerburg mehrere Kunden angesprochen hatte. Er hatte nicht erwähnt, wie er an die Bilder gelangt war und was es mit ihnen auf sich hatte.

»Frau Stier, ich zieh mir die Hose doch nicht mit der Kneifzange an. Natürlich habe ich im Internet nachgesehen und festgestellt, wo das Bild herkommt.«

»Auf die Idee, die Polizei einzuschalten, sind Sie nicht gekommen?«

»Die Geschäfte, die ich mit Herrn Westerburg gemacht hatte, sind alle sehr gut und professionell gelaufen. Ich wollte ihn nicht kompromittieren.«

»Einen Verbrecher anzuzeigen ist nicht kompromittieren, Herr Baumeister.«

»Ich habe es nicht getan und Schluss.«

»Womit hatte er Sie in der Hand?«

Schweigen.

War das Westerburgs Strategie beim Verkauf der gestohlenen Kunst? Wenn er einen Kunden hatte, von dem er wusste, dass er Dreck am Stecken hatte, bot er ihm die Ware an? Sollte aus dem Geschäft nichts werden, ging man auseinander, ohne

Konsequenzen befürchten zu müssen, denn man hatte sich gegenseitig in der Hand.

Frederike hakte nicht weiter nach, denn sie hatte die Bestätigung, die ihr fehlte. Die Bande hatte mit Diebesgut gehandelt.

»Eine Frage noch. Bei den erwähnten ›renommierten Künstlern‹ kamen Sie nie auf die Idee, eine Expertise anfertigen zu lassen?«

»Das war nicht notwendig. Herr Westerburg hat dazu immer die Provenienz und den Catalogue raisonné geliefert. Manchmal auch eine Expertise mit Analysen.«

»Lassen Sie mich raten: alles ausgestellt von der Agentur ›Kunst Kenner‹ aus Düsseldorf.«

Baumeister klappte die Kinnlade herunter.

»Das muss nichts heißen«, beschwichtigte Frederike. Sie bedankte sich für die Informationen und ließ ihn im Auto zurück.

Ihr Bild vervollständigte sich. Sie ging zum Restaurant. Die letzte Etappe der Reise stand an.

Der Taxifahrer saß im Rasthof an einem kleinen Tisch in der Ecke. Sein Kopf lag neben der Kaffeetasse in der Armbeuge.

»Wir müssen weiter«, sagte Frederike und rüttelte an seiner Schulter. Verschlafene Augen sahen sie an. Sie schienen zu fragen, wer da stand und was derjenige wollte.

»Gleich«, schmatzte er und rieb sich die Augen.

Frederike holte sich einen Coffee to go und ein Käsebrötchen.

»Auch etwas?«

Er nickte.

Sie holte einen zweiten Kaffee, ebenfalls mit einem Käsebrötchen.

Im Taxi verkroch sie sich auf die Rückbank. Kaum hatte sich ihr Taxifahrer wieder in den Verkehr eingefädelt, versank sie im Zusammenbauen ihrer Einzelteile.

Hinter der Dreierbande von Turin, Westerburg, Freistein, im Grunde war es eine Viererbande, denn Reisinger gehörte wohl auch dazu, verbarg sich eine Organisation, die Kunstraube beauftragte. Anschließend fälschte Freistein die gestohlenen Gemälde, und diese Fälschungen verscherbelte dann Westerburg mit Reisingers Gütesiegel als »Originale« an dubiose Kunstsammler. Der Schlüssel war, dass diese Kunden Schwarzgeld besaßen, das sie lukrativ waschen konnten, oder sonstige Leichen im Keller verbargen. So glaubten die vier, die Kunden in der Hand zu haben und vor Anzeigen oder Strafverfolgung sicher zu sein. Ein perfides Spiel, bei dem Gauner von Gaunern aufs Kreuz gelegt wurden. Wahrscheinlich hatten die meisten gar nicht mitbekommen, dass sie hintergangen worden waren. Vielleicht nur dann, wenn von Turin ein Bild zurückgab und dies in der Presse erwähnt wurde. Aber dafür hingen zu viele Originale in seinen Häusern. Das Risiko, in dieser Hinsicht aufzufliegen, wird ihm zu groß gewesen sein. Was sollte passieren, wenn ein Käufer feststellte, dass er eine Fälschung erworben hatte? Sollte er der Polizei sagen, dass er Hehlerware mit Schwarzgeld gekauft hatte und betrogen worden war? Also blieb ihm nur, die Wunden zu lecken.

Oder das investierte Geld zurückzufordern, so wie Nakamura vielleicht.

War der Japaner ebenfalls mit einer Fälschung hereingelegt worden und wollte sich damit nicht abfinden? War er nicht bereit, seine Wunden zu lecken, sondern wollte stattdessen sein Geld oder sein originales Bild haben? Ging er dafür über Leichen?

Frederike dachte an Freistein, wie sie ihn am Aufgang zur Kohlenwäsche auf der Zeche Zollverein gefunden hatten. Eine Leiche als Drohung dort abzulegen, das entbehrte nicht einer gewissen Ironie. Traute sie dem übergewichtigen Asiaten einen solch makabren, tödlichen Humor zu?

Ein anderer Gedanke platzte in Frederikes Überlegungen. Von Turin sollte sterben, weil er den Ort, wo das von Nakamura verlangte Gemälde versteckt war, nicht nennen wollte oder konnte. Dann doch nur, weil er jemanden schützte oder es tatsächlich nicht wusste. Sollte wirklich nur einer von den vieren das Versteck kennen?

Sie sollte Kowalczyk über das Gespräch mit Baumeister informieren. Jetzt konnten er und das Team Westerburgs übrige Kunden überprüfen. Eine Lawine von Prozessen stand an. Wo gab es Schwarzgeld? Wer hatte gestohlene Ware erwerben wollen und hatte nur eine Fälschung erhalten? Mit den Bildern in von Turins Haus ließen sich jetzt auch andere Kunstraube aufklären oder zumindest die Ermittlungen voranbringen. Sollte von Turin noch leben, konnte er seine Haftbedingungen erleichtern, wenn er sich kooperativ zeigte.

Zufrieden legte Frederike wieder den Kopf an die Scheibe und lachte bei der Vorstellung, wie Julian aus der Wäsche gucken würde, wenn sie ihm das alles erzählte.

Mittlerweile war es kurz vor eins. Sie fragte den Taxifahrer: »Wie heißen Sie eigentlich?«

»Felix.«

»Hören Sie, Felix, haben Sie Kopfhörer dabei? Dann setzen Sie die jetzt auf und hören weg. Ich muss telefonieren.«

Kurz danach rief sie Kowalczyk an.

»Ich weiß, wie spät es ist. Aber wenn es nicht wichtig wäre, würde ich nicht anrufen. Hör also zu.«

Sie schilderte ihm, was sie erfahren und welche Überlegungen sie angestellt hatte. Doch Kowalczyk war um diese Uhrzeit kein Sparringspartner. Also sollte er einfach ein paar Sachverhalte abklären. »Ich schicke dir die Namen einiger Kunden von Westerburg, die eine Aussage am Telefon verweigert haben. Prüfe, ob sie gestohlene Bilder gekauft oder entsprechende Angebote erhalten haben. Kläre die Identität der Bilder. Wurden sie aus Museen gestohlen? Sind sie noch vermisst? Frage bei Museen, ob es Verhandlungen gibt, die Bilder zurückzukaufen.«

Sie sah in ihr Notizbuch und nannte Kowalczyk weitere Punkte. Es war zäh, da er einfach nicht wach wurde. Aber mit Hilfe ihrer konkreten Anweisungen war er schließlich in die

Küche gegangen, hatte sich Block und Stift geholt und brav mitgeschrieben.

»Wir suchen weiter nach von Turin?«

Sie verstand die Frage nicht. »Natürlich. Oder ist er doch in der Dominikanischen Republik? Er ist der Drahtzieher.« Frederike wollte Kowalczyk nicht erzählen, was sie alles in Freiburg erlebt hatte. Erst wenn sie alle Punkte geklärt hatte und ihr Plan stand, würde sie ihn einweihen. Einen groben Plan hatte sie im Kopf, aber die Feinarbeit stand noch aus.

»Und Julian?«

Kowalczyk, der Bedenkenträger. »Willst du seine Einwilligung, dass du telefonieren darfst? Musst du ihn fragen, wenn du bei einer Ermittlung Zeugen befragst?«

Sie deutete sein Gähnen als Nein. »Also mach es und lass ihn aus dem Spiel.«

Verschlafen berichtete Kowalczyk von der Aufregung in Essen, nachdem ein erster Bericht aus Freiburg eingetroffen war. Die Kollegen dort hatten das Haus auf den Kopf gestellt und einige Schätze geborgen. Alle wollten wissen, wie sie, Frederike Stier, hinter dieses Versteck gekommen war.

»Morgen, Kowalczyk, morgen erzähl ich es.«

Sie beendete das Gespräch und versank wieder in Gedanken, auch wenn die Genugtuung ihren Puls ordentlich antrieb.

Hinter Darmstadt kippte ihr Kopf zur Seite.

Etwas riss sie aus dem Dämmerzustand.

»Idiot!«, fluchte Felix und streckte in eindeutiger Geste den Mittelfinger Richtung Vordermann.

»Wie spät ist es?« Frederike gähnte.

»Viertel vor drei. Wir sind schon kurz vor Köln. Ich müsste tanken.«

Sie hatte also tatsächlich geschlafen. An der Raststätte Siegburg fuhren sie von der Autobahn. Frederike streckte sich neben dem Wagen und ging einige Schritte. Sie beschloss, Proviant für die letzten Kilometer der Fahrt zu holen. Im Kassenraum bestellte sie zwei Kaffee und vier Croissants. Dann bezahlte sie die Tankfüllung und ging beladen zum Auto zurück.

Kaum wieder auf der Autobahn, plante sie die kommenden Stunden. Im Grunde war es eine tote Zeit. Sie müsste Reisinger anrufen, um ihn in seine Agentur zu bestellen. Doch dafür war es zu früh. Andererseits war es zu spät, um noch einmal nach Essen zu fahren und ins Bett zu gehen. Also ließ sie ihren Gedanken freien Lauf, was diese nutzten, ihr vorzugaukeln, sie bekäme lebenslang freien Eintritt ins Museum Folkwang für alle Ausstellungen und Veranstaltungen und einen Ohrensessel vor ihrem Bild: »Die Einsamen«. Kurz vor Leverkusen wurde ihr dieser Blödsinn zu viel. Sie gähnte und reckte sich und lauschte einem Kommentar des WDR. Selbst der Taxifahrer schien zu müde für eine Bemerkung zu sein. Frederike fragte sich, ob sie ihn mit einer Unterhaltung davor bewahren konnte, einzuschlafen. »Wollten Sie als Junge auch Polizist werden?«

»Gott bewahre!«, kam die spontane Antwort. Dann merkte Felix offenbar, wie das klang, und schob hinterher: »Wenn ich gewusst hätte, wie interessant das sein kann, hätte ich es mir vielleicht überlegt.«

»Es ist schon gut, dass Sie Taxi fahren.« Sie verschränkte die Arme vor der Brust. Zum Glück waren sie gleich in Düsseldorf. Das tatenlose Sitzen musste aufhören.

Dann fühlte sie sich aber doch verpflichtet, Felix dabei zu helfen, konzentriert zu bleiben. Schließlich kämpfte er genauso wie sie gegen die Müdigkeit an. »Gut, dass es nicht regnet«, versuchte sie sich in Small Talk und merkte, wie erbärmlich sie darin war. Felix philosophierte beim Stichwort Wetter sofort über den Klimawandel und darüber, wie wenig getan wurde. Anscheinend empfand er seine Argumentation nicht unschlüssig, nur weil er einen zehn Jahre alten Diesel fuhr.

Eine halbe Stunde später erreichten sie den Hauptbahnhof in Düsseldorf.

Frederike verabschiedete sich von Felix, nahm ihn sogar einmal kurz in den Arm, bedankte sich mit einem ordentlichen

Trinkgeld, wünschte ihm eine gute Rückfahrt und verschwand im langen Flur des Bahnhofs. Sie musste fast bis zum entgegengesetzten Ausgang gehen, um ein geöffnetes Café zu finden. Eine Backwarenkette hatte geöffnet. Sie holte sich ein Wasser und eine Brezel und setzte sich in eine Ecke.

Wie würde ihr Leben in vierundzwanzig Stunden aussehen? Dass heute viel passieren würde, spürte sie. So viele neue Spuren, neue Hinweise. Die EK ließ garantiert keinen Stein auf dem anderen. Und früher oder später gelangten sie dann zu dem gleichen Schluss wie sie. Deshalb musste sie schneller sein und cleverer.

Eine Sache konnte sie nur schwer einschätzen: Würde Nakamura anbeißen? Denn sie wusste nicht, ob es seine Gier nach dem Bild war, die ihn antrieb, oder sein Wunsch nach Rache, weil von Turin ihn betrogen hatte. Sie vermutete, dass es eine Mischung aus beidem war und ihm der Sabber aus dem Mund lief, wenn er *sein* Gemälde in greifbarer Nähe wähnte.

Um welches Werk es ging, war ihr auch ziemlich klar. Nach allem, was passiert war, was sie an Informationen gesammelt hatte, konnte es nur um den gestohlenen Monet gehen. Und nachdem weder sie das Gemälde in der Hütte im Schwarzwald gesehen noch das Spusi-Team es in von Turins Haus in Hubbelrath sichergestellt hatte, gab es auch nicht viele Alternativen, wo es aufbewahrt wurde. Wenn sich ihre Vermutung bestätigte, hing Nakamura am Haken: Monet gegen von Turin – und ihre Falle würde zuschnappen.

Eins nach dem anderen, beruhigte sie sich. Noch war es eine Idee, eine Hoffnung, dass sie die Hintergründe um den Tod von Freistein, Westerburg und dem armen Obdachlosen aufklären würde und der Kunstwelt ihre Schätze zurückgeben konnte.

Ihr Blick versank im Resopal des kleinen Tisches, ihre Gedanken flossen zäh wie der Freitagnachmittagsverkehr auf der A 40 – und stockten dann komplett. Sie schreckte hoch. Verdammt, sie war schon wieder weggedöst.

Bring es zu Ende, danach kannst du dich ausschlafen!

Sie sah auf die Uhr: noch immer zu früh, um Reisinger anzurufen. Reisinger sah sie nicht als Problem. Sie war sicher, dass er bei der Bande nur im Hintergrund spielte und nicht der Drahtzieher war. Er besaß noch so was wie ein Gewissen. Er war nicht der abgebrühte Ganove, der skrupellos Anleger ausnahm. Sie würde ihm seine Perspektiven in der JVA detailliert beschreiben, dann knickte er bestimmt ein.

Nakamura zu treffen war die Herausforderung. Dafür zu sorgen, dass er den Köder schluckte.

Sie holte ihr Notizbuch aus der Tasche und schlug es auf.

Sie notierte »Agentur Reisinger« und »Nakamura«, kritzelte eine Frage aufs Papier, entschied sich dann, den Kopf kurz abzulegen – und spürte plötzlich eine Berührung an der Schulter.

»Hier können Sie nicht schlafen. Dafür gibt es andere Häuser.« Eine resolute Frau stand neben Frederike und blies sich eine lila Locke von der Nase.

Frederike brauchte einen Moment, um sich zu orientieren. Schon wieder eingeschlafen. Andererseits konnte jede Minute Schlaf wichtig sein bei dem, was heute alles vor ihr lag.

»Stier, Kripo Essen, was meinen Sie?« Dabei holte sie ihre Dienstmarke aus der Tasche und hielt sie diesem Wonneproppen vor die Nase.

»Entschuldigen Sie. Aber … wir sind kein Hotel.«

»Weiß ich. Und?«

Die Frau verzog sich hinter den Tresen und sah dann giftig zu Frederike herüber.

Der Duft von frisch gebackenen Brötchen strömte durch den Raum. Kurz vor sechs. Draußen füllte sich die Bahnhofshalle mit Pendlern. Handwerker, Manager, Angestellte kauften für die Fahrt zur Arbeit Kaffee, Brötchen, Gebäck und eilten zu ihrem Tagewerk.

Sie sollte sich auch bereit machen. Eine Dusche war dafür unerlässlich.

Frederike packte ihre Sachen ein, kaufte sich ein Körnerbrötchen und einen Kaffee und verließ den Bahnhof. Sie überlegte, wo sie sich waschen konnte.

»Wo gibt es in der Nähe ein Schwimmbad?«, fragte sie einen Taxifahrer.

»Düsselstrand, nicht weit von hier.«

»Wann machen die auf?«

»Ich fahr Sie hin, dann können Sie sich dort erkundigen.« Zehn Minuten musste Frederike warten, bis die Scheibe vor der Kasse zur Seite geschoben wurde. Sie kaufte eine Karte, duschte ausgiebig, zog sich an und stand dreißig Minuten später als neuer, wenn auch müder Mensch wieder an der Kasse.

»Rufen Sie mir ein Taxi«, wies sie die Kassiererin an, den Trick mit der Dienstmarke nutzend, und ging hinaus. Diese rief ihr etwas hinterher, doch Frederike ignorierte es.

Sie ließ sich zu Reisingers Agentur bringen. Auf dem Weg dorthin rief sie ihn an. Er saß frühstückend zu Hause. »Kommen Sie sofort in Ihre Agentur. Wir müssen reden.« Als Frederike drohte, ihn von den Streifenkollegen abholen zu lassen, willigte er ein.

Trotzdem musste sie eine Dreiviertelstunde auf ihn warten, bis er mit seinem Wagen endlich in die Seitenstraße abbog.

»Herr Reisinger, wo bleiben Sie?«

»Guten Morgen, Frau Stier. Was kann ich –«

»Gehen wir hoch.«

Der verdutzte Reisinger schloss die Türen auf, drückte den Fahrstuhlknopf. Kaum hatten sie die Räume betreten, machte er sich an der Kaffeemaschine zu schaffen. Es brummte und zischte, und Frederike fragte sich, was wäre, wenn jeder so einen Radau machen würde, bevor er seine Arbeit begann.

Während Reisinger seinen Mantel aufhängte, sagte er: »Setzen Sie sich. Ich bin gleich bei Ihnen.« Er wirkte überdreht, als ahnte er, dass das Gespräch keinen guten Verlauf für ihn nehmen würde.

»Ich habe Croissants gekauft. Wollen Sie eins?« Frederike hielt Reisinger die Tüte hin. Natürlich hatte er keinen Appetit. Er war kaum in der Lage, die Kaffeetassen unfallfrei zu jonglieren, geschweige denn etwas zu essen.

»Es geht um Herrn von Turin, wie Sie sich denken können, und um Ihren Kontakt zu ihm.«

Reisinger griff sich an die Nase. »Ich wüsste nicht, wie ich Ihnen noch helfen kann. Alles, was ich weiß, habe ich Ihnen beim letzten Mal erzählt. Und Ihren Kollegen, die mich ebenfalls befragt haben.«

»Sie waren ein sehr guter Schauspieler, Herr Reisinger. Aber mit den Lügen ist jetzt Schluss.« Ihr Ton war bestimmend, ohne drohend zu klingen.

Reisinger lehnte sich auch prompt in seinem Stuhl zurück.

Frederike fuhr fort: »Herr von Turin ließ Museen und Ausstellungen ausrauben und hat mit der gestohlenen Kunst Geschäfte gemacht. Sie, Herr Westerburg, Herr Freistein und Herr von Turin stecken unter einer Decke.«

Reisinger riss die Augen auf.

Nachdem er nicht widersprach, fuhr sie fort. »Ihr Geschäftsmodell sah wie folgt aus: Herr Freistein kopierte die gestohlenen Gemälde, und Herr Westerburg verkaufte diese Fälschungen an Anleger. Diese bezahlten wahrscheinlich mit Geld, das am deutschen oder welchem Fiskus auch immer vorbeigelaufen war. Sie haben dem Geschäft mit Ihren Expertisen und Zertifikaten quasi den Segen gegeben, dafür gesorgt, dass der Deal seriös wirkt. Wahrscheinlich haben Sie mit den Analysen auch dabei geholfen, die Fälschungen noch perfekter zu machen.«

Reisinger rang nach Atem. Dann keuchte er: »Das können Sie nicht beweisen.«

»Und ob ich kann. Wir haben alle Unterlagen aus dem Haus im Bergischen, und wir haben die Gemälde aus dem Schwarzwald. Sie glauben nicht, was unsere Spurensicherung alles gefunden hat.«

Reisinger schrumpfte sichtlich auf seinem Stuhl zusammen.

Wie so oft mischte Frederike die gewonnenen Fakten mit ihren Vermutungen und Theorien und mixte sie mit einer überzeugten Stimme zu einem Axiom. So ließ sie ihre Argumentation wie einen Fels in der Brandung erscheinen, an dem alle

Widerrede abprallte.»Wir wissen, dass Westerburg die Ware Sammlern angeboten hat, die vorzugsweise Schwarzgeld waschen wollten.«

Reisinger sprang auf und ging hinter seinem Stuhl auf und ab, sagte aber nichts.

Frederike spürte, dass sie ihn hatte.»Ihre Expertisen, Herr Reisinger, die machten das Geschäft so hinterhältig. Mit dem Deckmäntelchen des unabhängigen Gutachtens haben Sie die Geschäfte sanktioniert. Das sind einige Jahre, die Sie dafür einsitzen werden.«

»Sie haben nichts in der Hand, mit dem Sie Ihre Unterstellungen beweisen können.« Reisingers Stimme war nun deutlich leiser.

»Sie werden es mir gestehen. Da muss ich Ihnen nichts beweisen. Außerdem kommen meine Kollegen gleich und nehmen Ihre gesamten Unterlagen mit. Danach sind Sie erledigt. Das wissen Sie so gut wie ich. Außerdem ist Herr Westerburg ein beinahe krankhaft ordentlicher Mensch. Sie glauben nicht, was er alles dokumentiert hat. Kurz, Sie haben die Wahl, zu kooperieren oder dem Schicksal Ihrer Geschäftskollegen Freistein und Westerburg zu folgen.« Frederike schwieg.

Reisinger schnappte nach Luft, als ihm die Bedeutung der letzten Aussage klar wurde.»Sie wollen mich ans Messer liefern?«

»Wem sollte ich Sie denn ans Messer liefern?«

»Ich muss telefonieren.«

»Herr Reisinger, bevor Sie Ihren Anwalt hinzuziehen, lassen Sie uns gemeinsam überlegen. Ich weiß, wer die Morde an Ihren Geschäftspartnern zu verantworten hat. Dieser Mensch hat auch Ihren Freund von Turin in seiner Gewalt. Wenn wir Glück haben, lebt er noch. Ich fürchte aber, dass Herrn von Turin verschiedene Körperteile fehlen.«

»Oh Gott.«

Frederike sah Reisinger an. Es faszinierte sie immer wieder, in welcher Geschwindigkeit aus einem selbstbewussten, unangreifbaren Menschen ein Häufchen Elend wurde.

»Ob Herr von Turin während der Befragung weitere Details preisgegeben hat, Namen, Lagerorte, weiß ich nicht.« Der letzte Rest Farbe wich aus Reisingers Gesicht, und er setzte sich wieder Frederike gegenüber. Sie beobachtete sein Mienenspiel und war sehr zufrieden. Ihre Gedanken schienen sich zu hundert Prozent als richtig zu erweisen.

Von Turin hatte ein perfektes System aufgebaut, um kunstbesessene Sammler auszunehmen, die unerreichbare Kunst besitzen und nicht herzeigen wollten. Wahrscheinlich unterhielten diese Menschen eine Galerie in ihrem Keller und waren zufrieden, die Bilder ab und zu betrachten zu können.

»Gab es noch andere Verkäufer oder Mitwisser in Ihrer Bande außer Westerburg?« Frederike musste wissen, ob sie die Schlangengrube komplett ausgehoben hatte oder weitersuchen musste.

Reisinger schüttelte den Kopf.

»Wer hat die Kunstraube für Sie durchgeführt?«

»Osteuropäer in der Regel. Von Turin hatte Kontakte, ich weiß nicht, wohin. Jedenfalls wurden von dort die Leute eingekauft. Immer nur für einen Job.«

»Wie viele Jobs gab es?«

»Spielt das eine Rolle?«

»Nicht für den Moment.«

Reisinger streckte die Beine aus und lehnte sich nach hinten. Sein Blick ging zur Decke. Frederike war sicher, dass er seine Optionen durchspielte. Was er zu verlieren hatte. Was sie ihm tatsächlich beweisen konnte. Was er riskierte, wenn er schwieg. Vielleicht stellte er sich auch den gefolterten Westerburg und von Turin vor. Sah er sich auf einem Stuhl vor Nakamura sitzen? Frederike gab ihm Zeit. Sein gequältes Atmen füllte fast den gesamten Raum.

Schließlich fragte er: »Was soll ich tun?«

Frederike ließ sich ihre Erleichterung nicht anmerken. Wie selbstverständlich fragte sie: »Wo befinden sich die Bilder, die Sie begutachten? Haben Sie einen bestimmten Ort, wo die gestohlenen Bilder gelagert werden?«

Reisinger beugte sich nach vorne und legte seinen Kopf in die Hände. »Wissen Sie, was Sie von mir verlangen?« »Ich biete Ihnen an, Ihren Hals aus der Schlinge zu ziehen. Und zwar im wahrsten Sinne des Wortes. Was passiert, wenn der geprellte Käufer Ihren Namen erfährt, wissen Sie. Er legt eine Schlinge um Ihren Hals und zieht zu. Kurz und effektiv. Vielleicht befragt er Sie auch vorher. Ich habe Fotos von Westerburg. Wollen Sie sehen, wie der nach seiner Befragung ausgesehen hat?« Wieder ließ sie die Worte wirken.

»Sie sind grausam.«

»Wenn Sie kooperieren, übergebe ich Sie dem Staatsanwalt, und ein Richter wird über Sie befinden. Ihre Offenheit wird man zu Ihren Gunsten auslegen. Sie entscheiden, ob es Folter wird oder ob Sie reinen Tisch machen und Ihre Rente noch erleben.«

Frederike nahm ihre Kaffeetasse. »Wenn Sie sagen, unser Gespräch ist beendet, gehe ich.«

Während sie trank, spiegelte sich auf Reisingers Gesicht seine ganze Verzweiflung. Er musste abwägen, inwieweit er ihr trauen konnte. Welche Konsequenzen auf ihn warteten und was sie bedeuteten. Sie genoss dieses Schauspiel, den Kerl so leiden zu sehen. Da er mit seinen Überlegungen zu keinem Ergebnis zu kommen schien, erhöhte sie den Druck.

»Als Nächstes besuche ich Herrn Nakamura. Vielleicht haben Sie den Namen schon einmal gehört. Der lässt es sich nicht bieten, betrogen zu werden. Sicher ist Ihnen längst klar, dass er Ihren Freund von Turin ›befragt‹ hat. Und Herr Nakamura war richtig sauer. Selbst ein toter Freistein und ein toter Westerburg haben ihn nicht beruhigt.«

Mit zittrigen Händen nahm Reisinger sein Wasserglas und trank.

Frederike gefiel das Gespräch immer mehr. »Habe ich Ihnen erzählt, dass Nakamuras Spezialität das Abtrennen von Zehen ist? Westerburg fehlten einige und in von Turins Schwarzwaldhaus habe ich auch welche gefunden. Gar nicht schön, so ein abgeschnittener Zeh. Auch wenn es nur die kleinen sind.«

Reisinger rutschte das Glas aus der Hand. Es zersprang auf den Marmorfliesen.

Unbeirrt fuhr Frederike fort:»Nach dem verspritzten Blut zu schließen –«

»Hören Sie auf! Was wollen Sie von mir?« Reisinger drohte von seinem Stuhl zu kippen.

Frederike zählte innerlich bis zehn, dann sagte sie:»Ich muss Nakamura in eine Falle locken. Eine Variante ist, dass ich ihm erzähle, was ich herausgefunden habe. Dass ich auf der Suche nach Ihnen bin, da ich vermute, dass in Ihren Räumen Bilder lagern. Ich vermute, Sie verdanken Ihr Leben der besonderen Freundschaft mit den Herren von Turin und Westerburg. Herr Nakamura wird Herrn Westerburg als Ersten befragt haben. Westerburg muss Freistein verraten haben. Wahrscheinlich hat er gehofft, dass Nakamura danach Ruhe gibt. Aber wer will schon einen originalen Freistein, wenn ihm ein originaler Monet versprochen wurde?«

Reisinger kaute an den Fingern.

»Aber Nakamura machte weiter. Bis Westerburg seinen Freund von Turin ans Messer lieferte. Danach war sein Leiden vorbei. Die Fotos, wie wir ihn gefunden haben, habe ich Ihnen noch nicht gezeigt? Nur damit Sie von der Befragungsmethode eine Ahnung bekommen.«

»Hören Sie endlich auf damit! Ich tue, was immer Sie von mir verlangen.«

»Sicher?«

Reisinger nickte.

»Dann reden wir über die zweite Variante.«

Nachdem sie mit Reisinger alle Fragen geklärt, das Vorgehen abgestimmt und Details besprochen hatte, verabschiedete sie sich.»Danke, dass Sie kooperieren, Herr Reisinger. Es lohnt sich. Aber noch eine Frage. Warum befindet sich der Monet in der Galerie Ihrer Frau auf Zollverein?«

Er zögerte kurz.»Richard, von Turin, ist vernarrt in dieses Bild. Schlimmer noch als dieser Japaner. Täglich kam er vorbei, um es sich anzusehen. Manchmal saß er die halbe Nacht im

Keller, hat sich einen Rotwein mitgebracht und es angestarrt. Wir haben kleine Überwachungskameras versteckt. Er war süchtig nach dem Bild. Was immer es ihm gesagt hat.«
»Dann hat er das Bild für sich aus dem Museum holen lassen und nicht für Nakamura?«
Reisinger hob die Schultern.
»Und der Cézanne? Er hat doch gesagt, das wäre sein Lieblingsgemälde.«
»Ablenkung? Fragen Sie ihn selbst, wenn Sie ihn treffen.«
»Eine Frage hab ich zu dem Cézanne. Eine Kopie hängt in von Turins Büro, ein Bild hängt im Museum Folkwang und eins in dem Haus im Schwarzwald. Welches ist das Original?«
Reisinger lachte. »Das wüsste ich auch gerne.« Er stand auf und stellte sich vor das Fenster. Seine Arme hingen herunter, als wäre ihm bewusst, dass er diesen wunderschönen Blick über das Zentrum Düsseldorfs nicht mehr oft genießen würde.

Frederike bedankte sich erneut und verließ den gebrochenen Mann. Mitleid empfand sie nicht. Sie war zufrieden, weil es besser gelaufen war, als sie gehofft hatte. Endlich fielen die Würfel zu ihren Gunsten.

28

»Bist du mein Mann?«

Schweigen.

»Kowalczyk, ich muss wissen, ob du mir hilfst.«

Räuspern.

»Kannst du nicht sprechen?«

»Das ist im Moment schwierig.«

»Dann geh raus, irgendwohin, wo du sprechen kannst.«
Frederike hörte Stimmen, einen Stuhl über den Boden krat-
zen, die Tür zuschlagen.

»Das ist wirklich sehr ungünstig im Moment.«

»Hast du von mir gar nichts gelernt? Wenn du immer den
geraden Weg gehst, kommst du nicht weiter. Lerne, unkon-
ventionell zu arbeiten, wenn du Fälle lösen willst.«

»Du kannst dir nicht vorstellen, was hier los ist.«

»Kowalczyk, hör zu.« Frederike atmete schwer. Zeit für
lange Diskussionen hatte sie nicht. Und außerdem wenig Lust
dazu. »Ich muss dir vertrauen können. Dafür musst du ein
Risiko eingehen. Sag Ja oder Nein, dann weiß ich Bescheid.«

»Frederike, das ist nicht so einfach.«

»Ich bin gegen ein Uhr in Essen. Lass uns zum Italiener
gehen. Dann brauche ich eine Antwort.«

»Weißt du, was du da von mir verlangst?«

»Kann ich auf dich zählen?«

Schweigen.

Frederike drückte das Gespräch weg.

Nur mit Mühe hielt sie einen Schrei zurück. Adrenalin trieb
ihr Herz unerbittlich an, und sie musste versuchen, es mit Pillen
im Zaum zu halten. Sie spürte, dass es an einem seidenen Faden
hing. Kowalczyk hätte sie unterstützen und damit entlasten
können. Jetzt musste sie ohne ihn weitermachen und hoffen,
dass es gut ging.

Für das nächste Gespräch brauchte sie Ruhe, was in der Düsseldorfer Innenstadt nicht einfach war. Sie sah sich um. Ein Lkw donnerte vorbei, die Sirene eines Krankenwagens scheuchte Menschen von der Straße, eine Kirchturmuhr mischte sich dazwischen.

Sie überquerte die Straße und ging in eine Passage. Dort sah sie ein Café. Um diese Uhrzeit sollte es ein ruhiges Plätzchen für sie geben, und sie konnte wenigstens sitzen.

Nachdem sie ein Mineralwasser bestellt hatte, wählte sie Nakamuras Büronummer.

»Herr Nakamura ist heute nicht im Büro. Er hat einen externen Termin.«

Sie wäre überrascht gewesen, wenn er nach der Aktion im Schwarzwald an seinem Schreibtisch sitzen würde. Sie bedankte sich. In ihrem Portemonnaie hatte sie Nakamuras Visitenkarte. Unter seiner Mobilnummer erreichte sie die Mailbox. »Stier, Kripo Essen. Rufen Sie mich an. Ich habe, was Sie suchen. Wir sollten über den Austausch reden.«

Frederike hinterließ ihre Nummer und hielt den Atem an. Im Grunde war sie sicher, dass er zurückrufen würde. Aber was würde sie tun, wenn von Turin eingeknickt war und sich ihr Plan in Luft aufgelöst hatte? Sie starrte auf das Display. Nichts. Sie legte das Gerät auf den Tisch, um gleich darauf den Batteriestand zu prüfen. Alles gut.

Drei Minuten waren vergangen. Dann klingelte es. Ein anonymer Anrufer.

»Wir treffen uns heute Abend, neunzehn Uhr, wo Herr Freistein zu Tode gekommen ist. Sie bringen Herrn von Turin lebend mit, und ich gebe Ihnen Ihren Monet, die ›Seerosen‹. Seien Sie pünktlich und kommen Sie allein. Nur wir drei. Keine Zeugen, keine Armee im Hintergrund.«

»Frau Stier –«

Das reichte ihr. Eindeutig Nakamuras näselnde Stimme. Sie drückte das Gespräch weg, bevor der Japaner weiterreden konnte. Ein Schweißtropfen lief ihr über den Rücken. Gierig trank sie das Mineralwasser.

Langsam beruhigte sich ihr Puls. Sie hatte alles auf die Null gesetzt und konnte jetzt nur hoffen, dass die Kugel auch den Weg fand.

Sie wartete noch einige Minuten, gespannt, ob Nakamura nochmals anrufen würde. Er tat es nicht, schickte auch keine Textnachricht.

Kurz überlegte Frederike, ob sie sich einen Cognac bestellen sollte, um die Nerven zu beruhigen. Doch als sie die Uhrzeit sah, verkniff sie es sich. Alles auf eine Karte zu setzen war normalerweise nicht ihre Vorgehensweise, aber was war bei diesem Fall schon normal?

Sie hatte das Finale eingeläutet. Jetzt ging es um ihren Abgang, den großen Knall am Ende. Mit einem Paukenschlag, der weit zu hören war. Am liebsten wäre es ihr, wenn es danach nach Schwefel roch.

Jetzt musste sie auf dem schnellsten Weg nach Essen. Reisingers Galerie, beziehungsweise die seiner Frau, war der ideale Ort. Ein Glücksgriff sozusagen – das Glück, das man für die Vollendung eines wirklich perfekten Plans brauchte. Sie hatte Reisinger Anweisungen gegeben, wie er die Tür umarbeiten lassen musste, und war sicher, dass ihre Idee funktionierte. Sie musste sich nur noch mit der Umgebung vertraut machen und hoffen, dass Nakamura tatsächlich kam. Aber der war so weit gegangen, dass er den allerletzten Schritt auch noch gehen würde.

»Taxi!« Sie winkte, und der Wagen hielt an.

Sie ließ sich auf die Rückbank sinken. »Essen, Zeche Zollverein. Pauschalpreis.«

Der Taxifahrer drehte den Rückspiegel und sah Frederike an. Dann startete er den Motor.

»Wie viel?«

Der Fahrer schaltete den Taxameter aus. »Siebzig.«

»Sechzig.«

Sie trafen sich in der Mitte, und Frederike holte ihr Smartphone aus der Tasche.

»Kowalczyk, ein letztes Mal. Treffen wir uns gleich?« – »Ich habe keine Zeit.« – »Ist gut. Nur zur Sicherheit: Ich kann nicht auf dich zählen?« – »Du hörst von mir.«

Frederike drückte das Gespräch weg, nicht daran interessiert, was Kowalczyk erwidern wollte. Sie schlug mit der flachen Hand auf den Sitz neben sich. War sie doch die Einsame? Dann weiter, dachte sie und wählte die nächste Nummer.

»Haben Sie mit Ihrer Frau gesprochen?«

»Sie bereitet alles vor.«

»Und der Schlüsseldienst?«

»Arbeitet gerade.«

»Gut. Sie machen alles wie verabredet. Halten Sie sich genau daran. Keine Alleingänge, keine Abweichung. Ist das klar?«

»Ja.«

»Nur mit Kowalczyk reden, mit niemandem sonst. Kein Potthoff, kein Müller, Meier, Schulze. Es ist Ihr Leben.«

Damit beendete Frederike auch dieses Gespräch.

Es klingelte. Kowalczyk. Kurz zögerte sie, ob sie ihm die Chance geben sollte. Er hat verspielt, und sein schlechtes Gewissen wollte sie nicht beruhigen. Sie drückte das Gespräch weg. Später würde sie ihm eine E-Mail schicken und alles erklären, vor allem, was er zu tun hatte.

»Geht es auch schneller? Wahrscheinlich wäre ich besser mit dem Zug gefahren.«

»Wenn Sie die Knolle bezahlen.« Der Taxifahrer trat dennoch aufs Gaspedal.

Sie sah auf die Uhr. Sie hatte genügend Zeit, alles vorzubereiten und einen ausführlichen Bericht zu schreiben. Darin konnte sie alles exakt beschreiben, was sie erfahren hatte und vor allem wie genau Kowalczyk nachher verfahren sollte.

Sie drückte sich in die Ecke des Taxis, und in ihr kehrte tatsächlich ein wenig Ruhe ein. Auch wenn sich ihr Herz anfühlte wie eine Sackkarre, die über Kopfsteinpflaster rumpelte.

Als sie endlich auf die Autobahn fuhren, quälte sie die Frage, was wäre, wenn Nakamura nicht allein kam. Wenn er doch mit seiner kleinen Privatarmee anrückte? Die zwei Fleischberge aus dem Schwarzwald. Wenn er auch sie kidnappte und folterte?

Ihr Zehen abschnitt. Das Bild davon war so verstörend wie Munchs »Schrei«.

Dieses Harakiri war verrückt. Wem wollte sie etwas beweisen? Potthoff? Kowalczyk? Den Kollegen?

Es ging um sie. Musste sie sich noch einmal zeigen, dass sie gut war? Dass sie auch am Ende ihres Berufslebens noch besser war als diese Grünschnäbel und die eingerosteten Kriminalkommissare? Ja, sie befriedigte ausschließlich ihr Ego mit diesem Wahnsinn. Ehrlich zu sich selbst, bis es wehtat.

Sie sah aus dem Fenster. Es war wie immer: eine Mischung aus allem, und dass sie immer zu Ende brachte, was sie angefangen hatte.

»Sind wir bald da?«, blaffte sie den Taxifahrer an. Der sah stur nach vorne, ohne zu reagieren.

Tatenlos rumsitzen hasste sie. Wenn man ihr Zeit gab, um nachzudenken, wurde sie depressiv. Und das konnte sie gerade gar nicht gebrauchen. Sie musste ihre Gedanken auf den reibungslosen Ablauf ausrichten. Die negativen Störfeuer ausblenden und sich auf den positiven Ausgang fokussieren.

Nakamura. Ihre Menschenkenntnis beschränkte sich auf den mitteleuropäischen Durchschnittsverbrecher. Mit Japanern hatte sie keinerlei Erfahrung. Das Klischee von den grinsenden Asiaten, bei denen man nicht wusste, woran man war, hatte sie natürlich parat. Aber das half ihr nicht bei der Frage, ob er sich auf den Deal einlassen würde oder nicht. Auch nicht bei der Frage, wie er bei der späteren Konfrontation reagieren würde.

Ein Seufzer entwich ihr, und der Taxifahrer sah fragend in den Rückspiegel.

Sie hatte die Kugel ins Rollen gebracht und war jetzt nicht mehr zu stoppen. Also erübrigten sich die Zweifel und das Abwägen und Grübeln. Er würde kommen – ohne Begleitung. Weil er zu viel auf sich genommen, zu viel Blut vergossen hatte, als dass er kurz vor dem Ziel ein Risiko einging. Außerdem hatte sie die Gier in seinen Augen gesehen. Sein Verlangen nach Kunst und nach dem Monet. Wie hatte er es einmal ausgedrückt: »Monet ist der Künstler des Lichts. Er hat die Sonne eingefangen und in all ihren Nuancen auf die Leinwand gebannt. Und ich bin ein Mann aus dem Land der aufgehenden Sonne. Wir gehören zusammen.«Ja, er wollte das Bild. Er wollte es unter allen Umständen. Wenn sie das alles bedachte, dann konnte es keine Zweifel geben.

Ein Pling ertönte. Frederike las die SMS:»Wie garantieren Sie mir, dass keine Polizei auf mich wartet?«

Wie sollte sie das mit wenigen Buchstaben tun? Sie drehte das Smartphone in den Fingern. Dann tippte sie ein:»Ich vertraue Ihnen, Sie vertrauen mir. Kein Vertrauen, kein Monet!« Dann drückte sie auf»Senden«. Wenn ihm das nicht reichte, dann konnte sie ihm auch nicht helfen – und wollte es auch nicht mehr.

Ihr Plan stand: Sie würde ihn zu dem Monet führen, und er durfte ihn sich ansehen. Ihn berühren. Mit seinem Blick in den blauen Seerosenteich eintauchen und an den Blüten riechen. Aber mitnehmen würde er das Gemälde nicht. Dafür war gesorgt.

Sie stellte sich Nakamuras verblüfftes Gesicht vor, wenn nach und nach die Erkenntnis einsetzte, er wütend wurde, bis er einsah, dass Fluchen und Schreien und Toben und Drohen nichts mehr nutzte. Wenn er die Falle erkannte, aus der es kein Entrinnen gab.

Dieser Gedanke ließ sie ruhiger werden. Eine Melodie im Radio trug sie davon. Eine Blumenwiese, Bienen, ein Tisch unter Apfelbäumen, Kuchen – kein Moritz.

Sie schluckte und suchte den Ausgang. Er erschien in Form des Klingeltons ihres Handys. Noch einmal Kowalczyk. Noch einmal ablehnen.

Sie schloss die Augen und ging ihren Plan ein weiteres Mal Punkt für Punkt durch. Sie kam bis dahin, wo die Tür hinter ihnen ins Schloss fiel. Wenn sie dieses Geräusch hörte, wäre es geschafft. Danach ging es nur noch darum, den Japaner zum Reden zu bringen. Damit er über seine Morde, seine Gaunereien erzählte. Auf ihre Erfahrung konnte sie sich verlassen. Ihr Plan war gut. Die Lage, in die sie Nakamura brachte, ließ ihm keine Wahl. Mein Abgang wird still und angemessen sein, und hoffentlich überlebe ich ihn, dachte sie.

Und dann? *Die Arbeit wird mir fehlen.* Deshalb tat sie sich auch so schwer damit, loszulassen. Trotz der Kollegen – sie ging in der Täterjagd auf. Die Arbeit in den Ermittlungsgruppen ... Sie hatte so oft während der letzten Tage daran gedacht, dass sie sich selbst damit langweilte.

Wenigstens hatte sie noch einmal die Chance bekommen, einen Fall zu lösen. Wie es dazu gekommen war, war mehr oder weniger zufällig gewesen und im Grunde unwürdig. Aber es war eine Chance gewesen, und sie musste zugreifen. Nachher, wenn alles vorüber wäre, würde auch niemand danach fragen, wie die Ermittlung in ihren Händen landen konnte.

»Sind wir bald da?«, fragte Frederike erneut, diesmal weniger ungehalten, denn sie sah die Ausfahrt Essen-Kettwig vorbeifliegen.

29

Als Frederike die Galerie betrat, lief Frau Marschall wie ein aufgeschrecktes Huhn umher. »Da sind Sie ja. Kann ich endlich gehen?«, war die Begrüßung. Frederike klopfte sich den Regen von der Jacke. »Sofort. Zeigen Sie mir zuerst die Räume und wo ich das Bild finde.« Frau Marschall verschloss die Tür und drehte das Schild mit dem Hinweis »Geschlossen« zum Eingang. Sie verließen den Ausstellungsraum der Galerie durch eine Doppeltür an der Rückseite. Frau Marschall zog die Schiebetüren zusammen. In der gegenüberliegenden Wand befanden sich drei weitere Türen. Frau Marschall ging zur linken und drückte sie auf. Sie knipste das Licht an, und Frederike erkannte einen Treppenabgang. Gemeinsam stiegen sie hinunter, bis sie vor einer Eisentür standen. Rechts an der Wand befand sich ein Kasten mit einem Ziffernfeld.

»Wie ist der Code?«

»Unser Hochzeitstag. Elf, elf, neunzehn, siebenundneunzig.«

Frederike wollte nach der Uhrzeit fragen, unterließ es aber.

»Der gleiche Code führt auch wieder hinaus?«

Frau Marschall sah genervt zur Decke. »Sie haben doch befohlen, dass wir den Code-Kasten im Raum abschrauben und einen Knauf an der Tür anbringen. Warum fragen Sie? Hier ist der Schlüssel.« Frau Marschall zeigte ihr einen dicken Schlüssel mit aufwendigem Bart an beiden Seiten.

Frederike nickte zufrieden, dass ihre Anweisung ausgeführt worden war. Sie wollte mit ihrer Frage nur sichergehen. Schließlich war dieser Trick der entscheidende Punkt in ihrer Strategie.

»Gibt es einen zweiten Ausgang? Einen Alarmknopf?«

»Es gibt eine direkte Leitung zur Polizei. Wenn Sie den Knopf drücken, steht nach spätestens zehn Minuten ein Einsatzwagen vor der Tür. Einen Notausgang gibt es nicht. Eine Flucht durch die Schächte der Klimaanlage ist unmöglich.«

»Wie lange hält man es dort aus?«

»Wenn Sie keine Platzangst bekommen und durchdrehen, dann, bis Sie verdurstet sind. Durch die Klimaanlage haben Sie immer ausreichend Luft. Das ist kein Problem.« Frau Marschall tippte die Zahlen ein, und die Tür öffnete sich mit einem Klack.

Lichtstreifen in der Decke machten den Raum taghell. Er war mindestens fünfzig Quadratmeter groß. Ein glatter Betonboden und weiß gespachtelte Wände. Gerahmte Bilder lehnten an der Wand, einige hingen dort an Fäden, zwei große standen an eine Säule gestützt mitten im Raum. Rechts befand sich ein langer Tisch mit Lupen, kleinen Spachteln und Pinzetten, daneben Blöcke und ein Becher mit Stiften. Dahinter an der Wand waren allerlei Bücher und Ordner aufgereiht. Gegenüber dem Eingang entdeckte Frederike elektrische Gerätschaften.

Sie ließ ihren Blick schweifen, bis sie den Monet sah. Er hing gleich links neben der Tür. Die Wand war in einem dunklen Rot gestrichen, ein eigener Strahler war auf das Bild gerichtet. Fünf Meter davon entfernt stand ein Sessel mit einem Beistelltisch aus Glas.

Sie stellte sich neben den Sessel. Das Bild, das die ganze Welt seit über einem Jahr suchte, hing direkt vor ihr. Das beinahe kitschige Hellblau, die drei rosa Seerosen, eine weiße etwas abseits, und grüne Reflexe unter den Seerosenblättern – von den umstehenden Bäumen, wie sie mittlerweile wusste. Sie stemmte die Hände in die Hüfte.

Dafür bezahlten Menschen viele Millionen, pilgerten durch die Welt, um es im Original zu sehen, wurden Männer gefoltert und ermordet, riskierte sie ihre Rente. Sie empfand dabei trotzdem das Gleiche, als würde sie ein Werbeplakat für Bier oder ein Fitnessstudio betrachten.

Sie ging zu dem Gemälde und wollte die Farbe befühlen. Frau Marschall trat sofort neben sie. »Vorsicht.« Sie legte Frederike die Hand auf den Arm, wahrscheinlich aus Angst, sie könnte das Kunstwerk anfassen. Fast wie im Museum, dachte sie.

»Wiegt das ein Menschenleben auf? Oder zwei?« Frederike deutete mit dem vorgeschobenen Kinn auf das Bild.

Frau Marschall sah auf den Boden.

»Wo ist der Notfallknopf?« In diesem Moment sah Frederike ihn. Gleich rechts neben der Tür. Ein dicker roter Button neben den losen Drähten, die aus der Wand hingen.

»Und es gibt keine andere Möglichkeit, aus diesem Raum zu kommen? Kein versteckter Schlüssel? Keine geheime Tür?«

Frau Marschall schüttelte den Kopf. Sie schien verzweifelt zu sein, sah auf die Uhr, wollte weg und mit der ganzen Sache nichts mehr zu tun haben.

»Wussten Sie von alldem? Von den Geschäften Ihres Mannes mit von Turin? Den Verbrechen?«

Tränen liefen Frau Marschall über die Wangen, und sie hob die Schultern.

»Ist das ein Ja?«

Sie nickte zaghaft.

»Dann gehen Sie. Den Schlüssel noch.« Frederike überlegte. »Haben Sie hier einen Safe? Schließen Sie ihn besser dort ein.«

Frederike holte ihr Smartphone heraus und stellte fest, dass es in dem Raum keinen Empfang gab. Sehr gut, dachte sie und steckte es weg.

»Wo ist der zweite Schlüssel?«

Frau Marschall sah Frederike überrascht an. »Oben, im Büro.«

»Schließen Sie beide im Safe ein. Dann fahren Sie zu Ihrem Mann. Anschließend fahren Sie zusammen zum Polizeipräsidium. Sagen Sie an der Pforte, Sie hätten einen Termin bei Oberkommissar Kowalczyk. Sie treffen ihn nicht vor neunzehn Uhr. Das ist absolut wichtig. Ich kündige Sie an. Nicht vor neunzehn Uhr. Gestehen Sie Kowalczyk alles. Das wird sich positiv auswirken. Zum Schluss erzählen Sie ihm, wo ich bin und wie er in den Raum gelangt. Oder: Geben Sie ihm besser die beiden Schlüssel zu diesem Raum. Aber erst ganz zum Schluss.«

Frederike sah auf die Uhr: gleich vier. »Seien Sie ehrlich und lassen Sie nichts aus. Und erst am Ende sagen Sie ihm, wo er mich findet. Vergessen Sie das nicht. Haben Sie das verstanden?« Sie fixierte die arme Frau mit ihrem strengsten Blick. »Haben Sie?«

»Ja, ich habe verstanden«, sagte die ehemals stolze Frau fast trotzig.

»Also gut. Ich verlasse mich auf Sie. Sollten Sie nicht zu Herrn Kowalczyk gehen und sich absetzen oder verstecken, wird ab neunzehn Uhr fünfzehn die gesamte deutsche und internationale Polizei nach Ihnen suchen.« Frederike ließ ihre Worte ankommen, bevor sie sagte: »Und jetzt lassen Sie mich allein.«

Frau Marschall drehte sich auf dem Weg nach draußen noch einmal um. »Womit müssen wir rechnen?«

Frederike hob die Schultern. Sie wollte eine flapsige Bemerkung machen, unterließ es aber in Anbetracht der Situation. »Danke für Ihre Mitarbeit. Ich rede mit dem Staatsanwalt und schildere ihm ausgiebig, wie kooperativ Sie waren.«

Frau Marschall schlich die Treppe hoch.

Frederike verkeilte die Tür, dass sie nicht ins Schloss fiel, während sie hier ihre letzten Arbeiten erledigte. Sie sah sich noch einmal um. Keine Möglichkeit, sich zu verstecken. Keine Stühle, nur Bilder und Equipment, um sie zu untersuchen. Sie schloss die Tür und stieg die Treppe nach oben.

Lass es ein Happy End werden, dachte sie und blickte zur Decke.

30

Es war kurz vor neunzehn Uhr. Draußen war es dunkel, und nur vereinzelt spendete eine Laterne etwas Licht. In den Pfützen hinterließen die Regentropfen Kreise. Frederike schlang die Arme um den Körper, doch es half nichts. Die Kälte kam von innen. Zu viel Anspannung, zu viel Aufregung, zu viel von allem. Nur Schlaf hatte sie zu wenig. Sie ging zurück zur Galerie.

Noch zehn Minuten. Sie verriegelte die Tür der Galerie und stieg die Treppe zum Keller hinab. Mit dem Code öffnete sie die Tür. Das Licht sprang, durch den Bewegungsmelder aktiviert, an. Sie streifte die Schuhe ab und stellte sie so, dass die Tür nicht zuschlagen konnte. Nachdem sie sich vergewissert hatte, dass es funktionierte, betrat sie den Raum.

Mit ihrem zweiten Smartphone in der Hand ging sie zu dem Tisch rechts, auf dem die Ordner standen. Sie prüfte den Akkustand – voll – und startete die Sprachaufnahmefunktion. Der Speicher des Smartphones war so gut wie leer, sodass Nakamura lange und viel gestehen konnte, bevor er voll sein würde. Und der Akku sollte einige Zeit halten.

Sie klemmte das Smartphone in einen Ordner, dass sich das Mikrofon hinter dem Griffloch am unteren Ende befand. Es ragte ein wenig heraus. Sie legte ein Buch davor, damit man nicht erkennen konnte, dass der Ordner nicht auf dem Tisch aufstand, sondern durch das Smartphone leicht angehoben wurde. Nakamura würde sowieso keinen Blick für diese Details haben, wenn sein Bild an der Wand hing.

Frederike stellte sich an die Tür, prüfte noch einmal den Raum, zog die Schuhe an und ging nach oben.

Im Büro setzte sie sich in einen Ledersessel und machte die Augen zu. Jetzt müsste das Ehepaar Reisinger-Marschall im Polizeipräsidium ankommen.

Nachdem Frau Marschall gegangen war, hatte sie Kowalczyk

per SMS informiert, dass um neunzehn Uhr wichtige Zeugen zu ihm kommen würden. Er hatte nicht geantwortet. *Nein, keine negativen Gedanken. Er ist nicht im Kreißsaal und hält seiner Frau die Hand. Und er sitzt nicht beim Notar, um einen Kaufvertrag zu unterschreiben.* Danach hatte sie einen ausführlichen Bericht auf ihrem Laptop geschrieben, der um Viertel vor sieben an ihn rausgegangen war. In diesem Bericht standen die Details zu den Gesprächen mit Baumeister aus Karlsruhe und Reisinger. Abschließend erklärte sie die Masche, mit der von Turin, Freistein, Westerburg und Reisinger gearbeitet hatten. Nebenbei erwähnte sie, wie sie auf das Wochenendhaus im Schwarzwald gekommen war und was sie dort, außer den Gemälden, gesehen hatte. Nakamuras Rolle beschrieb sie ausführlich und endete mit dem Hinweis, dass sie hoffte, Kowalczyk die Hintergründe in einer Audiodatei übergeben zu können. Vorsorglich fügte sie den genauen Platz, wo sich das Smartphone befand, in die Datei ein. Zum Schluss berichtete sie von ihrem Plan. Von Reisinger würde er weitere Hinweise erhalten, wo sie genau war und wie er sie befreien sollte. Sie schloss mit der Bitte, dass er sich danach beeilen möge. »Ich habe dem Ehepaar versprochen, ein gutes Wort beim Staatsanwalt für ihre Kooperationsbereitschaft einzulegen. Tu es bitte auch. Sollten sie nicht kommen, dann lass augenblicklich nach ihnen fahnden.« *Falls ich es nicht mehr kann oder nicht mehr dazu in der Lage bin,* ergänzte sie in Gedanken ihren Satz.

Sie nahm eine SOS-Tablette. Ihr war bewusst, dass dies ihr letzter Einsatz war. So oder so – oder so. Danach gab es keinen Polizeidienst mehr. Sie konnte nicht einschätzen, wie Nakamura reagieren würde. Oder seine Bodyguards. Und sie hatte keine Ahnung, wie dünn der Faden war, an dem ihr Herz noch hing. Morgen würde sie es wissen.

Der Zeiger der Wanduhr sprang auf sieben. Sie sollte Nakamura nicht warten lassen.

Sie stand auf. Als sie die Tür der Galerie schloss, waren ihre Gedanken ausschließlich darauf gerichtet, Nakamura festzunageln. Alles andere war nebensächlich und kam später. Sie wollte, dass er alles gestand. Wenigstens das musste sie erreichen. »Ich werde das Geständnis kriegen«, machte sie sich selbst Mut. Sie war lange genug Polizistin, um darin geübt zu sein. Ein Stichwort ergab das andere, und am Ende ...

Und sollte es aus dem Ruder laufen, was hatte sie zu verlieren? Niemand wartete auf sie, niemand vermisste sie, niemand würde eine Träne wegen ihr vergießen. Für Nakamura stand einiges auf dem Spiel: sein Unternehmen, seine Kunst, sein luxuriöses Leben. Zumindest hoffte sie, dass er an alldem hing. Denn wenn sie zurückdachte, waren die gefährlichsten Täter immer diejenigen gewesen, die nichts zu verlieren hatten. Die alles mit in den Abgrund rissen, wenn sie ausweglos in der Sackgasse steckten und es nicht mehr darauf ankam. Vielleicht hatte er auch Familie, eine kleine Tochter, die er liebte und irgendwann zum Altar führen wollte.

Nakamura wird mir alles erzählen, und morgen beginnt der Rest meines Lebens – ihr Mantra des heutigen Tages.

Sie drückte den Rücken durch, zog den Reißverschluss ihrer Jacke hoch und marschierte zur Kohlenwäsche.

31

Schon nach wenigen Schritten spürte sie die Regentropfen auf der Haut. Sie hätte einen Schirm mitnehmen sollen. Das orange Licht an der Rolltreppe hinauf zur Kohlenwäsche spiegelte sich in den Pfützen. Nakamura war noch nicht da. Es passte zu diesem Big Boss, zu spät zu kommen. Wichtige Männer glaubten immer, ihre Bedeutung würde sich in der Länge ihrer Verspätung zeigen.

Sie stellte sich unter das Dach der Rolltreppe.

Der Besucherparkplatz lag etwa fünfzig Meter weiter rechts und war von Laternen beleuchtet. Sie sah keinen Wagen dort stehen. Wenn er gleich käme, würde sie ihn bemerken. Mit dem Blick auf den Parkplatz fror sie vor sich hin.

Dass nur Nakamura auf die Idee gekommen war, die Echtheit des Bildes in Frage zu stellen, verwunderte sie noch immer. Es ging bei den Kunstwerken um richtig viel Geld. Zumindest bei denen, die aus Museen gestohlen worden waren. Sich dabei ausschließlich auf die Expertise von Westerburg und Reisinger zu verlassen erschien ihr fahrlässig. Dann erinnerte sie sich, dass es Hehlerware war, mit der man nicht einfach so zu einem Sachverständigen gehen konnte. Es war wirklich ein cleverer Plan.

Wahrscheinlich besaß Nakamura ausreichend Geld und Kontakte, um diese Analysen anderweitig durchführen zu lassen. Das war die Lücke im Plan.

Frederike war so in ihre Gedanken vertieft, dass sie die Schritte erst hörte, als Nakamura fast schon vor ihr stand.

»Haben Sie mich erschreckt!«, fuhr sie ihn an.

»Haben Sie ein schlechtes Gewissen?«

»Warum sollte ich?« Sie fasste sich schnell. »Wo kommen Sie her?«

Nakamura lachte. »Ich wollte nicht durch den Besuchereingang gehen. Außerdem musste ich doch prüfen, ob Sie tatsächlich allein hier sind. Meine Leute haben sich ein wenig umgesehen. Eine deutsche Polizistin hält offensichtlich ihr Wort.«

»Und ein japanischer Geschäftsmann kommt mit leeren Händen.«

Frederike griff in ihre Jackentasche und drückte auf die Aufnahmetaste ihres Smartphones. Zumindest hoffte sie, die Taste erwischt zu haben. Sie hatte den Ruhemodus deaktiviert, damit es immer einsatzbereit war. Mit einem Päckchen Taschentücher zog sie ihre Hand wieder heraus und nestelte eins aus der Packung.

»Sie stehen auch mit leeren Händen hier, Frau Stier?«

»Wo ist er?«

»Herr von Turin ist gerade nicht so gut zu Fuß. Ihm fehlen nach unserer letzten Unterhaltung einige Zehen, die ich ihm abknipsen musste. Er lässt sich entschuldigen, wartet aber gerne im Auto auf Sie.«

»Wo?« Sie drehte den Kopf, konnte aber kein Fahrzeug erkennen.

»Wir parken um die Ecke. Er ist da, glauben Sie mir.«

Friederike sah ihn schweigend an.

»Jetzt Sie«, sagte Nakamura.

»Wir hatten vereinbart, dass Sie nur mit Herrn von Turin kommen. Wer sitzt noch im Wagen?«

Nakamura lachte. »Sagen wir, eine Krankenschwester oder genauer: ein Pfleger. Jemand, der für die Schmerzen zuständig ist. Sollte ich nicht mit dem Bild zurückkommen oder gar nicht mehr, muss doch jemand dafür sorgen, dass Herr von Turin leidet. Und das wird er.«

»Das ist nur fair«, antwortete sie wie selbstverständlich.

»Quid pro quo. Monet gegen von Turin.« Sie drehte sich um und ging in Richtung der Ladenpassage. »Dort.« Nakamura folgte ihr.

Schweigend gingen sie einige Schritte, dann sagte Frederike: »Sie können sich vorstellen, dass ich mit einem so wertvollen Gemälde nicht durch den Regen spaziere. Es wäre zu schade um das Kunstwerk. Ich bringe Sie in den Raum, wo es für Sie lagert. Perfekt klimatisiert und gut geschützt.« Nakamura stockte und musterte sie. »Keine Spielchen, sonst stirbt von Turin. Und Sie natürlich auch.« Er lachte. »Keine Spielchen«, versicherte sie. »Ich will von Turin. Lebend. Und ich will meinen Ruhestand genießen.«

Wieder Schweigen. Dann fragte Nakamura: »Was liegt Ihnen an diesem Verbrecher? Der kostet Ihre Steuerzahler nur Geld. Sie sollten froh sein, wenn ich ihn, sagen wir, entsorge.«

»Seinetwegen werde ich in den Ruhestand versetzt. Seinetwegen habe ich keinen Job mehr und werde in meinen vier Wänden vergammeln. Das muss er mir büßen. Außerdem hat er in vielen Ländern kriminelle Handlungen in Auftrag gegeben, es gab Tote, es gab hohe wirtschaftliche und kulturelle Verluste. Dafür muss er sich verantworten. Wofür er am Ende alles angeklagt werden wird, kann ich Ihnen nicht sagen. Da müsste ich den Staatsanwalt fragen.«

»Rache ist eine süße Droge, nicht wahr, Frau Stier?« Wieder lachte er. Frederike antwortete nicht darauf.

»Es ist aber auch rührend zu sehen, wie Sie immer noch an das Rechtssystem glauben. Glauben Sie wirklich, ihr von Turin bekommt die Strafe, die er tatsächlich verdient hat? Sind Sie wirklich so naiv, Frau Stier?«

»Sie wissen, was er verdient?«

»Wenn Sie ihn nachher sehen, bekommen Sie eine Vorstellung davon.«

Sie beließ es dabei. Sie gingen zum Eingang der Passage, Nakamura hielt ihr die Tür auf, wenigstens besaß er Manieren. Frederike öffnete die Tür zur Galerie und schaltete das Licht ein.

»Galerie Marschall. Wo habe ich den Namen schon einmal gelesen?« Er sah sich interessiert um. »Oh, ein Freistein.« Als sie am Tisch vorbeigingen, auf dem die Kasse stand, entdeckte er die Visitenkarte von Hansjörg Reisinger. »Der steckt auch mit drin?« Nakamura sah zur Decke und schlug sich mit der Hand auf die Stirn. »Zu schade. Und die Galerie gehört ...?«

»Seiner Frau.«

Nakamura schüttelte den Kopf. »Diese Finte habe ich übersehen. Dass der Gutachter auch mitmacht, hatte ich nicht vermutet. Er wirkte so ... unabhängig. Anständig.«

»Das ging mir nach dem ersten Gespräch auch so. Aber darf ich Ihnen helfen? Herr von Turin und Herr Reisinger haben zusammen die Agentur ›Kunst Kenner‹ gegründet. Damals hieß Herr von Turin noch Richard Stier. Eine kleine Ironie des Schicksals – wir haben nichts, aber auch gar nichts miteinander zu tun. Erst im Jahr 2000 hat er sich für seinen heutigen Künstlernamen von Turin entschieden. Möglicherweise ist Ihnen deshalb die Verbindung nicht aufgefallen.«

Nakamura sah zu Frederike und schnalzte mit der Zunge. »Das ist mir in der Tat nicht aufgefallen. So ein Ärger.«

Frederike wunderte sich über die lockere, fast schon joviale Art des kleinen Japaners. So aufgekratzt hatte sie ihn nicht vermutet. »Aber wie sind Sie von Turin auf die Schliche gekommen?«, fragte sie weiter.

»Es war Westerburg, der mich aufmerksam werden ließ. Nachdem wir uns einig waren, alle Punkte besprochen und geklärt hatten, bot er mir etwas später plötzlich an, das Gemälde in ein Zollfreilager in Peking bringen zu lassen. Sie kennen die Lager?«

Frederike nickte.

»Die Bezahlung wäre über eine Firma in der Karibik gelaufen, das Bild sicher nach Peking transportiert worden und dort vor den Augen der Öffentlichkeit für immer verborgen geblieben. Mit der notwendigen Expertise, einer glaubwürdigen Story dahinter, alles sei kein Problem, beteuerte Westerburg. Wie immer hatte er alles bis ins Kleinste organisiert und erste Schritte unternommen. Und wenn ich wieder zu Hause in Tokio gewesen wäre, hätte ich es mir ansehen, holen, was auch immer damit machen können.«

»Warum dieses Misstrauen?«

»Wir hatten es anders vereinbart. Wenn Westerburg eine Absprache getroffen hatte, war das Gesetz.«

»Hat er es begründet?«

»Natürlich hat er mir eine Geschichte präsentiert. Dass die Polizei seinen Helfershelfern auf die Schliche gekommen und das Bild in Deutschland nicht mehr sicher sei und es besser wäre, wenn sich zunächst die Wogen glätten würden. Westerburg hatte noch nie so viele Worte gebraucht, um etwas zu erklären, wie bei dieser Geschichte.«

»Sie haben Ihren Monet trotzdem erhalten.«

»Ja, am Ende hat er mir das Bild übergeben. Aber es rumorte in mir und ließ mich nicht mehr los. Ich habe gelernt, auf meinen Bauch zu hören. In der Regel funktioniert dieses Warnsystem.«

»Und wie haben Sie herausgefunden, dass das Bild gefälscht war?«

»Die Fälschung war perfekt. Die Farben, die Leinwand, selbst das Holz des Rahmens. Auch die Aufkleber. Ich hatte das Bild in der Ausstellung gesehen. Und dann hielt ich es in meinen Händen. Was Monet vor hundert Jahren gemalt hatte, war jetzt mein Bild. Mit einem Bordeaux saß ich im Keller und habe geweint. Ich habe eigens einen Raum dafür eingerichtet. Passendes Licht, die Wandfarbe abgestimmt, einen Sessel, perfekt. Das Bild an der Wand zu sehen, es berühren zu können, es zu atmen. Sie können sich nicht vorstellen, was das bedeutet.«

»Trotzdem haben Sie es analysieren lassen.«

»Wie gesagt, mein Bauch und Westerburgs lange Geschichte. Es hat mich sehr viel Zeit und Geld gekostet, jemanden zu finden, der zum einen dieses Bild überhaupt untersucht und die Ausstattung besitzt und zum anderen keine überflüssigen Fragen stellt. Aber er war gut und hat es mit Auflicht, Streiflicht, Reflexlicht und mit etlichen weiteren Analysemethoden, deren Namen kompliziert und deren Vorgehensweisen sehr technisch sind, untersucht. Bei einer Analyse jedenfalls hat er ein Pinselhärchen gefunden, das sich gelöst haben musste. Und die Analyse hat ergeben, dass es keine Borste war. Als Besatz hatte Freistein bei diesem Pinsel Kunsthaar verwendet. Kunsthaar!«

»Das hätte er nicht gedurft?«

»Das war sein Verderben. Monet hat ausschließlich mit Naturborsten gemalt.«

»Warum als Erster Freistein?«

»Ich hatte Westerburg darauf angesprochen, und er hat den Ahnungslosen gespielt. Oscarreif wie immer. Er beteuerte die Echtheit des Bildes, wollte in München nachfragen, von wo das Bild ausgeliehen gewesen war, ob es Analysen gäbe, Hinweise, die erklärten, warum sich Kunsthaare auf dem Bild befinden konnten. Möglicherweise sei bei einer Restaurierung ein Fehler passiert. Er war sehr kreativ. Doch er ließ meine Frist verstreichen, zu der ich das Original haben wollte. Oder mein Geld. Ich war gezwungen, Westerburg klarzumachen, dass ich es ernst meine. Er war sehr zäh. Nachdem ich endlich erfahren hatte, von wem die Fälschung stammte, durfte er zusehen, was genau ich damit meine, wenn der Spaß vorbei ist.«

»Und warum dann Westerburg?«

»Er blieb bei seiner Geschichte, dass er keine Ahnung habe, wo sich das Original befand. Vielleicht war es Schutz, vielleicht die Strategie dieser Betrüger, dass keiner alle Details kannte. Nachdem ich ihm angeboten hatte, dass seine Mutter, danach seine Frau die Leiden für ihn tragen könnten, sagte er, wir sollten Herrn von Turin fragen, vielleicht könne er uns weiterhelfen. So wurde ich auf von Turin aufmerksam, und Herr Westerburg wurde von seinen Schmerzen erlöst.«

»Dann hatten Sie von Turin nicht von Anfang an in Verdacht?«

»Ich verhandelte ausschließlich mit Herrn Westerburg. Seine Hintermänner haben wir erst durch die Gespräche mit ihm erfahren.«

Frederike war angewidert von der nüchternen, emotionslosen Sprache des Japaners. Irgendwie beeindruckte sie aber auch die Art und Weise, wie konsequent und zielstrebig er seine Interessen verfolgte. Dann auch wieder nicht.

»Was ist schiefgelaufen in Hubbelrath?«

»Als wir auf von Turin gewartet haben, kam uns seine Putzfrau in die Quere. Wir haben ihr Geld gegeben und nachdrücklich erklärt, dass sie für heute Feierabend und uns nie dort gesehen hat, weil wir eine Überraschung für ihren Arbeitgeber vorbereiten wollten. Als wir sie zur Haustür begleitet haben, sahen wir einen Nachbarn, der uns interessiert beobachtete. Zu viele Beobachter, zu viele Zeugen, also haben wir die Aktion abgebrochen. Westerburg konnten wir nicht mehr mitnehmen, also haben wir ihn als Warnung im Keller liegen lassen und sind wieder gegangen.«

»Sie waren dabei in Hubbelrath?«

»Ich habe es vom Auto aus verfolgt und Anweisungen gegeben. Moderne Technik.«

»Und wie haben Sie von Turin in die Finger gekriegt?«

»Lassen Sie mir doch auch meine kleinen Geheimnisse, Frau Stier.«

»Wie?«

»Nachdem ich von Herrn Westerburg den Namen erhalten hatte, ließ ich von Turin nicht mehr aus den Augen. Ich habe einen IT-Spezialisten auf ihn angesetzt. Mit seinen Passwörtern war er nicht so kreativ wie bei der Planung seiner Verbrechen. So haben wir seine Pläne und nächsten Schritte verfolgt.«

»Wieso Amsterdam?«

»Frau Stier, geben Sie sich doch damit zufrieden, dass Sie Ihren Täter bekommen.«

»Warum?«

»Ich war sicher, so einen Vorsprung zu ergattern und die deutsche Polizei abzuschütteln. Wenn sie feststellen würden, dass er tatsächlich in Düsseldorf in den Flieger gestiegen ist, hoffte ich, dass sie ihr Vorgehen ändern. Nun musste die Polizei international arbeiten, was sicherlich sehr viel aufwendiger ist, als nur in Deutschland zu ermitteln. Wie auch immer. Zwei meiner Männer saßen direkt neben ihm und konnten ihn auf dem Weg nach Amsterdam überzeugen, dass es besser sei, dort zu uns ins Auto zu steigen. Er dachte oder hoffte, damit sein Leben zu retten.«

»Und Ihr Spezialist hat vorher keinen Hinweis gefunden, dass man Sie aufs Kreuz gelegt hat?«

»Ich war blauäugig. Das muss ich mir vorhalten lassen. Der Monet hat mir den Blick vernebelt wie der graue Star dem Künstler die Augen. Wenn Sie Herrn Westerburg näher gekannt hätten, dann wüssten Sie, was ich meine. Wenn er Ihnen erklärt hätte, dass auf der Rückseite der Sonne tiefster Winter herrscht, Sie hätten sich gewundert, ihm aber trotzdem geglaubt. Vor dieser Leistung ziehe ich den Hut.«

»Es hat ihm aber nichts genutzt.«

»Trotzdem hat er bis zum Ende versucht, uns Geschichten zu erzählen. Bis zu seinem letzten Atemzug. Er war begnadet.«

»Und jetzt ist er tot.«

Nakamura quittierte die Bemerkung schweigend. Er legte Reisingers Visitenkarte zurück auf den Tresen und folgte Frederike zur Kellertreppe.

Auf dem Weg dorthin fragte sich Frederike, warum Nakamura in dieser Plauderlaune war. Sie hatte ihn schweigsamer, mehr auf den Punkt konzentriert erlebt und weniger ausschweifend. War es der Monet, der ihn in diese Stimmung brachte, oder war er sicher, dass sie das Wissen nicht mehr weitererzählen konnte? Dieser Gedanke beschleunigte ihren Puls. Sie atmete mehrmals tief ein und aus. Doch dann ging sie ihren gewohnten Weg und fragte direkt: »Warum erzählen Sie mir das alles? Sie wissen, dass ich bei der Polizei bin.«

»Liebe Frau Stier, wir wissen doch beide, dass Sie Ihr Wissen nicht weitergeben werden. Wo wir so … freundschaftlich verbunden sind.«

»Was haben Sie geplant?«

»Sie lieben doch auch Überraschungen. Und der Tag ist noch lang.«

Sie hielt den Handlauf der Kellertreppe fest umschlossen, stieg aber ungerührt weiter nach unten. »Um ehrlich zu sein, hasse ich Überraschungen. Außer es sind positive. Und die erwarte ich von Ihnen eher weniger.«

Nakamura lachte, dass der Raum bebte.

»Herr von Turin lebt aber noch, oder? Ich habe das Gefühl, dass er bereits tot ist. Oder auf jeden Fall sterben wird.«

»Wir haben eine Vereinbarung, Frau Stier. Bild gegen von Turin.«

»Gegen einen lebenden von Turin.«

»Wenn die Echtheit des Monets sicher ist, bekommen Sie Herrn von Turin. Lebend.«

»Glauben Sie mir, es ist das Original.« Frederike zögerte kurz und blieb auf der Treppe stehen. »Lassen Sie ihn hierherbringen. Ich will ihn vor der Galerie sehen.« Nakamura griff in seine Manteltasche. »Sie können kurz mit ihm sprechen. Das muss reichen.« Er nahm sein Smartphone und bellte japanische Anweisungen hinein, dann reichte er ihr das Gerät.

Frederike hielt es ans Ohr und hörte konzentriert hin. »Herr von Turin?« Nichts. »Ich bin's. Frederike Stier von der Kripo Essen. Gleich ist es vorbei. Haben Sie mich verstanden? Gleich bringe ich Sie in ein Krankenhaus. Hören Sie?«

Ein kaum verständliches »Ja« drang an ihr Ohr. Dann folgte ein Keuchen, er hustete. »Beeil —« Stille.

»Das reicht. Sie haben mit ihm gesprochen, und jetzt sind Sie dran.«

Nakamura stellte sich neben sie und schmunzelte. »Wissen Sie, was das Makaberste an der Geschichte ist? Von Turin hat diesen Schmierfink Freistein mit dem ganzen Schwarzgeld, das er für seine Fälschungen kassiert hat, zum Helden gemacht. Er und ich hatten ausgiebig Zeit, uns zu unterhalten. Am Ende hat er gesungen wie eine Nachtigall. Es reichte, ihm die kleine Kneifzange zu zeigen.« Er wechselte wieder in seinen Plauderton, dass es sie fröstelte.

»Sie sind ein Scheusal, Herr Nakamura.«

Er lachte.

In dem kalten Licht der Deckenlampe und wie er zwei Stufen über ihr stand, wirkte er sehr bedrohlich. Sie drehte sich um und stieg die letzten Stufen nach unten. Nakamura erzählte weiter.

»Von Turin hat Freisteins Bilder für ordentliche Preise gekauft und damit das ergaunerte Geld gewaschen. Dafür hat er

Strohmänner eingesetzt, Freunde, Bekannte, die den Markt leer gekauft haben. Die Kunstwelt dachte tatsächlich, Freistein wäre ein Komet am Kunsthimmel. Vielleicht kein neuer Richter oder Baselitz, aber talentiert und erfolgreich. Wenn für einen Freistein sechsstellige Summen bezahlt werden, muss er gut sein. Dazu kamen geschickt lancierte Artikel hier und da, eine überschwängliche Kritik einer Ausstellung, Einladungen in große Museen, und schon war Freistein ein renommierter Künstler. Westerburg hat seine Kontakte genutzt und Freistein platziert. Sie waren clever und geschickt. Ich fürchte, am Ende hat Freistein selbst geglaubt, der begnadete Künstler zu sein, für den ihn die Kunstwelt hielt. Eine Blase, bar jeder Realität. Abgehoben und mit einer Eigendynamik, die nicht mehr zu stoppen war.« Nakamura geriet in Rage bei seinem Vortrag. Als wäre er der letzte Moralapostel, der für den Anstand in dieser Welt eine verlorene Schlacht kämpfte.

»Aber warum das ganze Blutvergießen?« Frederike sah Nakamura an, der nun neben ihr stand.

»Ich habe einen sehr guten Freund. Wir kennen uns schon lange. Ein bedeutender Unternehmer und Kunstkenner. Mit ihm habe ich, nachdem der Monet in meinem Keller hing, die Ausstellungseröffnung gefeiert. Wir haben einen alten Bordeaux geöffnet, ließen uns Sushi und Wagyu-Beef von Nagaya bringen und saßen vor dem Gemälde. Stundenlang saßen wir da, gingen zum Bild, haben neue Details entdeckt, über den Künstler und seine Werke philosophiert.« Nakamura schüttelte den Kopf. »Das war, bevor ich das Bild untersuchen ließ. Vier Wochen später war er auch dabei, als ich das Ergebnis der Analyse bekommen habe. Wir hatten auf ein wertloses Stück Leinwand angestoßen. Verstehen Sie? Wir hatten die Linienführung, das Licht, die Genialität des Künstlers bewundert – und es waren Freisteins Schmierereien. Können Sie sich vorstellen, wie ich vor meinem Freund dastand? Gedemütigt und bloßgestellt. Ich habe mich hinters Licht führen lassen, und das vor Zuschauern.« Nakamuras mächtiger Brustkorb hob und senkte sich. »Glauben Sie, das lasse ich einfach so geschehen? Glauben

Sie, das bleibt ohne Konsequenzen? Glauben Sie, dafür wird niemand zur Rechenschaft gezogen?« Speichel spritzte Frederike ins Gesicht. Nakamuras Kopf drohte zu zerspringen. »Dafür müssen wirklich Menschen sterben?« Frederike sah in Nakamuras Augen den ganzen Hass, den dieser erlittene Gesichtsverlust hervorgerufen hatte. Sie fragte sich, ob diese Schmach durch den originalen Monet gesühnt war. Ob ihm zwei Tote, ein Krüppel und das Bild reichten? Nakamura legte Frederike die Hand auf die Schulter und lächelte. »Es ging mir nicht um das Geld.« Sein Tonfall hatte sich geändert. »Jetzt hole ich mir nur, was mir zusteht. Dennoch löschen ein toter Freistein oder Westerburg nicht die Erinnerungen meines Freundes. Ich habe mich vor ihm lächerlich gemacht! Weil ich mich von Betrügern hab hinters Licht führen und um Millionen erleichtern lassen! Weil ich unvorsichtig war, wie ein Anfänger.«

Frederike spürte, dass sie schnellstens mit Nakamura in den Raum gehen musste. Sie fürchtete, wenn er sich weiter in Rage reden würde, könnte alles aus dem Ruder laufen und ihren Plan sabotieren. Sie drehte sich zu dem kleinen Schaltkasten und begann, die Ziffern einzutippen.

»Wie lautet der Code?«, fragte Nakamura.

»Sie werden ihn kein zweites Mal brauchen.«

Nakamura packte Frederike im Genick und drückte zu. »Wie lautet der Code?«

Sie wollte sich umdrehen, doch der Griff raubte ihr den Atem. Sie keuchte: »Elf, elf, neunzehn, siebenundneunzig.«

Der Griff lockerte sich, und Frederike schoss herum. Sie streckte Nakamura den Zeigefinger unter die Nase. »Tun Sie das nie wieder. Hören Sie? Nie wieder!«

»Wir sind zu alt für solche leeren Drohungen. Sie wissen so gut wie ich, dass das Geschwätz ist. Was wollen Sie mir antun?« Dabei spürte sie Nakamuras Blick an ihr empor- und hinabgleiten und wusste, was er dachte: *Die alte, kleine, dicke Frau macht mir keine Angst.*

Er legte ihr erneut die Hand auf die Schulter. Sie wich zurück, wurde jedoch von der Wand gehindert, einen größeren Abstand zwischen sich und Nakamura zu bringen, und provozierte damit nur ein weiteres Lachen.

»Öffnen Sie jetzt.«

Sie tippte die Ziffernfolge ein, und die Tür sprang auf.

»Vergisst Ihr Freund alles, wenn Sie ihm das Original zeigen?«, griff sie den Faden von gerade wieder auf.

Nakamura stutzte. Dann antwortete er: »Wohl kaum. Aber ich zeige ihm, dass ich als Mann meine Ehre wiederhergestellt habe.«

»Stellt man in Japan seine Ehre wieder her, indem man Menschen umbringt? Sie foltert, quält, erdrosselt?«

»Ich bringe sie nicht einfach um. Sie verstehen das nicht. Ich musste es tun.«

»Sie mussten morden?«

Nakamura schob Frederike zur Seite und betrat den Raum. Schnell folgte sie und zog die Tür hinter sich zu. Bevor sie einrastete, zögerte sie kurz. Danach war sie mit diesem japanischen Pulverfass gefangen. Ihm hatte sie nichts entgegenzusetzen. Aber er kam nicht mehr heraus. Jetzt war er ihr Gefangener, der als Nächstes Polizisten sehen würde, die ihn festnahmen.

Sie drückte die Tür ins Schloss und ließ die ganze Luft aus ihrer Lunge entweichen. Es fühlte sich so erlösend an, dass sie grinsen musste. Ihr Plan hatte funktioniert, und Nakamura saß in der Falle. Für den Rest brauchte sie nur noch Geduld.

»Haben Sie schon einmal darüber nachgedacht, es dabei bewenden zu lassen? Nach dem Motto: Ich hatte meine Rache, habe die bestraft, die mich beleidigt haben, und nun trage ich die Konsequenzen? Wie sie ein ehrenhafter Mann tragen würde. Keine weiteren Opfer mehr. Kein Aufstand.« Frederike bemühte sich um einen lockeren Tonfall, als unterhielten sie sich über das Wetter.

»Wie sie vielleicht ein deutscher Mann tragen würde, Frau Stier?«

»Was meinen Sie?«

»Ich bringe hier zu Ende, was ich angefangen habe. Da sind wir uns ähnlich. Sie hören auch erst auf, wenn alles aufgeklärt, jede Frage beantwortet und dem Recht Genüge getan ist.«

Die ganze Zeit hatte Nakamura den Kopf mal hierhin, mal dorthin gedreht. Jetzt erblickte er seinen Monet, und sofort wich die ganze Härte aus seinem Gesicht. Begriffe wie ergriffen, selig, verklärt gingen ihr durch den Kopf, doch sie sah nur einen blinden, ahnungslosen Mann.

»Kommen Sie. Sehen Sie ihn sich an.« Er winkte, und sie tat ihm den Gefallen. So standen sie nebeneinander, zwei Menschen am Ende ihrer Laufbahn, das gleiche Bild vor Augen, doch komplett andere Visionen. Sie sah ihn an. Die Einsamen, dachte sie.

»Setzen Sie sich. Von hier hat von Turin auch immer sein Bild betrachtet.«

Nakamura fuhr herum. »Woher wissen Sie das?«

Sie zuckte mit den Schultern.

Er musterte sie skeptisch. »Was ist mit Ihnen? Sie wirken so – wie soll ich das sagen? – gelöst.«

Wieder schmunzelte sie und ließ die Frage unbeantwortet.

»Wie gefällt Ihnen Ihr Bild? ›Seerosen‹ um 1915 von Claude Monet.«

Nakamura stellte sich vor das Bild. Sein Brustkorb hob sich, und der Blick schien glasig zu werden. Er legte die Hand auf den Rahmen und strich über die Leinwand. Sehr behutsam, darauf bedacht, nichts zu zerstören. Frederike gewährte ihm die Zeit, das Kunstwerk zu genießen.

»Ist es nicht phantastisch? Diese Farben. Diese Ausdruckskraft.« Er schluckte. »Mir fehlen die Worte.« Er machte einige Schritte zurück, ohne den Blick von seiner Obsession zu lassen.

Versonnen legte er den Zeigefinger vor den Mund. »Ein Meisterwerk. Als Monet das Bild gemalt hat, litt er bereits am grauen Star. Beidseitig. Wie tragisch. Ein Mann, der davon lebt, dass er seine Umwelt sieht, sie wahrnimmt, sie fühlt, sie atmet, um ihr danach durch seine Hände mit dem Pinsel Ausdruck zu verleihen. Und dann, durch eine Grausamkeit des Lebens, wird ihm genau das genommen.« Nakamura trat an das Bild, nahm es von der Wand, trug es zu den Tischen und stellte es darauf. Wieder trat er einige Schritte zurück.»Seine Farbwahrnehmung war zu dieser Zeit verfälscht, er malte weniger detailreich. Deshalb malte er mit einem größeren Abstand zu seiner Leinwand und verwendete größere Formate. Wussten Sie, dass er die Farben stets an der gleichen Stelle auf seiner Palette auftrug, um sie besser zu finden? Er nutzte kräftigere, intensivere Töne in dieser Zeit und versuchte, mit Hilfe seiner Erfahrung die passenden Farben für seine Motive zu wählen.«

Nakamura machte ein betroffenes Gesicht, als würde er mit dem Künstler mitleiden.»Wie grausam, am Ende seines Lebens das nicht mehr ausüben zu können, wofür das Herz die ganzen Jahre geschlagen hat, wofür die Leidenschaft brennt. Verwundert es, dass Monet manchmal so wütend wurde, dass er am liebsten seine Werke zerstört hätte?«

Frederike ließ sich auf den Boden sinken.

»Manchmal tat er es auch«, warf sie ein.»Vor allem mit den unfertigen Bildern. Weil er nicht wollte, dass Angefangenes an die Nachwelt übergeben wird.« Wie bei mir, ergänzte sie ihre Ausführung in Gedanken und schloss die Augen.

»Sie haben sich informiert. Sehr gut. Aber was ist mit Ihnen?«

»Nichts. Mein Problem. Na ja, mein Herz schlägt nicht mehr in meinem Takt und zwingt mich manchmal in die Knie.« Sie holte eine Tablette aus der Tasche.

»Ich gehe jetzt, Frau Stier. Sie haben einen glücklichen Menschen aus mir gemacht. Das vergesse ich Ihnen nicht. Vielen Dank.«

Frederike lief es eiskalt den Rücken hinunter.»Ich gehe«, hat er gesagt. Hatte er also gar nicht vor, sie mitzunehmen, sich an die Absprache, Monet gegen von Turin, zu halten? Sie lächelte, denn sie konnte es ihm nicht verdenken. Schließlich war sie nicht besser.

»Was ist?«, fragte er und holte dabei ein Messer aus seiner Manteltasche.

»Wir kommen hier nicht mehr raus.«

»Wie meinen Sie das?« Nakamura kniete sich neben sie. Sie sah zu ihm auf. »Wir sind hier gefangen. Die Tür lässt sich nur mit einem Schlüssel öffnen. Den habe ich leider nicht.«

»Sie glauben doch nicht, dass ich Ihnen das abnehme, Frau Stier. Wo ist der Schlüssel?« Er klang immer noch heiter. Die dramatische Lage war noch nicht in sein Bewusstsein vorgedrungen.

Frederike hob die Schultern. »Bei der Polizei.«

Nakamura ging zur Tür und zerrte daran. »Der Code. Geben Sie den Code ein, mit dem wir hereingekommen sind.«

»Mit dem Code kamen wir nur herein. Der Kasten, an dem man hier drinnen den Code eingibt, wurde abgebaut. Sehen Sie die Kabel? Um den Raum zu verlassen, brauchen wir einen Schlüssel. Den hat jetzt die Polizei.«

Nakamura inspizierte die Wand, starrte auf die Kabel und rüttelte an der Tür.

»Vielleicht sollte ich Ihnen sagen, dass die Tür alarmgesichert ist. Wenn Sie weiter so rütteln, steht die Polizei binnen weniger Minuten vor der Tür. Sie können die Polizei auch selbst rufen, wenn Sie auf den roten Button drücken. Ich würde das als Zeichen der Kooperation werten und es entsprechend einbringen.« Frederike spürte ihren Brustkorb enger werden. Sie rang nach Luft.

Nakamura holte sein Telefon aus der Manteltasche. Er drückte eine Taste und hielt es sich ans Ohr. Dann sah er auf das Display. »Sie haben mich reingelegt! Sie sind eine hinterhältige –«

»Tja …« Frederike schloss die Augen und ließ den Kopf auf die Brust sinken.

»So einfach kommen Sie mir nicht davon.« Nakamura eilte zu ihr und kniete sich hin. Er schlug ihr leicht auf die Wangen. »Wachen Sie auf.«

»Oder?«, hauchte sie.

Er packte sie und tastete sie überall ab. »Wo ist der Schlüssel?« Hemmungslos fasste er sie an, drehte sie auf den Bauch, danach auf den Rücken. Sie hätte sich geekelt, wenn sie die Kraft dazu gehabt hätte. »Ihr Vorspiel ist erbärmlich, Herr Nakamura.« Frederike brachte ein trockenes Lachen zustande. »Ich habe nichts, was Ihnen hilft, hier rauszukommen. Der Raum ist sauber. Keine Verbindung zur Welt. Nur wir zwei.«

»Und das?« Er hielt ihr das Smartphone vors Gesicht. »Allein dafür haben Sie den Tod verdient.« Mit der flachen Hand schlug er ihr ins Gesicht. Sie schmeckte Blut.

Nakamura schoss hoch und stellte sich in die Mitte des Raums. Sein Blick huschte über die Wände. Es öffnete sich keine Tür, kein Fenster erschien, keine Falltür. Seine Schultern sanken herab. Realisierte er nun seine ausweglose Lage?

Plötzlich schien er neue Energie getankt zu haben. Er lief von einem Ende des Raums zum anderen, sah hinter die gestapelten Bilder, tastete die Wände ab. Sein Blick huschte in jeden Winkel, blieb an den Lüftungsschlitzen der Klimaanlage hängen. Er kletterte auf den Tisch und versuchte, die Lamellen abzureißen. »Verdammt!« Er fand keinen Ansatzpunkt, um sie zu lösen. Doch dieser japanische Kugelblitz gab nicht auf.

Er huschte zur Tür, fühlte am Rahmen, versuchte vergeblich, den runden Knauf zu drehen, und schlug mit der flachen Hand dagegen. Zum x-ten Mal sah er auf sein Smartphone, um zum x-ten Mal festzustellen, dass er hier keinen Empfang hatte.

Frederike beobachtete das alles aus trüben Augen. Sie atmete flach und schwitzte wie im Hochsommer.

Nakamura kam zu ihr und setzte sich neben sie auf den Boden. »Sie haben mich erwischt, Frau Stier. Ich habe tatsächlich gedacht, es ginge Ihnen um von Turin.« Er schüttelte den Kopf. »Meinen Monet in greifbarer Nähe zu wissen hat meinen Verstand aussetzen lassen. Schon wieder. Man hatte mich gedemütigt, und ich wollte unter allen Umständen, was mir zusteht.« Er legte sich die Hand an die Stirn. »Wissen Sie, ich wollte ihn so sehr. Als ich das Bild in der Ausstellung gesehen habe, ist es passiert. Auch wenn es abgedroschen klingt: Es war Liebe auf den ersten Blick.« Er legte den Kopf in den Nacken und lachte trocken, sah auf Frederike, öffnete den Mund, schloss ihn und schaute wieder zu ihr. »Ich hätte gewarnt sein müssen.«

»Wie ist der Deal konkret gelaufen? Ich meine, wie wusste von Turin, dass Sie ihn haben wollen, und wie hat er Ihnen den Monet dann angeboten?«

»Es war in einer Champagnerlaune«, antwortete Nakamura leichthin. »Nach der Eröffnungsveranstaltung der Ausstellung ›Japan inspiriert‹ saßen Westerburg und ich zusammen und haben bei Champagner und Austern über die einzigartigen Gemälde und die Künstler gesprochen. Dabei habe ich von meiner neuen Liebe, dem ›Seerosenteich‹, geschwärmt. Ein Wort gab das andere, und am Ende träumte ich davon, wie schön, ach was, wie phantastisch es wäre, dieses Bild im eigenen Haus an den eigenen Wänden hängen zu haben.«

»Und Westerburg hat Ihnen angeboten, den Monet für Sie zu stehlen?«

»Im Spaß hat er gefragt, was mir das Gemälde wert wäre. Und im Vertrauen habe ich ihm erzählt, dass wir gerade ein riesiges Projekt in Dubai geplant und an Bauunternehmen vergeben hätten und mir ein ansehnlicher Betrag auf mein Konto in der Karibik überwiesen wurde. Ich konnte mich nicht entscheiden, welches Unternehmen ich beauftragen soll, da lieferte ein Großkonzern ein Argument, das ich nicht ignorieren konnte.«

»Wir reden von Schwarzgeld?«

»Jedenfalls kam Westerburg vierzehn Tage später und hat mir das Angebot unterbreitet. Der Deal sollte in der Silvesternacht ablaufen, und wenn Gras über die Sache gewachsen wäre, sollte ich das Bild bekommen.«

»Sie haben nicht darüber nachgedacht, Westerburg anzuzeigen? Keine Skrupel, dass ein Überfall für Sie organisiert wird, um ein Bild zu stehlen? Sie haben mir nichts, dir nichts ein Verbrechen in Auftrag gegeben, nur um dieses Bild an die Wand hängen zu können?«

Nakamura zuckte mit den Schultern. »Sie wissen, in welcher Branche ich arbeite.«

»Das reicht Ihnen als Rechtfertigung?«

Wieder hob er die Schulter und lächelte sie mitleidig an.

»Hat es Sie nicht stutzig gemacht, dass Sie das Bild nicht zeitnah nach dem Überfall erhalten sollten?«

»Ich war so euphorisch, dass es überhaupt mein sein würde, dass mir der Zeitpunkt am Ende egal war.«

»Und der Rest ist Geschichte.«

»Traurige Geschichte.«

Nakamura lehnte sich gegen den Pfeiler und starrte auf den Monet.

Frederike beobachtete sein Mienenspiel, wie er die Mundwinkel verzog, die Augen schloss, die Stirn in Falten legte. Nach einem langen Seufzer sagte er: »Sie können mir gar nichts beweisen, Frau Stier. Die Morde habe ich Ihnen gegenüber nicht erwähnt, geschweige denn sie gestanden. Dass mir Herr von Turin das Bild verkaufen wollte, kann Ihnen in fünfzehn Minuten niemand mehr bestätigen. Meine Leute bringen diesen Verbrecher weg, und er wird nie wieder auftauchen.«

»Was machen wir dann hier? Was soll der Grund dafür sein, dass wir zwei in einer Galerie im Keller sitzen?« Frederike flüsterte nur noch.

»Sie wussten, dass ich Kunstliebhaber bin, und wollten mir einen originalen Monet zeigen. Ein Dankeschön dafür, dass ich Sie auf die Spur von Herrn von Turin gebracht habe. Dabei ist uns versehentlich die Tür zugefallen, und wir waren gefangen.«

»Sie …«, Frederike hustete, »Sie sind gerissen. Aber warum ist Herr von Turin dann verschwunden?«

»Wenn ich das wüsste. Er wird sich aus Sorge, die Polizei könnte sich für ihn interessieren, aus dem Staub gemacht haben.«

»Sie haben auf alles eine Antwort, Herr Nakamura.«

Eine Veränderung zeigte sich auf Nakamuras Gesicht. Sein Blick richtete sich auf einen fixen Punkt, und sein Körper spannte sich an. Er setzte sich gerade hin. Entschlossen sagte er:»Sie sind eine todgeweihte Frau. Sie werden diesen Raum nicht lebend verlassen. Ich werde nicht zulassen, dass etwas von dem, was wir hier erzählt haben, nach draußen dringt.«

»Haben Sie keine Angst, dass der Raum videoüberwacht ist? Ich meine, hier lagert ein Vermögen an Kunst. Glauben Sie, dass man das einfach so in einen Raum stellt?«

Nakamura warf den Kopf hin und her. Nachdem er keinen Hinweis auf eine Kamera entdeckt hatte, sah er Frederike abfällig an.»Sie bluffen, Frau Stier.«

»Ich würde mich nicht darauf verlassen, Herr Nakamura«, antwortete sie im Brustton der Überzeugung.»Wirklich nicht.« Sie bemühte sich um einen entspannten Ton. Dieses Katz-und-Maus-Spiel machte ihr noch immer Spaß.

»Frau Stier, Sie ahnen nicht, welche Schule ich durchlaufen habe. Ich –«

»Das ist mir scheißegal. Ehrlich«, ging sie dazwischen. »Mein Chef hat mich vom Dienst suspendiert, und wenn ich zurückkomme, unterschreibe ich das Versetzungsgesuch in den vorzeitigen Ruhestand. Mit mir ist es vorbei. Ich lebe allein, niemand wartet auf mich. Und wenn es jetzt und hier vorbei sein soll, dann ist das so.« Die Worte sprudelten aus ihr heraus, als wären sie eine logische Konsequenz der Vorkommnisse.

War es ihr wirklich egal? Hatte sie sich in Gedanken nicht im März des Alters gewähnt? Vom Neuanfang und neuen Ufern geträumt? All das tun, was sie bisher verpasst hatte?

Neben Nakamuras Mund bildeten sich Grübchen, die ihn beinahe sympathisch aussehen ließen.»Dann macht es tatsächlich nichts, dass ich Ihnen den Abschied erleichtere beziehungsweise verkürze.« Er setzte sich wieder neben sie und nahm sie wie selbstverständlich in den Arm.

»Warten Sie. Ich stelle den Monet auf den Boden. Dann können wir ihn besser sehen.« Er erhob sich und nahm das Gemälde vom Tisch. Nun stand es drei Meter vor Frederike an die Tische gelehnt, beeindruckend groß und sehr blau.»Wir genießen zum Abschied die Blüten, die Seerosenblätter und versinken im Seerosenteich, im blauen Wasser, bis es dunkel wird.«

»Sie haben einen seltsamen Sinn für Humor.« Frederike wurde es langsam heiß im Gesicht. Nakamuras Sprunghaftigkeit beängstigte sie. Dass er seine Niederlage einfach so akzeptierte, konnte sie nicht glauben. Verstohlen schielte sie auf ihre Uhr. Kapierte Kowalczyk eigentlich nicht, dass es ernst war? Wie lange brauchte er, um das SEK zu mobilisieren und hierherzukommen?

»Sie erwarten noch Gäste, Frau Stier? Wollen Kollegen vorbeikommen, um uns Gesellschaft zu leisten? Wie ich den Verkehr in Essen kenne, kommen sie zu spät.« Nakamura setzte sich zu Frederike auf den Boden und rückte dicht an sie heran. Sie nahm einen leichten Schweißgeruch wahr und die Moschusnote seines Aftershaves.

»Ich habe verloren, Herr Nakamura, und Sie haben verloren. Lassen Sie uns unsere Wunden lecken und gemeinsam die Konsequenzen tragen. Das Leben geht weiter.«

Nakamura blickte mit starren Augen auf den Monet, als hätte er sie gar nicht gehört. Frederike spürte, dass in diesem stolzen, vornehm und höflich wirkenden Mann etwas vorging. Aber was? Vorsichtig sah sie ihn von der Seite an. Dann neigte er den Kopf und drehte sich zu ihr hin.

»Nein, Frau Stier. Weder Ihr Leben noch mein Leben geht weiter. Dazu ist zu viel passiert. Wir haben beide das verloren, was uns am wichtigsten schien. Sehen Sie uns an. Wir sitzen hier auf einem Betonboden, einen Traum vor uns, der so schnell vorbei ist, dass keine Zeit bleibt, ihn zu realisieren. Und warum? Weil eine herzkranke Kommissarin meint, alles ergibt nur Sinn, wenn es nach den deutschen Gesetzen zu Ende gebracht wird und die Gerechtigkeit wiederhergestellt ist. Aber in dieser Welt wird es nie gerecht zugehen, Frau Stier. Ist es eine gerechte Strafe, wenn ich, der zwei Morde in Auftrag gegeben hat, ins Gefängnis gehe? Wem nutzt das? Ich werde nicht mehr morden lassen, weil ich habe, was ich wollte. Außerdem habe ich die Welt von zwei Kriminellen befreit, damit sie keinen weiteren

Schaden anrichten. Fragen Sie die Geschädigten, ob es schade um die zwei ist. Dafür gehe ich in kein Gefängnis.«

»Was für eine Welt wäre das, wenn sich jeder mit den Mitteln, die er für gerechtfertigt hält, das holt, was er glaubt, dass es ihm zusteht? Steht Ihnen ein Monet zu, der aus einem Museum gestohlen wurde, bei dessen Raub ein Wachmann sterben musste? Für den ein Museum aberwitzige Summen bezahlt hat? Und was für eine Ehre ist das, die sich wiederherstellen lässt, indem man zwei Menschen ermorden lässt? Was passiert, wenn morgen wieder einer Ihre Ehre besudelt? Dann lassen Sie ihn genauso umbringen und vorher foltern?«

»Sie verstehen das nicht.«

Langsam beschlich Frederike das Gefühl, Nakamura scherzte tatsächlich nicht. Seine joviale Art, sein Plauderton deuteten eher darauf hin, dass er sich noch einige Gedanken von der Seele reden wollte. Doch sie war keine Beichtmutter, die ihm am Ende auch noch eine Absolution erteilen würde.

Nakamura fuhr fort: »Und die Polizei weiß, wie man Kriminellen das Handwerk legt? Wie lange sind Sie diesen Betrügern hinterhergejagt? Bis ich Ihnen Freistein auf einem Tablett serviert habe, wussten Sie doch gar nicht, worum es eigentlich geht. Die Museumsüberfälle der letzten Jahre, die Fälschungen, die Geldwäsche, Sie, die Polizei, tappten im Dunkeln und wären noch Jahre weitergeirrt.«

»Wir hätten Sie gefunden. Gehen Sie davon aus. Danach hätten Sie ihre gerechte Strafe bekommen.«

»Ihre Strafen sind gerecht? Vergleichen Sie die Strafmaße: Kinderschänder, Steuerhinterzieher, Verkehrssünder. Geht hier alles gerecht zu? Ich will gar nicht erst von der Welt reden. Jeder schafft sich seine Vorstellung von Gerechtigkeit und meint, sie müsste für alle gelten.«

»Deshalb müssen Menschen wie Sie hinter Gitter. Wir, also die Polizei, können nicht zulassen, dass Sie Ihre Interpretation von Gerechtigkeit zum Maßstab machen.«

»Weil das Ihr Ziel ist, kommen Sie hier nicht mehr heraus.«

Frederike zuckte innerlich zusammen. Es lag an Nakamuras

Stimme. Sie klang ernüchtert, resigniert, an der Grenze zu final. Er meinte es absolut ernst, dass er ihren Abschied zu verkürzen gedachte.

»Nicht schlecht, Herr Nakamura. Sie bluffen nicht zum ersten Mal.« Sie versuchte, heiter zu klingen. Ein Schweißtropfen lief ihre Schläfe herunter, und der Brustkorb fühlte sich eng an. Nakamura ließ den nächsten Schlag folgen. »Ich bluffe nicht. Es ist mir im wahrsten Sinne todernst. Ich hatte meinen Traum, habe ihn mit diesem Monet erfüllt, und Sie lassen ihn erlöschen. Meine Schwäche für dieses Kunstwerk ist wie das Lindenblatt für Siegfried in Ihrer deutschen Heldensage von den Nibelungen. Sie haben die Stelle entdeckt und den Speer hineingestoßen.« Nakamura sah versonnen auf das Bild. »Aber sagen Sie: Was hat mich verraten? Wer hat das Kreuz auf meine Schulter gemalt, dass Sie es erkannt haben?«

Frederike überlegte. »Sie haben sich selbst verraten, Herr Nakamura. Ich gestehe, dass ich Herrn von Turin gesucht habe und dabei im Schwarzwald auf Sie gestoßen bin. Ich habe geahnt, dass Sie mit drinstecken. Die Beschreibung Ihrer Leute in Hubbelrath, die Verbindung zu Folkwang und der Ausstellung, Westerburgs letzter Termin bei Ihnen, aber den konkreten Beweis hatte ich nicht. Ich war sicher, über von Turin an Sie heranzukommen. Was ja funktioniert hat.«

»Sie waren das?« Nakamura schien überrascht. »Sie sind eine schlimme Zecke.«

»Ich nehme das als Kompliment.«

Er winkte ab.

Dieser resignierte Mann mit den hängenden Schultern und der matten Stimme erschreckte sie. Ihr Trumpf war gewesen, dass Nakamura an seinem Leben hing, dass es etwas Lohnenswertes für ihn gab, für das er weiterleben wollte. Wenn er sein Leben an dieses blöde Gemälde gebunden hatte, dann tat er ihr leid.

Mit nichts als einer hoffnungslosen Perspektive ließ es sich gut pokern. Daher fragte sie: »Wie wollen Sie es machen? Sterben wir gemeinsam? Sie zuerst, dann ich? Oder umgekehrt?«

»Das macht Sie sehr sympathisch, Frau Stier. Sie verlieren

selbst im Angesicht Ihres Todes nicht den Sinn für Humor. Schade, dass wir uns auf diese Art kennengelernt haben.«

Frederike fasste sich an die Brust.

»Ich bin gespannt, wie lang Ihr Herz das mitmacht«, bemerkte Nakamura in einem beiläufigen Ton. »Nicht dass Sie mir zuvorkommen.«

»Keine Sorge, in meiner Generation kann man noch kämpfen. Außerdem will ich Ihnen den Spaß nicht verderben. Aber ganz ehrlich. Sie hatten nie vorgehabt, mich gehen zu lassen, oder? Meine Rolle wäre so oder so hier zu Ende gewesen.«

Nakamura grinste und legte Frederike die linke Hand aufs Gesicht. Dann drückte er mit Daumen und Zeigefinger die Nase zu. Frederike warf den Kopf hin und her und schlug nach dem Japaner. Sein Lachen ging in ihrem sinnlosen Kampf unter. Er hatte sie überrumpelt. »Machen Sie es uns nicht so schwer. Es dauert nicht lange.«

Nun spürte Frederike seine rechte Hand auf ihrem Mund. Sie versuchte, Luft einzusaugen, doch es kam nichts. Sie schlug um sich. Nakamura hatte sich so geschickt auf sie gelegt, dass sie ihn kaum traf. Mit seinem Gewicht hielt er sie auf dem Boden. Seine Hände drückten wie Schraubzwingen Mund und Nase zusammen. Sie wand sich, versuchte, sich zu drehen. Nichts. Ihr Herz raste.

Dieser japanische Sumoringer wollte sie tatsächlich umbringen. Frederike wurde wütend. Auch wenn ihr die Luft zum Atmen fehlte, verspürte sie einen Rest Lebenswillen. Sie riss die Augen auf und sah ins helle Blau des Seerosenteichs. Gerade hatte sie es geschafft, den rechten Arm zu befreien, als Nakamura sich etwas aufrichtete.

Gierig sog Frederike die Luft ein. Sie hechelte wie ein Mops nach einem Waldlauf.

»Sie sind ein ekelhafter Mensch, Herr Nakamura«, presste sie heraus. Der Japaner lag immer noch halb über ihr. Seine Augen funkelten belustigt.

»Ist das nicht Ihre Art zu sterben, Frau Stier? Was wäre Ihnen denn lieber?«

»Wie wäre es mit Verhungern? Dann haben wir noch lange Spaß zusammen.«

Nakamura lachte erneut, jedoch ohne herzlich zu klingen. Die Schmerzen in Frederikes Brust nahmen zu. Sie wollte sich auf die Auseinandersetzung mit Nakamura konzentrieren, doch ihr Körper versagte. Sie ließ den Kopf sinken und begnügte sich mit Atmen.

»Geben Sie schon auf? Sie haben doch gerade gesagt, Sie könnten kämpfen. Tun Sie es. Kämpfen Sie um Ihr Leben.« Nakamura sah sie beleidigt an. Als hätte man einem Kind sein Lieblingsspielzeug weggenommen. »Ich will Sie leiden sehen, Frau Stier. Seien Sie keine Spielverderberin. Töten macht keinen Spaß, wenn das Gegenüber nichts außer seinem Leben zu verlieren hat.«

»So sind Sie nicht, Herr Nakamura, machen Sie sich doch nichts vor. Mir können Sie ohnehin nichts vormachen. Sie sind kein Menschenquäler. Ein Mensch mit so viel Sinn für das Schöne, ein Feingeist wie Sie, der tötet nicht, um zu quälen. Sie respektieren Menschen, die Ihnen ebenbürtig sind. Von Turin ist nicht Ihre Liga. Er ist ein gieriger Betrüger, der ausschließlich an sich selbst denkt. Er besitzt keine Werte und keine Moral. Genau deshalb werden Sie mich nicht töten.«

Nakamura stand auf und streckte seinen Rücken. »War das Ihre Abschiedsrede? Sind das die psychologischen Verhandlungsstrategien der Polizei? Haben Sie in der Fortbildung nicht aufgepasst, oder haben Sie dieses Kapitel bereits vergessen?«

Frederike schloss die Augen. Nakamuras Stimme, sein runder Rücken, seine gesamte Körpersprache sagten ihr: Ich habe verloren und suche nach dem Ausweg.

»Wir sind doch nicht hier, um unsere Psychotricks auszuprobieren. Wir sind zwei Menschen am Scheideweg. Gehen wir doch beide mit erhobenem Haupt dem Rest unserer verbleibenden Zeit entgegen und spielen nicht das trotzige Kind, das schmollend in der Ecke sitzt. Ich trage meine Konsequenzen und Sie Ihre.«

»Sie haben recht, Frau Stier: Auch ich trage meine Konsequenzen, wenn ich sehe, dass ich mein Gesicht für immer verloren habe. Deshalb bereite ich dem Theater jetzt ein Ende. Um Ihre Frage von vorhin zu beantworten: zuerst Sie, danach ich.« Nakamura sagte das in einem nüchternen Ton. Er holte ein Messer aus seiner Manteltasche, und mit einem Knopfdruck sprang die Klinge heraus. »Das hat mir schon gute Dienste geleistet.« Er betrachtete die Klinge und prüfte dann mit dem Daumen die Schärfe. »Damit kann ich ein Haar spalten.«

Frederike schüttelte den Kopf. Sie nahm alle Kraft zusammen und richtete sich auf.

»Sie kommen hier nicht als freier Mann heraus. Egal ob ich lebe oder nicht. Sie wandern ins Gefängnis, und zwar für eine lange Zeit. An Ihrer Stelle würde ich mich so lange wie möglich am Anblick dieses Bildes erfreuen. Es wird das letzte Schöne sein, was Sie in Ihrem Leben zu sehen kriegen. Die Zellen in der JVA sind sehr trostlos.« Frederike rang nach Atem. Ihre Worte verbrauchten den letzten Rest ihrer Energiereserven.

Ein Hauch blieb übrig. Sich diesem fetten Sadisten zu ergeben kam nicht in Frage.

In diesem Moment ging das Licht aus. Nakamura schreckte auf. Instinktiv rollte sich Frederike zusammen. Sie nutzte die kleine Unaufmerksamkeit und robbte unter den Tisch, um sich hinter dem Gemälderahmen zu verstecken.

War Kowalczyk endlich da? Als das Licht kurz danach wieder aufleuchtete, stand Nakamura vor dem Tisch. Er beugte sich zu ihr hinunter.

»Wenn Sie Angst vor der Dunkelheit haben, werden Sie am Tod keine Freude finden, Frau Stier.« Wieder dieses bösartige Lachen. »Kommen Sie doch unter dem Tisch hervor. Das ist unwürdig für eine Kommissarin.« Brutal zog er sie an den Haaren zu sich. Sie schrie auf.

»Wir bringen das jetzt zu Ende. Und wenn Sie sich wehren, macht es umso mehr Spaß.« Nakamura wog das Messer in seiner Hand.

Nach einem tiefen Seufzer sagte er: »Wir haben nun wirklich

keine Zeit mehr. Denn Ihre Kollegen scheinen draußen eine Überraschung vorzubereiten. Und auch ich hasse unerfreuliche Überraschungen.«

Er setzte sich neben sie. Sie kauerte zusammengerollt auf dem Boden, die Wange auf den kalten Beton gelegt. »Normalerweise wären Sie mir vollkommen egal. Aber ich war ganz nah dran. Ich hatte von Turin so weit. Als ich sein Lieblingsbild zerstört habe im Schwarzwald, es unwiederbringlich zerschnitten habe, hat er kapituliert. Seine Mitstreiter waren ihm egal. Freistein, Westerburg. Er war kalt wie eine Hundeschnauze, wie ihr Deutschen so schön sagt. Bei seinem Cézanne hat er geweint wie ein kleines Kind. Doch dann kamen Sie.«

Frederike grinste.

»Weil wir nicht abschätzen konnten, wie viele auf uns warten, ob Verstärkung auf dem Weg war, mussten wir unverzüglich weg. Von Turin hat die Zeit genutzt, um wieder Kraft zu sammeln. Aber jetzt habe ich wirklich keine Zeit mehr. Quid pro quo. Ihretwegen kann ich mich nicht rehabilitieren, also töte ich Sie. Sie haben es vorher selbst gesagt: Wenn der Nächste kommt und ich mein Gesicht verliere, dann kann ich nicht anders, als auch ihn zu töten. Das trifft nun leider auf Sie zu.« Nakamura sah versonnen zur Decke.

Frederike blieb stumm. Sie wollte sich wieder unter den Tisch rollen, doch Nakamura riss sie an den Haaren zurück. Er stand hinter ihr und drückte ihren Kopf gegen sein Bein, beugte sich zu ihr und hielt die Klinge an ihren Hals. Eine falsche oder zu hektische Bewegung, und die Klinge würde ihre Haut aufschlitzen.

»Wenn Sie bereit sind, nicken Sie.« Nakamura sah Frederike in die Augen.

Aufgeben? Niemals. Sie dachte an Moritz, ihre Pläne, die gemeinsam Zeit, die ihnen gestohlen worden war. Doch Moritz war nicht da. Beim Gedanken an ihn sah sie kein Gesicht, hörte keine Aufmunterung, kein Bild ihrer Zukunft. Es war nur ein Name. War jetzt der Zeitpunkt gekommen, dass sie ihr Geschick selbst in die Hand nehmen musste? Weil Moritz von nun an schwieg. Weil er nicht mehr ihre Gedanken auf sich ziehen wollte?

Dann treffen wir uns heute noch nicht im Jenseits, dachte sie und riss die Augen auf.

»Schließen Sie Ihren inneren Frieden, Frau Stier?«

»Das geht Sie einen Dreck an.« Sie schlug Nakamuras Hand weg. Sie wollte leben, und das ließ sie sich nicht von ihm kaputt machen. »Nicht Sie bestimmen, wann es vorbei ist. Sondern ich.«

»Große Worte für eine Frau in Ihrer Position. Aber gut. Sehr gut.« Nakamura drückte sie mit seiner freien Hand auf den Boden.

Sie wand sich, kam aber nicht frei. Fieberhaft überlegte sie, wie sie Nakamura hinhalten konnte. Gleich würde Kowalczyk hereinstürmen, da war sie sicher.

Also polterte sie los: »Denken Sie allen Ernstes, ich glaube Ihnen diesen Mist? Ihre Ehre wäre mit ein paar bunten Strichen von einem Freistein verunglimpft worden? Sie haben Ihr Schwarzgeld in den Sand gesetzt. Jetzt können sie wieder von vorne anfangen. Sie sind ein Feigling, der nicht für seine Fehler einstehen will. Der sein eigenes Versagen an einer wehrlosen Frau auslässt. Also wenn das Ihr japanisches Ehrgefühl ist, dann hat es nicht viel Wert. Nicht ich habe dafür gesorgt, dass Sie Ihr Gesicht verloren haben. Das waren Sie, Sie ganz allein. Wären Sie zu einem Auktionshaus gegangen und hätten ganz offiziell ein Bild gekauft, wäre Ihre Ehre nicht beschmutzt worden.« Sie japste nach Luft.

»Ein bemerkenswerter Vortrag.« Nakamura legte das Messer wieder an Frederikes Hals.

Wütend befahl sie: »Nehmen Sie dieses verfluchte Messer endlich weg!«

»Hat Ihr Todeskampf begonnen, Frau Stier?«

»Hören Sie doch auf mit diesem Kinderkram. Sie wissen genauso gut wie ich, dass Sie mich nicht töten werden. Sie sind ein Mann mit Ehre und kein Killer. Akzeptieren Sie endlich, dass Sie verloren haben, und quälen Sie nicht andere, wenn Sie damit nichts erreichen können.«

Nakamura schwieg. Dann nahm er das Messer von ihrem Hals, drehte sich weg und nestelte an seinem Hemd herum. Fast war sie enttäuscht, dass er es ihr so einfach machte. Dabei hatte sie noch eine ganze Menge an Schmeicheleien vorrätig, mit denen sie Nakamura weichgekocht hätte. Schließlich arbeitete sie seit vierzig Jahren mit Männern zusammen. Jetzt wäre der richtige Augenblick für Kowalczyks Auftritt. Die Messe war gelesen, und es gab nichts mehr hinzuzufügen. Nakamura streifte seine Krawatte ab und riss das Hemd auf. Was hatte das nun wieder zu bedeuten? Im Grunde war es ihr egal. Ihr war gerade alles egal. Der Druck auf ihrer Brust ließ einfach nicht nach.

Nakamura ging zur hinteren Wand und hockte sich mit dem Rücken zu Frederike auf den Boden, im Schneidersitz. Diese Beweglichkeit überraschte sie. Er neigte den Kopf und murmelte etwas.

Und dann begriff sie irgendwo hinter dem pochenden Schmerz in ihrem Kopf. »Hören Sie auf! Das hat doch keinen Sinn.« Sie wollte sich hochziehen, an irgendwas, aber es gab keinen Halt.

Er hob die Hand, um ihr Einhalt zu gebieten. »Eine letzte ehrenvolle Handlung werden Sie mir zugestehen müssen. Ich habe Fehler begangen und stehe dafür gerade. Es ist mein Gericht und meine Strafe.«

Kowalczyk! Wo blieb er?

Frederike übergab sich.

Nakamura stand auf und ging Richtung Tür.

Und dann wurde es erneut dunkel, doch diesmal flog zeitgleich die Tür auf. Blitze durchzuckten den Raum. Schreie. »Dort!«

Ein Schuss. Ein Mensch fiel zu Boden. Es stank nach Rauch. Füße trampelten um sie herum. Weitere Rufe.

»Gesichert!«

»Notarzt, sofort!«

Dann wurde es wieder hell.

Frederike blinzelte und versuchte sich zu orientieren. Sie

sah Kampfstiefel, einen knienden Mann in schwarzer Montur, Helm, Nachtsichtgerät. Daneben lag Nakamura auf dem Boden und rührte sich nicht. Blut lief unter seinem Körper hervor. Er sah zu Frederike. Seine Augen flackerten kaum merklich. Der Beamte neben ihm fühlte seinen Puls am Hals. Er wartete und schüttelte schließlich den Kopf.

Frederike lag auf dem Boden. Sie hob den Kopf und sah Kowalczyk am Türrahmen stehen. Sie atmete schwer und überlegte, einfach die Augen zu schließen und liegen zu bleiben. Doch dann drückte der Betonboden gegen ihre Hüfte, und sie sagte zu Kowalczyk: »Willst du deiner Kollegin nicht aufhelfen?« Sie streckte ihm die Hand entgegen.

Kowalczyk kam auf sie zu. Sie zeigte auf den Ordner auf dem Tisch und sagte: »Dort. Im Ordner – das Geständnis.«

In diesem Moment wurde ihre Brust zerquetscht. Kowalczyk verschwand im Nebel. Und dann knipste schon wieder irgendwer das Licht aus.

32

Frederike öffnete die Augen und sah eine tropfende Plastiktüte an einem Gestell hängen. Es rumpelte, und ein Martinshorn quälte ihr Trommelfell. Ein Gesicht beugte sich über sie und lächelte.»Da sind Sie ja wieder.«
Noch bevor sie etwas denken konnte, nahm die Dunkelheit sie wieder auf.

Als sie das nächste Mal aufwachte, lag sie in einem Bett. Das Laken fühlte sich gestärkt an. Also konnte es nicht ihr eigenes sein. Ein rhythmisches Piepen füllte den Raum. Sie sah an sich hinunter und bemerkte die Schläuche an ihrem Arm. Kabel und weitere Schläuche kamen unter der Decke hervor.
Die Tür schwang auf, und ein weiß gekittelter Grinsemann kam zu ihr ans Bett.»Wie geht es uns, Frau Stier?«
Solche Fragen müssten ein Entlassungsgrund sein. Frederike sah die Person mit Mundschutz und Haube fragend an. Die Augen wirkten eher freundlich als besorgt.
Frederike antwortete:»Wenn Sie Musik haben, tanzen wir.«
»Also geht es Ihnen gut?«
»Lieber sterbe ich.«
Die Person lachte und prüfte die Flasche am Gestell neben dem Bett. Dann sah er sich die Geräte an, kontrollierte ihren Puls und trug etwas in eine Kladde am Fußende des Bettes ein.
»Da hat nicht viel gefehlt, Frau Stier. Ich soll Sie von Ihren Kollegen aus dem Polizeipräsidium grüßen. Vor allem von einem Herrn Kowalczyk. Der ruft jede Stunde an und fragt nach Ihnen.«
»Wie spät ist es denn?«
»Vielleicht sollten Sie nach dem Tag fragen. Sie waren ziemlich lange außer Gefecht. Aber jetzt geht es aufwärts.«
Frederike fasste sich an den Hals und berührte einen Verband. Die Erinnerung an den Kellerraum kam zurück.

»Haben wir schon Ostern?«

»Noch nicht ganz«, sagte der Mann und grinste schon wieder los.

»Wie geht es Herrn Nakamura?«

Der Arzt sah sie fragend an.

»Der Mann, der bei mir im Keller war. Wie geht es ihm?«

»Das fragen Sie besser Ihren Kollegen. Ich kann Ihnen leider keine Auskunft geben.«

Frederike fehlte die Energie für ein Wortgefecht. Sie winkte ab und schloss die Augen.

»Schön, dass es Ihnen besser geht. Ich komme nachher noch einmal.«

Frederike gähnte, und der Mann verließ den Raum. Dann dachte sie an Kowalczyk und an Potthoff. Zum Glück schlief sie augenblicklich wieder ein.

Als sie am nächsten Morgen die Augen aufschlug, stand Kowalczyk vor dem Bett. »Hallo Frederike. Die Blumen musste ich draußen abgeben. Tut mir leid.«

Was für eine Begrüßung, dachte sie. »Setz dich.«

Er holte sich am Nachbarbett einen Stuhl und hockte sich auf die vordere Kante, die Füße um die Stuhlbeine geschlungen.

»Das Letzte, an was ich mich erinnern kann, ist, dass ihr in den Keller gestürmt seid und ein Chaos veranstaltet habt.«

Kowalczyk berichtete, dass er, nachdem er Frederikes Bericht gelesen und die Aussagen von Herrn Reisinger und Frau Marschall bekommen hatte, ein SEK organisiert hatte und zur Zeche gekommen war. Wie sie die Japaner überwältigt und von Turin gefunden hatten. Mit einer Schlinge um den Hals saß er erdrosselt im Rollstuhl am Aufgang zur Kohlenwäsche.

»Und Nakamura?«

»Der wollte sich auf uns stürzen, als wir in den Raum kamen. Dem Kollegen blieb nichts anderes übrig. Nakamura verstarb noch im Keller.«

Kowalczyk legte ihr die Hand auf den Arm. »In von Turins Häusern haben wir einige Kunstwerke sichergestellt, die als verschollen galten. Ein Picasso, Manet, so was. Die Kollegen aus dem Raubdezernat sind völlig aus dem Häuschen. Und überall wird dein Name genannt, Frederike. Selbst Julian spricht ihn in einem ehrfürchtigen Ton aus.«

»Wahrscheinlich mit dem Zusatz: Schade, dass sie uns verlassen wird.« Frederike schmeckte die Galle auf ihrer Zunge.

»Deinen Alleingang findet er nicht gut. Auch der Staatsanwalt erwägt Schritte.« Kowalczyk sah betroffen zu Boden.

»Egal. Es ist vorbei. Die Konsequenzen trage ich.«

Sie hatte den Fall gelöst, einige andere gleich mit und war mit sich im Reinen. Von Turin hätte sowieso nicht überlebt, und Nakamura hatte sein Ende selbst gewählt. Natürlich hatte sie es sich anders gewünscht, konnte es aber nicht mehr ändern.

»Und der Fall?«

»Wir sprechen zurzeit mit Westerburgs Kunden, lassen die Bilder untersuchen und bestätigen nach und nach deine Vermutungen.«

»Das waren keine Vermutungen.«

»Du hast alles herausgefunden, und wir sammeln noch die Beweise.«

Kowalczyk spielte an seinem Ehering und rutschte unruhig auf dem Stuhl hin und her.

Frederike lächelte ihn an. »Was ist es?«

»Ein Junge. Dreieinhalb Kilo und schreit wie zwei Große.«

»Ich wusste es: Jungs machen Jungs.«

»Sagen die Kollegen auch: ›Und Männer machen Mädchen.‹ Aber ich bin auch noch nicht fertig.«

Frederike fielen die Augen zu. »Eins kannst du mir noch erklären. Wie lade ich ein Video auf YouTube hoch?«

»Das ist im Prinzip ganz einfach.« Kowalczyk zog sein Smartphone aus der Tasche und tippte und drückte und wischte, und schon wusste Frederike, wie es ging.

»Danke. Frag nachher Julian, ob er eine Idee hat, warum du mir erklären musstest, wie man einen Film auf YouTube hochlädt.«

Später kam der Chefarzt persönlich zu ihr. In den letzten Tagen war er regelmäßig bei ihr gewesen und stand nun strahlend an ihrem Bett. »Frau Stier, ich habe gute Nachrichten. Morgen können wir Sie auf die Station verlegen. Mit den Stents ist alles in Ordnung, Ihre Blutwerte sind prima, und Farbe haben Sie auch schon wieder im Gesicht.«

»Das kommt von dem gesunden Licht hier drinnen.«

»Wir haben eine Reha beantragt. Dort dürfen Sie so lange nach draußen in die Sonne gehen, wie Sie möchten. Der Antrag sollte recht zügig bearbeitet werden, und danach sind Sie bald wieder auf dem Damm. Es ist alles in die Wege geleitet.« Der Chefarzt legte seine Hand auf ihre Schulter und lächelte aufmunternd.

Yeah, dachte Frederike und schloss die Augen. Mit Hunderten kranken Menschen in einem Haus zusammengepfercht. Wahrscheinlich im Kreis sitzen und sich Bälle zuwerfen. Und ein Seelenklempner haucht dir neuen Lebensmut ein.

Sie liebte und bewahrte ihre Vorurteile, die dafür sorgten, dass ihr Schutzschild nicht brach und ihr Leben in erprobten Bahnen verlief. Außerdem waren sie so angelegt, dass das Leben sie nur positiv überraschen konnte, sollte ein Vorurteil nicht bestätigt werden.

Als sie wieder allein war, kreisten ihre Gedanken um den Ruhestand, das Leben ohne Tote und Opfer, ohne Ermittlungsarbeit, Kaffee mit den Kollegen und mit nichts zu tun, außer einen Tag nach dem anderen herumkriegen.

Sie drehte den Kopf zur Seite und sah an eine weiße Wand. Würde wenigstens ein Monet dort hängen, mit auf eine Leinwand gebannter Sonne, viel Licht, vereinzelt Schatten – Seerosen.

Alternativ würde es auch ein Fenster tun. Aus dem sie sehen und die Gedanken schweifen lassen konnte.

»Abendessen.« Die Schwester kam mit den Tabletts herein. Im Ruhestand gibt es nur noch Abendessen.

33

Frederike schlug dreimal nach dem Wecker, bis er endlich Ruhe gab: sieben Uhr. Sie war noch keine vierundzwanzig Stunden hier im Reha-Krankenhaus und hatte bereits die Schnauze voll. Noch eine Nacht wie diese, und morgen früh standen die gepackten Koffer auf dem Flur. Sie hasste weiche Matratzen, und noch mehr hasste sie dicke Decken. Das Schlimmste aber war, dass im Zimmer über ihr viermal in der Nacht die Klospülung gedrückt worden war. Nein, so hatte sich Frederike den Start in ihren Reha-Aufenthalt nicht vorgestellt. Sollte sie schreien? Sie rollte sich aus dem Bett und schlappte zur Dusche. Wenn das der Neuanfang war, kaufte sie sich besser einen Strick und warf sich hinter den Zug.

Das heiße Wasser lief über ihren Körper. Sie dachte an vorgestern, ihren Abschiedsbesuch bei Julian. In seiner scheinheiligen Manier hatte er sie überschwänglich begrüßt, ihr Aussehen gelobt, ihren zähen Charakter und ihr kämpferisches Naturell. Dabei zitterte seine Stimme vor Angst. Ob er mehr Angst davor hatte, dass sie ihr Rentengesuch nicht unterschreiben könnte oder ihm eröffnen würde, dass sie den Film hochgeladen hatte? Es tat ihr jedenfalls gut zu sehen, dass er verunsichert war. Jämmerlich.

Mit fester Stimme, innerlich jedoch aufgewühlt wie vor dem ersten Rendezvous hatte sie ihm nach einem peinlichen Geplänkel mitgeteilt, dass sie nicht mehr in den Polizeidienst zurückkehren werde. Dass sie plante, nach der Reha ihre Versetzung in den vorzeitigen Ruhestand zu erbeten.

Julians Gesicht hatte sie ein letztes Mal an ihrer Entscheidung zweifeln lassen. Denn es zeigte eine Mischung aus Erleichterung und Triumph. Kurzzeitig fühlte sie sich provoziert und wollte schon sagen: »War nur Spaß. In vier Wochen bin ich wieder da.«

Aber es war kein Spaß. Während der zermürbenden Tage

und der schlaflosen Nächte im Krankenhaus hatte sie genügend Zeit gehabt, mit dem Polizeidienst abzuschließen, die gute gegen die schlechte Zeit aufzuwiegen und eine Entscheidung zu treffen. Sie war draußen, kein Teil der Mannschaft mehr, endgültig. Das Seil, das sie und Julian aneinandergekettet hatte, war zerschnitten. Kowalczyk versah seinen Dienst nach Vorschrift, und den übrigen Kollegen war es sowieso egal, was aus ihr wurde. Auch wenn sie ihr Blumen ins Krankenhaus geschickt und alle mit ihrer Unterschrift gute Besserung gewünscht hatten, waren es doch nur Floskeln. Die meisten hatten wahrscheinlich die Karte unterschrieben, ohne zu wissen, für wen und warum.

Sie dachte an den alten Monet. Er ließ seinen grauen Star operieren, trug anschließend eine Star-Brille und malte weiter. Obwohl er mit der Brille nicht zurechtkam, teilweise doppelt sah und die Farben mit dem rechten und dem linken Auge unterschiedlich wahrnahm, malte er seinen verbliebenen Fähigkeiten entsprechend. So war das, wenn man einer Leidenschaft verfallen war. Man machte immer weiter.

Frederike drehte das Duschwasser ab. Beim Abtrocknen spann sie den Gedanken weiter. Mörder fassen. Als Rentnerin den Verbrechern hinterherjagen? Ihr fielen die Kommissare von Agatha Christie ein. Lächerlich.

Jedenfalls war sie zu dem Schluss gelangt, dass es Zeit war, mit der Kripo aufzuhören. Danach konnte sie endlich über ihre Zukunft nachdenken. Was konkret hieß, dass sie die beantragte Reha antreten wollte, um dort nach der ersten Woche weiterzusehen. Also war sie jetzt hier – und wollte nach der ersten Nacht schon wieder weg.

Der Reha-Alltag begann mit Frühstück. Sie schloss die Zimmertür.

»Guten Morgen.« Ihr Nachbar kam aus seinem Zimmer und marschierte zielstrebig durch den nüchternen Flur. Allerweltsposter mit Motiven berühmter Gemälde hingen an der Wand. Der Geruch von Desinfektionsmittel hing in der Luft. Das war kein Ort, an dem man sein wollte.

Wie schlimm würde es werden? Was erwartete sie hier? Nichts Gutes, das war klar. Die Frage war, wie übel es werden würde.

»Denken Sie positiv, Frau Stier. Und seien Sie etwas gnädiger mit Ihrer Umwelt.« Mit diesen Worten hatte ihr Kardiologe sie in diese Anstalt geschickt.

Was sollte positiv daran sein, mit alten, herzkranken Gestalten im Kreis zu sitzen und darüber zu lamentieren, dass früher alles besser war?

Frederike drückte den Knopf für den Aufzug und hörte schon wieder ihren Kardiologen: »Bewegen Sie sich mehr, Frau Stier. Sie wollen Ihre Rente doch lange genießen.« Als könnte sie mit Treppensteigen dem Altwerden davonlaufen.

Die Aufzugtüren glitten auf. Sie wartete auf den Alten von nebenan und drückte auf die »1«.

»Danke. Für mich ins Erdgeschoss bitte«, sagte der Alte und atmete schwer. Er sah nicht gut aus. Eingefallene Wangen, rote Augen und ganz gelb im Gesicht. Sie stellte sich vor, wie sie mit ihm im Therapieraum saß und ihr Leben diskutierte. Es schüttelte sie, als wäre der Aufzug eine Kältekammer.

Zur Sicherheit fuhr sie doch mit ihm ins Erdgeschoss. Als Frederike durch die Glastür den Frühstücksraum betrat, empfing sie ein wildes Durcheinander. Das Geplärre erinnerte an einen arabischen Basar und ließ erneut den Wunsch übermächtig werden, ein Taxi zu rufen und zurück in ihr altes Leben zu fliehen.

Sie widerstand, griff sich ein Tablett und stellte sich in die Schlange zur Essensausgabe. Ein Schälchen mit Magerquark und einen Teller mit zwei Scheiben Vollkornbrot, etwas Honig, Besteck. Die Äpfel ignorierte sie. Die dralle Frau hinter dem Tresen reichte ihr den verschmähten Apfel mit der Bemerkung: »Den haben Sie vergessen. Obst ist wichtig.«

Frederike irrte mit ihrem Tablett hierhin und dorthin. Überall saßen drei, vier Kranke palavernd am Tisch und sahen mitleidig zu ihr auf. Schließlich ging sie zu dem Tisch in der hinteren Ecke. Dort saß ein Mann und las Zeitung.

Sie stellte das Tablett ab, dass Teller und Besteck klapperten. Erschrocken sah der Mann hinter seiner Zeitung hervor. Frederike fragte höflich: »Frei?«

Der Mann nickte knapp und verschwand wieder hinter seinem Blatt. Wenigstens würde es ein ruhiges Frühstück werden, dachte sie und las die Schlagzeile über einen Flugzeugabsturz in Frankreich.

Auf dem Tisch stand eine Metallkanne, aus der sie sich Tee eingießen wollte. Doch sie hatte vergessen, sich eine Tasse zu holen.

»Warten Sie, ich hole Ihnen eine. An meinem ersten Tag dachte ich auch, die würden auf den Tischen stehen.« Schneller, als sie den Gedanken zu Ende gedacht hatte, stand ihr Tischnachbar auf und kam schon kurz darauf mit einer Tasse und einem Löffel zurück.

Wie konnte sich ein Herzkranker so schnell bewegen?

»Ich hab's gesehen. Als Sie sich gesetzt haben.« Dabei zeigte er mit gespreiztem Zeige- und Mittelfinger zuerst auf seine Hornbrille und dann auf das Tablett, wobei er die Bewegung mehrmals wiederholte, als wäre sie begriffsstutzig.

»Sie haben Erfahrung mit herzkranken Frauen?«, fragte sie spitz, doch er verkroch sich sofort wieder hinter seiner Zeitung.

»Mhm«, erhielt sie von dort noch als Antwort.

Dann eben nicht, dachte sie und strich sich Quark auf die Brotscheibe, sah sich die Scheibe an und legte sie auf den Teller zurück. *Womit habe ich das verdient?* Sie trank einen Schluck des lauwarmen Pfefferminztees. Oh Gott. Sie schob das Tablett angewidert von sich und schielte auf den Apfel.

»Die Äpfel kann ich empfehlen, Frau ...?«

»Frederike. Nennen Sie mich Frederike. Das macht man doch hier so.«

»Etwas hart. Die Schale.« Die Stimme kam aus einem grinsenden Mund hinter der umgeklappten Ecke der Zeitung. Blitzschnell wurde die Ecke wieder hochgeklappt.

Wie kam dieser herzlahme Rüpel dazu, so mit ihr zu reden? Sie zog vernehmlich Luft durch die Nase, um loszudonnern.

Ihr Gegenüber klappte erneut die Ecke der Zeitung um und ergänzte:»Der Apfel. Ich spreche von dem Apfel.« Pause.»Dafür ist er schön süß und saftig.« Jetzt verzog er schon wieder den Mund.»Der Apfel.«

Frederike schwieg und nahm den Apfel. Sollte sie ihn schälen? Wegen der harten Schale? Kaum angefangen, gab sie ihre Bemühungen resigniert auf.»Das ist ein mühsames Unterfangen mit diesen stumpfen Messern. Als hätten sie hier Angst, man würde sich aus Verzweiflung die Pulsadern aufschneiden. Na ja, manchmal muss man auch eine harte Schale akzeptieren, Frau Frederike.« Ihr Gegenüber deutete auf das abgenagte Apfelgehäuse auf seinem Teller.»Ich heiße Hartmut. Hinterwandinfarkt mit drei Bypässen. Fünf vor zwölf. Bin aber noch da.« Damit verabschiedete sich Hartmut erneut hinter seine Zeitung.

Frederike nahm mit Todesverachtung den Apfel, biss hinein und musste zugeben, dass er in der Tat nicht schlecht schmeckte: süß und saftig.

Sie lehnte sich im Stuhl zurück. Hartmut war ihr sympathisch, auch wenn er zu viel kommentierte und sich zu schnell wieder verkroch. Aber er schien Manieren zu haben und Humor. Auch seine Zeitung deutete auf ein gewisses Niveau hin. In der Fensterscheibe konnte sie das konzentrierte Gesicht des kauzigen Kerls sehen und überlegte, ob mit Hartmut die Zeit in der Reha kurzweiliger werden könnte.

»Wie alt sind Sie, Hartmut?«

Hartmut faltete die Zeitung zusammen und legte sie neben seine Tasse auf den Tisch. Er räusperte sich, trank einen Schluck Tee und stellte die Tasse zurück.

»Ich wollte eine Zahl hören und keinen Vortrag.« Frederike sah Hartmut herausfordernd an und biss wieder in den Apfel.

»Frau Frederike, einer Frau wie Ihnen hätte ich etwas mehr Feingefühl zugetraut.«

Frederike lachte schallend.»Sind Sie so alt, dass man mit Feingefühl nach Ihrem Alter fragen muss? Oder sind Sie schneller alt geworden, als Ihr Verstand es verarbeiten konnte?«

»Ich bin jünger, als ich mich fühle, und älter, als ich gerne wäre. Jedenfalls ist es sinnlos, das Alter in Zahlen fassen zu wollen.« Er verstummte. Frederike hörte den melancholischen Unterton und fühlte sich irgendwie mit ihm verbunden. »Ich bin einundsechzig und im Frühling des Alters.« Hartmut schüttelte amüsiert den Kopf. »Haben Sie schon eine Therapie hinter sich?«

»Nein, nur ein krankes Herz, das es mir nicht erlaubt, der Realität davonzulaufen.«

»Dann lassen Sie uns doch ein bisschen spazieren gehen. Vielleicht können wir einen kleinen Abstand herauslaufen.«

»Sie sind ein Träumer, Hartmut. Ich muss Sie leider enttäuschen, denn so schnell bin ich zu Fuß nicht.«

Hartmut stützte sich auf seine Ellbogen und sah Frederike in die Augen. »Liebe Frederike, ich bin seit einer Woche hier und sage Ihnen: Jeder Schritt weg von dieser Einrichtung ist wie ein Jungbrunnen.«

Sie schmunzelte. »Das hört sich ermunternd an. Aber ich habe gleich meine ersten Untersuchungen und bekomme meine Einweisung.«

»Die sollten Sie auf keinen Fall verpassen. Die Anwendungen, Turnveranstaltungen, Gruppentherapien zu versäumen wäre ein Frevel. In der Gruppe leidet man gemeinsam und viel schöner als allein. Man teilt sein Leid mit anderen, und hinterher geht man mit den Sorgen vieler aus der Stunde. Und das sind immer mehr, als man selbst hat.«

»Sie sind auf eine sehr angenehme Art zynisch und erfrischend subversiv.«

Hartmut stutzte. Dann fragte er amüsiert: »Höre ich heraus, dass Sie bereits am ersten Tag Ihr Programm über den Haufen werfen wollen?«

Hartmut fing an, ihr Spaß zu machen. Frederike schob den Stuhl zurück und stand auf.

Er erhob sich ebenfalls, nahm sein Tablett und ging mit ihr zum Transportband für das benutzte Geschirr. »Ich bin siebenundfünfzig, und ich bin sicher, dass der Spaziergang mit Ihnen kurzweiliger werden wird, als meinem Herzen lieb ist. Selbst wenn wir nichts und niemandem davonlaufen können, würde ich gerne einen Versuch wagen.« Hartmut stellte sein Tablett ab und schob seine Hände in die Hosentaschen.

»Sie sind mutig. Das ist ungewöhnlich. Haben Sie keine Erfahrung mit Frauen, oder kannten Sie nur die falschen?« Um Hartmuts Augen bildete sich ein Faltengebirge. Er legte ihr die Hand auf den Arm und meinte: »Sie sind gut, Frederike, und herausfordernd. Sagen Sie Bescheid, wenn Sie Lust auf einen Spaziergang haben.«

Frederike stellte ebenfalls ihr Tablett auf das Band und sah Hartmut neugierig an. Mit seinen ausgebeulten Cordhosen und dem karierten Hemd sah er fast verboten aus. Die Hosenträger hätte er weglassen können oder zumindest die Weste zuknöpfen, damit man sie nicht sah. Sie überlegte, ob er entweder Modedesigner war oder geschmacksverirrt. Aber er roch nach Seife, und das war doch ein Anfang – und gnädig.

Da sie beschlossen hatte, spontaner zu werden, sagte sie: »Bescheid. Gehen wir!«, und schaute Hartmut an.

Der lachte polternd, und gemeinsam gingen sie zum Ausgang.

Frederike blieb vor der Glastür stehen. In der spiegelnden Scheibe sah sie Hartmut hinter sich, die Hände in den Hosentaschen. Es erinnerte sie an Munchs Bild, das Poster von den »Einsamen«: sie vorne, er abwartend dahinter.

»Worauf warten Sie, Frederike?« Hartmut legte ihr die Hand auf den Rücken und schob sich halb an ihr vorbei, um die Tür zu öffnen. »Gehen wir.«

Frederike atmete erleichtert auf.

Danke!

Zuerst danke ich allen Leserinnen und Lesern, die mein erstes Buch gekauft und hoffentlich bis zum Ende gelesen haben. Und so viel sei schon verraten: Frederike macht weiter!

Im Buch wurden einige Sachverhalte erwähnt, die tatsächlich stattgefunden haben. Die Ausstellung »Inspiration Japan« im Museum Folkwang fand statt, die Nachfolgeausstellung »Japan inspiriert« und der Überfall sind erfunden. Auch andere Kunstraube fanden statt, wurden aber kreativ in die Handlung eingebaut.

Die Informationen zum Kunstmarkt, den Machenschaften, zwielichtigen Geschäften wurden im Netz recherchiert und sind keine Erfindung. Hilfreich waren darüber hinaus die Bücher »Falsche Bilder – Echtes Geld« von Stefan Koldehoff und Tobias Timm sowie »Kunstfälschers Handbuch« von Eric Hebborn.

Das erwähnte Bild »To mennesker. De ensomme« von Edward Munch kann entweder im Museum Folkwang bewundert werden oder unter: http://sammlung-online.museum-folkwang.de

Das Bild »Seerosenteich« von 1915 von Claude Monet hier: https://www.pinakothek.de/kunst/meisterwerk/claude-monet/seerosen

Die Informationen zu Claude Monet und seinem Leben wurden der Biografie von Daniel Wildenstein und einer von Christoph Heinrich entnommen. Informationen zu Monets Augenleiden entstammen auch der Studienarbeit von Doreen Fräßdorf.

Vielen Dank auch an Leonard Cohen für seine Musik, die Frederike so schön runterzieht und mich des Öfteren in die richtige Stimmung versetzt hat.

Neben der atmosphärischen hatte ich aber auch unmittelbare und tatkräftige Hilfe, denn ein Buch ist kein Werk eines

Einzelnen, das im stillen Kämmerlein entsteht. Viele helfende Köpfe sind daran beteiligt, die mit ihrem jeweiligen Wissen und ihren Anmerkungen das Buch zu dem gemacht haben, was es jetzt ist.

Ganz vorne steht Frau Jolanta Nölle, die den Samen gesät hat, einen Kriminalroman zu schreiben, der auf Zeche Zollverein spielt. Außerdem stand sie mir für viele Fragen zur Verfügung und gab mir umfangreiche Informationen zur Organisation von Veranstaltungen auf der Zeche.

Unterstützung zur Polizeiarbeit bekam ich von KHK Gerhard Andreas und KHK Jörg Metz von der Kripo Essen.

Mein Schreiben begleitet hat Frau Mechthild Vahsen. Ohne ihre kritisch-konstruktiven Anmerkungen wäre der Krimi weniger griffig und logisch. Lothar Strüh, der zuständige Lektor, hat mit mir daran gearbeitet, ihn noch runder, leichter lesbar zu machen. Auch den anderen Testlesern einen herzlichen Dank!

Auch ein herzliches Dankeschön an den Emons Verlag, dass er den Mut hat, mein Erstlingswerk zu veröffentlichen. Ich hoffe für uns alle, dass er belohnt wird.

Am Ende das größte Dankeschön an meine Frau Charlotte, die es mir ermöglicht hat, dieses Buch zu schreiben. Die sehr viel Geduld aufgebracht, mich unterstützt und mich immer wieder ermutigt hat in der langen Zeit, in der es eher schleppend ging und die erfolgreiche Fertigstellung noch lange nicht in Sicht war. Du bist die Allerbeste +3!!!

Am Ende bleibt: Alles ist erfunden, alle Personen, alle Handlungen, einige Orte, und wenn nicht alles so oder so ähnlich in der Realität stattfindet oder stattgefunden hat, dann halte ich meinen Kopf dafür hin. Ich habe alle Buchstaben, Satzzeichen, alles geschrieben und trage dafür die Verantwortung. Mea culpa!